살짝궁 손잡아 드립니다

살짝궁 손잡아 드립니다

초판 1쇄 찍은 날 | 2014년 08월 29일
초판 1쇄 펴낸 날 | 2014년 09월 05일

지은이 | 이승연
펴낸이 | 서경석

편 집 장 | 권태완
편   집 | 최고은
디 자 인 | 신현아

펴낸곳 | 도서출판 청어람
등록번호 | 제387-1999-000006호
등록일자 | 1999. 5. 31
어람번호 | 제5-0383호

주소 | 경기도 부천시 원미구 부일로 483번길 40 서경B/D 3F (우) 420-822
전화 | 032-656-4452 팩스 | 032-656-4453
http://www.chungeoram.com
E-mail | chungeorambook@daum.net

ⓒ 이승연, 2014

ISBN 979-11-316-9170-0 03810

Chungeoram romance novel

살짝궁 손잡아 드립니다

이승연 장편 소설

처음 그가 그녀의 손목을 잡은 그날부터 그는 이 여자에게 정신없이 빠져든 것 같았다.
아마 평생 헤어 나오지 못하겠지. 그래도 행복할 것이다. 강주희, 그의 악어 아가씨이기에.

Contents

프롤로그

　오전부터 시작된 두통이 밤까지 이어지자 진혁의 미간에 살짝 주름이 잡혔다. 워낙 만성이 되어서 어지간한 두통으로는 표정을 흐트러뜨리지 않는 그가 자신도 모르게 인상을 쓸 정도면 꽤 심각했다. 그래서 그런지 그 옆으로 마치 투명의 띠를 두른 것처럼 어떠한 손님도 그의 반경 안으로 들어오는 이가 없었다. 아무리 눈치가 없는 바보라도 지금 그의 표정이 무얼 말하고 있는지 알 정도로 그의 심기는 상당히 날카로워 보였다.

　진혁은 자선경매의 가격을 부르고 있는 사회자를 짜증 섞인 표정으로 바라보았다. 외가 쪽에서 운영하고 있는 '한줌' 사단법인 행사는 아니나 다를까, 예년과 다름없이 지루하고 고루했다. 그럼에도 불구하고 그가 자리를 지키고 있는 건 연례행사로 가족이 다

같이 모이는 자리라는 목줄을 이용해 아버지가 그를 끌고 왔기 때문이다.

"늙은이가 갈수록 치사해져."

경매 물건이 낙찰될 때마다 쏟아지는 환호성과 박수 소리가 그의 신경을 긁었다. 결국 진혁은 테라스로 자리를 옮기기로 했다.

그러나 기분은 별반 나아지지 않았다. 답답함은 줄어들었으나 두통에는 별 진정 효과가 없자 진혁은 낮게 욕설을 내뱉었다. 약을 먹어도 소용없는 것을 알면서도 그는 두통약을 물도 없이 삼켰다. 머릿속에서 누군가 자신의 뇌를 비틀어 짜고 있는 기분이다. 그는 한숨을 내쉬며 벽에 기대 눈을 감았다. 이제는 아프다 못 해 바닥까지 어지러울 지경이었다.

"눈 감으면 신경이 집중돼 더 아플 텐데요?"

방해받은 표정이 역력한 진혁은 소리 나는 쪽으로 고개를 돌렸다. 가장 눈에 먼저 들어온 것은 커트 머리 때문에 유난히 두드러진 긴 목이었다. 그리고 한껏 자신의 부를 뽐내기 위해 참석한 자선경매와는 조금 어울리지 않는 수수한 분위기의 여자였다.

"머리 아프시죠?"

"……"

"약 드시는 거 봤거든요. 저도 그거 애용하는데. 혹시 다른 데 아픈 곳 있으세요? 의사 불러 드릴까요?"

그가 대꾸도 없이 고개를 핵 돌렸지만 그녀는 개의치 않고 계속 재잘거렸다.

"말하기도 힘들어요?"

눈치 없는 여자는 진혁에게 조심스레 다가오고 있었다. 결국 그의 긴 한숨이 터졌다. 이런 여자는 대놓고 말해주지 않으면 쉽게 나가떨어지지 않는다.

"혼자 있었으면 하는데?"

"뭐, 원하신다면……."

여기엔 그녀가 먼저 왔지만 주희는 아픈 사람을 위해 양보하기로 마음먹었다. 용순 할머니의 부탁을 받고 대신 기부금을 전달하는 일만 끝내면 그녀도 차편 끊기기 전에 돌아가야 했다.

'두통이 오면 신경이 곤두서 모든 게 짜증스럽겠지. 이해한다고. 그래도 그렇지, 자기가 여기 전세 낸 것도 아닌데 참 말 예쁘게 하네.'

그래도 저리 아픈데 그냥 지나가면 도리가 아닌 것 같아 그녀는 다시 슬쩍 다가가 그의 안색을 살폈다.

"저기…… 편두통이라면 낫게 하는 방법을 알고 있는데……."

이놈의 입은 주인의 생각과 달리 자주 독립적으로 29년 동안 제 하고 싶은 말은 다 하고, 것도 모자라 어디로 튈지 모르는 성격을 가지고 있었다. 지금만 해도 그랬다. 분명 남자가 혼자 있고 싶다는 말을 인지했음에도 불구하고 그녀의 뇌와 입은 오늘도 따로 놀았다. 그렇다. 그녀의 입은 조상님으로부터 3·1정신을 유난히 많이 물려받은 신체 기관 중 하나였다.

동그란 두 눈으로 그의 대답을 기다리는 여자의 모습에 진혁의 입가가 짜증으로 비틀려졌다. 지금껏 20년간 그가 두통을 없애기 위해 해보지 않은 방법이 없다고 말해주고 싶었지만, 설명하기도 귀찮았다. 그저 그의 조그마한 바람은 이 여자가 조용히 꺼져 주는 것이었다.

"별로 어렵지도 않아요."

"조용히 사라져 주는 것도 별로 어려운 일은 아닐 것 같은데?"

이래도 안 가면 이 여자는 자존심이 없는 것이다.

이 남자, 그녀가 생리통 때 보이는 반응과 비슷한 반응을 보이고 있었다. 아주 민감하고 신경질적이고 오만상을 찡그리고 있다.

"제 사촌 오빠가 한의산데, 제가 고등학교 때 두통이 자주 왔거든요. 그때 오빠가 해주던 방법이에요. 정말 하루 종일 아프던 머리가 10분 만에 괜찮아지더라고요."

보자기 약장사처럼 '한 번 믿고 먹어봐'도 아니고 이 여자는 자신의 경험담을 줄줄이 얘기하고 있었다.

"속는 셈 치고 따라 해보라니까요?"

"……."

그녀가 종알거리는 동안 그는 속으로 '꺼져'와 '닥쳐' 중 무슨 말을 먼저 꺼낼지 고민하고 있었다.

"돈 드는 것도 아닌데 해봐요. 끙끙거리며 아픈 것보단 낫죠."

이 여자를 한마디로 정의하자면 질겼다. 소란을 피해 테라스로 나왔더니 더한 복병을 만난 셈이다.

"정 싫다면야……."

그가 반응이 없자 주희는 결국 체념했다. 그래도 뭔 미련인지 테라스를 나가던 그녀는 고개를 돌려 그를 바라보았다. 그는 이 세상의 고통은 다 짊어진 듯 잔뜩 미간을 찡그리고 있었다. 미련스럽게 고통을 참고 있는 그를 보며 주희는 고개를 절레절레 흔들었다. 아프다고 티내는 것을 큰 약점 잡힌 것으로 생각하지 않는다면 이 세상 남자들은 살기가 좀 수월할 것이다. 결국 결심이 선 주희는 그에게 다가갔다.

여자의 기척이 다시 느껴지자 진혁은 천천히 눈을 떴다. 그의 눈빛은 아까보다 확실히 차갑게 주희를 내려다보고 있었다.

"미리 말하지만 절대 사심 없으니까 오해하지 마세요."

주희가 팔을 뻗어 그의 뒷목을 잡자 동시에 진혁이 그녀의 손목을 움켜잡았다. 짜증을 넘어 불쾌감이 그의 눈을 가득 채웠다. 34년을 살면서 어느 누구도 감히 그의 목덜미를 함부로 잡은 사람은 없었다. 비록 그게 가족일지라도.

주희의 눈과 진혁의 눈이 허공에서 강렬히 부딪쳤다.

"설마 모든 여자가 그쪽을 유혹할 거라는 근거 없는 자신감을 가지고 있는 건 아니겠죠?"

분위기를 바꿔보려 애써 농담을 건넸지만 먹혀들지 않자 주희는 어색하게 웃어 보였다.

진혁은 이 여자가 약을 빨았거나 미치지 않고서야 이럴 리 없다고 생각했다. 그러나 그녀의 눈빛은 맑다 못해 생기가 넘치고 있었다.

"뭐, 반들반들 잘생기긴 했지만 제 타입은 아니에요."

황당하고 어이없다는 그의 표정을 이해한다는 듯 주희는 최대한 호의적인 미소를 지어 보였다. 어느 누구도 자신의 뒷목이 잡힌다면 좋아할 사람은 없을 것이다. 그에게 잡힌 손을 빼내 주희는 다시 그의 뒷목을 눌렀다.

"혹시 알아요? 이 방법으로 편두통이 없어질지. 하고 안 하고는 그쪽 마음이니까 일단 알려줄게요. 한 번만 설명할 테니 잘 들어요. 여기 목 밑쪽이 아니라 위. 제가 누른 곳 어딘지 기억하세요? 여기."

그녀가 손으로 그의 목덜미를 누르며 대답을 재촉하고 있다.

'힘까지 센 걸 보면 확실히 미친 여자다.'

그리고 이 여자는 그가 대답하기 전까지 계속 그의 뒷목을 누를 생각인 모양이다.

"모르겠어요?"

이 알 수 없는 여자에게 더 시간을 빼앗기기 전에 진혁은 그녀의 손을 걷어내려 했지만 그녀는 이제 손을 그의 귓바퀴로 이동해 문지르다 못 해 당기고 있었다.

"그리고 여기도 이렇게 꾹꾹. 귓바퀴도 문질러 주시고요."

진혁이 그녀의 손을 거칠게 쳐내자 그녀는 조금 당황한 듯하다가 설명을 이어갔다.

"두통이 있는 부분을 부드럽게 마사지해 줘도 도움이 된대요."

"됐으니까 이만……."

"꺼져 줄게요."

그의 말을 그녀가 마무리했다.

"그럼 잘 기억했다 아플 때마다 꾹꾹. 알았죠?"

도대체 저 오지랖은 어디서 나오는지 여자에 별로 관심 없는 그조차 궁금증을 일게 만들었다. 20년 넘게 앓은 만성 두통에 별의

별 짓까지 다 해본 그는 아마 학위 수여도 받을 수 있을 것이다. 그러나 자신과 눈을 맞추고 걱정스레 바라보는 여자에게 굳이 그 말을 해주고 싶지는 않았다. 상대방을 똑바로 바라보는 시선, 꽤 좋은 눈빛이다. 거기다 짓궂지만 깊은 눈망울이 마치 상대방으로 하여금 소중한 사람이 된 듯한 착각에 빠지게 한다. 남자의 시선을 사로잡기 좋은 얼굴이다. 귀찮게만 하지 않는다면.

"꼭 이 방법이 통했으면 좋겠는데……."

주희가 가볍게 미소를 지으며 나가려 하자 그가 주희의 손목을 잡았다.

그녀가 의아한 눈빛으로 진혁을 바라보았다.

"당황하지 않는군."

"당신 코에서 코피가 나면 조금은 당황할걸요?"

진혁은 피식 웃음이 새어 나왔다. 질기고 확실히 당찬 여자였다.

"이름이 뭐지?"

"주희요, 강주희. 아마 내년 이맘때쯤에 또 보지 않을까 하는 생각이 드는데요?"

그 길 말고는 그녀가 이 남자를 만날 수 있는 방법은 없어 보였다. 그녀가 사는 세상과 이들이 사는 세상은 같으면서도 다르니까 말이다.

"글쎄, 그보다 빠를 수도 있지."

"그럼 그때는 지금보다 훨씬 좋은 기분이었으면 좋겠네요. 저 정말로 가니까 이 테라스, 혼자 마음껏 즐기세요."

주희는 살짝 목례를 한 후 테라스를 빠져나왔다. 오늘도 누군가에게 도움이 되었다는 사실에 뿌듯한 그녀의 발걸음은 날아갈 듯 가벼웠다. 그녀가 그의 시야에서 사라질 때까지 진혁은 의미심장한 눈빛으로 그녀의 뒷모습을 주시했다.

1장

"50미터, 30미터, 다섯 발자국, 셋, 둘, 하나."

그와 동시에 문이 거칠게 열리며 조 여사가 들이닥쳤다.

주희는 고개를 옆으로 15도가량 꺾은 채 불쌍한 눈빛으로 빵을 씹으며 조 여사를 바라보았다. 눈물까지 나와 주면 참 좋으련만 그건 몇 달 뒤에 써먹어야 할 비장의 무기였다.

"왔어요? 더운데 얼음 띄운 매실차라도?"

작년에 집에서 조 여사가 담근 것을 몰래 가져온 것이지만 어쩌겠는가? 이 판국에 네 것 내 것 따지게 생겼는가. 직원 월급이 2개월이나 밀렸는데 말이다.

"내가 못 살아. 잘 다니던 회사 때려치우더니 사업한답시고 사무실 하나 임대하겠다고 소리칠 땐 언제고 점심 사 먹을 돈도 없어서 빵으로 때워? 월세가 몇 달 밀렸는지 알아? 언제 줄 거야?
못 주겠으면 방 빼고."

저 말이 정녕 딸에게 하고 있는 대사인 것일까? 아무리 각박한
세상이라지만 하나밖에 없는 딸에게 너무하지 않수? 그러나 주희
는 고개를 떨어뜨리며 엄마의 동정심을 자극했다.

그러나 그런 딸의 모습에 조 여사의 속은 더욱 뒤집어졌다.

"이 엄마, 허튼소리 안 하는 거 알지? 다음 달까지 월세 못 내면
부동산에 내놓을 거야."

"엄마!"

배고프고 궁상맞은 모습으로 동정표를 얻고 넘어가야 하건만
결국 주희는 욱해서 자리에서 일어났다.

"원래 사업을 시작하면 최소한 1년 정도는 적자야. 밑밥을 던져
야 고기를 낚을 거 아니야. 사업하자마자 돈방석에 앉으면 누가
못 해? 뭐든지 시간이 필요한 법이야."

곧 쓰러질 것 같은 회사이면서도 그녀는 너무나도 당당했다.

"그래서 직원 월급도 못 주고 점심도 빵 쪼가리로 때우고 있다
고?"

조 여사는 한심하다는 듯 한욱을 바라보았다.

"한욱이 너도 그렇다. 머리가 모자란 거니 아니면 인생을 포기
했니? 그 정도 실력에 유단자면 어디 동네 태권도장 사범이라도
할 것이지, 무슨 콩고물을 얻어먹겠다고 애 옆에 붙어 있어?"

"안 시켜주던데요?"

한욱은 대답을 하면서도 빵과 음료수를 먹고 있다. 사장이 조 여

사가 가기 전까지 이러고 있으라고 했으니 그는 충실히 명에 따라야 했다. 그의 나이 27세. 훤칠한 키에 무술 유단자, 토익 800점이 넘었건만 얼굴이 전과범처럼 생겼다는 이유로 모든 면접에서 낙방했다. 경호원을 잠시 한 적도 있지만 고객이 그의 얼굴을 무서워한다는 이유로 해고당했다. 그런 그에게 웃으며 같이 일하자고 사장이 말을 건넸을 때는 그는 정말 그녀가 내민 손이 축복과 영광의 손인 줄 알았다. 지금 생각해 보면 사장은 싼 임금에 부려먹기 좋은 월척을 하나 건진 것이고, 그는 감언이설에 넘어간 희생양이었다.

아무리 바보라도 이 회사가 6개월, 아니, 3개월 안에 망할 것이라는 것은 누가 봐도 알 수가 있었다. 그가 일하고 있는 회사는 '뚝심 헬퍼'로서 사장 하나, 직원 하나로 구성된 조촐한 개인 회사이다. 문제는 타 회사의 심부름센터처럼 불법적인 일은 가려 하다 보니 돈 되는 일이 들어오지 않았다. 그의 인생에 최악의 심부름 파견 일은 목골시장 채소가게에서 하루 바람잡이를 하고 수수료로 열무 석 단을 받아온 것이다. 그러니 운영이 잘될 리가 있나.

"난 분명 말했다. 간다."

바람처럼 와서 바람처럼 사라진 조 여사였다.

문이 쾅 하고 닫히자 주희는 눈을 가늘게 뜨고 한욱을 바라보았다.

"이번에는 조 여사가 세게 나오는데?"

"얄짤 없을 것 같아요."

"아, 진짜. 정말 금자네 할머니 의뢰라도 뛰어야 하나?"

한욱은 콜록거리며 가슴을 두드렸다. 금자 할머니는 함경도가 고향인 분이다. 그리고 북에 둔 아들의 생사 여부라도 알고 싶다 며 의뢰를 했지, 아마?

"지금 저를 북조선에 보내겠다는 겁니까?"

"마음이 그렇다는 거지, 뭘 진지하게 받아들여?"

주희는 책상에 엎드려 파리 날리는 사무실을 멍하니 바라보았 다. 그녀는 정말 사람들의 간절한 의뢰가 이루어졌을 시 행복해하 는 모습을 보고 싶었다. 거기다 돈까지 벌면 금상첨화. 그런데 현 실은 뭔 놈의 불법적인 뒷조사 의뢰뿐인지.

"빵 안 드실 거예요?"

"넌 아까 자장면 먹고 빵이 넘어가니? 난 목메어서 싫다."

조 여사도 갔겠다, 그녀는 손에 쥔 빵을 한쪽으로 치웠다.

"그럼 우유랑 같이 드시던가요."

"우유는 소화 안 돼."

주희는 회사를 알리기 위해 마케팅이라도 해야 하는 건 아닌지 골몰했다. 그러나 마케팅도 돈이 있어야 할 것이 아닌가. 아무튼 뭐든지 돈이 있어야 되는 세상이었다. 그녀가 회사의 생사를 고민 하고 있을 때 언제 다가왔는지 한욱이 그릇에 우유와 이온 음료를 섞어 내밀었다.

"너 지금 먹을 거 가지고 장난하니?"

'가뜩이나 돈 없어 죽겠는데.'

하지만 그 말까지 하면 치사해질 것 같아 그저 탐탁지 않은 눈 빛으로 한욱을 노려보았다.

"우유는 소화 안 된다면서요. 이온 음료는 흡수가 빠르니까 섞어서 마셔요. 우유 뜯어놓고 안 먹으면 금방 상하니까. 어서요."

저 게토레이 같은 놈! 하지만 아까우니까 먹어준다.

미묘한 맛의 정체를 확인하기 두려운 주희가 크게 한숨을 들이쉬고 그릇을 들었을 때다. 휴대폰이 울리자 울상을 짓던 주희의 얼굴이 활짝 개었다. 한욱이 피식 웃으며 자리로 돌아갔다. 누가 전화했는지 대충 짐작이 가기 때문이다.

"아빠!"

[네 엄마 금방 전화 왔다. 너 때문에 속상하다고. 막상 사업해 보니 내 마음대로 잘 안 되지?]

"아빠, 엄마한테 말 좀 잘해줘요. 당장에라도 내쫓을 기세란 말이에요."

[하나뿐인 딸인데 설마 그러기야 하겠냐. 이 아빠도 30년 동안 데리고 살아준 네 엄마인데. 네가 걱정돼서 그러는 거야.]

"월세 늦으면 이자까지 받아낸다고요! 다른 사람도 아닌 엄마가!"

[네 엄마에게 잘 얘기해 보마. 그건 그렇고, 너에게 전화 한 건 말이다, 윤필이 놈이 또 학원을 안 나오는구나.]

"요즘 잠잠하다고 했더니……. 아빠, 매정하다고 생각해도 할 수 없어요. 3만 원 이하로는 절대 안 돼요. 기름 값은 빠져야죠."

[녀석, 알았으니 좀 찾아봐.]

"오늘 중으로 확인해서 내일 학원 가도록 조치해 놓을게요."

그녀의 아빠 강영식은 교장으로 정년퇴임 후 무료로 검정고시 학원에서 국어를 가르치고 있는 중이었다. 그리고 말썽 많고 잘 나오지 않는 애들을 굳이 고등학교 졸업장을 쥐어 졸업시키는 게 하나의 사명인 것처럼 열정적인 분이셨다. 윤필도 그중 하나이다.

'이 꼴통 새끼, 이번에는 어디 숨은 거야?'

[수고해라. 아무리 힘들어도 밥은 먹고 다니고.]

조 여사가 딸이 점심을 빵으로 때운 게 속상한지 아버지에게 투덜거리며 한 말씀 하신 모양이다. 조 여사, 말은 거칠어도 속은 무화과 속처럼 말랑말랑하다니까. 그녀는 피식 웃으며 전화를 끊었다.

"한욱이 넌 여기 있어. 그놈 금방 찾을 것 같으니까."

주희는 벌써 찾은 것처럼 싸늘하게, 그리고 확신을 머금은 미소를 보였다. 경영 능력은 없어도 사람을 찾거나 의뢰 성공률 하나는 사장 명함에 맞게 뛰어난 그녀, 강주희 아니던가.

몇 시간 뛰어다닌 것도 일이라고 아버지의 의뢰를 가뿐히 마치고 사무실로 들어온 주희의 눈이 동그래졌다. 세상에! 이 얼마만의 고객인 거야? 그것도 말쑥한 젊은 여자.

주희는 재빨리 한욱과 시선을 주고받았다. 시원스럽게 올라간 입꼬리를 보니 의뢰가 잘 진행되고 있는 모양이다. 사실 심부름센터라고 하면 우중충하고 뭔가 음습한 냄새가 나는 회사일 것이라는 이미지를 타파하기 위해 그녀의 사무실은 현대적인 감각과 깔끔한 이미지로 인테리어에 돈을 쏟아 부어 고객이 일단 안심하고 의뢰를 맡길 수 있는 분위기를 조성했다. 세심한 서비스까지 생각해 비싼 원두커피 기계까지 사다 놨는데 저걸 사용하는 사람은 대부분 한욱이었다.

"저희 사장님이십니다."

긴 생머리에 동화책 공주님처럼 우아한 옷차림의 젊은 여자는 조용히 고개를 끄덕이며 인사했다.

"사장님이 여자분인지 알고 왔어요. 제 마음을 십분 이해할 수 있을 거라는 확신이 생겼거든요."

"저희는 불법적인 일은 하지 않습니다."

주희가 앉으며 고객에게 정확히 인지시켰다. 물론 한욱이 잘 설명했겠지만 나중에 고객의 요구가 처음 두루뭉술하게 설명한 것과 다른 빛깔을 띤 의뢰가 될 수도 있기 때문이다.

"절대 그런 일 아니에요."

여자는 의뢰를 하기 전 감정을 추스르기라도 하듯 크게 숨을 들이켰다.

"사귀던 남자가 있었어요."

이런, 치정 쪽인가? 싫은데……. 그러나 주희는 최대한 관심을 가져보려 애썼다.

우리는 지금 돈이 없다, 강주희! 돈이 없다. 직원 월급도 밀려 있다. 월세도 못 냈다. 고로 망하기 일보 직전이다. 치정이면 어떻고 불륜이면 어떠랴.

그래도 이 회사의 건립 목적은 올바르고 정의로우며 완벽하게 고객을 위해 서비스하는 것인데…….

이놈의 돈 때문에 마음이 1분에도 부침개 뒤집듯 여러 번 바뀌고 있었다.

"그 남자는 나쁜 남자였어요. 저를 사귀면서 다른 여자랑 사귀고 있었으니까요. 물론 남녀가 사귀다 보면 헤어질 수도 있어요."

젠장, 치정이군.

표정 관리 하라는 듯 한욱이 조심스레 주희의 다리를 툭 쳤다. 그러자 주희는 곧바로 영업성 짙은 미소를 여자에게 보였다.

"양다리 걸치고 있음에도 너무나 당당한 거예요. 욕이라도 퍼부어주고 싶은데 그냥 멍청하게 전 그 자리에 서 있기만 했어요. 너무 분하고 억울한데 아무 말도 못 하고 있었다고요. 이제는 분해서 잠도 안 올 지경이에요."

여자는 그때의 일이 떠오르는지 감정이 격해졌다.

고객의 상황이 조금은 이해가 가지 않는 주희의 눈이 가늘어졌다. 이별 고백에 충격을 받아서 욕할 타이밍을 놓쳤나? 없던 욕도 만들어 나올 분노의 상황에서? 이런 상황에서 고객의 요구는 뻔하다. 복수!

수위가 어디까지일지는 모르나 의뢰는 벌써 배 띄워 물 동동거리며 떠나가는 소리가 들린 듯했다. 우리는 누굴 저수지에 던지거나 사람 포 만드는 그런 위험한 의뢰는 안 받아요, 아가씨.

"자, 고객님, 그래서 정확히 의뢰하고픈 게 무엇이지요?"

주희는 여자의 의뢰가 진심으로 합법적이었으면 하고 바랐다.

"그 사람, 사람들 앞에서 망신당했으면 좋겠어요. 얼굴 못 들고 다니도록. 욕도 해줬으면 좋겠어요."

한욱은 턱을 긁으며 갸웃거렸다.

"죄송하지만 명예훼손으로 걸릴 수 있는 문젠데요?"

한욱은 실망이 가득한 표정으로 대답했다. 왜 아니 그러겠는가. 의뢰인인 줄 알았는데 그냥 커피 마시고 갈 손님으로 바뀌는 순간 인데.

주희 또한 간만에 찾아온 고객을 돌려보내야 하나 고심하고 있었다. 그래도 그녀가 생각하는 것보다는 복수의 위험 수위가 낮았다.

"내가 욕을 하라고 했다고 해도 안 되나요? 사장님이 여자라서 제 마음을 잘 이해하실 것 같아서 여기로 왔는데……. 아니면 다른 곳으로 가겠어요."

여자가 일어나려고 하자 주희가 덥석 고객의 손을 잡고 다시 자리에 앉혔다. 의뢰가 애매하지만 지금 찬밥 더운밥 가릴 처지가 아니다. 솔직히 말하면 지금은 쉬어빠진 밥이라도 먹어야 할 판이다.

"성격도 급하시긴. 저희는 분명 합법적인 일만 한다고 말씀드렸죠? 그리고 욕을 하려면 진정 하고 싶은 사람이 하는 게 제맛 아니겠습니까?"

"……?"

한욱은 의심스러운 표정으로 주희를 바라보았다.

"가슴에 쌓아두면 병 됩니다. 이참에 속병도 풀어보시죠?"

한욱의 눈이 의심으로 가늘어졌다. 저렇게 토끼 간 빼가려고 사기 치는 거북이 같은 표정, 좋지 않다. 역시 더 이상 이 회사에 있다가는 자신의 정신적, 육체적 건강에 해로울 것 같았다. 기필코 이번 달 안으로 회사를 그만두리라.

"대신 말입니다, 고객님께서도 어느 정도 노력을 해주셔야 합니다."

"무슨……?"

"아주 간단한 거니까 걱정은 안 해도 됩니다."

여자가 주저하다 고개를 끄덕였다.

"좋습니다. 그럼 저희에게 의뢰하신다는 것으로 알고 선금은……."

여자가 딴마음 먹기 전에 주희는 냉큼 계약금 이야기를 끄집어 냈다. 그리고 여자는 뭐에 홀린 듯이 그 자리에서 곧바로 계약금을 이체시켰다.

한욱은 예전 그가 감언이설에 사장님한테 꼬드김을 당할 때의 모습을 보는 것 같아 여자에게 잠시나마 동질감을 느꼈다. 약간 불안하긴 하지만, 그래도 오랜만의 건수라 기쁨이 먼저였다. 어쩌겠는가, 원래 사는 게 다 이런 거지.

여느 때처럼 주희는 사무실에서 신문을 훑고 있고, 한욱은 생계를 위해 얼마 전 받아온 봉투를 풀칠하는 중이었다. 물론 사장님 재가가 떨어진 일이다. 그의 손놀림을 보면 조금만 더 연습하면 '생활 속의 달인'에 출현해도 무방하지 않을까 싶다.

그리고 사무실에 며칠 전 헤어진 남자친구에게 욕을 퍼붓고 싶다고 의뢰한 여자가 지금 소파에 앉아 있었다. 자세히 말하면 맹연습 중이다.

"똥물에 튀겨 먹을…… 나쁜…… 놈."

자신 없이 욕설을 다 내뱉은 여자는 주희의 눈치를 보았다.

주희는 신문을 접으며 냉정한 눈빛으로 여자를 바라보았다.

"그런 욕설 같지 않는 욕설은 오히려 비웃음만 살 거라는 건 알고 있죠? 적어도 녹음을 하려면 악에 받친 감정을 최대한 끌어올려 핏줄이 터질 것 같은 목청으로 내질러야 한다고 몇 번을 말했습니까, 고.객.님?"

이게 사흘간 맹연습한 결과이다. 처음에 여자는 욕설이 적혀 있는 종이만으로도 거부 반응을 일으켰으니 이 정도면 장족의 발전이라고 할 수 있다. 그나저나 하루 종일 저 욕설을 듣고 있자니 한욱은 노이로제가 걸릴 것 같았다. 그의 입은 영업용 미소를 잃지 않기 위해 언제나 최선을 다했다. 가뜩이나 험악한 인상 때문에 고단한 인생 더 꼬이게 만들고 싶지 않았다. 만약 오늘 중으로 저여자가 이 욕설을 제대로 마스터하지 못한다면 그가 스파르타식으로 가르칠 생각이었다.

"그 남자한테 사준 차 할부금 아직 내고 있다면서요? 당신에게 썼던 사랑의 편지도 알고 보니 인터넷에 떠도는 연애편지였고. 당신은 이렇게 속이 뒤집어져 불면증으로 괴로운데 그는 지금 이 복날 삼계탕 먹고 이 쑤시며 트림하고 다니는데 열통이 안 터지나요?"

주희의 말 한마디 한마디에 여자는 분노로 바들바들 떨었다.

"당신을 이용했다고요. 왜? 맹하니 뜯어먹어도 뒤탈이 없을 것 같으니까."

두 주먹을 움켜쥔 여자의 눈에 날이 섰다.

"핫 뜨거, 뜨거, 핫 뜨거, 뜨거, 핫바지 핫바지. 핫핫 바지, 바지. 오케이?"

의뢰인 여자가 벌떡 일어나 주먹을 움켜쥐고 주희를 한 대 칠 기세로 노려보았다.

"지금 그 감정, 아주 좋아요. 그 감정 그대로 내뱉어보라고요. 앞에 그놈이 있다 치고!"

역시 사람이든 솥이든 불을 붙이면 끓어오르게 마련이다. 기합이 잔뜩 들어간 여자의 눈빛은 비장 그 자체였다. 표정 좋고, 감정 좋고!

"액션!"

주희의 말이 떨어지기 무섭게 여자는 목에 핏대를 세우며 지금껏 암기해 오던 욕설을 적나라하게 퍼붓기 시작했다.

"이 돼먹지 못한 새끼! 똥물에 튀길 나쁜 놈! 똥독이 올라 장을 발라도 시원찮을 놈! 씨를 말려 터뜨려 버릴 놈! 엉덩이가 헬륨 풍선보다 더 가벼운 놈!"

거의 랩처럼 쏟아진 욕설이 한동안 사무실을 가득 메웠다. 그러고는 잠시 침묵이 돈 사무실에 만족스러운 주희와 한욱의 박수 소리가 울려 퍼졌다. 조금 전까지의 득음 실력은 어디 가고 모든 힘을 소진한 듯 여자가 힘없이 소파에 주저앉았다. 얼마나 감정이입을 잘했는지 숨찬 가슴은 오르락내리락하고 있었다.

"한욱아, 녹음됐지?"

"네, 사장님. 음질도 괜찮습니다."

한욱은 다시 한 번 들어보더니 만족스레 끄덕였다.

"그럼 내일 작전에 들어갈 테니 작업복 잘 입고 와라. 고객님도 수고하셨습니다. 이제 집으로 돌아가셔도 좋습니다."

주희는 손으로 턱을 괴며 씩 웃었다. 간만의 의뢰이고 작업이라 엄청 설레었다.

아, 고객의 행복이 곧 그녀의 행복이라, 이 어찌 기쁘지 아니한가.

주희는 캡 모자를 바로 고쳐 쓰고는 한욱과 현대식 고층빌딩 안으로 들어갔다. 그러나 역시 반짝이는 건물답게 로비부터 건장한 경비원에게 제재를 당했다.

"어떻게 오셨습니까?"

"퀵서비스인데요."

한욱이 고개를 돌려 대답하기 전에 주희가 가로챘다. 그래도 그보다 그녀가 웃으며 대답하는 게 분위기상 더 좋았다.

경비원이 의심스러운 듯 바라보자 주희는 웃으며 자신이 입고 있는 노란 조끼를 손가락으로 가리켰다. 거기엔 '뚝심 퀵서비스'라고 쓰여 있었다.

"죄송하지만 보안상 직원을 제외하고는 출입이 금지되어 있습니다. 어느 부서의 누구인지 말씀해 주면 불러 드리겠습니다."

주희는 로비를 쭉 훑어보았다. 로비만큼 무작위 관객들을 확보하기 좋은 장소는 없었다. 좀 있으면 점심시간이니 관객수는 걱정 안 해도 될 것이다.

혹시 몰라 의뢰인의 남자에 대해 조사도 했다. 아무리 쉬운 일이라도 돈을 날로 먹고 일하지는 않는다는 말씀. 거기다 한쪽 말만 믿고 무턱대고 작업을 하다 낭패를 보는 경우가 있기 때문에 기본적인 자료 조사는 필수였다. 이래 봬도 일할 때의 그녀는 꼼꼼했다. 물론 그 꼼꼼한 성격이 매 순간 발휘되는 건 아니지만. 확인한 결과 이 남자, 욕을 한 바가지 얻어먹어도 싼 인간이었다. 그렇다면 확실하게 의뢰를 완수해 주는 게 고객에 대한 예의 아니겠어? 다부진 각오가 그대로 드러난 듯 그녀의 눈빛이 반짝거렸다.

10분쯤 지나자 남자가 어슬렁거리며 주희 곁으로 다가왔다. 호리호리한 체격에 무스로 한껏 멋을 부린 남자는 물개만큼 반질반질해 보였다. 저 입에 물고기 한 마리 집어넣어 주고 싶은 얼굴이군. 왜 여자 등쳐먹는 인간들의 관상은 항상 저런 모습일까?

"누가 보낸 거예요?"

"김연지 씨가 보냈습니다. 일단 받았다는 사인부터 해주세요."

"김연지? 아, 그 내숭 떠는? 끝난 마당에 왜 이리 구질구질해? 안 받을 테니 그냥 가져가요. 아니면 쓰레기통에 버리던가."

"손님, 규정상 그럴 수가 없습니다. 일단 받으신 후 자체 폐기해 주시던지 반품해 주세요."

그가 돌아가려 하자 주희의 영업 미소는 더욱 환해졌다.

그러나 한욱은 알고 있다. 사장님의 영업 미소가 환해질수록 마음은 라면 물 끓듯이 보글보글 끓고 있을 거라는 걸. 하지만 지금 상황으로 봐서는 그다지 걱정할 수준은 아니었다.

남자는 짜증 나는 얼굴로 택배 상자를 받아 흔들어보았다. 어차피 직원들과 실랑이해 봤자 시간 낭비고 그 내숭 떠는 김연지가 보냈다고 하면 뻔했다. 꽤 가벼운 걸 보니 사진이나 자잘한 선물을 돌려보냈을 것이다.

"어디다 사인하면 됩니까?"

"여기 수령 칸에 이름 쓰고 사인해 주시면 됩니다."

"착불 아니죠?"

쪼잔한 놈다운 대사였다.

"네, 고객님. 그리고 여기 하나 더 가지고 가셔야 할 게 있는데요."

남자가 갸우뚱하자 주희의 영업용 미소는 사라졌다. 그러고는,

"한욱아……."

나직하게 부른 이 한마디에 많은 함축적인 말이 들어 있었다. 혹시 저 남자가 면상이 팔려 도망가면 안 되니 어깨동무로 그를 잠시 땅에 붙박이로 만들어달라는 것과 성능 좋은 오디오를 그녀에게 건네라는 소리였다.

한욱은 오디오를 주희에게 건넨 후 남자의 어깨에 손을 척 올렸다.

"다, 당신, 뭐 하는 거야? 이 손 안 치워?"

한욱이 웃으며 남자를 안정시키려 했지만 오히려 역효과였다.

아무리 한 가족처럼 지내는 한욱이지만 그녀가 그에게 말하지 않은 게 있었으니, 바로 그의 웃는 모습이 최악의 단점으로 꼽힌다는 것이다. 딴에는 좀 더 얼굴을 부드럽게 만들어보겠다고 웃는 모습을 연습하는데, 문제는 입꼬리만 올라가고 한욱이 이놈의 눈

은 웃지 않는다는 점이다. 그러니 처음 본 사람들은 얼마나 섬뜩하겠냐고. 그렇다고 매일 웃는 연습을 하는 애한테 하지 말라고 좌절을 안겨줄 수도 없는 일이었다. 그래도 가끔 오늘처럼 효과를 볼 때도 있었다. 한욱의 웃음 한 번에 남자가 반항을 멈추고 부동자세로 그대로 수희를 보고 있는 것을 보면 말이다.

"김연지 씨가 진상철 씨와 헤어질 때 다 하지 못한 말이 있다면서 준비를 한 것이 있어서 말입니다."

"무슨 말이야? 경비! 경비!"

그러나 한욱과 주희는 신경 쓰지 않았다. 점심시간에 맞춰 경비가 교대하는 데 대충 5분 정도 자리를 비운다. 그 시간이면 충분했다.

"오래 안 걸립니다. 자, 그럼 Listen Carefully."

주희가 오디오의 버튼을 누르자 음량 좋은 여자의 목소리가 로비를 쩌렁쩌렁하게 울렸다.

[……이 나쁜 새끼! 머저리 같은 놈! 양다리 걸치느라 용 썼다! 젓가락질하다가 벼락 맞을 놈아!]

점심시간이라 우르르 나오는 직원들이 소리의 근원을 찾기 위해 두리번거렸다. 그리고 한 남자가 화가 나 버럭버럭 주희에게 소리를 질러대자 대충 짐작이 가는 듯한 표정으로 수군거리기 시작했다.

"여자가 한을 품으면 오뉴월에 서리 내린다는 속담을 조상들이 심심해서 만들지는 않았겠죠?"

주희는 친절한 설명까지 덧붙였다.

"너희들, 뭐 하는 놈이야! 다 고소해 버릴 거야!"

그러나 한욱의 힘에 눌려 남자는 고작 몸부림치는 것이 전부였다.

"매우 유감이네요. 그전에 김연지 씨가 먼저 고소하게 생겼는데."

물론 거짓말이다.

"김연지 씨가 차 사주셨죠? 결혼하면 아이도 태워야 하니 SUV보다 세단 사는 게 좋다고 말했다면서요? 결혼 빙자로 현물 갈취인 거 아시죠? 누가 더 잃을 게 많을까요? 여기 탄탄하고 월급도 많이 줄 회사처럼 보이는데."

"……."

"우리 착하게 삽시다, 진상철 씨?"

주희가 생긋 웃으며 남자의 동의를 기다렸지만 남자는 씩씩거리며 주희를 노려보았다. 그러나 곧 한욱의 서늘한 눈빛에 마지못해 고개를 끄덕였다.

주희는 한심하다는 듯 남자를 바라본 뒤 로비를 나왔다. 아무튼 김연지 씨의 의뢰가 생각보다 쉽게 해결되었다. 이 정도면 이 남자, 회사에서 한동안 얼굴 들고 못 다닐 것 같으니 말이다.

빌딩 로비를 나오는 주희의 얼굴이 밝지 않자 한욱은 의아해했다.

"잘 해결됐는데 얼굴이 왜 그리 시무룩해요?"

"기쁘지 않아. 해결하고도 찝찝해. 내가 이러려고 회사를 차린 건 아닌데 말이야. 이러다 정말 나중에는 불륜 증거 사진까지 찍을까 겁나."

정말이다. 물론 이번 남자는 여자에게 이것저것 뜯어낸 게 마음에 들지 않아 의뢰를 받아들인 것도 있지만 앞으로 이런 의뢰는 사양하고 싶다.

"에이, 이 정도는 괜찮아요. 그리고 이런 자잘한 것도 해야 입소문이 나서 더 많은 의뢰가 들어오죠. 좋게 생각해요."

"그래야지. 네 말대로 누가 알아? 정말 내일이라도 큰 의뢰가 들어올지. 가자. 오늘은 네가 좋아하는 삼겹살 사준다."

그녀의 말이 끝나기가 무섭게 웅성거리는 소리가 들려왔다. 주희와 한욱의 시선이 자연스레 그쪽으로 향했다. 아무튼 이것도 직업병이라 소란스럽고 웅성거리며 뭔가 일이 벌어지면 호기심이 발동하는 건 둘 다 어쩔 수 없었다.

"당장 울산 공장 내려가 일 수습하고 와!"

나이 든 노인을 보니 적어도 이 회사의 간부쯤은 돼 보였고, 그 앞에 묵묵히 꾸중을 듣고 있는 서너 명의 남자는 오늘도 월급을 받기 위해 죄인마냥 고개를 푹 숙이고 있었다.

하필 입맛 떨어지게 점심시간에 혼낼 게 뭐야. 그녀도 잠깐 회사 생활을 해봐서 안다. 상사의 불호령이 얼마나 스트레스로 다가오는지.

'에구, 월급이 뭔지. 짠하네, 짠해.'

화가 다 삭이지 않았는지 차 안으로 들어간 노인은 다시 차 문을 열고 뭔가를 퍼부을 기세로 젊은 남자의 얼굴에 시선이 고정되어 있었다.

'혼내도 밥 먹고 혼낼 것이지, 밥 먹다 체하겠네. 내 오늘 기분
도 그런데 좋은 일 한번 한다.'

주희는 오디오 버튼을 꾹 눌렀다. 물론 음량은 최대치였다.

[머저리 같은 놈! 머저리 같은 놈! 머저리 같은 놈!]

시끄러운 오디오 구간 반복 소리에 서 회장은 입을 벙끗하다 소
리 나는 곳으로 고개를 돌렸다.

그에 반해 주희는 마치 오랫동안 알고 지낸 사이처럼 서 회장에
게 다가가 친근한 미소를 보였다.

"지금 이 말 해주고 싶으셨죠? 날도 더운데 목청 터져라 언성
높이면 건강에 안 좋으시잖아요, 할아버지. 풍채를 보면 혈압도
높을 것 같은데……."

서 회장이 주희를 보는 눈빛은 딱 미친 여자 바라보는 눈빛이
다. 기분이 많이 상한 듯 짙은 두 눈썹이 잠시 꿈틀거렸다. 하지만
저런 눈빛 한두 번 받아본 게 아닌 사람처럼 그녀는 덤덤했다.

"이 욕이 마음에 안 드시면 더 걸쭉한 걸로?"

뒤에서 꾸중 듣던 젊은 남자가 주희의 말에 비웃음과 웃음의 경
계를 아슬아슬하게 보이며 그녀를 바라보았다. 서 회장은 날카로
운 눈빛으로 주희를 보더니 곧 진혁을 바라보았다.

'저놈이 웃어?'

"내일 오전 중으로 상황 다시 보고해."

서 회장은 못마땅한 듯 한 번 둘러보더니 차를 타고 휑하니 사
라져 버렸다.

주희가 한숨을 쉬며 뒤돌아 얼굴이 굳어 있는 사람들을 바라보았다. 이 사람들도 집에 가면 누구의 아버지이고 남편인데 이런 남편의 노고를 아내들이 알랑가 모르갔소.

"자, 꾸중은 꾸중이고, 점심은 맛있게 드세요. 특히 스트레스 받았을 때는 매운 음식으로!"

한욱은 조금 떨어진 곳에서 주희와 같은 일행이 아닌 듯 서 있었다. 남의 일에 불쑥 끼어들어 간섭하는 게 사장님의 일상사지만 오늘은 뜬금없이 과했다. 가을이 오려면 아직 멀었는데 사장님의 오지랖은 벌써부터 풍년이었다.

"한욱아, 가자! 고기 먹으러!"

주위 사람들이 그녀를 어떻게 보든 말든 주희는 멀찌감치 그녀와 떨어져 있는 한욱을 큰 소리로 불렀다.

한욱은 그런 주희를 모른 척했다. 직원으로서 이러면 안 되지만 가끔은, 아주 가끔은 사장님을 모른 척하고 싶을 때가 있었다. 그리고 지금이 바로 그때다. 한욱은 재빠른 걸음으로 마치 주희와 상관없는 사람인 듯 앞서 걸었다.

'우리 요 앞 고깃집에서 봐요, 사장님.'

"최한욱!"

한욱의 행동이 이해가 되지 않는 주희가 결국 버럭 소리를 질렀다. 그러나 주희에게 잡힐까 노심초사한 한욱은 종종걸음에서 속력을 내 아예 힘껏 앞으로 달려 나가기 시작했다.

"최한욱, 거기 안 서?"

'사장님, 저 정말 이번 달에 사표 낼랍니다!'

한욱은 이를 악물고 최대한 전력 질주했다.

자신의 상관이 저 멀리 뛰어가는 여자의 모습에 시선을 떼지 않고 있자 비서실장 수환은 조금 의아했다. 요즘 개성존중시대라는 이유로 똘기 충만한 젊은이들이 많다고 하지만 저런 상돌아이, 그것도 여자는 처음이니 아무리 무심한 상관이라도 신기해 보일 수도 있겠다 싶었다.

진혁의 표정에 묘한 갈등이 일었다. 그가 시계를 보다 그녀의 멀어져 가는 모습에 시선을 고정시켰다. 30분 정도는 여유가 있었다. 그의 눈빛에 확고한 의지가 실렸다.

"저 여자, 내 사무실로 올려보내."

비서가 대답하기도 전에 진혁은 더 이상의 설명도 없이 회사 안으로 들어가 버렸다.

일 처리 깔끔하고 시키는 일에 토를 달지 않기로 유명한 비서실장이지만 자신이 순간 잘못 들었는가 싶어 상관에게 재확인하고 싶은 마음이 굴뚝같았다.

"아까 그 일로 기분이 안 좋으신가?"

아니, 자신의 상관은 그런 사소한 일로 사람을 부르거나 신경 쓸 성격이 절대 아니다. 5년간 보좌한 자신의 상관은 촌철살인은 기본이고 빈정거림은 옵션으로 모시기 까다로운 상사지만 쓸데없이 남의 일에 관심 가지는 성격은 아니었다. 그런데 생판 처음 보는 여자를, 그것도 사무실로 데려오라고? 왜?

박 비서는 잡생각을 떨쳐 버리기 위해 고개를 흔들었다. 더 이상 생각할 겨를이 없었다. 이제는 거의 보이지 않는 여자를 잡기 위해 있는 힘껏 달려야 했다. 그는 자신의 일만 충실히 다하면 됐다. 일단 웬만한 남자보다 빨리 뛰고 있는 여자를 잡는 게 급선무였다.

주희는 식당에서 삼겹살을 주문함과 동시에 이상한 남자에 이끌려 한신그룹으로 끌려와야 했다. 지금쯤이면 한욱이 혼자 삼겹살을 다 먹고 있을 생각을 하니 더욱 배가 고팠다. 땀을 송골송골 흘리는 남자에게 도대체 왜 그녀가 끌려가야 하는지 물어봐도 대답해 주지 않는 걸 보면 좋은 일은 아닌 것 같았다.

"여깁니다. 들어가십시오."

비서실장이 이사실 문을 열어주자 주희가 머뭇거리며 안으로 들어갔다. 대부분 우리나라 수출 1등 공신은 반도체나 자동차로 알고 있지만 사실 석유화학이 그 자리를 10년 넘게 지키고 있다.

한신그룹.

그녀가 대학 졸업 후 입사지원서를 낸 적이 있어 너무나도 잘 알고 있는 회사. 친척 이름은 가물가물해 못 외워도 여기 회사가 뭘 만드는지, 얼마만큼의 정유와 원유 정제 시설을 확보하고 있는지는 줄줄이 외운 적이 있지. 물론 2차 면접에서 떨어졌지만.

주희가 책상에 걸터앉아 자신을 바라보는 남자를 확인하는 순간, 그녀의 눈이 동그랗게 커졌다.

"당신은……."

일주일 전 자선경매 행사에서 만난 남자다. 생판 모르는 남보다 낫다고, 알 수 없는 안도감이 찾아왔다. 주희는 어색하게 웃으며 인사를 건넸다.

"안녕하세요?"

"앉지."

진혁은 그녀의 행동 하나하나를 놓치지 않으려는 듯 뚫어지게 보고 있다. 자선경매 행사에서 자신을 마치 소중한 사람 바라보듯 보는 그녀의 눈빛이 머릿속 잔상으로 계속 머물고 있는 걸 보면 그녀의 인상이 강렬하긴 했나보다. 조금 전 회사 입구에서 그녀가 그의 앞에 나타나자 곧바로 알아본 자신에게 내심 놀라기까지 했다.

행사에 참석한 집안의 딸이라면 가까운 시일 내 어느 장소에서든 만날 수 있으리라 생각했지만, 그가 상상하던 모습과는 거리가 꽤 멀었다. 진혁은 눈을 내리깐 채 품평하듯 고개를 삐딱하게 기울여 그녀의 모습을 훑었다.

'뚝심 퀵서비스?'

퀵서비스를 하는 아가씬가? 그녀는 여자라기보다 마치 미소년 같았다. 통이 큰 면바지와 하얀 티에 조끼, 거기다 스포츠 시계까지. 여성스러운 모습은 그 어디에서도 찾아볼 수 없었다. 그냥 평범한 여자였다. 만약 길 가다 지나쳤으면 모르고 지나쳤을 정도로 평범했다.

잠시 불볕더위 아래 회장님의 잔소리를 들었더니 제정신이 아니었던 모양이다. 하긴 그녀를 여기 부른 것 자체가 그에게는 충분히 충동적이고 이상한 일이었다.

'그녀가 그의 머리를 마사지해 주었을 때 두통이 사라진 건 우연이었나?'

하지만 갑자기 그 심한 두통이 한순간에 잠잠해진 적은 단 한 번도 없었다.

주희는 슬슬 기분이 나빠지려 하고 있었다. 사람을 앞혀놓고 미술품 감상하는 듯한 남자의 눈빛이 거슬리고 있었다. 사람을 불렀으면 가장 먼저 왜 불렀는지 얘기를 해주어야 하는 게 기본 아닌가? 거기다 그녀는 밥도 못 먹고 끌려왔다. 참고로 그녀는 제때 밥을 뱃속에 안 넣어주면 짜증이 용솟음친다는 걸 좀 알아주었으면 좋겠는데…….

'그런 마사지 한 번에 두통이 사라질 리 없는데 무조건 데려오라고 했다니…….'

"내 실수군."

그 말은 사람을 잘못 데려왔다는 말?

주희의 눈에 슬쩍 짜증으로 힘이 들어갔다. 부가적인 설명이나 미안하다는 말도 없다. 그녀의 목 언저리까지 거친 단어 하나가 쑥 올라갔다 내려갔다. 그녀는 낮게 구시렁거리며 일어났다.

"어쩐지 처음부터 이상했어. 그럼 저 가 봐도 되죠?"

"미안하군요."

그가 고개를 끄덕이자 주희는 그를 빤히 바라보았다. 하긴, 내가 이런 사람과 엮일 일이 뭐가 있다고. 괜히 아까운 그녀의 점심만 날아가게 생겼다.

"퀵서비스 직원인가?"

더 이상 볼일 없는 여자인데 그는 나가려는 그녀에게 질문을 던졌다. 쓸데없는 호기심이라니. 진혁은 자조적인 미소를 지으며 자리에서 일어났다.

주희는 잠시 골몰하다 그에게 다가가 명함을 내밀었다.

"도움이 필요한 일이면 이쪽으로 연락 주세요. 뚝심 헬퍼 강주희입니다."

"심부름센터인가?"

"네. 작은 심부름부터 고객의 의뢰까지, 할 수 있는 일은 다 해요. 단, 합법적으로."

주희는 혹시 모를 잠재 고객을 위해 배꼽인사를 한 후 사무실을 나왔다. 움츠린 배를 잡은 그녀는 한욱이 제발 그녀를 위해 삼겹살을 남겨두었으면 하는 바람을 가지며 다시 식당으로 있는 힘껏 뛰었다.

'싹 다 먹고 커피 홀짝이고 있기만 해봐라!'

그녀는 큰 것에는 대범하지만 작은 것엔 조잔한 성격이었다. 그게 장점이라면 장점이고 단점이라면 아주 큰 단점이었다.

2장

　'뚝심 헬퍼' 사무실은 또다시 파리가 날렸다. 한욱의 봉투 접기는 이제 리듬감 있게 달인의 경지에 올라 부수입으로 짭짤했다.

　"어디 가서 점이라도 봐야 하나? 터가 안 좋은가? 아니면 대한민국 사람들은 근심걱정 없이 모두 행복하게 살고 있어 의뢰 같은 건 필요 없는 세상이 된 건가?"

　주희는 투덜거리며 습관적으로 큐브를 맞추고 있었다. 여자의 욕설 의뢰 뒤로 다방언니의 감기약과 죽 배달이 마지막 의뢰였다. 수수료는 5천 원. 그래도 그나마 최근 용순 할머니의 자선경매 심부름 값이 30만 원으로 가장 비쌌다.

　똑똑.

　'고객이다!'

주희와 한욱의 눈이 마주쳤다. 한욱은 빛의 속도로 책상 위에 놓인 봉투와 풀을 발아래로 감추고 키보드 위에 손을 올려놓았다. 주희 또한 고객을 맞이하기 위해 자리에서 벌떡 일어났다. 그러나 문이 열리자마자 그녀의 얼굴이 굳어졌다.

'당신이 왜……?'

그녀의 얼굴은 그렇게 묻고 있었다. 진혁 또한 여기까지 오면서 수없이 자신에게 되물었던 질문이다.

"이쪽으로 앉으세요."

한욱은 커피를 내리며 진혁을 흘낏 훔쳐보았다. 이런 곳에 전혀 올 사람 같지 않은 사람이 왜 왔는지, 사장님과 어떻게 아는 사이 인지, 모든 게 궁금 그 자체였다.

"무슨 일로 오셨어요?"

주희는 궁금함에 불쑥 묻고 싶은 말부터 꺼냈다.

"직원은 저기 한 사람뿐인가?"

"네. 아직 많은 일이 들어오지 않아서 인원 충원은 차차 생각하고 있는 중이죠."

침도 안 바르고 거짓말을 술술 하는 사장님의 말에 한욱은 낮게 콧방귀를 뀌었다. 하나밖에 없는 직원도 곧 그만둘지 모른다는 사실을 알고는 있는지.

"참고로 저희 회사는 합법……."

"알고 있으니까 사족 다 걷어치우고, 마사지 얼마지?"

주희와 한욱의 눈이 서로 마주쳤다. 마사지라고?

"여기는 의뢰를 하는 곳이지 마사지 영업장소가 아닙니다, 고객님."

주희는 친절하게 나가는 문까지 알려주었다.

썩을 놈. 얼굴은 멀쩡하게 생겨서 간판 하나 못 읽나. 그리고 무슨 불법 마사지를 받고 싶기에 도처에 마사지 가게를 놔두고 여기까지 오냐고!

"만성 두통으로 이것저것 안 해본 것이 없는데 당신이 마사지를 해준 뒤 거짓말처럼 5분 안에 두통이 멈추더란 말이지. 그게 우연의 일치인지 아닌지 확인하고 싶어."

한욱은 주희를 힐끗 쳐다보았다. 그 모르는 사이에 또 사장님은 생판 모르는 남에게 오지랖을 나풀거리고 오셨나 보다.

"다섯 번. 만약 당신 마사지로 두통이 없어진 게 맞는다면……."

전혀 주저할 것 같지 않던 남자가 말끝을 흐리자 주희와 한욱은 긴장되었다. 도대체 거칠 게 없는 남자가 무얼 망설이고 있는 것일까?

"평생 회원권을 끊지, 물론 선불 결제로. 그리고 기존 마사지사 월급의 배를 주지."

자기 돈으로 벽에 도배를 하든지 똥을 닦든 그 사람 마음이지만, 지랄, 지랄, 이런 돈 지랄이 없다. 하지만 문제는 그녀가 사무실을 오픈한 이후 이런 슈퍼 고객이자 미친 고객은 없었다. 그 말은 이 고객을 잡아야 한다는 말인데……

주희가 망설이는 사이 한욱이 잽싸게 노트북을 가지고 와 다시 앉았다. 일단 내용을 정리해 의뢰인에게 보여주고 확인 사인을 받기 위한 기본자세이긴 하나 그녀는 아직 하겠다고 결정하지 않은 상태였다.

"그리고…… 보물 상자도 찾아주나?"

의뢰가 하나 더? 갑자기 박 터진 의뢰에 그녀는 이런 행운이 자신 앞에 굴러 들어온 것을 믿지 못하는 눈치였다.

"정확히 어떤 물건인지 자세히 말씀해 주시면 도움이 될 것 같네요."

보물 상자는 사람에게 소중한 의미가 담긴 물건을 뜻하기도 하지만, 이 남자의 보물 상자는 말 그대로 보물이 그득 들어 있는 상자를 말하는 것 같아 주희는 선뜻 대답하지 못했다.

"어릴 때 하나씩 가지고 있던 이것저것이 담긴 보물 상자."

"이것저것이라면 반지, 목걸이, 다이아?"

그가 노려보자 주희는 어색하게 맞대응했다. 사람이 이런 걸로 날을 세우나.

"정확히 알아야 미리 혼선을 막지요. 커뮤니케이션은 중요한 것이니깐요."

결국 옆에 있는 한욱이 분위기를 누그러뜨리기 위해 끼어들었다.

"장난감, 딱지, 구슬, 이런 게 들어 있는 보물 상자를 말하는 거죠?"

그가 고개를 끄덕이자 주희는 그의 의뢰가 왠지 생뚱맞아 보였다. 마치 치즈에 보쌈을 싸먹는 것만큼 그의 이미지와 매치가 되지 않았다.

"찾아달라는 말은, 그 보물 상자가 어딘가에 묻혀 있다는 말씀이겠죠?"

"그렇겠지?"

저 불확실한 대답은 뭐지? 설마 작대기로 달 따달라고 하는 그런 의뢰는 아니겠지? 그녀는 그런 의뢰인을 많이 받아봤다. 개 발에 땀나도록 헛수고만 하고 잔금은 잔금대로 못 받은 그런 의뢰. 그래서 사무실이 이 모양 이 꼴이 됐다지?

"어릴 적이라 장소는 솔직히 모르겠군. 아는 건 소나무 밑이었다는 정도? 흙을 팔 때 솔잎이 많아 걷어냈다는 건 기억하니까."

주희는 잠시 그가 고객인 것을 잊고 살짝 노려보았다. 우리나라에 소나무가 얼마나 많은지 알고 하는 소리인가? 지금 삽 들고 대한민국 땅을 다 파보라는 말과 뭐가 달라?

"할 수 있나?"

"……."

그녀는 섣불리 대답할 수 없었다. 왠지 마사지가 메인이고 저 보물 상자는 밑밥 같아 보였기 때문이다.

"착수금 2천 주지."

주희는 침을 꼴깍 삼켰다. 저 돈이면 밀린 월급에서 월세까지 단번에 해결된다. 마사지, 그까짓 것, 손가락 운동이라 생각하면 그뿐 아닌가!

"착수금이 그 정도라면 다른 단서가 있을 것 같은데요?"

"정 의심스러우면 계약서 쓰던지."

그의 확답에도 주희는 의심의 끈을 놓지 못했다. 함부로 주워 먹으면 탈나고 급하게 먹으면 체하는 법이다. 그런데 이번 건은 두 가지 모두 해당되는 사항이었다. 본능은 주워 먹지 말라고 한다. 주희는 결심이 선 듯 진혁을 바라보았다.

진혁은 그런 그녀를 조용히 지켜보았다. 자선경매에서 본 그녀의 모습은 착각이 아니었다. 그녀는 마치 소중한 연인을 바라보는 듯한 착각을 일으킬 정도로 진지하게, 그리고 뚫어지게 바라보고 있었다.

"남자들이 많이 착각했겠군."

"네?"

그가 중얼거리듯 말하자 주희가 귀 밝은 체를 했다.

"언제까지 기다려야 하느냐고 묻고 있는데?"

"아, 그전에 사유지에 묻혀 있다면 조금 골치 아플 수 있는데……."

"어차피 친척 일가 땅이라면 걱정 안 해도 될 테고, 만약 다른 장소라면 최대한 지원하도록 하지."

신상 털기도 아니고 불륜 증거물 확보도 아니다. 눈 한 번 질끈 감고 삽질 오지게 몇 달 하면 올해가 편해진다. 주희의 머릿속에선 치열한 각축전이 벌어지고 있었다. 좀 더 결정할 시간이 주어졌으면 좋겠건만 의뢰인은 당장에라도 대답을 들어야겠다는 무언의 협박을 강렬한 눈빛으로 대신하고 있었다.

"하겠습니다."

"사장님!"

역시 걱정이 되는지, 이 한마디에 한욱의 심정이 충분히 실려 있었다.

"오늘 중으로 비서 통해 계약서 보내지."

할 말을 다 끝낸 진혁은 자리에서 일어났다. 그리고 나가다 뒤돌아 주희를 한 번 의미심장하게 바라보았다.

"미적거리는 건 딱 질색이야."

"네?"

"대응은 그때그때 신속 정확히. 그게 기본이겠지만."

"아, 네, 그럼요."

'결국 자기 성질 더럽다고 대놓고 광고하시네. 한마디로 입맛대로 부려먹겠다는 거잖아?'

주희는 영업용 미소를 지으며 고개를 끄덕였다. 그녀의 답변이 마음에 들지 않는지 눈을 가늘게 뜨고 그녀를 보자 그녀는 '최선을 다하겠다'는 입에 발린 말로 그를 배웅했다.

그가 떠나가자 한욱은 주희를 걱정스레 바라보았다.

"아직 안 늦었어요. 저 사람 떠나기 전에 전화해서 마음 바뀌었다 전화해도 괜찮아요."

"불법도 아니고 한꺼번에 두 개씩이나 받은 의뢰인데 거절은 무슨. 역시 발품을 팔다 보니 이런 일도 오네?"

주희는 한욱을 안심시키기 위해 씩 웃었지만 사실 그녀도 걱정 반 갈등 반이었다. 오랜만에 들어온 큰 의뢰라 기뻐할 만도 하지만 대놓고 기뻐하기에는 뭔가 찜찜했다. 그래도 어쩌랴. 의뢰를 가려 받다 이제는 고사 직전의 회사가 되었는걸.

그 남자의 성격을 보건대 최선 가지고는 부족했다. 무조건 의뢰를 성공시켜야 했다. 딱 봐도 이 남자는 만족스러운 결과물이 나올 때까지 그녀의 없는 능력까지 쥐어짤 것 같아 보였다.

주희는 의자에 털썩 주저앉아 자신의 손 이쪽저쪽을 살펴보았다.

"이 손으로 진짜 저 남자 두통이 없어지면 나 평생직장을 구하게 되는 건가? 부르는 게 값?"

"80세 평균수명 잡고 한 그중 20년 치만 월급 먼저 당겨달라고 해요. 사장님 아니면 안 되는데 그 정도는 갑질해도 되죠."

"넌 저 남자가 쉬워 보이니?"

서진혁. 사람을 잔뜩 긴장시키는 재주가 있다. 자라면서부터 리더 교육을 받으며 커서 그런지 행동 하나, 말 하나에 강함과 확신이 배어 있는 사람이었다. 저런 스타일은 고객으로도, 그리고 적수로도 꽤 꺼려지는 상대일 수밖에 없었다. 일단 의뢰를 맡겠다고 말은 했지만 똥 싸고 밑을 안 닦은 것처럼 찜찜했다. 그 정도로 이 일을 맡아야 할지 확신이 서지 않았다.

"팔 깁스해서 머리 감겨달라는 의뢰는 받아봤어도 마사지 의뢰는 처음이네."

"착수금을 2천만 원을 준다는 게 사장님도 의심스럽죠?"

그녀의 고민을 아는지 한욱이 거들었다.

"워낙 돈이 많아 2천만 원은 돈 같아 보이지 않나 보지."

"이럴 때는 사장님 촉을 믿으세요."

"하지 말까?"

그런데 한욱의 답이 냉큼 들려오지 않았다.

역시 월급은 줘야겠지? 에휴!

"일단 계약서 살펴보고 아무 이상 없으면 하자. 밑지는 거 없는데, 뭐."

"못 찾으면 불이익 같은 건 없겠죠?"

한욱은 걱정이 되면서도 대놓고 하지 말자고 말하지 못했다. 왜 하필 뜬금없고 대책 없는 우리 사장님에게 의뢰를 했는지 그 이유만이라도 정확히 알면 이 불안감은 없을 듯한데…….

"에라, 모르겠다. 못 먹어도 고다! 계약서 이상 없으면 고객 신상명세, 주위 관계 다 털어서 하나씩 짚어가야지. 인터뷰는…… 내가 하는 게 낫겠다. 넌 거기에 소질이 없으니."

한욱은 말 그대로 몸 쓰는 일 전문이었다.

"진짜 하실 거예요?"

"당연하지. 학교에 묻혔다면 정말 고맙겠지만, 아무래도 사유지에 묻혀 있을 확률이 크겠지? 초등학교라면 꽤 오래전이고, 거주지도 옛 주소일 가능성이 많고. 경찰 입회 말고 다른 방법으로 땅 팔 수 있는 방법이 없을까?"

역시 그녀는 마사지보다 보물찾기에 큰 관심을 가지고 있었다. 주희가 씩 웃으며 어디서부터 시작해야 할지 골몰하기 시작하자, 한욱은 앞으로 이 산 저 산 뛰어다니며 삽질할 생각을 하니 까마득하기만 했다.

사장님, 우리 쉽게 갑시다.

주희는 오랜만에 느긋하게 차를 마시며 마음의 여유를 즐기고 있었다. 얼마만의 느긋함인가? 착수금이 들어와 직원 월급도 줬겠다, 어머니에게 밀린 월세도 내고 이 따사로운 정자에서 해바라기를 하고 있자니 신선이 부럽지 않았다.

용순은 눈을 가늘게 떠 주희를 바라보았다. 아까부터 아주 히쭉히쭉, 실쭉실쭉 웃는 것이 나사가 빠져도 단단히 빠져 보였다.

"연애해?"

주희는 눈을 뜨며 용순 할머니를 보며 피식 웃었다.

"아니면 왜 허파에 바람 들어간 년처럼 실실 웃어?"

"연애보다 좋은 일이죠. 솔직히 요즘 회사 사정이 조금 안 좋아 마음이 무거웠거든요."

누구보다 얼굴에 잘 드러나는 주희의 표정을 보면 알고도 남음이었다. 용순은 아무리 봐도 주희가 사업을 할 깜냥은 아닌 것 같았지만 말을 아꼈다. 스스로 깨닫기 전에는 옆에서 백날 얘기해도 귀에 들어오지 않는 법이다. 태어날 때 자기 밥그릇은 쥐고 태어난다고 했으니 기다려 보는 수밖에.

"왜, 내가 싸게 빌려줄 수도 있는데?"

"할머니 돈은 무서워요. 이자가 얼만데요."

그녀가 누구인가? 사채 바닥의 큰손 아닌가. 앉아서 뉘 집 숟가락이 몇 개인지는 몰라도 이 바닥 동전 몇 개까지 알고 있는 사람이 바로 이 용순 할머니였다. 아들 둘이 일찍 사고로 죽자 모든 게 자신의 죄인 것 같아 그 뒤 봉사활동을 하는 보육원에서 그녀와 만나 알게 된 사이다.

"의뢰가 들어와서 숨통이 좀 트이니까 마음이 편해서 그래요."

"얼마나 큰 의뢰기에 숨통이 트일 정도야?"

주희가 저 정도로 말할 정도면 푼돈 의뢰는 아닐 것이다. 그리고 금액이 크면 그만큼 위험도 따르는 건 당연했다. 세상에 공짜 돈은 없다고 했다.

"저를 아직도 모르세요? 몸은 조금 힘들지 몰라도 위험한 일 아니에요. 그러니까 잠시 이 시간을 즐기게 내버려 두세요. 내일부터는 발바닥에 땀날 정도로 전국을 돌아다녀야 할지도 모르니까요."

용순은 찬찬히 주희를 살폈다. 워낙 일을 만들고 다녀서 그렇지 사리 분별하는 아이라 별 걱정은 하지 않지만, 그래도 나이가 드니 느는 건 걱정밖에 없는 것 같았다.

"할머니, 만약 할머니께 소중한 보물이 있다면 어느 장소에 숨길 것 같아요?"

"묵혀서 이로운 건 장밖에 없다. 자고로 돈은 굴려야 커지지."

"에이, 그런 거 말고요. 어릴 적 소중한 물건을 숨긴다면 어느 장소가 가장 좋을까요? 가령 학교? 집? 아니면 나만의 아지트?"

주희는 그가 어렸을 때 생활한 모든 장소를 훑었지만 이내 포기하고 말았다. 어릴 때부터 이 남자는 아버지를 따라 안 다녀본 곳이 없었다. 그 말은 정말 재수 없으면 그녀는 대동여지도를 만든 김정호처럼 대한민국 땅을 돌아다니며 삽질하고 다녀야 한다는 말이었다. 그리고 역사책에 이렇게 기록될 것이다. 대한민국 땅을 김맨 여자 강주희. 후세에게 대한민국의 땅을 비옥하게 만든 훈장이라도 받을지 모른다.

"단서가 너무 희박해서 좀 난감하네요."

주희가 코를 찡긋거렸다.

"찾아야 하는 물건이라면 자기가 기억하기 좋은 곳에 뒀을 것이고, 평생 아무도 못 찾을 곳에 묻어두고 싶었다면 깊은 산속에 묻을 수도 있는 거고."

"그렇겠죠?"

조금 전까지 좋았던 그녀의 기분이 갑자기 곤두박질치고 있었다. 젠장, 정말 현대판 김정호가 되는 건 아니겠지? 기한은 3개월인데…….

스멀스멀 올라오는 불안감을 그녀는 애써 무시했다.

그런 그녀를 날카롭게 바라보고 있는 용순은 조용히 약과를 입에 넣고 오물거렸다.

따사로운 햇빛을 받고 있는 창가 자리. 여유로운 주말에, 느긋한 사람들의 표정과 달리 주희는 자신이 쥐고 있는 펜이 인내심을 참지 못하고 두 동강이 날 수도 있겠다고 생각했다. 가장 기본적인 자료 조사에 있어 그녀의 고객은 비협조적인 데다 불친절하기까지 했다. 적어도 자신이 찾고 싶은 무언가가 있다면 어떻게든 기억을 쥐어짜 자신의 간절함을 좀 내보여야 하는 게 정상이건만, 이 남자는 국회 청문회 자리인 줄 아는지 그의 입에서 나온 말은 '잘 모르겠군'과 '기억이 나질 않는군'이 대답의 전부였다. 확 의뢰인만 아니라면 수첩으로…….

'진정성을 좀 보이란 말이다!'

결국 주희가 펜을 수첩 위에 내려놓았다.

"기본적으로 정보가 너무 부족하네요. 학교, 친가, 외가는 물론 근처 동산까지 다 뒤져야겠지만 나중에라도 생각나면 꼭 알려주세요."

"그러도록 하지."

"보물 상자는 어떤 모양이에요? 재질은요?"

"네모난 강철 상자로 기억되는군."

"친가, 외가 통틀어 소나무 있는 친척 집 리스트를 훑어봤거든요. 거기에 현재 서진혁 씨가 살고 계시는 집을 포함하면 네 군데더군요."

그녀가 거주지를 조사하면서 아파트에 살고 계시는 분들에게 얼마나 고마워했는지 그들은 모를 것이다.

"먼저 소나무 근처 일대를 금속 탐지기로 대략 위치 잡아서 사진 찍어 보낼 테니 혹시 떠오르는 거 있으면 알려주시고요."

"그러도록 하지."

"오늘은 여기까지 하죠."

더 이상 나올 게 없자 주희가 일어나려고 할 때였다. 그녀와 조금 떨어진 곳에 앉아 있는 민재를 발견한 주희의 눈빛에 반가움이 스쳤다. 그는 이어폰을 꽂은 채 눈을 감고 창가에 기대어 있었다. 누구를 기다리는지 아니면 혼자만의 시간을 즐기고 있는지 모르겠지만, 그의 여유로움을 방해하고 싶지 않았다. 입가가 느슨해져 있는 걸 보면 필시 좋은 일이 있는 모양이다. 행복이 전염되기라도 하듯 그녀의 입가로 옅은 호가 그려졌다.

"뭘 보는 거지? ……강주희 씨?"

그와 동시에 그녀의 고개가 강제적으로 홱 돌아갔다. 그녀와 진혁의 시선이 강하게 부딪혔다. 주희는 믿을 수 없었다. 그가 그녀의 고개를 잡아 돌린 것이다. 그것도 거칠게!

'지금 이 행동, 충분히 납득할 수 있는 이유는 만들어놓았을 거라 믿습니다, 서진혁 씨.'

주희의 눈빛이 불쾌감으로 짙어졌다.

'확실히 이 눈빛, 거슬리는군.'

주희의 입술이 굳게 다물어졌다. 내가 뉘 집 강아지 메리 좋이야? 왜 남의 턱을 이리저리 홱홱 돌리느냔 말이야? 그리고 그녀가 눈에 힘주는 건 당연하지만 이 남자는 왜 덩달아 눈에 힘주는데? 노안으로 시력이 나빠 그런 것도 아니면서. 이놈의 슈퍼 갑 의뢰인만 아니라면…….

"절 부르려면 턱을 잡지 말고 말을 사용해 주셨으면 하는데요?"

딴엔 고객이라 대놓고 언성을 높일 수 없어 최대한 순화해 끄집어낸 대사다. 혹시 그가 갑자기 그녀의 목 운동을 시켜주고 싶어 그랬을 수도 있으니 일단 들어나 보자는 심정으로 말이다.

"헤벌쭉 웃으며 내가 불러도 대답 없던 사람이 누구지?"

갸웃하던 주희가 아차 하며 어색한 미소를 지었다. 그녀의 순간 집중력은 가끔 쓸데없이 뛰어날 때가 있었다. 씩씩거리며 들이받지 않는 건 백만 번 잘한 일이었다.

"미안해요."

진혁은 그녀의 시선이 머문 창가 쪽의 남자를 바라보았다. 서민재 팀장?

"넋 놓고 볼 만큼 그쪽 이상형이라도 되나 보지?"

"같이 봉사활동 하는 회원이에요. 자주는 못 보는데 이렇게 우연히 만나니 기쁘네요."

그러나 그는 그다지 기분이 좋지 않았다. 이 여자, 웃음이 쾌 헤펐다.

"그런데 왜 부르셨죠? 혹시 기억난 거라도?"

"보물 상자 찾으러 갈 때 최대한 나도 동행하도록 하지. 그편이 찾는 데 빠를 테니."

"저희야 도움이 되니 좋긴 한데 한두 군데도 아니고……."

"되도록 내 스케줄 비는 날짜에 움직이도록 하는 것으로."

'이 남자, 갑자기 왜 마음이 변한 거지?

"출장도 많고 일도 많을 텐데 가능하겠어요?"

"비서에게 말해놓을 테니 스케줄 조절은 비서와 얘기하도록."

아무래도 이 남자를 잘못 본 모양이다. 사람 상대하는 일이라 어느 정도 사람 파악하는 데 자신 있었는데 전혀 아니었다. 관심 없는 것에 일체 무관심하거나 냉정으로 일괄할 것 같은 사람처럼 보였는데 이렇게 적극적이고 과거에 애착이 있으면서 열정적으로 뭔가를 찾으려는 자세를 보니 이 의뢰를 꼭 성공시키고자 하는 욕심이 생겼다.

"형?"

무의식적으로 주희 또한 뒤돌아보자 민재의 표정에 놀람과 당황스러움이 스쳤다.

"안녕하세요, 민재 씨?"

"이런 곳에서 만나다니 기쁘네요. 데이트 중인데 내가 방해한 건 아니죠?"

"아니요. 그런 거 전혀 아니에요."

주희가 손사래까지 치며 부인하자 진혁의 눈이 가늘어졌다.

"그런데 두 분, 아는 사이세요?"

질문과 동시에 그녀의 머리가 번쩍였다. 이 사람, 설마 같은 서 씨 집안의?

"작은아버지의 차남이지."

진혁이 그녀의 의문을 해결해 주었다.

"그럼 얘기 나누세요. 난 아무래도 약속이 깨진 것 같은 데……."

"저희도 나갈 참……."

"하던 김에 마저 마무리 지어야지."

아니, 그만하자고 해서 엉덩이 떼고 일어났으면서 뭘 하던 걸 다시 해? 기억나는 것도 없고 줄 자료도 없으면서? 이 남자, 이렇게 변덕스러웠나?

"왜? 다른 약속이라도 있나 보지?"

역시 사람은 얼굴 보고 판단하는 게 아니었다. 쌍꺼풀이 없는 날카롭고 까만 눈동자에 일자로 시원스럽게 다물어진 입은 벼락이 내리꽂아도 그 자리에 그대로 서 있을 것 같은 사람처럼 생겼으면서 어찌 입에서 나오는 말은 변덕이 죽 끓듯 하는지.

결국 그녀는 우연히 만난 민재를 아쉬운 마음으로 돌려보내야 했다.

"아니에요. 저야 단서가 하나라도 더 있으면 좋지요."

"삼 개월이 그리 긴 시간은 아니니 한눈팔 시간 없을 정도로 바쁘긴 할 테지."

'지금 저 말은 내가 민재 씨 바라보며 헤벌쭉 웃었다고 비꼬는 말은 아니겠지?'

주희의 두 눈에 힘이 들어갔다. 그래, 의뢰는 의뢰. 공돈은 안 받는다. 이 강주희, 대한민국 흙을 다 갈아엎는 한이 있더라도 고객님의 소중한 추억은 꼭 찾아드리도록 하지요. 북조선까지는 못 가도 NLL(북방한계선)까지는 파보겠다는 심정으로 꼭 완수할 테니까!

주희는 각오를 다지며 두 주먹을 불끈 쥐었다.

커피숍을 나오면서 민재는 어디론가 전화를 걸었다.

"할머니가 궁금해하실 것 같아서 전화 걸었어요."

민재는 대뜸 전화를 걸어 하고 싶은 말부터 내뱉었다. 용순 할머니는 원래 약속이 있으면 대부분 집으로 불러들였다. 바깥출입은 되도록 자제하며 있다 해도 그 시간이 길지가 않았다. 그런 분이 긴히 할 얘기가 있다며 약속을, 그것도 커피숍으로 잡아서 조금은 의아스럽긴 했다. 마음 한편으로는 소개팅을 시켜주려나 싶었다. 그런데 만난 사람이 사촌 형과 주희 씨라니. 그의 입장으로서는 좀 난감한 상황이었다.

[말하는 걸 보니 주희를 만난 모양이네?]

뭐가 재미있는지 용순 할머니는 낄낄거렸다.

"제 사촌 형도 같이 있어 조금은 당황스러웠죠."

[……서진혁 말이냐?]

"모르고 계셨어요?"

[둘이 왜?]

서로 만날 접점이 없었다. 그리고 주희의 성격상 애인이 생겼다면 온 동네방네 방을 붙이고 자랑하고 다니면 다녔지 입을 꾹 다물 성격은 아니었다.

"미팅이라고 했으니 개인적인 일은 아닌 것 같아요."

의뢰인이 서진혁이란 말이지? 용순의 입이 잠시 꾹 다물어졌다. 사실 용순은 민재와 주희가 은근히 잘되기를 바라고 있었다. 민재 정도면 주희의 짝으로 괜찮다고 오래전부터 민재를 꽤 세심히 살펴보고 있었다. 물론 주희 부모님이 계시지만 이 아이의 짝만큼은 자신이 골라주고 싶었다. 심성 좋은 애가 나쁜 남자에게 눈이 뒤집혀 인생 고단하게 사는 것보다 심성 제대로 박힌 민재 녀석과 이어주는 것도 나쁘지 않다고 생각했다. 거기다 그 정도 집안에 어른 알아보고 성격이 유쾌하기까지 하니 주희의 짝으로 딱이었다. 옆에서 지켜보니 민재 또한 어느 정도 주희에게 호감이 있어 보여 늙은 나이에 재미난 일 하나 꾸며보기로 한 것이다. 얼마 전 자선경매 파티에 주희를 보낸 것도 그렇고, 오늘 커피숍에 민재를 내보낸 것도 그런 이유였다. 뜻하지 않은 장소에서 자주 만나다 보면 호감이 상승하는 기대 효과를 노린 것이다.

그래서 오늘도 그런 의미에서 용순은 민재와 약속을 잡은 뒤 문자로 민재에게 주위에 예쁜 여자 안 보이냐는 한마디만 하고 끊었던 것이다.

[그래서 지금 주희와 함께 있다는 게야, 아닌 게야?]

"아직 미팅이 덜 끝나서 먼저 나왔어요."

사촌 형이 의뢰한 것이 뭔지, 아니, 그녀에게 의뢰할 만한 거리가 있기라도 하는지 의심스럽고 궁금했지만 자신이 그 자리에 있을 명분이 없었다.

[멍청한 놈, 멍석을 깔아주면 얼씨구나 하고 받아먹을 일이지 멍석을 말고 판을 엎어?]

민재는 시원스럽게 웃음을 터뜨리며 차 문을 열었다.

"할머니, 저 코 질질 흘리는 일곱 살 아니거든요."

[그 말은 뭐야? 주희가 마음에 안 든다는 거냐?]

"제가 알아서 하겠습니다. 그러니 이런 이벤트, 더 이상 사양합니다."

[늙은 내가 봐도 네 방식은 느려터지다 못해 복장이 터진다, 이놈아! 끊어!]

민재는 피식 웃으며 끊긴 휴대폰을 바라보았다. 주희의 성격을 잘 알고 있기 때문에 그녀의 속도에 맞추는 것뿐이다. 자신이 하고픈 일을 하겠다고 이리저리 뛰어다니는 그녀는 언제나 행복해 보였다. 그래서 그런지 그녀의 머릿속은 항상 자신의 주변 사람들과의 사건 사고로 꽉 차 있었고, 그만큼 그를 봐줄 여유가 없었다. 그녀를 안 지는 겨우 4개월 정도밖에 되지 않았다. 앞으로 천천히 다가갈 생각이다. 그녀는 옆에 있는 자체로 즐거움이 되는 여자니까 급할 게 없었다.

"진혁이 형이 의뢰를 했단 말이지. 그것도 이름도 없는 심부름 센터에?"

왜? 궁금함보다 의아함이 앞섰다. 아무리 의뢰로 만나는 사이지만 형이 그녀의 매력을 알아채는 건 원치 않는다. 모든 게 완벽해야 만족하는 형의 성격상 어쩌면 그녀를 먼 행성의 외계인 취급을 할지도 모르지만, 그럼에도 걱정이 되는 건 여자들은 그런 형의 재력과 능력을 좋아하기 때문이었다.

민재는 생각을 털어버리려는 듯 고개를 저었다. 고작 의뢰를 한 것일 뿐이다. 자신의 비약이 심했다. 그럼에도 민재의 마음 한편으론 불안감이 스며들었다.

"스케줄이 바뀐 이유가 뭐지?"

진혁은 탁자에 스케줄을 내려놓으며 주희에게 설명을 요구하고 있었다. 아니, 목소리는 분명히 힐책이었다.

그가 저렇게 정색을 하고 물어보니 그녀는 순간 왜 자신이 혼나는 기분인지 알 수가 없었다. 이게 이렇게 중요한 일이었던가? 그녀는 단지 스케줄 변경을 알려주기 위해 왔을 뿐인데, 갑자기 이야기가 심각해지고 있었다.

'저기요, 고객님, 어떻게 사람이 매일 아침 6시에 일어나 7시에 똥 누고 9시에 일을 시작하나요. 살다 보면 각종 변수로 일이 밀리고 매치고 뒤집어지는 건 일상다반사라고요.'

라고 말하고 싶지만, 그의 차가운 눈빛에 간단하게 끝내기로 했다.

"다른 의뢰와 절충하느라 조정이 필요했어요."

"어제까지만 해도 그런 말이 없었는데 갑자기 변경되었다?"

"갑작스럽게 들어온 의뢰라서요."

"속전속결로 해치울 만큼 말이지."

이 남자, 아침부터 왜 이리 심기가 사나워? 말꼬리를 잡고 늘어지고 싶을 만큼 그녀가 잘못한 일은 없는데.

"일에 지장은 없을 거예요."

"그건 내가 판단할 일이고, 무슨 의뢰인지는 물어봐도 되겠지?"

"단순한 일이에요."

진혁은 주희를 보다 상체를 앞으로 숙였다.

"의뢰가 비밀이라면 적어도 강주희 씨가 하는 업무가 뭔지는 말해줄 수 있겠지? 그래야 내 의뢰에 영향이 끼치는지 아닌지 판단하지. 위험의 강도 정도는?"

누구를 지금 바보로 아나. 아까의 질문을 조금 비틀었지 그 말이 그 말이다.

"가드입니다."

그녀는 체념하고 대답했다.

"뭐?"

이 한마디에 진혁의 불쾌감이 단번에 표현되었다.

"자격증 있어요. 이래봬도 유단자예요."

"심부름도 아니고 신변 보호? 그러다 다치면 내 의뢰는 어떻게 되는 거지?"

이 이기적인 발언. 누가 외아들 아니랄까 봐 자기밖에 몰라요. 당신 때문에 대한민국의 외아들이 싸잡아서 욕먹는 거야! 저 노려보는 눈꼴 보소?

"그럴 일 없을 겁니다."

그녀의 말이 딱딱해졌다.

"신도 아닌데 앞의 일을 장담한다? 나조차도 못 이길 것 같은 당신이 기습적으로 덮치는 괴한을 이길 수 있다고? 웃기는군."

이제는 대놓고 빈정대고 있다.

'이보세요, 의뢰남 씨. 내가 오늘 더워서 밤잠을 설쳐 이성 충전을 다 못 하고 나왔거든요?

"제 능력이 비웃음당할 거리는 아닌 것 같은데요."

그녀가 무턱대고 이 사업을 뛰어든 줄 아나? 그녀는 도청탐색사, 특수경비 자격증을 포함해 합기도 단수도 따놓았다. 그녀의 사업이 단순한 심부름이나 하는 회사가 아니란 말이다.

"그래? 그럼 나같이 평범한 사람 정도는 상대할 수 있겠지?"

"……."

근육 조금 있다고 용기가 콸콸콸 솟나 본데, 그녀의 체구가 아무리 그의 턱밑에 온다 하더라도 너무 무시하는 발언이다.

'합법적으로 맨손격투를 신청해 딱 죽지 않을 만큼 목 한번 졸라 드릴까요?

하지만 저 남자의 자존심을 쩍 소리 나게 깨부수면 앞으로 만날 때마다 껄끄러울 것이다. 의외로 속이 밴댕이 소갈딱지라 의뢰를 취소하는 일이 생길지도 몰랐다.

"자신 없으면 그 의뢰 취소하던지."

"서진혁 씨가 우려하시는 일 없도록 잘할 테니 이 문제는 그만 끝냈으면 하는데요?"

"분명 계약서에는 의뢰에 지장을 주는 일은 일체 하지 않는다고 명시되어 있을 텐데?"

원래 계약서 해석이 코에 걸면 코걸이고 귀에 걸면 귀고리 아닌가? 나도 좀 먹고살자!

당신 의뢰만 의뢰고 남이 한 의뢰는 콧방귀로 들리나?

"자신 없나 보지?"

그녀가 대답이 없자 그는 다시 한 번 그녀의 자존심을 긁기 시작했다. 결국 주희는 낚이는 셈치고 도전적으로 진혁을 바라보았다.

"좋아요. 대신 결과에 승복하기예요?"

"바라는 바야. 내일 9시?"

"콜."

주희가 의지를 불태우는 눈빛으로 노려보자 진혁은 인터폰을 눌렀다.

[네, 이사님.]

"내일 오전 9시, 체육관 예약해 놓도록. 모두 비워."

[알겠습니다.]

진혁이 확신에 찬 미소를 지으며 주희를 바라보자 주희 또한 그의 눈빛을 맞받아쳤다. 언제나 느끼는 거지만, 확실히 그녀의 눈빛은 살아 있어 보기에 지루하지 않았다. 그리고 장담하건대 그녀가 누군가를 경호하는 일은 절대 없을 것이다.

맙소사! 그녀는 등이 매트에 메다꽂히자 낮게 신음을 흘렸다. 그와의 시합은 맨손격투였다. 그래도 VIP 의뢰인인데 혹시 다칠지 몰라 그녀는 방어 자세로 그와 마주하고 있었건만 그를 만만히 봐도 너무 만만히 봤다. 너무나 거뜬히, 그것도 아무런 망설임도 없이 그녀를 넘겨 버렸다. 그와의 힘 차이를 깨닫기도 전에 그가 공격한 것이다. 그것도 인사하자마자. 스트레칭을 하는 순간부터 예사롭지 않을 거라고 생각은 했지만 이 정도일 줄은 몰랐다.

주희는 아픔보다 어이없음에 웃음이 터져 나왔다. 그가 자신만만한 이유가 다 있었던 것이다.

주희가 벌떡 일어나자 진혁은 재미난 듯 그녀를 보고 있다.

"솔직히 불죠? 무슨 운동 하셨죠?"

"이것저것?"

그가 으쓱이며 대답을 피하자 주희는 콧방귀를 뀌었다.

"흥! 이것저것? 정식으로 배운 솜씨구만."

그녀는 자세를 한껏 낮추며 그의 공격에 대비했다. 미국 CIA와 FBI에서 여성이 남성을 제압할 수 있는 유일한 무술로 주짓수를 꼽는다고 해서 배운 무술이다. 그리고 일주일에 두세 번은 꼭 체육관에 나가 운동을 한다. 여기서 그에게 질 순 없었다. 이건 자존심 문제였다.

입술을 꽉 깨문 주희는 그에게 달려가 양팔로 진혁의 허리를 단단히 감아 옆으로 굴렸다. 곧바로 그의 위로 올라가 무릎으로 그의 가슴을 눌러 일어나지 못하게 했다. 그녀는 팔로 반대편 어깨를 꽉 누른 뒤 그와 눈싸움을 했다. 모든 시합은 초장 기 싸움에서 승패가 갈린다.

"설마 여기서 흉부를 가격할 건 아니겠지?"

정식 싸움에서는 충분히 기술을 써먹어도 되는 일이지만 그래도 그녀는 그렇게까지 그에게 기술을 걸고 싶지 않았다. 그러나 그 생각을 조금 변경해야 할 것 같았다. 그를 누르는 것만으로 거친 숨을 몰아쉰 주희에 비해 그는 느긋해 보였다. 주희는 그런 진혁을 노려보았다.

"공수도? 절도권? 뭐예요?"

"맞혀보지?"

주희의 상체가 그의 가슴을 압박하자 진혁의 한쪽 눈썹이 살짝 올라갔다.

"적극적인 여자를 좋아하긴 하지만 그래도 난 이 자세가 더 좋군."

그 말과 동시에 진혁과 주희의 위치가 바뀌었다.

'이 남자가 진짜!'

"항복?"

진혁은 그녀의 두 팔을 머리 위로 압박하며 다시 물었다.

이 남자, 진짜로 그녀와 제대로 겨뤄볼 생각인가 보다. 그래, 여자 이겨먹고 웃기만 해봐라. 그 얼굴에 날아차기를 해줘 버릴 테다.

"빠져나오는 방법을 잊어먹었나 보지?"

"그 입 좀 다물죠?"

그녀가 딱 움직이지 못할 정도로 압박하는 그를 보자 자신의 이상형에서 하나를 제외하기로 했다. 자신보다 강한 남자가 좋다고 했지만 막상 아래에 깔리고 보니 기분이 꽤 나빴다.

'힘 차이가 분명하잖아요!' 라고 말하기에는 그녀의 자존심이 용납하지 않았다.

"힘으로 하니 좋아요?"

그러나 입은 제 할 말을 하고 있었다. 아, 역시나 오늘도 머리와 입은 따로 놀고 있었다.

"그래서 호흡이 흐트러지셨나?"

그의 빈정거림에 그녀가 그를 노려보았다.

"항복?"

이제는 그녀의 어깨까지 눌러왔다. 이 남자, 정말 제대로 할 생각인가?

"……."

"아직은 버틸 만한 것 같군."

그녀가 대답이 없자 그가 피식 웃으며 혼자 답을 내렸다.

기세등등하게 말해놓고 여기서 지면 망신도 이런 망신이 없다. 그녀는 무조건 젖 먹던 힘까지 쥐어짜야 했다. 그러나 그녀가 발버둥 칠수록 그는 끄떡도 하지 않았다. 아무리 남녀 차이의 힘이 존재한다고 해도 이건 벽을 밀어붙이는 기분이다. 가슴과 가슴이 맞닿았고 다리와 다리 사이가 맞물려 있어 어떻게 보면 조금은 민망한 자세일지도 모르지만 지금 그걸 따질 정신이 없었다. 주희가 다리를 들어 그의 복부를 가격하려 하자 그가 몸을 뒤로 뺐다.

　이제는 이판사판이다. 그녀는 다시 자세를 가다듬고 무조건 그에게 돌진해 그의 다리를 걸고 무게중심을 있는 힘껏 그쪽으로 실었다. 그러나 그가 달려오는 그녀를 살짝 피하는 바람에 그녀는 중심을 못 잡고 그대로 코가 땅에 부딪쳤다…… 가 아니라 비명은 그에게서 낮게 터져 나왔다.

　진혁은 그녀가 넘어지기 직전 몸을 틀어 그녀를 안은 채 매트 위로 그대로 쓰러졌다. 낙법이 아니라 그녀의 체중까지 더해진 충격이 그의 등 뒤로 고스란히 전해져 아픔은 배가되었을 것이다. 체육관에 쿵 소리가 울리더니 한동안 주희와 진혁 어느 누구도 꿈쩍도 하지 않았다.

　그가 눈을 뜨지 않자 주희는 그를 작게 흔들어보았다.

　"저기요…… 괜찮아요?"

　혹시 뇌진탕? 주희는 조심스레 그를 불렀다. 그래도 그가 반응이 없자 주희는 벌떡 일어나 사람을 부르려 했다. 침착하려 했지만 머릿속은 최악의 상황이 펼쳐지고 있었다. 그러나 문득 그녀는 이상한 생각이 들었다. 그가 그녀를 꽉 안고 넘어지는 자세 그대로 유지하고 있다. 이 정도 힘으로 그녀를 껴안고 있으면 정신이 있다는 소린데?

　"서진혁 씨!"

　그와 동시에 그가 천천히 눈을 떠 주희를 바라보자 그녀는 안도감에 미소를 지어 보였다. 잠깐 동안이었지만 그녀는 진짜 가슴이 덜컹했다.

"말 좀 해봐요. 괜찮아요?"

"……."

"머리 아파요? 고개라도 끄덕여 봐요."

분명 넘어지면서 반동으로 매트에 머리를 다시 한 번 부딪쳤을 것이다. 혹시 이러다 다시 기절하는 건 아니겠지?

진혁은 자신이 잘못 본 게 아니란 걸 확신했다. 자신을 걱정스레 바라보는 이 눈빛을 보는 것을 은근히 즐기고 있었다. 흠뻑 땀에 젖은 여자가 침대 밖에서도 매력적일 수 있다는 것 또한 신선했다. 그의 위에서 느껴지는 그녀의 무게가 확실히 나쁘지 않았다.

그가 눈을 떴지만 아무 반응 없자 주희의 얼굴이 다시 굳어졌다.

"잠시만 기다려요."

"괜찮으니 호들갑 떨 거 없어."

그때서야 진혁은 그녀를 놔주고 일어났다. 그는 아무렇지 않은 듯 스트레칭을 하며 그녀를 바라보았다. 그녀는 여전히 걱정스러운 얼굴로 그를 바라보았다.

"어지럽지 않아요?"

이러다 픽 쓰러진 사람 많이 봤다.

"평정심을 잃고 달려드는 사람이 누굴 경호하겠다고? 달려드는 멧돼지도 아니고."

저 남자, 고마운 마음이 들다가도 저 입으로 제 복을 다 까고 있다. 기껏 걱정되어 물어보는 사람한테 달려드는 멧돼지? 그렇게 나온다면 저도 고마운 마음은 후루룩 마시고 뻔뻔스럽게 나가겠습니다.

"그래도 진 건 서진혁 씨잖아요?"

"뭐?"

마치 못 들을 것을 들었다는 표정이다.

"그러니 전 금요일 경호를 해도 되는 거죠?"

진혁이 주희에게 한 발짝 다가가자 그녀는 살짝 긴장했다. 그의 행동은 그녀의 질문이 아주 마음에 들지 않는다고 대놓고 보여주고 있었다.

"참고로 정말정말 안전한 일이에요. 이런 힘을 발휘할 일도 없는."

그녀는 다시 한 번 힘주어 말했다.

"좋아, 이번 판은 당신이 이겼다고 치고, 3판 2승제로 가지."

뭐라? 고작 10분간 그와 대결을 했을 뿐인데도 힘이나 기술면에서 압도적으로 강한 그와 다시 붙으라고? 이 남자는 자신의 뜻대로 안 되면 화병이 걸리는 사람일지도 모른다. 그리고 그는 확신이 없으면 절대 그런 제안을 할 사람이 아니라는 것도 알았다.

"일에 지장 없다고 했잖아요!"

결국 그녀가 욱해서 내질렀다.

"나도 분명 말했을 텐데? 안 된다고."

그가 낮지만 강하게 경고했다.

"아무리 저면 세퍼트가 비싸다고 하지만 설마 그걸 훔치려고 저를 누구처럼 땅바닥에 메다꽂고 도망가겠어요?"

"저먼 셰퍼트? 강아지 말인가?"

"네. 경호를 빙자한 산책이나 다름없지만."

훈련이 잘된 강아지라고 했지만 특이하게 제 좋아하는 것에 정신이 팔리면 어디든지 뛰쳐나간단다. 그래서 길강아지인 줄 알고 두어 번 사람들이 데려간 적도 있다고 했다.

진혁은 어이가 없는지 피식 웃었다.

주희는 그런 그를 못마땅하게 노려보았다. 의뢰에 대한 비밀 엄수는 당연하지만 이건 비밀도 아니니 이 정도는 말해야 이 남자가 납득을 할 것 같았다. 먹고살기 이렇게 힘들어서야!

"그래서 매일이 아니라 매주 금요일이었군?"

"이제 마음에 놓이시나요?"

진혁이 고개를 끄덕이자 주희는 그때서야 수건으로 얼굴을 닦으며 물을 마셨다. 내일 일어나면 근육이 꽤 아플 것 같았다. 망할 남자 같으니!

"어쨌든 이해해 줘서 고마워요."

진혁은 물을 마시다 날카롭게 주희를 바라보았다. 그 시선에 주희 또한 의아해 같이 바라보았다. 또 왜? 뭐가 또 못마땅한 거야? 설마 내가 개에 물려 일에 지장 있으면 안 된다는 그딴 이상한 이유로 태클을 거는 건 아니겠지?

"분명 저먼 셰퍼트라고 했지?"

"그렇게 들었어요."

저먼 셰퍼트는 여자보다 남자가 많이 기르는 종이다. 그리고 저먼 셰퍼트를 기르는 사람은 많지 않았다. 그가 이 종을 알고 있는 이유도 주변에 기르는 사람이 있기 때문이었다.

"의뢰인은 남자일 거고?"

그가 혼자 중얼거리며 심각한 표정을 짓자 그녀는 모르는 척했다.

아무리 봐도 저 남자, 성격이 조금 이상한 것 같다. 그녀는 짐을 챙겨 어깨에 가방을 둘러멨다. 한욱 혼자서 사무실을 지키고 있을 텐데 들어가는 김에 떡볶이라도 사 들고 가야겠다고 생각했다. 그와 더 있어봤자 나오는 건 언성 높일 일밖에 없을 것 같았다. 그녀는 진심으로 체육관을 빨리 빠져나가고 싶었다.

"의뢰인이 설마 서민재는 아니겠지?"

둘은 분명 아는 사이이고 그 주변에 저런 세퍼트를 키우고 있는 놈은 그 녀석밖에 없었다.

주희가 홱 뒤돌아 그를 바라보았다.

"맞군, 서민재."

확신에 찬 그의 말에 주희는 멍하니 그를 바라보았다. 이 남자, 신기 있나?

"그 의뢰 취소야."

미소를 짓고 있는 그의 표정을 한 꺼풀 벗겨내면 오만한 협박이 존재했다.

"계약 파기 위약금 물어내라고 한다면 이쪽에서 물어내지."

"갑자기 왜……."

변덕이 죽 끓듯 한다는 건 죽을 모욕하는 처사다. 이 남자 변덕은 지진 진동 그래프처럼 1초에 수십 번은 널을 뛰고 있었다.

"그건 그쪽이 잘 생각해 보면 되겠군."

친척과 사이가 안 좋아서 그러나? 아니면 내가 설마 자신의 의뢰를 친척에게 말할지도 모른다고 생각하는 건가? 주희는 변덕스러운 남정네 때문에 머리가 지끈지끈 아파왔다.

"저기요, 잠시만 얘기 좀 해요."

"더 이상의 논쟁은 불가하겠음."

혼란스러워하는 주희를 내버려 두고 진혁은 먼저 체육관을 빠져나갔다.

그러나 로비를 빠져나가는 그의 걸음이 잠시 멈췄다.

'설마 민재의 마음을 알면서 모르는 척 응한 건가?'

상황을 유추하려는 그의 눈매가 가늘어졌다. 남자가, 그것도 여자에게 강아지를 핑계로 일주일에 한 번 만나자는 건 누가 봐도 뻔했다. 적어도 민재가 강주희에게 지대한 관심이 있다는 것이다. 하지만 그가 아는 이상 앞으로 그 둘이 개인적으로 엮일 일은 없을 것이다.

"어디서 개수작을······."

멀어져 가는 진혁의 입에 삐딱한 미소가 잡혔다.

주희는 난감한 표정으로 커피 잔을 만지작거리고 있었다. 커피숍에 앉자마자 기본적인 안부며 시답지 않은 몇 마디가 오고 갔지만 어차피 그녀의 얼굴을 보러 나온 것이 아닌 이상 빨리 말해주고 그의 시간을 뺏지 않는 게 최선이었다. 그리고 아무리 머리를 굴린다 해도 그녀는 말을 돌려서 하는 재주를 타고나지 못했다.

"죄송해요. 갑자기 사정이 생겨서 민재 씨 의뢰는 못 할 것 같아요."

"아쉽네요."

그의 말투에서 진심으로 아쉬워함이 느껴지자 그녀는 더욱 미안했다.

"민재 씨 마음 잘 알고 있어요."

커피를 마시려던 민재의 손이 순간 흠칫했다. 하긴 자신의 의뢰가 뜬금없긴 했다. 씁쓸한 미소가 그의 입가에 스쳤다. 그녀에게 애완견을 부탁한 건 그녀가 은근히 그의 마음을 알아채 주길 바라는 마음에서였다. 아니, 확인하고 싶었다. 그래서 그녀가 수락했을 때 그는 속으로 주먹을 쥐며 'Yes!'라고 큰 소리를 쳤다.

"사실 마음이 조금 불편했는데 오히려 이렇게 되니 속이 시원하네요."

"……!!"

순간 민재의 얼굴이 굳어졌다. 그러고는 곧 어색한 미소로 자신의 당황함을 감추었다. 예상치 못한 그녀의 말이 꽤 충격이었다. 그의 마음이 부담스러웠다니, 지금 마시고 있는 에스프레소만큼 씁쓸했다. 그녀도 어느 정도 그에게 호감이 있다고 착각한 자신이 바보 같았다.

"다음에 시간 나면 같이 강아지 산책해요. 당연히 돈은 안 받고요."

이건 또 무슨? 이야기가 사방으로 튄 뻥튀기처럼 종잡을 수 없었다. 민재는 어떤 반응을 해야 할지 갈피를 잡지 못하고 어정쩡

한 미소로 답할 수밖에 없었다.

"제 회사가 어렵다고 용순 할머니한테 들으셨죠? 할머니는 다 좋은데 저를 너무 애 취급하세요."

주희는 낮게 투덜거렸다.

민재는 자신의 머리가 진혁이 형처럼 타고난 머리는 아니지만 그렇다고 나쁘다고는 한 번도 생각해 본 적이 없는데 오늘 정정해야 하는 일이 생겼다. 그녀의 말을 도무지 머리에서 소화시키지 못하고 있었다.

"민재 씨가 제 자존심을 세워주면서 도움을 주고 싶어 한다는 거 알고 있어요. 강아지 산책시키는 트레이너 따로 있는 것도 저번에 얼핏 들었고요."

그럼에도 그 마음이 고맙고 친근한 그와 있는 게 좋아 덥석 의뢰를 받고 말았다.

눈썰미가 기가 막히게 예리하다가도 가끔 이렇게 헛다리 짚는 그녀를 보면 그는 웃음밖에 나오지 않았다.

"오해하지 말고 들어요, 주희 씨. 그 좋은 대기업 그만두고 왜 사업하는 거예요?"

그는 정말 그녀에게 상처가 될 수 있는 조언을 해줘야 하는지 심각하게 갈등했다.

"제가 재능이 조금 없어 보이긴 하죠?"

솔직히 안 맞으니 더 손해 보기 전에 정리하고 다른 일 하라고 충고해 주고 싶다. 만약 다른 사람이었다면 서슴없이 그랬을 것이다. 그의 성격상 누구 눈치를 보며 말을 가려 하는 성격은 아니니 말이다. 그러나 그녀에게 그렇게 얘기한다는 자체가 모질어 한마디도 나가지 못하고 있었다. 그녀의 눈동자에 상처 어린 표정은 보고 싶지 않았다.

"말 안 해도 얼굴에 그렇게 쓰여 있어요."

"조금 이해가 안 되기도 하고."

"제 꿈은요, 돈을 벌어서 어린이 장학재단을 설립하는 거예요. 쉰 살 정도면 가능하지 않을까 싶은데……."

그러려면 사업을 해 돈을 많이 버는 수밖에 없는데 그 돈이 떳떳한 돈이어야 한다. 사람을 도와줄 수 있으면서도 돈을 벌 수 있는 일을 찾다 보니 이 일이었다. 적성에도 딱 맞았다. 엉덩이 딱 붙이고 의자에 앉아 있는 건 고등학교 야간자율학습으로 충분했다.

"근사하네요."

"그렇죠? 그러니까 나중에 제가 '후원 좀 해주세요'라고 찾아가면 문전박대하지 마세요. 이거 공증 받아야 하는데……."

"절대 그럴 일 없을 겁니다."

주희는 환하게 웃으며 그를 바라보았다. 역시 누구와 다르게 참예의 바르고 인정이 많단 말이야.

민재는 고심하다 찻잔을 내려놓았다.

"갑자기 의뢰를 취소한 이유를 물어봐도 됩니까?"

"제가 스케줄을 착각해서요. 제 잘못이죠."

구차한 변명은 필요 없었다. 그녀의 잘못이기도 하다. 그 정도는 아무런 문제가 되지 않을 것이라 생각했으니까. 하지만 지금도 그녀는 서진혁 씨의 결정을 이해할 수가 없었다. 그래도 어쩌겠는가. 슈퍼 갑 고객님의 요구 사항이니 들어줘야지. 환불해 달라고 해도 이젠 줄 돈이 없으니 웬만하면 맞춰주는 것이 그녀가 할 수 있는 최선의 선택이었다.

"요일이 문제라면 주희 씨가 편한 날짜로 옮겨도 됩니다."

어차피 금요일이면 사람 마음이 좀 느긋해지는 여유가 생기기 때문에 그날로 정한 거지 딱히 이유가 있어서 그런 건 아니었다.

"아니에요. 배려는 고맙지만 정말 시간이 안 될 것 같아요."

"……혹시 진혁이 형하고 관계있습니까?"

"……!"

이 서씨 집안은 아무래도 조상 쪽에 분명 신당 차린 분이 있을 것이다. 그렇지 않고서야 이 두 남자가 촉이 이렇게 좋을 리가 없었다.

"아무래도 스케줄 변동도 심하고 지방에도 가야 하니까 조금 무리일 것 같더라고요. 그렇다고 아는 사이라 좀 봐달라고 하는 건 염치없잖아요?"

"그럼 하나만요."

주희는 고개를 끄덕이며 이 사촌지간이 서로 미주알고주알 까놓는 사이는 아닌 게 확실하다고 생각했다. 가까운 친척임에도 서로 거리감이 느껴지는 말투를 보아하니 민재 씨가 서진혁 씨를 어려워하는 것 같았다. 하기야 그 성격에 누구와 툭 터놓고 살겠어.

"진혁이 형, 어디서 만났나요?"

민재는 주희의 표정을 살피며 심각하게 물었다. 정말 형이 순수

한 의뢰로 만나는지 아니면 딴 마음이 있어 그녀를 만나는지 궁금했다.

혹시 난감한 질문을 던질까 긴장하고 있던 주희는 그의 싱거운 질문에 피식 웃어 보였다.

"얼마 전 자선 행사에서 만났어요. 제가 선행을 좀 베풀었거든요. 감명 받았는지 의뢰까지 주더라고요."

민재의 표정이 어두워졌다. 그의 사촌 형은 완벽함을 추구하는 사람이다. 그래서 자신은 물론 남에게도 똑같은 기대치를 가지고 결과물을 원한다. 한편으로 보면 가혹한 성격이라고 할 수 있었다. 그런 형이 듣도 보도 못한 심부름센터에 의뢰를 했다고? 능력이 증명되지 않은 일개 작은 회사에? 있을 수 없는 일이다. 그의 불안감이 확신으로 변하고 있었다.

"우리 형 까다롭죠?"

"그뿐이겠어요? 결정했다가도 기분 나쁘면 부침개처럼 뒤집질 않나, 남의 말 씹어 먹고 잘라 먹고 늘어지는 것도 잘하죠. 지금 한 말, 형한테는 비밀인 거 아시죠?"

그녀가 웃으면서 농담 식으로 말했지만 그는 차마 같이 웃을 수 없었다. 지금 얘기하는 사람이 그가 아는 동일 인물이라고는 생각할 수 없을 만큼 생소했다. 그가 알고 있는 형은 언제나 철두철미하고 매사 정확함과 대범함을 같이 갖췄다. 도대체 그녀가 알고 있는 형의 모습은 뭐란 말인가?

"주희 씨, 제가 주희 씨에게 호감 있는 거 알고 있죠?"

그녀의 눈이 살짝 커졌다. 그럴지도 모른다는 기대와 직접 듣는

라이브는 확실히 느낌 자체가 달랐다. 그리고 누군가 자신을 좋아한다는 건 꽤 기분 좋은 일이었다.

"주희 씨, 우리 연애할까요?"

이 얼마 만에 받아보는 작업인가? 그러나 그녀는 마음 놓고 기뻐하지 못하고 민재를 바라보았다. 젠장, 젠장, 젠장, 젠장! 정말로 서진혁 그는 신 내림을 받은 사람이 틀림없었다. 이제는 확실하다. 주희는 어떻게 대답해야 할지 모르는 난감함과 기쁨 사이에 갈등해야만 했다.

그녀의 사무실에 늦게까지 불이 켜져 있었다. 최근 들어 계속 야근이다. 의뢰인의 시간에 맞추려면 저녁 시간 이후 일이 진행되기에 불가피했다.

"사진 현상한 거 보시죠. 혹시 익숙한 곳이거나 파보고 싶은 장소가 있다면 알려주시고요. 아무리 가능성이 많은 곳이라고 해도 당사자의 느낌도 무시할 수는 없거든요. 때론 의식보다 무의식의 힘이 도움이 될 수도 있으니까요."

진혁은 그녀가 찍어온 사진을 천천히 넘겨보고 있었다. 소나무와 근처 배경, 그리고 확대 사진을 같이 찍어와 위치를 쉽게 알아볼 수 있게 해놓았다.

"그런데 문제가 있어요."

주희가 곤란할 때마다 입술을 깨무는 버릇이 나타났다. 그런 그녀의 표정을 놓치지 않고 진혁은 사진을 내려놓고 그녀의 다음 말을 기다렸다.

"다른 곳도 아니고 대부분 서진혁 씨가 살던 곳이나 아는 장소이기 때문에 땅을 파야 한다면 분명 친지나 가까운 누군가가 알게 될 거예요. 숨길 수 있는 문제가 아니에요. 이건 알고 계신 거죠?"

"요점은?"

"보물 상자 찾는다는 이 정보, 오픈돼도 괜찮나요? 대놓고 오픈되진 않지만 뭔가 찾는다는 건 다들 알 거라는 거죠."

다 큰 어른이, 특히 주위의 시선을 한 몸에 받고 사는 사람은 이런 일로 구설에 오르는 걸 좋아하지 않는다. 그렇다고 철저한 보안 속에 작업할 수도 없는 환경이었다.

"그 정도 각오 없이 했을까."

그녀는 차라리 보물 상자를 어디 야산에다 묻었으면 하는 심정이었다. 그편이 훨씬 수월하다. 사유지는 정말 그의 도움 없이는 불가능하다. 그들이 얼마나 프라이버시를 중요하게 생각하는데 자기 집 마당을 파게 내버려 둔단 말인가. 계약서에 도장 찍을 때도 불안불안했지만 막상 일을 벌이고 나니 난감 그 자체였다.

"말 나온 김에 강주희 씨도 최대한 협조를 해주었으면 하는데?"

그녀는 지금도 충분히 협조하고 있다고 생각하는데 그는 아닌가 보다. 사실 의뢰인 시간에 맞춰 저녁에 미팅해, 원하는 스케줄에 알아서 맞춰 조정해 줘, 이렇게 불쑥불쑥 찾아와도 커피 내줘, 더 이상 뭘 어떻게 충성 맹세를 해야 한단 말인가?

"앞으로 3개월 동안 개인 생활은 자제했으면 좋겠는데……."

"개인 생활이라 함은?"

이 무슨 뜬금없는 말이야?

"가령 연애 같은 거? 혹시 애인 있나?"

이 무슨 돼지, 황소 뒷다리에 차이는 소리야. 의뢰랑 그녀의 개인 생활과 무슨 상관이 있다고?

"간섭이 조금 심하신 것 같은데요?"

이런 미친……. 오냐오냐 잘한다고 옆에서 띄워주니 정말 제가 무슨 왕이라도 되는 줄 아나? 주희는 입안 가득 욕설을 물며 그에게 영업 미소를 띠었다. 튀어나가려는 욕을 막느라 두 볼이 씰룩거린다. 왜? 화장실 하루에 몇 번 가는지도 보고하랴?

"애인은 없지만, 제 일은 제가 알아서 할 테니 걱정하지 마세요."

생각보다 말이 딱딱하게 나갔지만 이런 질문을 듣고 배시시 웃으며 답할 만큼 그녀는 속이 넓지 못했다.

"그럼 내 제안은 아무 문제가 없을 텐데?"

기분이 나쁘다고, 기분이!

"일에 사적인 감정 개입한 적 단 한 번도 없어요."

"앞으로 그러지 말라는 법도 없지. 연애를 하면 감정에 충실해져 상황 판단이 흐려질 때가 많으니까."

이 강력한 불신은 뭘까? 혹시 어릴 적 낙랑공주가 자명고를 찢고 거기다 나라까지 내팽개치고 호동왕자에게 홀라당 넘어간 이야기가 가슴속 교훈으로 자리 잡았나? 아니면 로미오와 줄리엣이 이성은 담장 너머로 던져 버리고 재수 없게 죽어버리는 사랑 이야기에 충격을 먹었나? 그래서 남녀 관계에 대한 부정적인 선입관이 있나요?

"나는 내 개인적인 시간까지 할애해 가며 여기에 매달려 있는데 강주희 씨의 시간이 분산된다면 기분이 좋을 것 같지는 않아서 말이야. 거기다 언제 어디서 어떻게 움직일지 알 수 없는 상황에서."

썩을, 말은 잘한다. 그녀가 침묵을 지키며 그를 노려보자 그가 그녀의 대답을 기다리고 있었다.

"애인이 없어 아무 문제가 되지 않는다고 강주희 씨가 먼저 말한 걸로 아는데?"

"이 의뢰에 제 모든 시간을 올인하겠어요. 됐어요?"

그녀가 체념의 한숨을 쉬며 두 손을 들었다.

그와 동시에 진혁은 탁자 한쪽에 놓여 있는 서류 파일을 그녀에게 건네주었다. 그녀가 의아하게 그를 바라보자 그가 씩 웃었다. 마치 그녀가 계약서를 쓸 것을 예상했다는 듯.

"3개월, 당신의 모든 시간을 내 의뢰에 다 쓰겠다는 계약서."

"저기, 서진혁 씨, 회사가 그쪽 의뢰만으로 운영될 수도 없고 오는 고객 돌려보내면 소문이⋯⋯."

"거기에 대한 보상 조건도 다 쓰여 있으니까 읽어보고 얘기하지."

주희는 그를 못마땅하게 보다 서류를 넘겨보았다. 그러고는 곧 그를 다시 바라보았다.

"돈이 많긴 많군요. 도대체 얼마나 많은 일을 부려먹으려고 이 많은 돈을 준다는 거예요?"

"의뢰에 관련된 요구는 모두 다. 물론 당신이 좋아하는 합법적인 요구야."

'합법적'이라는 단어가 왜 그녀의 귀에는 불길하게 들리는지 알 수가 없었다.

"이건 개인적으로 궁금해서 그러는데, 그 보물 상자를 갑자기 찾는 이유가 뭐지요? 정말 절실했다면 분명 오래전에 다른 전문 기관을 통해서라도 찾을 수 있었잖아요. 굳이 저를 택한 진짜 이유가 있을 것 같아서요."

지금껏 쭉 궁금했던 질문이다.

"어차피 의뢰를 나눌 필요가 뭐 있나?"

그래서 추억 찾기에 나섰다고? 정말 돈 많으니까 별의별 짓을 다 하는구나. 차라리 그 돈을 그냥 좋은 곳에 기부나 할 것이지.

그녀의 어이없는 표정에 진혁은 조용히 미소 지었다. 충분히 이해가 갔다. 그녀에게 마사지 의뢰를 하겠다고 한 순간 그녀의 표정은 말 그대로 뭐 저런 놈이 다 있나 하는 표정이었으니까. 그녀가 거절하리라 생각 못 했다. 그만한 조건에 현재 회사 사정도 어려우니 쉽게 수락할 거라 생각했기 때문이다. 그는 그녀의 마음을 움직일 수 있도록 충동적으로 끼워 넣기 의뢰를 할 수밖에 없었다. 시간 끌면서 찾기 어려운 것으로.

"그럼 이제 그만 읽어보고 사인하지?"

"지금이요?"

그가 끄덕이자 그녀는 난감한 듯 계약서를 봤다. 그래도 검토할 시간이 필요한 거 아닌가? 도장 잘못 찍어 패가망신한 집이 어디 한둘이던가.

"내일까지 드리면 안 되나요?"

"두 장이니까 지금 읽어보고 사인해 줬으면 하는데? 위약금 또한 일체 없으니 금전적 부담은 없을 거야. 도대체 뭐가 문제인지 모르겠군."

도장 함부로 찍는 거 아니라고 우리 어머니가 말했단 말입니다! 그것도 귀에 딱지가 앉도록! 예전부터 아버지가 워낙 남 어렵다고 하면 보증 서류에 도장을 잘 찍어줘서 말이지. 설마 돈 대신 다른 것을 착취하려나? 계약서를 보면 을의 입장을 배려하다 못해 을을 위한 계약서라고 해도 무방했다. 그래서 더욱 불안했다.

"내 의뢰에 최선을 다할 생각이 없다? 그렇게 이해하면 되나?"

그녀가 대답이 없자 그가 계약서를 가지고 자리에서 일어났다.

"그럼 나 또한 그쪽을 신임하고 싶은 마음이 없군."

저 말은 지금 의뢰를 취소하겠다는 건가? 이 남자, 나 협박하는 거 맞지? 그래도 저 문을 나가기 전에 이 남자를 자리에 다시 앉혀야겠지? 그녀는 입술에 침을 바른 후 낮게 한숨을 내쉬었다.

"그게, 갑작스럽게 계약서를 내미니까……. 목 아프니까 일단 좀 앉으시죠?"

"올인하겠다고 말한 사람은 그쪽이 먼저인 것으로 아는데?"

"알겠다고요. 이 의뢰에 올인한다고요. 됐죠? 지금 없는 애인이 갑자기 생길 리도 없는데 사서 걱정을 해주시니 감사할 따름이네요."

"뭐든지 확실한 것을 좋아해서 말이지."

주희가 투덜거리며 그에게서 계약서를 뺏어 서류 아래에 사인을 하자 진혁은 진심으로 흡족한 미소를 지었다.

'갑자기 생길 리도 없는데…… 갑자기 생길 리도 없는데…….'

그랬다. 그녀의 입으로 어제 그에게 한 말이다. 그것도 대수롭지 않게. 지금 그 말이 그녀의 머릿속에서 소용돌이치며 돌고 있었다.

"주희 씨?"

잠시 충격을 받은 정신을 갈무리하고 그녀는 민재를 바라보았다.

설마 서진혁 씨가 오늘 일을 미리 알고 선몽이라도 꾸었단 말인가? 그렇지 않고서야 어떻게 3년 동안 생기지 않던 애인이 딱 생기려는 시점에 이럴 수가 있지?

그녀가 답을 못 하는 것을 보니 정말 그 혼자만의 감정이었던 모양이다. 민재는 길게 한숨을 내쉬었다. 당황할 만도 했다. 그는 한 번도 그녀에게 사적인 감정 표현을 한 적이 없었다. 그녀를 안 지 5개월이 되었다 해도 한 달에 두어 번 봉사활동으로 보는 게 고작이었으니 제대로 만남다운 만남을 가진 적이 없었다.

"그렇다고 부담 가질 것까지 없어요."

"민재 씨 좋은 분이고 같이 있으면 즐거워요. 그런데……."

바보가 아닌 이상에야 다음 말을 듣지 않아도 쉬이 짐작이 간다. 민재가 이마를 긁으며 그녀의 말에 끄덕거렸다. 그렇다고 쉽게 물러날 생각은 없었다.

"지금 상황이 조금 그래요. 회사 일도 그렇고, 솔직히 정신이 없어요. 의뢰 때문에 지방에 머무는 시간도 많고……."

"그렇게 애써 변명 안 해도 돼요. 내 마음이 그렇다는 걸 알려주고 싶었으니까요. 여유가 안 된다면 주희 씨가 마음의 여유가 생길 때까지 기다리면 되죠. 대신 저 피하기 없깁니다?"

그녀는 끄덕이다 고개를 아래로 떨어뜨렸다. 귀티 흐르는 얼굴에 성격 좋고 그녀의 일을 잘 이해해 주는 남자를 만나는 게 쉽지 않은 걸 생각하면 그를 잡고 싶지만 차마 3개월 기다려 줄 수 있냐는 말이 목구멍에서 나오지 않았다. 그 말을 하기엔 너무 염치가 없었다. 이래서 애인 있는 남자가 군대 갈 때 여자 친구에게 제대할 때까지 기다려 달라는 말을 못 하는구나. 계약을 하루만 더 늦게 했어도 이런 참사는 안 일어나는 건데…….

민재는 민재대로, 주희는 주희대로 앉아서 아쉬움의 한숨을 내쉬어야 했다.

3장

오늘은 안 오겠거니 생각하고 슬슬 오늘 일을 마감하려던 주희
는 갑자기 슈퍼 갑 의뢰인의 등장에 화들짝 놀라야 했다. 정확히
말하자면 느낌이 이상해 고개를 들어보니 그가 그녀를 내려다보
고 있어 간담이 서늘하다 못해 비명 한 번 질러보지 못하고 심장
마비로 돌아가시는 줄 알았다. 내일 급하게 출장을 가야 해서 잠
시 들렀다는 그의 표정엔 미안한 기색은 찾아볼 수 없었다. 혹시
그녀가 쓴 계약서가 언제 어디서든 5분 대기조로 항시 그가 원할
때 대기하고 있으라는 노예 계약서는 아닐까. 물론 그 또한 많은
업무로 낼 수 있는 시간이 고작 밤 9시가 넘어야 가능하다는 것을
알고 있지만 적어도 전화라도 해주고 오면 어디 덧나나? 그가 들
어왔을 때 다행히 그녀가 일하고 있었기에 망정이지, 쥐약 먹고

물 안 먹은 광년이처럼 머리 쥐어뜯으며 소리 지르고 있었으면 어쩔 뻔했냐고.

그녀는 자료를 넘겨보는 진혁을 못마땅하게 바라보았다.

뭐, 돈으로 내 시간을 샀으니 뭐가 문제냐 이거겠지? 차라리 월세 석 달 더 밀리고 엄마한테 잔소리 듣는 게 백번 나을 뻔했다는 생각이 잠시 들었다. 말 그대로 잠시였다.

"그 눈빛, 상당히 불량한데?"

진혁이 서류를 덮으며 주희를 바라보았다.

"제 눈빛이 어때서요?"

주희는 능청스럽게 눈을 동그랗게 뜨고 영업용 미소를 날려주었다. 슈퍼 갑에게 특별히 발사되는 미소로 입을 최대한 양쪽으로 늘려 볼 살 근육이 떨릴 때까지 웃어주는 미소 되시겠다.

'그놈의 2천만 원이 뭐라고.'

"나한테 감정이 꽤 쌓인 눈빛인 것 같아서 말이지. 아닌가?"

"의뢰인님에게 감정이라뇨. 천장 형광 불빛에 반사되어 제 눈이 좀 번뜩여 보였나 보죠. 낮에 보면 이래 봬도 순하고 예쁜 눈인데."

주희는 좀 더 믿음이 가게 활짝 웃어 보였다. 여기서 더 미소를 지으라고 하면 입에 경련이 일 지경이지만 어쩌겠는가. 딱히 할 말이 없으면 그냥 웃음을 날리는 게 최고의 답이었다. 어떤 멍청한 사람이 의뢰인의 심기를 건드리려고 그의 말에 넙죽 '네' 라고 대답하겠나.

좋게 생각하자, 강주희! 이 남자는 의뢰인이다. 그것도 아주 돈 많은 의뢰인. 미우나 고우나 3개월 동안 그의 협력이 전적으로 필요하다. 그의 정보 없이는 한 발자국도 앞으로 나가지 못하는 의뢰 아닌가. 그러니 관계를 쫀득하게는 못할망정 까칠하게 만들어 쪽박 깨는 짓은 하지 말아야 한다.

그는 더 이상 거기에 대해 묻고 싶은 생각이 없는지 서류에 고개를 다시 파묻었다. 그러고는,

"매일 이렇게 늦게까지 일하나 보지?"

"자료 조사를 잘 해놓아야 일이 수월하게 풀리니까요. 이렇게 해도 나중에 여기저기 찾아야 할 자료가 툭툭 튀어나와요. 방향이 휙 바뀔 수도 있거든요."

"나 때문에 고생이 많군. 내 스케줄에 맞춰 움직여 퇴근도 못 하고."

속으로 엄청 뜨끔했지만 어쩌겠는가. 미소 1번이 다시 작동되는 순간이다.

진혁이 그런 주희를 잠시 보더니 입을 열었다.

"그 미소, 별로 안 보고 싶은데?"

그녀가 뭐라 말하기도 전에 다시 그가 말을 이었다.

"내가 그렇게 유머러스한 사람이라고 생각지도 않고 웃긴 이야기도 한 적이 없는데 말이야."

낮지만 꽤 날카로운 그의 지적에 그녀는 곧바로 미소를 무장해제시켜 버렸다. 시큰둥한 그녀의 표정이 드러나자 그가 피식 웃었다.

"차라리 그게 낫군."

"질문 하나 해도 되나요?"

진혁은 끄덕이며 그녀가 내놓은 장소 하나하나를 체크하고 있었다.

"선대 중에 철쇠방울 흔드는 사람 있었죠?"

이해가 안 간다는 듯 진혁의 미간이 모아졌다.

"무당 있었냐고요. 서씨 집안이 그쪽으로 잘 발달된 것 같아서요."

남자치고 촉이 참 발달된 사내다. 지금의 일도 그렇지만 그녀는 아직까지도 민재 씨의 프러포즈를 거절한 걸 생각하면 잠이 오지 않았다. 막말로 3개월 안에 민재 씨가 다른 여자에게 한눈에 뿅 가 사랑에 빠지지 말라는 법도 없지 않은가. 심오한 남녀 관계는 모르는 법이다.

"내가 뭘 맞혔나 보군."

서씨 집안이라고 했으니 민재와 무슨 일이 있었나? 진혁은 자세를 바로 해 두 손을 깍지 꼈다. 그의 눈빛은 조용하지만 예리하게 그녀를 관찰하고 있었다.

"아니면 말고요."

"그러니까 수상한데?"

이 남자, 왜 이리 진지한 얼굴이지? 그냥 지나가는 말도 못 하나? 꼭 답을 요구하는 질문만 하는 척박한 대화를 해야 하는 건 아니잖아요?

순간 진혁과 주희의 눈이 허공에서 부딪쳤다. 진혁은 반드시 알아내리라는 의지를 담아, 주희는 왠지 말하면 불길한 일이 일어날 것 같은 본능적인 예감을 담아.

"저번에 강아지 의뢰인 이름 맞힌 게 생각나서요."

그녀는 대충 둘러대기로 했다. 저면 세퍼트가 대한민국에서 민재 씨만 기르는 것도 아닌데 콕 찍어 의뢰인 이름을 맞히다니. 찍기의 경지에 오른 사람이 아니고서야 그게 어디 쉬운 일인가.

"그리고 또?"

"저는 뭔가 더 있다는 여운을 남긴 적이 없는데요? 농담 삼아 던진 말을 너무 진지하게 받아들이신다. 매사 진지하면 빨리 죽는다는 연구 결과도 있어요."

갑자기 내가 왜 이 한밤중에 쓸데없는 일로 취조를 받아야 하느냐고!

"강아지 이야기 지난 지가 언젠데? 그 후에 또 뭔가 있었나?"

그에게 죽어도 민재 씨가 애인 후보 등록을 요청했다고 말할 수는 없었다. 애인 있는 것 자체가 자신의 의뢰에 지장을 준다고 생각하는 사람인데 그런 사람이 나타났다고 해봐라. 이 남자, 필시 저 두 눈에 힘을 주고 그녀를 노려보는 것으로 끝나지 않을 것이다.

"그게 다예요. 갑자기 생각나서요. 궁금한 거 있으면 못 참는 성미라서……."

"……."

뭔가 반격을 해올 거라는 예상과 달리 그가 어깨를 으쓱이며 서류를 다시 보기 시작하자 주희는 갑자기 김빠진 콜라를 마신 기분처럼 이상했다.

'원래 별 관심 없는 일에는 물고 늘어질 정도의 호기심은 없는 사람이니 그럴 수 있지, 뭐.'

그러나 그녀가 모르는 게 있었으니, 그는 원하는 답은 반드시 얻어야 직성이 풀리는 남자이기도 했다.

"차 한 잔 마실 수 있나?"

진혁은 미소를 지으며 그녀에게 차를 부탁했다. 말을 안 하겠다면 하게 만들어주면 되는 것이다. 그녀를 향한 그의 눈빛이 순간 예리함으로 반짝였다.

"재스민과 녹차 있는데 어떤 것으로 줄까요?"

"재스민."

그녀는 티백 차 대신 친구에게 받은 마른 잎 차로 그를 위해 정성스레 준비하기로 했다. 한동안 사무실은 서류 넘기는 소리와 물 끓는 소리밖에 들리지 않았다. 그녀가 그에게 차를 내밀자 그는 피곤한 듯 서류를 내려놓고 잠시 눈두덩을 문질렀다.

"일주일 안에 이걸 준비했다니 꽤 바빴겠군."

진혁은 조금 전보다 한결 부드러운 목소리로 대화를 이어갔다.

"일인걸요. 그리고 저보다는 한욱이가 고생했죠."

"내가 이 의뢰에 강주희 씨가 집중을 해주었으면 하는 마음은 사실이지만 그렇다고 몸을 혹사시키면서 하라는 말은 아닌데…… 차 맛있군."

'자, 한번 우리 돌아서 길을 찾아볼까?'

"감사합니다."

그가 차를 마시며 미소까지 짓자 주희는 순간 그에 대한 편견이 얼마나 심한지 알 수 있었다. 한 팔로 소파 등을 받침대 삼아 머리를 받치고 차를 마시는 그의 표정은 느긋해 보였다. 속 쌍꺼풀이 있지만 조금은 날카로워 보이는 눈매와 시원스럽게 한일자로 꾹 다물려져 있는 입도 불빛 때문에 그런지 조금은 부드러워 보였다. 문득 잠자다 일어나는 그의 나른한 눈빛이 꽤 섹시할 것이라는 망상에 그녀는 화들짝 놀라 자세를 바로잡았다.

'강주희, 의뢰인이야. 그것도 받들어 모셔야 하는 슈퍼 갑 의뢰인!'

"잠잘 시간도 없었을 것 같군."

그는 탁자 위에 놓인 서류 두께를 보며 낮게 중얼거렸다.

"그 정도는 아니에요."

저 미소의 의미는? 서류가 아주 만족스러운가? 겸양적인 손사래와 함께 그녀는 자신의 일 처리에 뿌듯함을 드러냈다. 그러나 한편으로는 갑작스러운 그의 배려가 조금 당황스럽긴 했다. 이건 꼭 갑자기 다른 사람과 대화하는 느낌이다.

"친구나 다른 개인적인 만남까지 금한 건 아니니 그 계약서로 인해 심적 부담감은 안 느꼈으면 좋겠군. 올인하라는 게 24시간 매달려 일하라는 소리는 아니니까."

"참고할게요."

역시 사람은 자주 만나봐야 그 사람을 알 수 있나 보다. 계약 때부터 저리 말하면 얼마나 좋아? 아니면 너무 피곤해 그의 성격이 조금은 누그러져 있는 상태라서 그런지도 모른다.

"주기적으로 하는 취미나 동아리 활동이 있다면 그 시간은 연락하지 않도록 하지."

그녀에 대한 기본 정보는 처음 이 사무실에 들어오기 전에 모두 그의 머릿속에 들어 있었다. 그럼에도 그가 이런 질문을 던지는 것은 그녀에게서 낚아야 하는 답이 아직은 저 깊숙이 있기 때문이다.

"그럼 한 달에 두 번, 둘째 주와 넷째 주 일요일만 빼주세요."

"어디 가는지 물어봐도 되나?"

그는 시치미를 떼며 무척 궁금한 듯 물어보았다.

"봉사활동이요. 그때를 제외하고는 언제든지 괜찮아요."

"봉사활동……."

그가 마치 단어를 음미하듯 길게 여운을 남기자 그녀는 갸우뚱 거리며 그를 바라보았다.

"민재 그 녀석, 손님 골프 접대 약속 잡을 때마다 봉사활동 핑계로 쏙 빠져나가고 나한테 미룬 적이 한두 번이 아니라서 말이지."

진혁은 조금씩 밑밥을 만들기 시작했다.

"민재 씨가요?"

"그러고 보니 아는 사이지?"

"네, 봉사활동하면서 알게 됐어요. 안 지는 얼마 안 됐고요."

"그럼 이번 주도 만났겠군. 아, 이번 주는 첫 번째 준가? 착각했네."

시간관념이 누구보다 철저한 그가 날짜를 헷갈릴 리가 없다. 이런 우스꽝스러운 연기를 하며 그녀와 박자를 맞춰 대화를 이어가고 있는 이유는 단 하나, 반드시 알아낸다! 그녀가 하려다 머뭇거린 그 말.

"민재 씨를 만나긴 했어요. 의뢰 취소를 전화로 말할 수 없어서요."

주희는 말할까 말까 하다 어차피 그도 알아야 할 것 같아서 솔직히 털어놓기로 했다. 그가 완강히 반대해 의뢰를 취소하라고 한 만큼 보고 또한 받고 싶을 것 같아서였다.

진혁은 고개를 끄덕이며 그녀의 차까지 따라주는 친절을 보여주고 있었다. 물론 그녀가 민재를 부르는 호칭이 조금 거슬리기는 하지만 그렇다고 큰 의미는 없으니 넘어가기로 했다.

"사실 민재가 주말마다 이 핑계 저 핑계로 골프 약속을 빠져나가서 애인 만나러 가는가 싶었는데 봉사활동을 하고 있었군. 거짓말은 아니니 다행이네."

주희는 최대한 어색하지 않게 미소를 지으려 애썼다. 민재 씨의 마음을 모르면 모를까, 아는 상태에서 저런 이야기를 듣자니 괜히 양심에 찔렸다. 거기다 마치 그녀의 반응이라도 보려는 듯 그가 그녀를 바라보자 주희는 차를 마시는 척하며 그의 시선을 피했다.

느슨했던 진혁의 입꼬리가 살짝 굳어졌다.

'강주희가 민재의 마음을 알고 있어?'

그다지 좋은 기분은 아니었다.

"민재가 순순히 받아들였나 보지?"

"어쩔 수 없죠. 굳이 제가 아니어도 되는 일이니까 다른 분 찾겠죠. 형하고 관련된 일이다 보니 많이 이해해 주더라고요."

진혁의 눈이 날카롭게 빛나자 주희가 곧바로 설명을 덧붙였다.

"오해하지 마세요. 저번 주 커피숍에서 저희 미팅하고 있을 때 민재 씨 만났잖아요. 나름 추측했겠죠. 설마 제가 서진혁 씨하고 데이트한다고 생각하진 않았을 테니까요. 민재 씨는 제 직업도 알고 있고요."

그가 잠시 아무 말도 없자 그녀는 긴장이 되었다. 설마 그녀가 정말 그에게 쪼르르 달려가 말했다고 생각하고 있는 건 아니겠지? 여기서 더 부인하고 설명하면 변명으로밖에 안 들리는데…….

그녀는 목을 가다듬으며 다시 조곤조곤하게 설득력 있는 목소리로 말을 이었다.

"제가 아까 했던 말 기억하죠? 서씨 집안 신기 있는 거 아니냐고. 그래서 했던 말이에요."

"……."

'사람이 말을 하면 좀 그렇구나 하고 넘어가는 맛이 있어야지, 조서 꾸미러 온 피의자도 아니고 말이야.'

결국 그녀는 그가 납득할 때까지 좀 더 추가적인 설명을 곁들여야 했다.

"금요일 강아지 산책 의뢰 거절했거든요. 그 이유를 말하라고 해서 둘러대긴 했는데 민재 씨가 형과 관련 있는 거냐고 묻더라고요."

"그랬겠지."

아무리 민재가 서글서글한 성격이고 박애주의자적인 마음을 가지고 있다 해도 서씨 집안사람이다. 그리고 서씨 집안의 남자는 유독 자기 것에 대한 독점력이 강했다. 일이든 개인적인 사정이든 다른 남자가 자신이 좋아하는 여자 옆에 붙어 있는 걸 좋아할 리 없다.

진혁은 난처해 눈을 이리저리 굴리는 주희를 가만히 지켜보았다.

"서씨 집안이 신기가 있는지 없는지는 잘 모르겠지만 하나는 확실하게 알지. 내 것에 손대는 건 못 참지. 워낙 치열한 것을 좋아하는 사람들이라 말이야."

그의 말에 그녀는 갑자기 갈증이 일었다. 뚫어지게 바라보는 그의 눈빛에 왜 그녀의 등골이 서늘해지는지는 알고 싶지도 이해하고 싶지도 않았다. 그녀는 그저 빨리 이 의뢰를 성사시키고 슈퍼 갑 의뢰인과 바이바이를 고하고 싶을 뿐이었다. 이 슈퍼 갑 의뢰인은 까다로워도 너무나 까다롭다. 그래서 만나면 곱절로 피곤한 의뢰인이었다. 그러니까 돈을 많이 주는 데는 다 이유가 있는 것이다.

"차 맛있군. 종종 들러야겠어."

주희가 차를 마시다 고개를 번쩍 들었다. 뭐라? 불쑥불쑥 미팅 오는 것만으로도 진이 빠지는데 종종 오겠다고? 무슨 그런 우울한 농담을!

그러나 그녀의 반응이 꽤 만족스러운 그는 옅은 미소를 지으며 차를 마셨다.

서호중학교 교문 앞에서 서 있는 주희의 표정이 그리 밝지 못했다. 이유는 이러했다. 회사가 어려워지자 두 달 전 애사심이 넘친 한욱이 사비를 털어 전단지를 제작해 서울 시내 바닥에 뿌리고 다녔더랬다. 문제는 할인마트 행사도 아니고, 원 플러스 원 의뢰의 과장 광고 및 허위 광고로 어중이떠중이 손님들이 한때 사무실에 득실득실 모였었다. 길거리에 뿌려진 전단지를 수거하고 사무실 대문에 아예 행사 끝남이라고 써놓자 얼마 지나지 않아 사무실은 예전의 평화를 찾게 되었다. 그런데 며칠 전 전단지 하나를 손에 든 남학생이 의뢰가 있다고 찾아온 것이다. 그녀는 지금도 이 의뢰는 맡지 않았으면 하는 심정이다. 물론 정확히는 도움이었다. 돈을 받고 하는 게 아니라 전적으로 한욱이 입사 후 처음으로 하는 부탁이었으니 말이다.

"그런데 왜 이렇게 안 오는 거야, 준비할 것도 많은데?"

그녀는 낮게 투덜거리면서 손부채질을 연신 하며 한욱을 기다렸다.

에어컨 돌아가는 소리와 서류 넘기는 소리가 주희의 사무실을 메우고 있다. 간간이 채소 트럭 장사가 지나가는 걸 빼면 조용한 사무실이었다. 슈퍼 갑의 의뢰로 서류 작업은 어느 정도 끝이 나 있고 이제는 일정을 잡아 노가다 하는 일만 남았다.

"관련 장소만 해도 열 군데가 넘는데 문제는 이 슈퍼 갑의 정보를 믿을 수 없다는 거야."

뭔가 안 풀리는 게 있는지 주희는 서류를 덮으며 한숨을 내쉬었다.

"뭐, 그래도 보물 상자가 안 나와도 환불 요구는 안 하겠다고 하셨잖아요."

"그 말이 더 무서운 거야. 세상에 돈과 관련해서 공짜 선심은 없는 법이다."

그때 노크 소리와 함께 문이 열렸다. 정확히는 문 사이로 얼굴만 내민 학생이다.

"저기…… 전단지 보고 왔는데요."

학생이 잠시 주희의 눈치를 보자 주희는 한욱을 잠시 노려봐 주었다.

"무슨 일로 왔죠?"

아이가 와서 의뢰를 하는 종류는 뻔했다. 친구, 또는 이성 문제 아니면 가족 문제. 청소년 상담은 자신 없는데…… 그래도 용기 내어 발걸음을 한 성의를 봐서라도 그녀는 시원한 매실차를 학생에게 대접한 후 돌려보내기로 했다.

"서 있지 말고 여기 앉아."

남학생은 긴장했는지 매실차는 손도 대지 않고 경직된 자세로 바닥만 보고 있었다. 그리고 심호흡을 길게 내뱉은 후 조심스레 말을 꺼냈다.

"전 왕따예요. 더 이상 못 버티겠어요."

아, 생각보다 심각한 문제를 가지고 왔군. 나라에서도 해결해 주지 못한 것을 무슨 수로 그녀가 해결해 준단 말인가.

"그 애…… 땅에 파묻어주세요. 돈은 요구하는 대로 다 드릴게요."

당황한 주희와 한욱의 시선이 잠시 부딪쳤다.

"그러니까…… 죽여달라는 말이 아니라…… 겁박해서 더 이상 저를 안 건드렸으면 좋겠어요."

'왜, 시멘트에 담가서 바닷물에 담갔다 다시 꺼내달라고 하지 그러니?'

주희는 몰려오는 두통에 지그시 눈을 감았다. 무슨 말을 해줘야 할지 답이 서지 않았다.

"아저씨가 딱이에요. 남들이 보면 아저씨는 누가 봐도 조폭처럼 보여요. 그것도 엄청 싸움 잘하는. 여기 저 괴롭히는 애 전화번호랑 이름이랑 반 번호 다 있어요."

얼마나 절박하면 그럴까 싶지만, 아이가 내민 종이를 본 한욱은 대답하기가 난감했다. 그런데 사장님이 콧방귀를 뀌며 한마디로 상황을 종료시켜 버렸다.

"내가 그 애를 겁만 주기 위해 묻는다 치자. 그 애 꼭지 돌아서 정말 너 묻으면 어쩔 거야? 왜? 거기까지는 생각 안 해봤어? 너 공부 못 하지? 이런 건 집에 가서 부모님에게 말씀드려라. 알겠냐? 서호중학교 이현우 학생?"

주희가 현우 교복의 명찰을 보며 단호하게 말했다. 그러자 아이는 자존심이 상했는지 벌떡 일어나 곧바로 나가 버렸다. 그래서 그것으로 끝인 줄 알았다. 그런데 그 다음날부터 한욱의 휴대폰으로 계속 문자가 들어왔다. 정확히는 협박 문자였다.

―나 죽으면 아저씨 책임이에요.

―난 분명 도움을 요청했는데 아저씨가 거절했다구요.

—오늘도 삥 뜯기고 맞았어요. 좋아요? 좋냐구요?

한욱이 현우에게 온 문자를 주희에게 보여주자 주희의 표정이 심각하게 변했다.

"한 번만 도와주면 안 돼요? 알아봤는데 정말 삥 뜯기고 힘들어하는 상황이에요. 엄마랑 혼자 살고. 얼마나 힘들면 애가 여기까지 왔겠습니까."

그녀가 망설이자 한욱은 벌써 도와줄 결심을 했는지 그녀에게 통보를 날렸다.

"이건 제 개인적으로 도와주는 거니까 사장님은 신경 안 쓰셔도 됩니다."

"지금 그게 말이 돼?"

"이렇게 문자까지 받았는데 가만있을 수 없습니다."

"휴대폰 번호는 네가 알려줬어?"

"……혹시 몰라서…….."

주희는 물러터진 한욱의 마음에 고개를 절레절레 흔들었다.

"그래서 방법은? 정말 애 묻을 생각은 아니지?"

"잘 타이를 생각입니다."

그 기준이 뭔지 자세히 얘기해 보지 않으련? 한욱의 결심이 확고해 보이자 주희가 두 손을 들었다.

"내일 우리 딱히 할 일 없지?"

"사장님, 도와주실 겁니까?"

한욱의 입이 씩 늘어지자 주희가 살짝 그를 노려보았다.

"웃지 마. 일 저지를 거라고 협박한 주제에. 걔들 부모님 전화번호와 집 주소도 알아봤지?"

"당연하죠."

"내일 하교 시간에 맞춰 그럼 이 애들을 봐 볼까나?"

"오늘 야근, 열심히 하겠습니다!"

얼마나 좋은지 한욱은 손가락으로 하트를 그리며 주희에게 열렬한 감사를 표시했다.

그런 한욱이 약속 시각이 다 되어가도록 나타나지 않고 있다. 한 시간 후면 중2 수업 마치는 시간인데 도대체 전화도 안 받고 뭐 하는 거야? 좀 더 현실감 있게 겁을 주려면 분장할 것도 많은데 한욱은 연락 두절 상태였다. 주희가 다시 한욱에게 전화를 걸자 휴대폰 너머로 한욱의 숨 가쁜 소리가 들려왔다.

"어디야?"

[사장님, 저 여기 응급실이에요. 골목에서 애가 갑자기 뛰어나와서……. 다치지는 않았어요. 근데 많이 놀랐는지 진정이 안 돼서 일단 병원에 아이 엄마랑 같이 왔어요. 지금 가도 늦겠죠? 현우이따 하교하면 얘기 좀 해보세요. 조금 전에도 문자 왔는데 다 필요 없다고. 전화 해봤는데 전화도 안 받고. 그러니 사장님, 꼭 현우랑 만나서 얘기 좀 해주세요.]

얼마나 다급한지 한욱의 목소리는 듣는 사람도 숨찰 정도로 빨리 내뱉고 있었다.

"알았으니까 거기 일 끝나고 천천히 와."

[고마워요, 사장님.]

주희는 흐르는 땀을 닦으며 뒤돌아 학교를 쳐다봤다. 그 유명한 질풍노도의 핵 중심에 있는 청소년, 그것도 심각한 고민에 나쁜 생각으로 가득한 남학생과 얘기를 해보라고? 암담했다. 이럴 줄 알았으면 대학교 때 교양 수업으로 청소년 심리나 열심히 들어둘 것을.

그때 다시 휴대폰이 울리자 주희는 살짝 미간을 찡그렸다. 슈퍼 갑 서진혁 씨의 전화다. 하필 이럴 때 전화가 오다니, 오늘은 일이 안 풀리는 날인가 보다.

"말씀하세요."

[학교 앞에서 뭐 하시나?]

주희는 놀라 곧바로 주위를 두리번거렸다. 거리는 한산했고, 서진혁과 비슷한 체격의 남자는 눈 씻고 찾아봐도 없었다.

"어떻게 알았어요?"

[뒤.]

그 한마디만 한 뒤 통화가 끊어졌다. 주희가 뒤를 돌아보자 저쪽에서 서진혁 씨가 천천히 그녀 쪽으로 걸어오고 있었다. 설마 우연은 아니겠지?

"여긴 어쩐 일이에요?"

"개인적인 일로 근처 왔다 보이기에. 저 자동차."

그가 턱짓으로 그녀의 자동차를 가리키자 그녀는 고개를 끄덕이면서도 미심쩍어했다. 한창 일할 금요일 오후에 동네를 배회하고 다니다니 말이 되는가. 회사 광고를 위해 자동차에 붙여놓은 회사 이름이 눈에 확 들어오긴 하지만, 그것 때문에 반가워서 차에서 내렸다는 건가, 지금?

"강주희 씨야말로 이 더운데 땡볕에 서서 뭐 합니까?"

"그게……"

"의뢰는 아닐 테고?"

사실 업체 미팅 끝내고 돌아오는 길에 반대편의 그녀의 차를 발견했다. 그리고 기사에게 그녀의 차를 가리키며 단 한 마디 했을 뿐이다. 따라가.

그답지 않게 즉흥적이었지만 궁금함이 그를 부추겼다.

"의뢰 아니거든요? 도움이라면 도움인데 한욱의 스케줄 때문에 어그러졌어요."

그러면서 주희는 진혁을 빤히 쳐다보았다. 허탕 치고 사무실로 돌아갈 수도 있지만 이 남자가 잘만 협조해 주면 수월하게 마무리될 수 있을 것 같기도 했다.

"서진혁 씨, 저 좀 도와주실래요?"

"뭘를?"

"그리 어려운 일은 아니에요."

그녀의 의미심장한 미소에 등골이 싸했지만 도와달라는 데 별일 있겠냐는 안일한 생각에 그는 고개를 끄덕였다. 그러나 순간 그가 잊은 게 있었으니, 그녀는 강주희였다.

그가 도움을 준다는 승낙이 떨어지기가 무섭게 주희가 근처 오피스 빌딩 안으로 그를 잡아끌고 가기 시작했다. 그녀의 돌발 행동에 진혁의 미간이 살짝 찡그려졌다. 도대체 그녀가 뭘 하는지 전혀 감이 잡히질 않았다.

"분명 도와주겠다고 했죠?"

그녀가 재차 그의 다짐을 요구해 오자 괜히 불안감이 몰려왔다.

"아무래도 무슨 일인지 들어봐야겠군."

"남자가 한 번 뱉은 말을 물리는 게 어디 있어요? 별로 어렵지 않아요. 깡패 흉내 좀 잠깐 내주면 돼요. 눈에 힘 빡 주고, 껌 좀 씹고, 웃통 까고, 평소대로 성질 좀 부려보고."

진혁은 순간 자신이 말을 잘못 들은 줄 알았다. 그러나 그녀가 검정 비닐봉지에서 스티커 문신을 여러 개 꺼내더니 마음에 드는 걸 골라보라고 하자 그때서야 농담이 아니라는 걸 알게 되었다.

"강주희 씨."

도대체 이 여자, 지금 그에게 뭘 시킨다고? 설마 영화 엑스트라로 아르바이트라도 쓸 생각인가?

"단추 좀 풀어봐요. 팔뚝도 좀 보이게 말아 올려보고."

진혁은 어이가 없어 헛웃음이 터져 나왔다. 그러나 그녀는 어느 때보다 진지한 표정이다.

"그 애가 죽을지도 몰라요."

"알아듣게 설명 좀 해주면 안 될까?"

그녀의 표정을 보아하니 나름 심각한 상황인 건 알겠는데 도대체 뭔지 감이 잡히지 않았다. 거기다 혹시 그가 도망갈까 그녀는 팔로 그의 가슴팍을 누르는 세심함도 잊지 않고 있었다. 정말 못 말리는 여자였다.

"도대체 무슨 일을 꾸미는 거지?"

주희는 다급한 만큼 빠른 속도로 지금까지의 일을 얘기해 주었다. 그러면서도 제발 그의 적극적인 협조를 간절히 바라고 있었다. 성격상 그건 불가능해 보이지만.

"그러니까, 괴롭힘 안 당하려는 현우의 발악이죠."

"좋은 생각이 아닌 것 같군. 차라리 부모와 관련 전문가에게 맡겨서……."

"제가 그런 말을 안 해봤겠어요. 저도 처음엔 거절했다고요. 그런데 그 애가 나쁜 생각을 먹은 것 같아요. 자신은 이렇게 도움을 청했는데 안 도와준다 이런 거죠. 눈 감고 딱 한 번만 도와줘요. 시간을 벌자구요. 두통 올 때마다 제가 한 달 동안 무조건 달려갈게요. 네?"

"……."

"두 달! 석 달!"

"무조건이란 말이지? 콜!"

결국 나중에 부모님과 선생님에게 알리는 조건으로 진혁은 그녀의 부탁을 허락했다.

진혁은 지금 아는 누군가를 만나는 일이 이렇게 두려운 일인지 몰랐다. 지금이라도 못 하겠다고 말하고 싶었지만 그러기에는 너무 멀리 와버렸다.

"도대체 와이셔츠는 왜 걷어 올리라는 거지?"

"문신이 잘 안 보이잖아요. 일단 가슴팍에 호랑이 문신 하나, 목덜미에 쌈빡한 것으로 하나 더 붙였어요. 자, 여기 껌."

그녀가 친절히 껌 종이를 벗겨 그의 입에 물려주었다. 그러면서 마치 그를 품평하듯 고개를 이리저리 기웃거리더니 뭔가 못마땅한 표정을 지었다.

"차라리 사람 하나를 사서……."

"늦는다니까요. 그런데 왜 깡패 같은 느낌이 안 들지? 그냥 돈 있는 놈팡이로밖에 안 보이는데."

"그거 눈물 나게 고맙군."

"얼굴 좀 험악하게 찡그려 보실래요?"

주희가 연기 코치까지 하자 결국 그가 그녀를 노려보았다. 그 순간 주희는 그의 부족한 2%가 무엇인지 깨달았다.

"잠시만 여기서 기다려요. 달아나기 없기!"

"이 꼴을 하고 어디를 가라고."

그는 자신의 몰골과 옷차림을 보더니 곧 길게 한숨을 내쉬었다. 와이셔츠 단추는 세 개 정도 풀었고, 걷어붙인 소매 위로 팔뚝의 스티커 문신이 보인다. 그리고 목이 무거울 정도의 금목걸이를 어디서 구해왔는지 눈이 부셔서 볼 수도 없을 지경이었다.

"머리 숙여요."

어딘가를 달려갔다 온 그녀의 숨소리가 꽤 거칠었다. 그가 상황 판단을 할 사이도 없이 그녀는 그의 머리를 마구 헤집기 시작했다.

"지금 뭐 하는……."

"움직이지 말아요. 그 단정한 머리를 개성 넘치게 만드는 중이니까."

진혁은 그녀의 주머니에 삐죽 나온 풀을 보며 미간을 찡그렸다.

"설마 내 머리에 바르는 게……."

"근처에 화장품 가게가 없어서 왁스 못 샀어요. 급한 김에 문방구에서 풀 구해왔어요."

주희는 그의 머리를 한참 주무른 뒤 떨어져 그를 감상했다. 험악한 표정 연기는 걱정 안 해도 될 것 같았다. 지금 그녀의 목을 비틀고 싶어 하는 그의 눈빛 하나만으로 그녀는 충분히 심장이 쫄깃쫄깃한 기분이니 말이다.

"도와주겠다고 했으면 확실히 도와주셔야죠."

그의 불만스러운 표정과 달리 주희는 나름 만족했다. 삐죽삐죽 솟아오른 머리와 다부진 체격에 호랑이 문신까지, 꽤 잘 어울렸다.

"짜잔! 마지막 데커레이션."

그녀가 선글라스를 꺼내더니 그에게 내밀었다. 최대한 얼굴을 가리고 싶은 진혁은 낚아채듯 선글라스를 꼈다. 적어도 자신이 누구인지는 알리고 싶지 않았다.

"노노노. 쓰는 거 아니죠. 위로 올리는 거죠, 머리띠처럼."

"강.주.희."

그는 정말 화가 난 듯 그녀의 이름을 한 글자 한 글자 바스러지듯 불렀다. 그러나 그와 동시에 학교 종이 울리자 둘 다 연극무대에 오르는 배우처럼 순간 긴장했다.

"가죠. 애들 끝날 시간이에요."

진혁은 제발 이 시간이 빨리 가길 간절히 바라고 또 바랐다.

진혁은 교문 한쪽 담벼락에 기대서 있고 주희는 나오는 아이들 중 현우를 괴롭히는 아이가 누구인지 찾기 바빴다. 이상한 아저씨가 교문에 서 있자 학생들은 흘끔거리면서 재빨리 자리를 떴다.

"주번이야? 아니면 학교 안 나왔나? 거의 애들 다 나온 것 같은데."

그녀는 초조하게 교문을 빠져나가는 아이들을 꼼꼼히 훑었다.

"실례합니다. 신고가 들어와서요."

경찰 둘이 진혁에게 다가오자 진혁의 얼굴이 순간 굳어졌다.

'젠장, 왜 이 생각을 못 했지?'

"신분증 보여주시죠?"

그는 태어나서 처음으로 자신의 이름을 알려주기 싫었다. 거기다 경찰은 그의 옷차림과 문신을 유심히 보더니 경계하는 모습이었다.

그때 주희가 냉큼 다가와 진혁의 팔짱을 꼈다. 절대 수상한 사람이 아니라는 걸 강조하기 위한 그녀의 순발력이었다.

"왜 그러시죠? 주차 위반 때문에 그러시나요?"

"수상한 사람이 학교 앞을 배회한다고 신고가 들어와서 그러니 협조 부탁드립니다."

"수상한 사람이라뇨? 제가 이 학교 32회 졸업생이거든요? 아, 이 문신 때문에 그러는구나? 오빠, 팔 좀 내봐."

주희는 그의 팔을 잡아 문신을 경찰에 보이며 당당한 미소를 보였다.

"잘 보세요."

주희가 손으로 침을 묻혀 그의 팔뚝을 문지르자 스티커 문신이 때처럼 밀려나왔다.

진혁은 정말 주희를 죽일 듯이 노려보았고, 경찰은 피식 웃었다. 그러나 그들은 그들의 소임을 잊지 않았다.

"신분증 보여주시죠."

결국 진혁은 신분증을 제시해야 했다. 거기다 덤으로 그녀까지.

"사진은 멀쩡하게 잘 찍혔는데……."

저 뒷말은 궁금하지도 않았다. 그저 그녀를 도와주겠다고 한 자신의 혀를 쥐어뜯고 싶은 진혁이었다. 그녀의 간절한 표정에 속은 자신이 멍청했다. 경찰이 가고 그녀가 걸려온 전화를 받는 동안 그는 그렇게 분을 삭이고 있었다. 그런데 그녀의 표정이 그의 눈치를 보며 꽤 묘하게 변했다. 기쁜 것 같기도 하고 아닌 것 같기도 했다.

이제 이 여자가 자신에게 무슨 짓을 해도 놀라지 않을 것 같았다.

주희가 전화를 끊고 그에게 어색한 미소를 짓자 진혁의 한쪽 눈썹이 올라갔다.

"무슨 전화기에 내 눈치를 보면서 통화하지?"

주희는 이 소식을 지금 말해야 할지 아니면 그의 분노가 조금 가라앉고 이성이 충만할 때 얘기를 꺼내야 할지 고민 중이었다.

"금방 통화한 사람 당신 직원 아니었나?"

저 집요한 성격을 보건대 어차피 알 일, 솔직히 털어놓는 게 좋을 것 같았다. 제발 슈퍼 갑의 이해심이 그의 통장 잔고만큼 두둑하길 바라는 수밖에 없었다.

"한욱이가 현우와 조금 전 통화했대요. 한욱이가 현우에게 형 돼주겠다고, 복싱도 가르쳐 주겠다고 했나 봐요. 괴롭히는 애 있으면 혼도 내주겠다고 하고. 걱정한 나머지 병원에서 한욱이가 문자를 수십 통 보냈나 봐요. 결국 한욱이 올 때까지 교실에서 기다리겠다네요."

"그래서?"

주희는 슬슬 그의 눈치를 봤다. 그의 머리 위에 뭔가 모락모락 피어나는 게 아지랑이인 것도 같았다.

"잘 해결됐다고, 신경 안 써도 된다고요."

그가 뭔가를 꾹 참듯이 한숨을 깊게 내쉬자 그녀는 재빨리 말을 덧붙였다.

"저도 지금 연락받았어요. 설마 제가 서진혁 씨 괴롭히고 싶어서 일부러 그랬겠어요?"

왠지 그녀는 그러고도 남을 사람처럼 보였다.

"제가 시원한 아이스커피 사드릴게요. 물론 결과야 어찌 됐든 3개월 마사지 무료 쿠폰도 지급해 드리고요."

"도대체 당신과 있으면 정신이 하나도 없는 것 같군. 말리는 기분이야."

"그래도 서진혁 씨 다시 봤어요. 쉽지 않았을 텐데 이렇게 도와주셔서 오늘 정말로 고마워요."

조금 전까지의 장난스러운 표정과는 달리 그녀가 환하게 웃으며 진혁에게 말했다.

사람 마음 쥐고 흔드는 데 도가 튼 여자임이 틀림없었다. 오늘 하루 그는 그녀 때문에 한 시간도 안 돼서 수십 가지의 감정을 맛보아야 했다. 호기심에서 황당, 그리고 인내, 짜증, 분노까지. 그런데 그 마지막은 그가 미소 지을 정도로 괜찮은 마무리였다. 이 여자, 정체가 뭘까?

서 회장은 진혁으로부터 유조선 충돌 사건 경위를 심각하게 듣고 있었다. 다행히 생각보다 큰 사고로 번지지 않았지만, 얼마 전 유진화학의 불산 누출 가스로 국민들의 불안감이 퍼져 있는 상태에서 대기업이 돌아가며 안전사고를 터뜨리자 연신 뉴스에 대기업의 안전 불감증으로 기사를 때리고 있는 중이었다.

"그래서 피해는?"

"250억 선으로 잡고 있습니다."

"해외 출장 급한 거 아니면 울산 공장 건부터 마무리 지어. 적어도 적극적으로 대처하고 움직이고 있다는 건 보여줄 필요는 있으니까."

"알겠습니다."

서 회장은 할 말이 끝났다는 듯 양갱을 입안에 넣고 보이차를 한 모금 들이마셨다. 그가 좋아하는 간식거리로, 그의 양갱 사랑은 유별났다. 요즘은 종류도 다양해져 팥은 물론 고구마, 사과, 호박 양갱도 있다지만 아무리 그래도 팥 양갱의 달콤함은 따라올 수 없었다.

"하루 두 개 이상 먹지 말라고 최 박사님이 말씀하신 걸로 들었습니다."

"먹고 싶은 거 못 먹고 스트레스 받아 화병 나는 것보단 나을 거다."

서 회장은 양갱을 먹다 말고 진혁을 빤히 바라보았다.

"너, 요즘 뭐가 그리 바빠?"

진혁이 일어나려고 하자 서 회장은 한마디 툭 던지듯 말해놓고는 다시 양갱을 한입 오물거렸다.

진혁은 순간 무슨 뜻으로 던지는 질문인지 몰라 선뜻 대답하지 못했다.

"모처럼 아들놈이랑 밥 좀 먹으려 했더니 어떻게 회장인 나보다 네놈이 더 바빠? 몇 번 네놈 사무실에 내려갔는데 어찌 매번 자리에 없어?"

"원래 장수보다 포졸이 할 일은 더 많은 법입니다."

"말이나 못 하면. 이따 저녁이나 먹으러 가게 시간 빼."

365일 중 300일을 고객과 저녁을 함께하는 날이 대부분인 서 회장이다. 그건 진혁도 마찬가지였다. 그런 서 회장이 아들에게 갑자기 정이 샘솟아 저녁을 먹자고 던진 말은 아닐 것이다. 설마 선 자리는 아니겠지?

"오늘 동동주가 당겨서 그래. 갈 테야?"

진혁의 머릿속을 훤히 보고 있다는 듯 서 회장이 코웃음 쳤다.

"예약은 제가 하죠."

진혁은 고개를 끄덕이며 나갔다. 남의 시선을 전혀 의식하지 않는 자가 바로 서 회장이라는 걸 잠시 깜빡했다. 하고 싶은 거는 다 하고 살아야 직성이 풀리는 성격이기도 하다. 그래서 가끔 직원들이 난처할 때가 한두 번이 아니다. 회식 자리인 줄 알고 찾아간 음식점에 서 회장이 한쪽 구석에서 소수를 마시고 있으니 직원 입장에서는 얼마나 당황스럽고 부담스럽겠는가.

진혁이 나가자 서 회장의 눈빛이 진지하게 가라앉았다.

오늘 아들 녀석의 저녁 스케줄은 분명 약속이 잡혀 있는 상태였다. 자기 관리에 철저한 녀석인 만큼 사업적 약속을 함부로 변경할 놈이 아니다. 얼마 전에도 진혁의 스케줄 없는 것을 확인하고 사무실을 찾아갔지만 약속으로 자리에 없다는 말을 들었을 때는 그런가 보다 했다. 사람 만나는 일이다 보니 워낙 미팅 시간 조율이 그때마다 달라져 변경이 잦기 때문이었다. 그러나 바이어 주말 필드 예약을 모두 민재에게 넘겨 버리는 것은 확실히 이상했다.

아무리 이것도 업무상 필요한 훈련이라고는 하나 꽤 과도하게 밀어붙이고 있었다. 거기다 반대 효과로 진혁의 주말 스케줄은 비어 있었다. 그렇다고 그놈이 집에서 휴식을 취하는 것도 아니었다.

'이따 동동주 한잔하면서 슬쩍 물어볼까?'

서 회장은 턱을 긁적이며 저 눈치 빠른 아들의 속내를 어떻게 털어낼지 고심했다.

"그런데 저놈이 술이 들어갔다고 속엣말을 흘릴 놈이던가?"

흥, 만만의 콩떡이지. 그냥 오랜만에 맛있는 동동주나 아들놈과 마시는 것으로 만족해야 할 듯싶다.

　명옥은 두 눈에 힘을 주고 일하고 있는 주희를 끌어다 소파에
눌러 앉혔다. 아무리 생각해도 이놈의 계집애, 수상해도 너무 수
상했다. 얼마 전까지만 해도 파리 날리는 사무실에 직원 월급이
밀려 빵으로 연명해 곧 폐업 신고를 하겠구나 생각했다. 자기 자
식이 사업이 쫄딱 망했는데 좋기만 하겠느냐마는 한편으로는 잘
된 일이라고 치부했다. 아무리 좋게 생각해도 자기 딸은 사업하고
거리가 멀어도 한참 멀었다. 제 아비처럼 남 도움 주는 것에 보람
을 느끼는 유전인자만 잔뜩 받아서 이상한 쪽으로 뻗어 있는 게
문제였다. 그런데 갑자기 밀린 월세라며 척 내밀더니 한욱이 밀린
월급도 다 줬다고 하고, 거기다 난생처음 용돈이라며 어제 50만
원을 주는 것이 아닌가. 이 돈이 어디서 났을까 생각해 봤지만, 답
은 가슴 덜컹 내려앉는 이유밖에 없을 것 같았다. 오늘은 필시 딸
에게 이 돈이 어디서 났는지 자백을 받아낼 셈이었다.

　"너, 솔직히 말해. 이 돈 어디서 났어?"

　"엄마, 나 바빠. 나중에 집에 가서 얘기하자."

　"똑바로 말 못 해? 네가 그 큰돈이 어디서 나?"

　결국 명옥이 언성을 높였다. 돈을 다 물어주는 한이 있더라도
지금이라도 바로잡아야 할 건 잡아야 했다. 호미로 막을 거 나중
에 가래로 막아야 할지도 모른다.

　"말했잖아, 의뢰 들어왔다고. 이게 다 내 정신적, 육체적 노동
값이야."

"그러니까 그게 뭐냐고, 이것아!"

"의뢰인의 비밀을 함부로 얘기할 수 없는 거 엄마도 잘 알잖아."

꽉 막힌 벽보다 더 답답함이 밀려오자 주희는 한숨을 내쉬었다. 지금 그녀는 수능보다 더 열심히 공부하는 자신이 기특할 정도로 정신이 없을 지경인데 그 시간을 엄마가 야금야금 쪼개 먹으러 온 것이다.

"네가 말할 때까지 여기서 안 나갈 테니 알아서 해. 한욱이 너, 넌 알고 있지?"

한욱은 주희의 눈치를 보다 잽싸게 컴퓨터에 고개를 묻었다. 입 잘못 놀렸다간 불똥이 그에게 튈 수도 있었다.

"엄마, 내가 언제 떳떳하지 못한 일 하는 거 봤어?"

"알지. 믿어. 그러나 순간의 선택이 평생 후회한다는 말이 왜 나왔겠어? 네가 어려다 보니 하 버끔 ㄱ러 유혹에 넘어갈 수두 있다는 거지. 사람들이 바보라서 속니? 속을 때는 온 혼을 다 빼놓으니까 젊은 사람들도 속는 거 아니냐."

화를 내다 안 된 명옥은 살살 구슬리기로 전략을 바꿨다.

엄마의 속셈을 뻔히 아는 주희는 한숨을 내쉬었다. 결국 저 말은 딸을 못 믿겠다는 말이다.

"저기…… 어머님, 사장님은 절대 그럴 분 아니니 마음 놓으시죠."

"그럼 왜 말을 못 해? 이 엄마, 울화병으로 혈압 터지는 거 보고 싶어서 그래? 1, 2백도 아니고 보니 한 천만 원 이상은 받은 것 같은데!"

절대 4천만 원 받았다는 말은 못 하겠다. 주희는 입을 꾹 다물었다.

"사람 좋은 게 다 좋은 게 아니다. 그 성격 때문에 아무 데나 도장 꾹꾹 찍어 큰일 나면 어쩔 거야?"

약간 양심에 찔린 주희가 움찔했으나 계약서를 꼼꼼히 훑어보고 아는 친구 변호사에게 자문도 구했다. 물론 뒤에 추가적인 계약서는 그 자리에서 사인했지만.

"네 아빠 보증 서서 월급 차압 들어가고 시골 땅 팔아 제자들 학비 대주고……. 그래, 그런 것까진 좋아. 그래도 네 아빠는 천지 분간하는 이성이라도 있지, 넌 가끔 그놈의 이성이 마실 나가니 당최 마음을 놓을 수가 있어야지."

할 말이 없다. 그런데 그 성격은 엄마를 닮았으니 이건 전적으로 그런 유전인자를 물려준 엄마 탓 아닌가?

"더 이상 월급 밀리는 거 미안해서 결혼 자금 적금 깼어. 됐지? 때마침 의뢰도 좀 들어오고."

거짓말은 아니다. 그 결혼 적금은 훨씬 이전에 한욱이 월급 주려고 깼다.

"그러니 안심하고 집에 들어가. 그동안 나이도 있는데 경제적으로 자립하지 못한 딸이라서 미안한 마음에 큰맘 먹고 드린 거야. 매달은 못 줘."

조금 전까지 언성 높인 명옥의 표정이 착잡해졌다. 결국 있는 돈 다 까먹고 결혼 적금까지 탈탈 털어먹은 딸애 심정을 생각하니 속이 쓰렸다. 제 딴엔 엄마 속상할까 봐 입을 꾹 다물고 있었는데, 멍청한 그녀는 그런 딸 마음도 모르고 돈이 어디서 났느냐고 몰아붙였으니…….

명옥이 조용히 일어나자 주희는 심장이 덜컥했다. 차라리 적금을 깼다고 등짝이라도 때리면 마음이라도 편할 텐데 마치 모든 게 자신의 잘못인 양 명옥은 딸을 바라보지 못했다.

"엄마……."

"일해. 일 많다며?"

저렇게 가면 주희의 마음 또한 좋을 리 없다. 정말 엄마를 위해서라도 사업이 대박까지는 아니더라도 중박 정도는 쳐서 부모님 걱정 안 끼치고 회사를 꾸려 나가야겠다는 생각밖에 들지 않았다.

"……오늘도 늦을 거야?"

"아니."

"그럼 빨리 들어와. 네가 좋아하는 해물탕 끓여놓을 테니까. 한욱이 너도 와서 먹고."

"감사합니다."

적금까지 깼으면 상황은 뻔했다. 그런 상황에 먹는 걸 잘 챙겨 먹을 리 없었다. 저번에도 빵으로 점심을 때우고. 잘 다니던 회사는 왜 때려치웠는지, 거기서 신랑감 만나 결혼해 잘살면 얼마나 좋아.

"지지리 말도 안 듣는 년."

명옥이 주희를 한 번 노려보고 나가자 주희의 마음은 더욱 무거워졌다. 한욱 또한 머리를 긁적였다. 어머님이 말이 억세고 기가 세 보이지만 마음까지 모질지는 못한 성격인 걸 누구보다 잘 알고 있기에 더욱 그랬다. 그래도 어쩌랴. 의뢰는 기본적으로 비밀을 원칙으로 하는 걸.

"협조 가능성 있는 곳이 어디인지 자료 좀 줘봐."

"일단 가장 쉬운 곳은 아무래도 의뢰인 집이죠."

"거기에 보물 상자가 있을 확률은?"

"사장님이 이번 주 안으로 결혼할 수 있는 확률만큼은 될걸요?"

확률은 존재하되 확률이라 부를 수 없는 숫자.

"좀 긍정적으로 볼 수 없니? 한 번 삽질에 얻어 걸릴 수도 있는 거지."

"그걸 요행이라 부릅니다, 사장님."

"우린 요행 플러스 운발 플러스에 온갖 행운이 다 필요하다고."

주희는 서류를 분류해 한욱에게 넘기며 힘주어 말했다.

"이걸 오늘까지 다 하라구요?"

"아니, 7시 반까지."

그 말에 한욱이 힘껏 주희를 노려보자 주희는 미소로 맞섰다.

"집중하면 끝낼 수 있어. 간만에 포식할 기회를 날려 버릴 셈이야? 우리 엄마 성격은 괄괄해도 요리 솜씨는 끝내주는 거 알지?"

한욱은 목 스트레칭을 하며 손목을 몇 번 주무르더니 두꺼운 서류를 움켜잡았다. 지금은 초긍정 마인드로 이 난국을 헤쳐 나가는 집중력과 끈기가 필요한 시점이었다.

서진혁과 그녀 사이에 뭔가 있는 게 틀림없었다. 그것도 안 좋은 쪽으로. 저번에는 삼겹살과 눈앞에서 작별을 고했는데 이번에는 해물탕이다. 그것도 조 여사가 큰마음먹고 상다리가 휘어지게 차렸다고 예고편까지 날렸는데도 말이다. 그녀는 저녁상 기대에 간식은커녕 커피 한 잔도 마시지 않았다. 한데 그가 급작스럽게 온다는 말에 결국 눈물을 머금고 한욱만 집으로 보내야 했다. 한욱은 자신도 사무실을 지키겠다고 바득바득 우겼지만, 그럼 그 많은 음식은 누가 먹으며 어머니의 실망은 어쩌느냐는 이유로 그녀는 한욱을 설득시켰다.

"전화하고 오시지 그랬어요? 저 없었으면 어쩔 뻔했어요?"

그녀는 커피를 내밀며 최대한 대수롭지 않게 말했다.

'당신 때문에 내 저녁 날렸거든요? 지금 손 떨리는 거 안 보여요? 벌써 당 떨어져서 신경이 지금 날이 갈렸거든요?'

하지만 그녀의 이성은 아직 건재했다.

"저녁 드셨어요?"

'좋아, 무난한 출발이다.'

"동동주와 파전."

'흥, 제 배는 채웠단 말이지. 슈퍼 갑의 돈이 사람을 치사하다 못 해 구차하게 만드는구나.'

"보고받을 정신은 있으신 거죠?"

"커피보다 물 한 잔 주면 좋겠는데?"

주희는 얼음물을 그에게 내밀며 그와 마주 보며 앉았다. 보고를 빨리 끝내고 후딱 집으로 갈 생각이었다. 지금 그녀의 눈앞에는 해물탕이 아른거리고 있었다.

"아까 한욱이하고도 얘기했는데 서진혁 씨의 자택부터 파보는 게 좋을 것 같아요. 이번 주말이 괜찮……."

진혁이 고개를 끄덕이다 살짝 미간을 찡그리자 주희가 말을 하다 멈추었다.

"두통이에요?"

"신경 쓸 정도는 아니니 계속하지."

"아프죠?"

"이 정도는 참을 만해."

"어차피 저에게 마시지 의뢰했잖아요. 거기다 3개월 무료 쿠폰까지 받아가셨잖아요. 그거 놔뒀다 뭐로 바꿔 먹으려고 쓰지도 않는담."

그 말에 진혁이 주희를 잠시 노려보았다. 떠올리고 싶지 않은 기억이 떠올랐다. 풀칠한 머리를 감느라 다섯 번 이상 샴푸를 해야 했다. 스티커 문신은 어떻고. 타월로 등 뒤의 문신을 지우느라 그는 팔에 경련이 나는 줄 알았다.

"잊을 수 없는 경험이긴 했지."

그러면서도 그는 두통 때문인지 관자놀이를 지그시 눌렀다.

"얼마나 아파야 머리 맡기실 거예요? 그러지 말고 병원 가서 머리 한번 찍어보세요. 돈도 많으면서."

매해 정기검진을 제외하고도 검사를 수십 번은 했을 것이다. 문제는 건강에 아무런 문제가 없다는 게 문제였다. 답이 없으니 풀 방법이 없었다.

"머리도 아프신 분이 술은 왜 드셨대?"

"거절할 수 없는 분이라."

그가 의미심장하게 웃자 주희는 측은하게 그를 바라보았다. 거칠 것 없는 그에게도 거절할 수 없는 고객이 있나 보다. 하긴 나에겐 슈퍼 갑이지만 다른 바이어를 만날 때는 그가 을의 입장일 수도 있으니. 남 비위 맞춰주며 술 마시는 것도 참 못 할 짓이지. 그래, 내 저녁 조금 굶는 건 넓은 아량으로 넘어가 드리리다.

"지금 나 말고 누구 더 만날 사람 있어요?"

"……?"

"아니면 양복 재킷이랑 넥타이 푸세요. 의뢰잖아요. 확실히 하자고요. 지금 두통 온 거 맞죠?"

그가 피식 웃었다. 지금 그가 당장에라도 옷을 안 벗으면 그녀는 무력을 써서라도 벗길 태세였다. 저번 학교에서 한 번 그녀에게 당했으면 됐다. 두 번 다시 그녀에게 말려들고 싶은 생각은 없다. 그리고 펀수 이 정도 두통이면 두통 축에도 끼지 못했다. 이 정도는 약 먹지 않고도 놔두면 한 시간 후면 가라앉았다.

"제가 신경 쓰여서 그래요. 여기 올 사람도 없고 볼 사람도 없어요. 하루 종일 목 조르고 있으면 안 답답해요? 누가 발명했는지 진짜 쓸데없는 걸 발명해서는."

그가 움직일 기미가 보이지 않자 주희는 말 안 듣는 아들 보듯 그를 바라보았다.

"아직 살 만하죠? 그러니까 저리도 말을 안 듣지. 정말 힘들어 죽겠으면 여유 못 부리죠. 수단과 방법을 동원해 지푸라기라도 잡는 심정으로 무슨 방법이든 해보는 게 본능인데."

그래도 그가 반응이 없자 주희가 벌떡 일어나 그 앞에 척 하고 섰다.

"벗으시죠?"

그녀가 손을 내밀자 진혁의 한쪽 눈썹이 살짝 추켜올라 갔다.

"왜 사서 고생을 해요? 제가 홀딱 벗으라는 것도 아니고, 그냥 양복 상의 좀 벗으라는 건데. 몸에 스트레스 줘도 두통 생겨요. 알죠?"

그녀의 고집에 결국 진혁은 일어나서 양복 재킷을 벗어 그녀에게 내밀었다.

"넥타이도요."

"원래 이런가?"

"뭐가요?"

"하고 싶은 건 밀어붙여야 직성이 풀리는 성미."

어찌 보면 자신의 아버지와 비슷한 면이 있는 것 같기도 하다. 두 사람을 한 공간에 두면 꽤 볼 만할 것 같은 느낌이 들면서도 둘이 만나면 핵융합이 될 수도 있겠다는 생각에 진혁은 절레절레 고개를 흔들었다.

"뭐, 그런 면이 없지 않아 있지만 남 피해는 안 주고 살았어요."

"그건 그 사람들에게 물어봐야 하는 거 아닌가?"

주희가 그를 노려보자 진혁은 어깨를 으쓱할 뿐이다.

"그래서 제가 서진혁 씨한테 피해 준 거 있나요?"

"수다스럽기까지 하고."

"오늘은 정말 참을 만한가 보네? 저번에는 아주 이를 사리물더니. 잠시 그대로 서 있어요.”

주희는 진혁의 넥타이를 능숙하게 풀어 자신의 손에 감았다. 그러고 나자 조금은 갑갑한 그의 목을 위해 단추 하나 정도는 풀어줘도 괜찮겠다는 생각이 들었다. 그래서 단추 하나를 풀어줬다. 설마 오해하진 않겠지?

‘저, 남자 막 유혹하는 그런 여자 아니거든요.’

그녀는 자신의 결백을 위해 그에게 착한 미소를 한번 날려주었다.

“꽤 위험한 행동이군.”

진혁은 솔직히 그녀의 다음 행동이 기대되었다. 그녀가 무슨 의도로 그의 단추를 풀었는지 알고 있으면서도 말이다. 순간 그녀가 그의 와이셔츠를 벗기는 상상이 머릿속을 스쳐 가자 스스로도 어이없어 웃음이 흘러나왔다. 유혹이면 어디까지 받아줘야 하나, 하는 물음이 문뜩 떠올랐기 때문이다.

“알아서 벗으면 좀 좋아. 아무튼 고집은.”

그와 동시에 뭔가 바닥에 떨어지는 둔탁한 소리에 진혁과 주희의 고개가 문 쪽을 향했다.

“어, 엄마?”

당황한 주희의 목소리가 높게 올라갔다.

찬합통과 보온병이 바닥에 데굴거리고 있다. 명옥은 기가 차지도 않았다. 갑작스럽게 의뢰인이 온다고 해 기껏 딸애를 위한 차린 밥상이 소용없게 돼 속이 상했다. 아무리 앞에서 구박하고 못된 계모처럼 굴어도 한 푼이라도 벌려고 끼니도 거르고 일하는 딸을 보는 게 속이 좋을 리가 없다. 그래서 그녀는 찬합에 반찬과 밥을 담아 부랴부랴 사무실로 왔다. 그녀가 사무실에 도착할 때쯤은 의뢰인이 돌아갔을 거라고 생각해서 말이다. 그런데 이 딸년이 사무실에서 남자 옷을 벗기고 있을 줄이야. 명옥은 어이없는 딸의 행동에 버럭 소리를 질렀다.

"도대체 뭐 하는 짓이야!"

한욱은 잡채를 먹다 뒤를 홱 돌아보다 사레가 들렸는지 콜록콜록거렸다. 영식은 얼른 컵에 물을 따라 한욱에게 내밀었다.

"벌레라도 있나? 갑자기 왜 뒤를 돌아봐?"

"순간 어머님 목소리가 들린 것 같아서……."

"그 사람 지금쯤이면 주희와 오순도순하게 밥 먹고 있을 텐데, 뭘. 내 집이다 생각하고 마음 편히 먹어. 객지에서 먹는 밥이 얼마나 든든하겠어. 일찍 끝나면 말 안 해도 주희랑 와서 여기서 저녁 먹고 가."

"감사합니다, 아버님."

"꼬치 더 줄까?"

영식이 빈 접시를 가지고 일어나려 하자 한욱이 말렸다. 그가 월급 두 달이 밀려도 사장님과 계속 일하는 이유 중 하나는 바로 이분들 때문이다. 그놈의 정이 뭔지, 툴툴거리지만 때때마다 반찬 넣어주고 철 바뀌면 시장 가서 생각났다면 티 하나 던져 주고 가는 어머님과 가끔 소주 마시며 인생 상담 들어주시는 아버님을 어디 가서 또 만난단 말인가. 아직 조금은 이분들과 더 있고 싶었다.

"가끔 우리 사장님 누굴 닮았을까 생각하거든요. 워낙 종잡을
수 없는 분이라서."

앞에 아버님이 앉아 계시기에 한욱은 최대한 단어 선택을 순화
해서 말했지만 그의 사장님은 상별종이었다.

"그 애가 남 도와주고 배려해 주는 건 좋은데 그 선을 가끔 넘어
서 나도 당황스러울 때가 있긴 하지."

한욱이 순화해 말했지만 그 속말을 찾아낸 듯 영식이 허허거리
며 눈을 찡긋거렸다.

"그래도 내 성격보다는 제 엄마 성격을 많이 닮아 어디서 휘둘
리고 다니지는 않을 거야."

한욱은 고개를 끄덕이면서도 마음속으로 생각했다. 그래서 더
걱정이라고요. 가끔은 상황 판단을 해 숨죽이고 있어야 할 때가
있는데 우리 사장님은 그게 많이 부족하다고요. 이런 건 누구 닮
았는지 정말 묻고 싶었다.

"잠깐! 진정하고, 엄마가 생각하는 그런 거 아니야."

앞으로 돌진해 의뢰인의 멱살을 잡을지도 모른다고 생각한 주
희가 진혁과 엄마 사이에 끼어들어 인간 바리케이드를 쳤다.

"아니긴 뭐가 아니야? 내 그것도 모르고 딸년 배고플까 봐 여기
까지 도시락 싸들고 오다니……."

"오해할 상황인 거 충분히 아는데, 내 말 좀 들어봐."

주희는 옆의 진혁을 의식해 최대한 부드럽게, 그리고 이성적으

로 대화를 시도하려고 했다. 의뢰인에게 이런 모습은 절대 보여주고 싶지 않았다. 아무리 코딱지만 한 회사라도 그녀는 회사의 사장이고 저 사람은 의뢰인이다. 전문적이고 신뢰감 있는 모습만 보여주고 싶었다. 그러나 그녀가 이럴수록 명옥은 주희가 빨간 깃발을 흔드는 투우사로밖에 보이지 않는지 숨은 더욱 거칠어져 갔다.

"이 엄마가 무식하다고 보는 눈도 없는 줄 아나. 바람피우는 유부남이 여자와 홀딱 벗고 있어도 이유가 있다고 잡아뗀다더니 네가 딱 그 짝이네."

진혁은 목을 가다듬고 주희와 그녀의 어머니를 번갈아 보고 있었다. 그가 이 상황을 설명하기 위해 운을 떼고 싶어도 이 두 모녀 대화 사이를 비집고 들어갈 틈이 없었다.

"엄마, 나가서 얘기해요."

그러나 명옥은 갑자기 고개를 돌려 진혁을 노려보았다.

"내 딸과 어떤 사이예요?"

"엄마! 의뢰인이라니까!"

"넌 입 다물고 있어!"

그 뒷말은 '집에서 보자'가 강력히 내포되어 있었다.

"서진혁입니다. 의뢰인 맞습니다. 오해하기 충분한 상황이라는 거 잘 압니다만, 여기 강주희 씨가 두통에 좋은 방법이 있다고 해서……."

"그래서 옷을 벗기고 있다는 게 말이 돼요?"

마음에서 불이 난 명옥은 그의 말이 다 끝나기를 기다리지 못하고 받아쳤다.

"저 또한 좀 과한 도움에 당황스러워하던 중입니다."

진혁은 미소를 지으며 마치 아무 일도 아닌 듯 차분히 설명했다.

"진짜야. 이 사람이 넥타이를 안 풀겠다고 하잖아. 나도 두통 때문에 고생 많이 해서 잘 알거든. 알려준다고 해도 싫다고 하더라고."

차마 의뢰 수행 중이라고 말할 수는 없었다.

"그래서 네가 강제로 벗기고 있었다고?"

"엄마는 말을 해도. 그냥 도움을 좀 준 거지. 머리가 아프다면서도 똥고집을 피우더라고."

명옥은 순간 내 딸이라면 충분히 저 남자를 쓰러뜨려 넥타이를 풀 수도 있겠다는 생각이 들었다. 자신의 딸이 누군지 깜빡 잊고 있었다.

"내가 정말 너 때문에!"

그러나 차마 다음 말은 할 수가 없었다. 그녀의 딸은 어릴 때도 남을 못 도와줘 안달 난 사람이었다. 주희가 열 살 때쯤 쌀독에 쌀이 자꾸 없어져서 확인해 봤더니 딸아이가 한 되씩 봉지에 담아 길거리에서 필요한 사람 가져가라고 나눠주고 있었다. 그녀가 혼내자 우리 집 쌀통에는 언제나 쌀이 많아서 괜찮다는 웃지도 울지도 못할 사건이었다.

또 한 번은 아토피를 가진 친구를 데려와서는 어디서 들었는지 미역이 좋다는 말에 그 애한테 미역국을 배터지게 먹여 기함한 적도 있었다. 그래, 그게 시작이었지. 옛일이 새록새록 떠오르자 혈압이 그녀의 머리를 치고 올라오는 것 같았다. 정말 하루 날 잡아서 저놈의 계집애 정신교육을 시키던지 해야지, 아무리 그렇다고 외간 남자 옷을 마음대로!

"이해해 주세요. 자식 일이다 보니 좀 흥분했네요. 마저 얘기 나누세요."

그래도 그녀 때문에 자신의 딸이 책잡힐까 명옥은 인사를 하고 조용히 나왔다. 진혁 또한 명옥에게 인사를 한 후 주희를 보았다.

"일 끝나면 집으로 곧바로 오거라."

명옥은 이를 물며 마치 복화술처럼 낮게 주희에게 말을 건네고는 사라졌다.

"당신과 있으면 심심하지는 않을 것 같군."

그게 극과 극을 달려서 문제지만.

"미안해요."

"오해하기 좋을 상황이었으니까."

"생각해 보니 잘 아는 사이도 아닌데 몸에 손댄다는 것 자체가 잘못된 거죠. 자기 몸에 손대는 걸 싫어하는 사람도 있는데 말이에요."

자기반성의 시간이 돌아온 것처럼 그녀의 목소리는 낮고 힘이 없었다. 사실 배가 고파 소리칠 힘도 없었다.

"왜 그 순간에는 이 생각이 안 떠올랐을까?"

"머리에 하나밖에 안 떠올라서 그렇겠지."

"맞아요. 제 머릿속에 서진혁 씨 옷 벗기는 거 외에는 정말 아무 생각이 없었으니까요."

"노골적인데?"

진혁이 한쪽 눈썹을 올리며 재미있다는 반응을 보이자 주희가 웃음을 터뜨리며 그를 바라보았다.

"적극적이기까지 하죠."

그러면서 수희는 능청스럽게 단추 하나가 풀어진 그의 와이셔츠를 바라보았다.

진혁은 피식 웃었다. 강주희는 활력이 넘치다 못 해 주체를 못 하는 여자였다. 사건 사고를 몰고 다니는 그녀에게 지루한 날은 없을 것이다. 서민재는 분명 그걸 잘 알고 있을 것이다. 그리고 왜 그녀를 좋아하는지 어렴풋이 그 이유도 알 것도 같았다.

"왜 웃어요?"

"당신을 보니 기분이 좋은가 보지."

"말도 안 돼."

"말이 안 되긴 하지."

그도 머리로는 전혀 설명할 수 없는 부분이니까, 아직까지는.

4장

　며칠간 말레이시아와 중국 출장으로 정신없던 그는 피곤한 몸을 이끌고 본능적으로 그녀의 사무실을 찾았다. 몸은 피곤한데 정신은 너무도 또랑또랑해 누군가 자신의 정신을 정신없게 만든다면 편안한 숙면을 취할 수 있을 거라는 어처구니없는 생각이 든 것을 보면 그는 정말 제정신이 아닌 게 분명했다. 출장 중이라도 간간이 그녀에게 메일로 보고를 받았기 때문에 추가적인 내용이 있다 해도 대화는 10분을 넘지 않을 것이다. 그런데 그 10분을 위해 그가 움직이고 있는 것이다.

　"확실히 비효율적이고 비정상적이야."

　그는 자신의 손에 들려 있는 차 세트를 보면서 자신이 생각해도 어이가 없어 피식 웃고 말았다. 많은 출장을 다녔지만 한 번도 제

손으로 개인적인 선물을 사들고 들어온 적이 없었다. 그녀의 반강
요가 있긴 했지만, 시킨다고 사온 그는 뭐란 말인가.

"또 연락 없이 왔다고 불퉁하겠군."

그에게 잘 보일 것도 아니면서 말이다. 사무실 문을 열려는 순
간 안에서 신음 소리가 들리자 진혁은 순간 멈칫했다.

"아파. 좀 천천히 해."

뭔가 덜컹거리는 소리에 묻혔지만, 분명 그녀 목소리였다.

"……좀 더 조여봐요."

쥐어짜는 한욱의 목소리가 들리자 그는 뭔가 망치로 세게 머리
를 얻어맞은 느낌이 들었다. 둘 다 거친 숨소리에 섞인 대화는 그
의 뇌관을 순식간에 터뜨리고 있었다. 손잡이를 잡은 그의 손에
힘줄이 솟았다. 그는 자신의 하관이 얼마나 으스러지게 다물려 있
는지도 자각하지 못하고 있었다.

"너무 좁아서…… 젠장!"

"그럼 이제부터는 네가 해."

"맞물리게 좀 더 들어와. 그래."

"더 이상은 안 되겠어요."

"조금만 더……."

그와 동시에 진혁이 벌컥 문을 열자 놀란 두 사람은 문이 열리
는 소리에 한 번, 그의 살벌한 표정에 한 번 더 놀라야 했다.

"어머, 출장에서 벌써 오신 거예요?"

그들을 보자 맥이 풀린 진혁은 실소를 했다. 얼마나 긴장했는지
어깨의 근육이 빳빳하다 못 해 통증이 오고 있었다. 아직까지 분

노로 활성화된 아드레날린이 핏속 구속구석을 돌아다니고 있었다.

'젠장, 도대체 무슨 상상을…….'

그의 상상력을 한껏 부풀리게 만들어놓은 당사자들은 이동식 칠판을 조립하고 있는 중이었다. 한쪽 구석에서 한욱은 칠판을 들고 있고 주희가 그 아래 쭈그리고 앉아 나사를 맞춰 끼우고 있었다.

'빌어먹을, 왜 조립식으로 사서는!'

"오전까지만 해도 중국이었잖아요?"

주희가 일어나려 하다 칠판 한쪽에 머리를 부딪쳤다. 머리를 두 손으로 움켜잡으며 나오는 그녀는 낮게 신음을 내질렀다. 진혁은 저 신음 소리가 무척 신경을 자극하고 있다는 것을 이때는 자각하지 못하고 있었다.

"비켜."

진혁은 양복을 벗고 팔을 걷어붙이며 그녀 대신 드라이버를 손에 쥐었다. 이 여자가 끙끙거리며 나사 조이는 소리가 귀에 거슬려 들어줄 수가 없었다.

"우리 사장님이 어디서 본 건 있어가지고 유리 칠판을 주문했지 뭡니까. 그것도 대형 사이즈로."

한욱은 칠판의 높이를 조절하며 말을 이어갔다.

진혁은 한욱의 투덜거림을 들으며 화풀이하듯 나사를 있는 힘껏 조였다. 몸에 날뛰고 있는 에너지를 방출할 필요가 있었다.

"나중에 필요 없다고 여기다 그림 공부 하기만 해봐라."

"우와, 설마 이거 선물이에요?"

한쪽에서 주희가 그가 가져온 선물을 보며 신난 아이처럼 활짝
웃었다.

"사오라고 한 사람이 누구였더라?"

"에이, 빈말이었죠. 아무튼 잘 마실게요."

주희를 바라보고 있는 진혁을 한욱은 조용히 지켜보고 있었다.

'어라, 이 분위기는 뭐지? 설마 서진혁 씨가 우리 사장님을? 에
이, 말도 안 돼.'

그러나 한욱은 의심을 쉽게 놓지 못했다. 이 남자가 문을 박차
고 들어왔을 때 순간 본능적으로 근육이 긴장했다. 분명 그를 갈
기갈기 찢어버릴 듯한 눈빛이었다. 눈 깜짝할 사이 그 눈빛이 지
워졌지만 확실히 보았다. 그것은 누가 봐도 살기였다.

"말해 봐요. 아까 흥분한 이유."

주희가 진혁의 허리 위에 앉은 채 두 눈을 내리깔았다. 그녀의
두 손은 그의 탄탄한 배를 쓸며 고양이처럼 그 위로 몸을 쭉 늘였
다. 그러자 그녀의 가슴이 그의 가슴에 짓눌려졌고 다리가 그의
허리께를 감싸 안은 모양이 되었다.

"언제부터 제가 마음에 들었어요?"

그가 그녀의 머릿결을 만지며 침묵을 지키자 주희의 입이 장난
스럽게 올라갔다. 그러고는 가벼운 입맞춤으로 그의 애를 태웠다.
그러나 곧 주희는 그의 입을 가르고 뜨겁게 그의 혀를 잡아챘다.
혀와 혀가 얽히는 소리와 질척이는 타액 소리에 그의 신음이 터져

나왔다. 그의 반응이 재미있기라도 한 듯 그녀의 웃음이 목 울림으로 그에게 그대로 전해져 왔다.

그가 자세를 바꾸려고 시도하자 그녀가 그의 가슴을 눌렀다.

"내가 유혹하는 모습이 보고 싶다면서요?"

"다음에."

허기가 찬 그는 곧바로 그녀를 그의 아래에 두었다. 순간 놀랐는지 눈을 동그랗게 뜨다 아이처럼 킥킥거리는 그녀는 그의 목에 팔을 둘렀다.

"지난번 제가 단추 풀었을 때도 긴장했죠?"

그는 한 번도 정신을 잃을 정도로 여자에 취해본 적이 없었다. 그런데 이 여자는 그의 자제력을 아무렇지 않게 무너뜨리고 그를 갖는다. 그녀의 나체가 그의 아래서 비틀거리자 그 부드러운 느낌이 그대로 전해져 왔다.

진혁은 한 손 가득 들어오는 그녀의 가슴을 움켜쥐며 그녀의 입술을 찾았다. 조금 전까지의 장난스러움이나 간지러움은 찾을 수 없었다. 그는 그녀에게 갈증만 느낄 뿐이었다.

그가 그녀의 허벅지를 벌려 중지로 그녀의 안으로 침입을 시도했다. 촉촉하지만 아직은 충분치 않는 애액은 그의 손가락을 조금 적시는 정도였다. 두 개의 손가락으로 그녀의 안에서 샘을 찾듯 휘저으며 방향이 바꾸었다. 리듬을 타듯 천천히, 그러나 점점 빨라지는 그의 손가락에 자극이 될수록 그녀의 신음이 간헐적으로 터졌다.

주희가 그의 허리에 다리를 감으며 그의 탄력적인 엉덩이를 그녀 쪽으로 잡아당기자 그의 흥분된 남성이 느껴졌다.

진혁은 그녀의 허벅지를 꽉 움켜잡으며 한 번의 시도로 그녀 안으로 깊숙이 들어갔다. 잠시 그녀가 적응할 수 있는 시간을 주기 위해 멈춰 그녀를 바라보았다. 그녀가 그의 목을 끌어당겨 입 맞추는 순간 그의 분신이 거칠게 움직였다. 그의 움직임이 거세질수록 그녀의 질 입구는 뜨거운 열기와 쏟아내는 애액으로 번질거렸다. 뱃속에 가득 찬 그의 분신 때문에 그녀는 숨이 막히는지 자동적으로 입이 벌어졌다. 자궁 안까지 밀려오는 그의 힘에 그녀는 몸이 흔들거리며 약하게 신음을 토해냈다.

"아……."

결국 그의 속도를 따라잡기 위해 그녀는 그에게 매달려야 했다.

"미치겠군."

밀고 들어오는 속도에 맞춰 그녀의 허리가 들썩거렸다.

"진혁 씨, 조금만 천천히……."

그의 분신을 물고 있는 그녀의 입구는 좁으면서도 탄력적이었다. 깊이 묻을수록 그의 분신을 잡아당기는 그녀 때문에 그는 속도 조절 자체가 되지 않고 있었다. 지금 이 순간 그의 머릿속은 애무도 키스도 들어 있지 않았다. 무조건 그녀 안에 파묻어야 하는 본능만 가진 수컷밖에 없었다.

그녀는 온 신경에 불이 붙은 느낌이었다. 본능적으로 그를 깊숙이 받아들이려고 하는 몸은 온 근육을 팽팽히 잡아당기고 있었다. 그녀는 그와의 속도를 맞추기 위해 손 끝마디에 힘을 주어야 했다. 그녀의 신음과 호흡이 거칠어질수록 그의 허리 짓은 좀 더 그녀 안을 파고들기 위해 강하게 밀어붙이고 있었다.

"……좀 더 조여봐."

그의 주문이 이어졌다. 그녀의 귓가에 그의 뜨거운 입김이 그대로 전달되자 흥분된 그녀가 그를 힘껏 물고 놓아주지 않았다. 뿌리째 뽑아갈 듯 그녀는 그를 움켜쥐고 있었다.

"너무 좁아."

스스로도 제어 안 되는 자신이 화가 나는지 진혁의 입에서 거친 욕설이 나왔다. 그의 분신이 움직일 때마다 애액의 질퍽거림이 야하게 그의 귓가를 자극하고 있었다.

이대로라면 그녀가 다친다. 진혁은 거친 한숨을 쉬며 그녀를 일으켜 세워 그의 무릎 위로 앉혔다. 그녀 또한 숨을 헐떡이며 그의 어깨에 머리를 기댔다. 아직 양껏 충족되지 않은 그녀의 몸에서 불평의 신음 소리가 터져 나왔다.

진혁이 그녀의 가슴을 움켜쥐자, 그 사이로 흥분으로 빳빳한 유두가 드러났다.

"이제부터는 네가 해."

"못 하겠어요."

빨리 이 흥분을 어떻게든 끝내고 싶은 주희는 그에게 매달렸다. 그러나 진혁은 두 손으로 그녀의 허리를 잡고 그녀의 질 입구에서만 그의 단단한 중심을 비비고 있을 뿐이었다.

주희는 다리를 한껏 벌린 채 그의 목을 안고 그대로 내려앉았다. 한 번에 깊게 들어오는 그의 분신에 그녀는 잠시 숨을 멈춰야 했다. 그녀의 가슴이 그의 손안에서 비틀어졌다.

"맞물리게 좀 더 들어와. 그래."

그녀가 엉덩이를 조심스레 움직이자 그의 분신이 자궁 내벽에 닿았다. 주희는 신음을 삼키며 몸을 가늘게 떨었다. 아래에서 그를 느끼는 것보다 그 깊이와 묵직함은 몇 배로 다가왔다. 숨이 자동적으로 헐떡거려졌다.

"움직여."

진혁은 그녀의 엉덩이를 꽉 움켜잡은 채 재촉했다. 그러면서 그는 목이 마른 듯 그녀의 젖꼭지를 있는 힘껏 빨았다. 주희가 천천히 허리를 돌리면서 위아래로 움직였다. 음모에 그의 분신이 쓸릴 때마다 흥분은 배가되었다. 그녀는 내려앉을 때마다 자극으로 탄성을 내뱉어야 했다. 그러나 그건 그의 갈증만 재촉할 뿐이었다. 그가 그녀의 가슴과 아래 모두를 공략할 때마다 그녀는 몸을 활처럼 휘었다. 결국은 저릿한 몸을 가누지 못하고 팔로 몸을 지탱한 채 하늘을 보며 누운 자세가 되었다.

"유혹한 사람이 벌써 이러면 안 되지."

진혁은 그녀의 음부에 키스를 하며 그녀의 허리를 움켜잡았다. 그가 앉아 있는 자세에서는 그녀의 번들거리는 질 안까지 고스란히 보였다. 그가 두 손가락으로 몇 번 안을 휘젓자 그녀가 작살에 맞은 물고기처럼 튕겨져 올라왔다. 민감한 몸은 이제 조금만 손을 대도 즉각적으로 반응하고 있었다.

그는 다시 천천히 그녀 안으로 깊게, 그러나 강하게 찔러 넣었다. 흥분에 떨고 있는 그녀의 모습이 꽤 자극적이다. 진혁은 그녀의 음핵을 문지르며 다시 그녀 안으로 집어넣었다. 그녀의 누워 있는 자세로 인해 그가 그녀의 몸으로 찔러 넣을 때마다 그녀의 몸속과 연결되어 있는 부분이 고스란히 드러났다.

"제발……."

"그만두라고?"

"제발 빨리 해줘요."

그 말과 동시에 진혁은 몸을 곧추세워 그녀의 허벅지를 최대한 벌렸다. 그의 분신이 그녀의 자궁 끝까지 밀고 들어가 그녀를 숨 막히게 했다. 그들의 대화는 두 남녀의 거친 숨소리, 그리고 허리 아래로 들려오는 질퍽한 살 부딪치는 소리가 전부였다.

"아…… 아…… 흑…… 제발……."

절정에 다다르자 그녀의 질 안의 수축이 빨라지며 긴 신음을 토해냈다. 그의 분신을 자극하며 움찔거리는 느낌이 그대로 그에게 전달되고 있다.

"조금만 더……."

아직 그의 갈증은 해결되지 못했다. 아니, 그녀와 섹스를 하면 할수록 더 목이 타는 것 같았다. 이 단물을 마시면 해결이 되려나? 그가 그녀의 다리를 그의 어깨에 걸쳤다. 그녀의 속살을 손으로 벌리고 혀를 내밀어 그녀의 음부 깊숙이 집어넣으려 할 때였다.

알람 소리가 그의 뇌를 흔들자 진혁은 벌떡 일어나 격하게 숨을 내쉬었다. 순간 자신이 지금 어디 있는지 분간이 잘 되지 않아 주위를 둘러보아야 했다. 심장은 미치도록 쿵쾅거려 머리가 울릴 지경이다.

"젠장할!"

이 모든 게 꿈이었다고 생각하니 저절로 욕설이 튀어나왔다. 고등학교 때도 안 꾸던 꿈을. 정말 빌어먹을이었다. 그의 몸은 여전히 흥분의 잔재로 온몸이 저릿저릿해 죽을 맛이었다. 이게 다 그녀가 사무실에서 이상한 말을 뱉었기 때문이다. 그녀가 신음 소리만 내지 않았다면, 아니, 자극적인(?) 말만 내뱉지 않아도 그가 이런 꿈을 꿀 리가 없다.

진혁은 거칠게 이불을 던져 버리고 욕실로 향했다.

아침부터 여비서의 타이핑 치는 속도는 마치 차이코프스키 제5 교향곡만큼 빠르고 긴장감있게 두드려지고 있었다.

──오늘의 날씨를 말씀드리겠습니다. 아침부터 본사 전략본부 서진혁 이사로부터 생겨난 저기압이 32층 사무실을 비롯하여 오후에는 세력을 확장해 한신그룹 전체가 그 영향권에 들겠습니다. 25층 영업본부실은 상층 한기가 대거 유입되어 한동안 많은 질책이 쏟아질 것으로 보입니다. 또한 32층의 불안정한 대기로 곳에 따라서는 벼락이나 강풍이 예상되오니 관련자분들은 철저한 대비가 있어야겠습니다. 이상 32층 비서실에서 말씀드렸습니다.

각 층마다 비서실에서 헉 소리가 터져 나왔다. 이 소식은 서진혁 이사가 출근하고 오전 11시에 비서실에서 비서실로 뿌려진 경계경보였다. 특보를 잘 내리지 않는 32층에서 슈퍼 메가톤 급으로 경계경보를 발휘하자 그 이유가 무엇인지, 왜 그런지 촉각이 곤두서 있었다. 그 이유를 모른 채 그들은 서진혁 이사의 저기압을 피할 대책 마련에 부심해야 했다. 비서실에서는 그들 나름대로의 가정을 세워보았다. 중국 지사와 연락해 봤지만 일은 순탄히 해결되었다고 했으니 중국 업무 관련은 패스였다. 애인도 없으니 개인적인 사정상 머리 아플 일도 없었다. 회장님과의 관계도 출장 가기 전까지 저녁을 같이했다는 것을 보면 그것도 아니었다. 그들이 모시는 상사는 말로 사람 마음에 비수를 꽂는 재주가 있긴 하나 그건 어디까지나 업무에 대한 적정선을 지켜왔다. 그러나 오늘은 무작위로 누구 하나 걸려라 하는 심정으로 그의 심기는 사나워 보였다. 회의실에서는 조그만 잘못으로도 소리 없는 채찍이 공기 중을 가로질렀고, 보고하는 주역들은 서릿발 같은 눈빛을 고스란히 받아야 했다. 결국 아무런 이유를 찾지 못한 그들은 자신의 상사가 제발 하루속히 원래대로 돌아오기만을 기다릴 뿐이었다.

서진혁 이사의 저기압이 일주일 이상 지속되자 결국 그는 서 회장의 호출을 받아야 했다.

서 회장은 회장실로 들어온 아들을 유심히 바라보았다. 겉모습은 평상시와 다름없는데 도대체 뭣 때문에 직원들을 달달 볶다 못해 쥐어짜는지 알 수가 없었다. 그나마 평소에도 많던 업무량이 배로 늘어난 것뿐이지만 그건 어디까지나 서진혁의 입장에서 본 것이고, 매일 야근하랴 하달된 업무 소화하랴 관련 부서와 비서실은 체력적으로나 정신적으로나 탈진 상태에 이르렀다. 그가 얼마나 닦달하였으면 요즘 비서실에서는 점심 기본 반찬으로 그를 씹고 있었다.

"부르셨습니까?"

"앉아."

서 회장은 꼿꼿하게 앉아 있는 진혁의 모습을 못마땅하게 바라보았다.

"너 지금 회장 예행연습 하냐?"

무슨 말인지 모르겠다는 듯 진혁의 미간이 살짝 모아지자 서 회장의 언성이 높아졌다.

"나도 안 건드리는 영업본부실을 네가 왜 쑥대밭을 만들어놔?"

"리베이트 계약 건을 바로 잡으라 명했을 뿐입니다."

진혁이 대수롭지 않게 말하자 더욱 열이 뻗친 서 회장의 목소리가 올라갔다.

"너, 그 말이 무슨 말인지 몰라?"

"수주 다시 따오라는 말입니다. 그딴 조건으로 받아먹는 건 어린아이도 합니다."

리베이트 금액도 연간 판매금의 0.1%로 5년간 지급이었다. 사업 특성상 부득이하게 비즈니스에 낄 수밖에 없는 리베이트라지만 이건 영업정신 상태의 문제이기도 했다. 그것을 아무 고민도 없이 수주를 받겠다니, 정신상태가 글러먹은 것이다. 다만 거기에 양념으로 그의 불편한 심기가 조금 뿌려졌을 뿐이다.

서 회장은 한숨을 푹 쉬며 회의적인 시선으로 진혁을 바라보았다.

"너. 요즘 뭐가 불만이냐?"

"그런 거 없습니다."

"그런 거 없는 사람이 각 부서를 부지깽이로 들쑤시고 다녀?"

자신의 두통도 드러내는 것을 극도로 싫어하는 아들이다. 감정 드러내는 걸 자신의 약점이라도 되는 듯 남 앞에서 더욱 철저하던 놈인데 이건 꼭 벌에 쏘인 양 부루퉁해서 짜증 부리는 애 같았다.

"두통이 또 도진 게냐?"

서 회장은 혹시나 몰라 걱정스레 물어보았다.

"아닙니다."

"그럼 도대체 뭐가 문제야?"

아들 성격에 뻔히 대답 안 할 것을 알면서도 답답한 마음에 물었다. 역시나 아들놈은 입을 꾹 다물었다. 주변 사람들은 하나같이 아들이 자신을 닮았다고 하는데, 천만의 말씀이다. 저놈은 그보다 더하면 더했지 덜하지 않았다.

'독한 놈. 주리를 틀어도 히쭉 웃고 있을 놈이야, 이놈이.'

"아무리 큰 기업도, 나라도 결국 사람이 움직여야 커갈 수 있다. 내 말뜻 무슨 말인지 알겠냐?"

"주의하겠습니다."

업무적으로 잘못한 일도 없고, 그렇다고 직원들에게 감정적 화풀이를 한 적도 없다. 그러나 그의 한구석에는 여유가 없었다. 그랬기에 차갑고 틈이 없는 일 처리에 직원들은 잔뜩 주눅이 들 수밖에 없었다.

인정하지. 일주일간 그를 괴롭히는 근본은 그녀 강주희였다. 그런 꿈을 꿨다는 자체만으로 그는 불쾌했다. 그래서 그녀를 일주일 간 무시했다. 그랬다고 생각했다. 그러나 그의 의지와 상관없이 꿈속의 장면이 불쑥불쑥 눈앞에 생생한 영상이 되어 펼쳐질 때면 그는 저절로 욕설을 뇌까려야 했다. 그가 할 수 있는 일은 고작 그 녀의 보고 전화를 간단히 받고 그녀의 사무실을 찾아가지도 않는 것이었다. 문제는 그녀를 찾아가지 않아도 자신의 감정이 평온하지 않다는 것이다.

"너 오늘 이유 불문하고 7시 안에 퇴근해. 명령이야."

"회장님."

진혁은 낮게 불만을 드러냈다.

"내가 내려갔는데도 일하고 있으면 보안팀에 일러 그 층 모두 소등시킬 테니 알아서 해."

'비서실에서 좋아하겠군.'

진혁 또한 비서실에서 그의 눈치를 보고 있는 걸 모르는 바는 아니다. 하지만 자기 할 일을 다 하고 퇴근하라고만 했을 뿐 그가 강제적으로 자리에 앉혀놓은 적은 없었다. 그러나 이 말은 아랫사 람들에게 강도가 돈 내놓으라고 한 적 없다, 다만 칼만 들고 있을 뿐이지 하는 말과 똑같았다.

진혁이 인사를 하고 나가려 하자 걱정이 된 서 회장은 다시 물 었다.

"정말 아무 일도 없는 게냐?"

이 말은 정말 너 혼자 해결할 수 있는 일이냐의 질문이기도 했 다. 진혁은 잠시 고민했다.

"없습니다. 나가보겠습니다."

진혁은 인사를 한 후 회장실을 빠르게 빠져나왔다.

그는 답답한 듯 넥타이를 느슨히 풀었다. 지금 자신의 행동이 전혀 그답지 않다는 걸 알고 있었다. 인정한다. 그러나 가만히 앉아 상황이 정리되기만을 기다리는 성격은 역시 그와 맞지 않았다. 그래서 대놓고 수작질을 해볼 생각이다. 이놈의 감정의 실체가 뭔지. 전혀 예쁘지도, 여성스럽지도, 그렇다고 정신이 온전한지 가끔 의문이 드는 여자에게 왜 자신이 신경 쓰이는지 알아낼 생각이었다. 본능적인 건지 아니면 특이한 생명에 대한 호기심인지, 아니면 정말 자신의 머리가 어떻게 되었는지 말이다.

복도를 빠져나가는 진혁의 얼굴은 마치 전쟁에라도 나가는 사람처럼 각오가 서려 있었다.

그러나 그의 각오가 무색하게 진혁은 잠겨 있는 그녀의 사무실 문짝을 노려보아야 했다. 그가 노려본다고 열릴 사무실 문이 아니지만 그녀와 전화까지 되지 않자 그의 표정은 신경질적으로 변했다. 잠겨 있는 사무실을 보며 그는 한욱이에게 전화를 걸었다.

"혹시 강주희 씨와 같이 있나? 전화가 안 되던데."

[사장님은 장골시장 어딘가에 계실 거예요. 아마 주변이 시끄러워 전화 오는 것도 모르고 있을 겁니다. 급한 일이면 제가 전화 드리라고 하겠습니다.]

"전화 오는 것도 모른다면서 어떻게?"

그의 전화를 안 받던 그녀가 한욱이 전화를 하면 받는다? 그다지 기분이 좋을 것 같지 않았다. 아니, 우선순위에서 밀려나는 느낌이라 꽤 좋지 않았다.

[근처 오씨 반찬가게 사장님한테 연락하면 알려줄 겁니다. 곧 전화 드리라고 하겠습니다.]

정확히 4분 뒤에 그녀에게서 전화가 왔다. 시끄러운 시장 소음과 함께 약간 거친 그녀의 호흡이 휴대폰에 그대로 흘러들어 왔다.

[여보세요?]

그는 순간 눈을 감았다 떴다. 이 여자, 혹시 고의적으로 이러는 건 아닐까 싶은 마음이 강하게 들었다. 도대체 뭘 하고 있기에? 시장에서 뭘 하기에 숨이 차냐고?

"어디지?"

[시장인데요. 죄송해요. 전화 온 줄 몰랐어요.]

"거긴 왜?"

그의 말투가 딱딱해졌다. 그녀가 저녁 반찬을 사기 위해 가진 않았을 거라는 건 짐작하고도 남음이다. 그는 그녀의 입에서 자백을 받기 위해 참을성 있게 기다렸다. 그녀는 분명 다른 의뢰는 받지 않겠다고 계약서에 사인했다. 그와 동시에 보상비는 바로 다음 날 정확히 그녀의 통장에 들어간 것으로 알고 있다.

[총각무 팔고 있어요.]

너무 당당한 그녀의 대답에 그는 어이가 없었다.

"분명 다른 의뢰는 안 된다고 했는데?"

[의뢰 아니에요. 정확히 말해 도움이에요. 뽑아놓은 총각무, 제

때 안 팔면 상품 가치가 없단 말이에요. 저도 갑작스럽게 연락 받아서요.]

"……."

그를 이 혼란에 빠뜨려 놓고, 정작 당사자는 풀때기나 팔고 앉아 있었다고? 그는 뭔가 심히 억울하고 화가 났다.

주희는 그의 침묵이 불안했다. 필시 저 침묵시위는 그녀의 대답이 마음에 들지 않는다는 묵언의 신호. 그래서 그도 사람이니 그의 인정에 호소해 보기로 했다. 그를 겪어보니 전혀 말이 통하지 않는 사람은 아니었다.

"옥자 할머니가 리어카 끌다가 다리가 부러지셔서 대신 시장에 나와서 팔아주고 있어요. 그 동네가 좀 비탈져서 위험하긴 해요."

[지금 어디지?]

"장골시장인데 오시게요?"

정말 반신반의해서 물어본 말이다. 그가 시장에 찾아올 정도면 그만큼 다급한 일인 게 분명했다. 그녀가 가야 하는 거 아닌가? 그럼 이 총각무는?

[그럼 강주희 씨가 사무실로 들어올 건가?]

지금 그가 그녀의 사무실에 와 있다고? 일주일 동안 연락 한 통 없다가 갑자기 들이닥치다니, 전화는 놔뒀다 어디 써먹는담!

그녀는 아직 팔다 남은 총각무를 바라보며 아랫입술을 깨물었다. 그러나 길게 갈등할 시간적 여유가 없었다. 그녀의 망설임은 곧 '싫어요' 라는 의미와 같다는 걸 그가 모를 리 없었다. 일반 사람도 눈치채는 걸 눈치 백 단인 이 남자는 '싫어요. 왜 하필 지금 와서 사람 귀찮게 해요?' 까지 읽어낼 게 분명했다.

"조금만 기다려 주실래요?"

어차피 답은 나와 있었다. 슈퍼 갑이 그녀의 사무실 앞에 있다는데 뽑기에 흔히 나오는 꽝처럼 '다음 기회에' 라는 멘트를 아무렇게나 날릴 수는 없었다. 아직 다 팔지 못한 총각무를 보며 작게 한숨을 내쉬었다.

[위치 알려주면 내가 그리로 가지.]

한데 고맙게도 그녀가 대답하기 전에 그가 먼저 결정을 한 모양이다.

"여기까지 오시면 저야 감사하지만, 관련 서류는 사무실에 있어서……."

그래도 일단은 예의상 이런 말도 해줘야 의뢰인이 기분 나빠하지 않는다는 것도 안다. 그가 이쪽으로 오다가 틀기는 이내뻔, 그녀는 노트도 녹음기도 가지고 나오지 않았다. 누구처럼 머리에 집어넣고 다니다 원할 때마다 골라 꺼내 쓰는 기억력을 가지고 있지 않아 만약 그가 궁금한 것을 묻다 그녀가 말문이 막히면 신뢰를 떨어뜨리는 이미지로 보일 수 있었다. 역시 그녀가 움직여야 하나?

"40분이면 될 거예요. 제가 사무실로 가죠."

[내가 그쪽으로 가는 게 빨라.]

그녀의 양심을 콕 쑤시게 만든 한마디를 남기고 그가 전화를 끊었다. 시끄러운 이곳에서 과연 그가 조용히 얘기할 곳을 찾을 수 있을지 모르겠지만, 그가 오겠다고 했으니 불평은 못 할 것이다. 아무튼 그녀는 그가 오기 전에 최대한 열무를 많이 팔기 위해 목청을 높였다.

진혁은 조금 떨어진 곳에서 그녀가 시장 입구에서 총각무를 파는 모습을 지켜보았다. 마치 오랫동안 장사를 한 사람처럼 그녀는 손님들을 구슬리다 결국은 강매 아닌 강매로 손님 품에 안겨주고 있었다.

"무공해라니까. 비닐하우스에서 자란 것과 차원이 달라. 옥자 할머니 거 한두 번 먹어봐?"

"알았어. 나 빨리 장사하러 들어가야 하니까 나 좀 놓고 말해."

그가 보기엔 손님이 안 사가면 달려가 저 무를 냅다 안겨서라도 팔 것처럼 그녀의 눈은 판매 의지로 활활 타오르고 있었다.

"그러니까 몇 단?"

"열 단. 가게로 배달해 줘."

"열다섯 단 가지고 가. 싸게 줄게."

"알았어. 열다섯 단. 나 진짜 가봐야 해."

"아줌마, 땡큐! 이따 한꺼번에 돌 때 가져다줄게."

진혁은 혹시 의뢰인에게도 저런 식으로 의뢰를 하도록 꼬드기는 건 아닌지 문득 궁금해졌다. 진혁은 한숨 돌린 그녀에게 다가가려다 곧 걸음을 멈췄다. 삼십대 후반의 남자가 묵직한 뭔가가 들어 있는 봉지를 주희에게 건네자 그녀의 얼굴이 환하게 밝다 못해 입이 찢어졌다. 그녀의 미소에 쑥스러움을 느낀 남자는 괜스레 코를 문지르고 있었다.

순간 진혁의 미간이 모아졌다. 그녀가 돌아서는 남자를 잡은 것이다.

"잠시만요, 아저씨."

진혁은 이때만 해도 그녀가 무 한 단이라도 더 팔려고 남자를 잡은 줄 알았다. 장사하면서 울 수는 없으니 웃는 것도 그러려니 넘겼다. 그런데 그녀가 남자에게 음료수를 건네는 것이 아닌가! 지켜보는 건 여기까지다.

"됐어. 이따 주희 씨나 마셔. 일하다 목마를 텐데."

"드세요. 그리고 사골 잘 전달해 드릴게요. 정말 고마워요. 아저씨."

"뭘. 요즘 사골 값이 많이 떨어져서 별로 비싸지도 않아. 부담 갖지 말고 푹 고아 드시라고 혀."

남자가 음료수를 다시 주희에게 내밀자 음료수는 주인을 못 밝고 주거니 받거니를 하고 있었다. 진혁은 코웃음 치며 음료수를 가로챘다.

"서로 마실 생각이 없는 것 같으니 내가 마시지. 괜찮겠지?"

기분 나쁜 듯 이씨가 진혁을 쳐다보자 진혁 또한 같이 남자를 바라봐 주었다. 결국 이씨는 주희에게 인사를 하고 제 갈 길을 갔다.

"오셨어요?"

"온다고 했잖아."

조금 전까지 남발하던 그녀의 미소는 지우개로 박박 지운 채 눈만 말똥말똥 뜨고 그를 바라보고 있자 그의 기분은 더욱 나빠졌다.

'그러고 보니 이 여자는 사람 불쾌하게 만드는 재주도 있군.'

"오셨어요?"

"전부 다."

의아한 눈으로 그녀가 그를 바라보자 다시 한 번 그가 말했다.

"전부 다 얼마야?"

남에게 구걸하듯 파는 모습도 보기 싫었지만 웃음 흘리며 풀때기 파는 모습은 더욱 불쾌했다.

"안 팔아요."

이 여자가?

생각할 시간도 없이 그녀가 무 자르듯 거절하자 진혁의 표정 또한 짜증스레 변했다.

"왜?"

"할머니가 피땀 흘려 농사지은 걸 아무렇게나 팔수는 없어요. 저리 비켜 봐요, 이파리 밟고 서 있지 말고. 이거 모아다 국 끓여 먹어도 되는데……."

그녀는 근처에 떨어진 총각무 이파리를 봉지에 쓸어 담으며 대답했다. 저 여자는 지금 그를 대놓고 무시하고 있었다. 그가 땅에 떨어진 이파리보다 못 한 취급을 받다니.

"제값 쳐주고 사는 건 똑같을 텐데 뭐가 다르다는 거지? 단순히 자존심 때문에?"

주희는 심호흡을 하기 위해 눈을 꾹 한 번 감았다 떴다. 그의 말투가 그녀의 심기를 톡톡 건드리고 있었다. 이 남자, 뭐가 또 불만이야? 아니면 말투가 원래 이런가? 그녀의 귀가 잘못된 건가? 당신이 오겠다고 했잖아? 이렇게 빨리 온 것을 보니 차도 안 막힌 것 같은데 왜 성질이냐고! 오늘은 두통, 치통, 생리통이 한꺼번에 왔냐고!

그가 그녀를 홱 돌려 그를 마주 보게 했다.

"그놈의 풀때기 그만 줍고 대답하지?"

"정말 필요하세요?"

"그럼 안 필요한데 사는 사람도⋯⋯."

그러나 그의 말을 싹둑 끊고 그녀가 말을 이어갔다.

"총각무 좋아해요? 내일 당장 총각무가 반찬으로 밥상에 올라오기를 원해요? 아니죠? 여기 사가는 사람들은 다 그런 사람들이에요. 그러니까 그런 사람들의 기회를 날려 버리게 하지 말아요."

좋았어! 강주희, 흥분하지 않고 잘 말했어. 만약 이성이 잠시 밖으로 놀러 갔다면 '돈지랄은 다른 곳에서 하시죠' 라는 말이 튀어나갔을 것이다. 다시 한 번 느끼는 거지만 슈퍼 갑의 위력은 실로 이성을 붙들어놓을 줄 아는 위력을 지니고 있었다.

그래도 다시 생각해도 기분이 나빴다. 원빈은 사랑 때문에 돈지랄을 했다고 치자. 할 게 없어서 총각무로 돈지랄을⋯⋯. 그녀는 남은 총각무를 세며 속으로 구시렁거렸다. 그래도 한 가지 후련한 게 있다면 그녀의 입바른 말에 그가 반박하지 못했다는 것이다.

더는 할 말이 없는지 그녀가 총각무를 봉지에 담고 오가는 사람들에게 흥정하는 동안 그는 옆에 서 있기만 할 뿐 어떠한 말도 걸어오지 않았다. 그러자 그녀는 너무 그를 쏘아붙인 건 아닌지 살짝 걱정이 되었다.

'저렇게 조용한 남자가 아닌데?'

그리고 어떻게 보면 방법은 틀렸지만 그녀를 도와주고 싶은 마음에 그랬을 텐데 조금 더 부드러운 말로 거절할 것을. 왜 모든 말이 필터링이 안 될까. 이놈의 독립적인 입 때문에 항상 뒤늦은 후회가 밀려왔다.

주희는 총각무 하나를 깎아 그에게 삐쭉 내밀었다.

그가 그녀가 내민 손을 보기만 하자 그녀는 다시 총각무를 그 가까이 들이밀었다.

"먹어봐요. 달아요."

'눈치 빠른 양반이니 지금 제 행동, 알아먹고 있죠? 당신도 잘한 거 없지만 나도 조금은 미안하다 뭐, 이런 신호니까 팔 떨어지기 전에 좀 받아먹지 그래요?'

그가 고개를 숙여 총각무를 한입 베어 먹었다. 전문가의 맛 평가를 기다리는 심정으로 그녀는 기대감 가득한 눈빛으로 그를 바라보았다. 그의 무 씹는 소리가 꽤 시원하게 들렸다. 이 남자, 하관이 발달되어 턱 선이 꽤 근사하게 빠졌다. 저녁이라 그런지 조금은 푸릇하게 난 수염을 쓰다듬어 보고 싶지만 그의 반응을 생각해 참기로 했다. 그 정도의 이성은 그녀도 가지고 있었다.

"맛있네."

"에이, 평이 박하다. 달달하고 시원하니 맛있죠? 더 먹을래요?"

그녀가 미소를 지으며 총각무를 그에게 내밀었지만 그는 그녀를 바라만 볼 뿐이었다.

"아, 끝까지는 먹지 말아요. 그 부분은 조금 아릴지 모르니."

그를 지금껏 혼란스럽게 한 그녀의 표정이 거기에 있었다. 그러니 민재도 다른 남자들도 착각 속에 빠져 그녀에게 헤벌쭉 정신을 못 차리는 것이겠지. 거기에 생각이 이르자 그녀가 괘씸해 보였다. 내가 이 표정 때문에 밤마다 머리 쥐어뜯은 생각을 하면…….그는 자신도 모르게 손으로 그녀의 얼굴을 밀었다. 그 힘으로 그녀가 뒤로 두어 발 밀려나자 주희는 순간 이게 뭐지 하는 혼란스러운 표정이 되었다. 그러고는 멍하니 그를 바라보았다.

밀쳐진 그녀도 그렇지만 그녀의 얼굴을 민 그도 당황하긴 마찬가지였다.

"뭐, 안 먹겠다면 할 수 없지만……."

그렇다고 얼굴을 밀어? 내가 뭘 그리 잘못했다고! 입 놔뒀다 뭐하고!

"사과하지. 고의가 아니었어, 정말로."

진심인 듯 그는 당황하며 이마를 긁적이고 있다.

"뭐, 실수할 수도 있죠."

그녀는 조금 어이가 없지만 그가 저렇게 사과를 하니 쿨하게 사과를 받아줄 수밖에 없었다. 거기다 이 남자, 그녀의 눈을 피하는 걸 보면 진짜 당황하고 있었다. 머리 위로 벼락이 쳐도 안 놀랄 것 같은 사람이 당황하자 인간적으로 보이긴 했다.

"참, 여기 온 이유가 뭐예요?"

그녀는 그가 어색하지 않게 주제를 바꿨다.

"확인할 게 있어서."

'내 정신적인 불안 요소를 확인하기 위해서.'

"시끄러우니까 아무래도 여기보다는 자리를 옮기는 게 낫겠죠? 아, 배달 한 건만 끝내고 올 테니 기다려 주세요."

그녀가 자리를 정리하려 하자 그가 주희의 손목을 잡아 제지시켰다. 조금은 놀랄 만도 한데 오히려 장난스러운 미소를 지으며 그녀가 말장난을 걸었다.

"이 장면, 어디서 많이 본 것 같은데요? 손목 잡기 취미 있으신 거 아니죠?"

맨 처음 그를 만났을 때도 그가 그녀의 손목을 잡았다.

"내가 이거 다 팔아주면 일당 주나?"

무게 잡고 책상에 앉아 일만 하는 사람이 고래고래 소리쳐 총각무를 판다고 생각하니 도저히 상상이 되지 않았다. 갑자기 이 총각무를 왜 팔아주겠다고 하는지도 의문이다.

"다 팔도록 하지, 제값에."

그녀의 눈이 동그래지다 곧 눈을 가늘게 떠 그를 바라보았다.

"설마 당신, 직원 시켜 사재기할 속셈은 아니죠?"

'나도 영화는 보고 사네요, 이 사람아.'

"못 미더우면 좀 도와주던가."

그가 양복 재킷을 벗으며 그녀에게 총각무 가격을 세세히 물었다. 그녀의 표정엔 이 남자를 믿어야 할지 어째야 할지 모르겠다는 갈등이 그대로 드러나 있었다.

"그럼 저는 뭘 도와주면 되는데요?"

"일단 여기에 앉지."

설마 혼자서 이 많은 걸 다 팔려고? 아무리 능력이 좋아도 혼자서는 힘들 텐데. 그래도 남자라고 여자가 힘든 일 하는 걸 못 보는 성격인가? 자신감은 좋지만 한 번도 안 해본 일인데 너무 쉽게 생각하는 것 같은데?

"내가 일주일 동안 누구 때문에 꽤 고생을 했지."

진혁은 와이셔츠 소매를 걷어 올리며 말을 이었다.

"회사에 안 좋은 일 있으셨어요?"

그녀는 진심으로 걱정된다는 듯 심각하게 그를 바라보았다.

"그거 빼고 다 안 좋았지."

"어쩐대요."

'어쩌긴, 내가 속을 끓인 만큼 당신도 고생 좀 해줘야겠어.'

그녀를 보는 그의 입가에 짓궂은 미소가 떠올랐다.

"여기 다섯 단 주문."

그러면서 그가 그녀 앞에 총각무를 쌓아놓았다. 그가 씩 한 번 웃어주자 그녀 또한 영업용 미소로 답했다. 그녀는 목욕탕 의자 위에 앉아 그가 가져다준 총각무를 자신의 작업장 안으로 좀 더 끌어당겼다.

'젠장, 착각도 대단한 착각이지.'

그가 그녀에게 휴식을 주기 위해 자리에 앉힌 건 절대 아니었다. 부엌칼을 꽉 움켜쥔 그녀는 밀린 작업량을 해치우기 위해 부지런히 다시 손을 움직였다.

그래, 이 사람, 수완은 좋았다. 그런데 왜 재주는 곰이 부리고 돈은 주인이 챙긴다는 말이 절실히 생각나는지 모르겠다. 실제로 아주머니들이 총각무를 사가면서 그에게 돈을 주고 있으니 틀린 말은 아니다. 그녀는 칼로 총각무를 박박 긁어내며 속으로 구시렁거렸다.

"여기 두 단 출고요."

그녀의 손은 이제 자동 버튼이 켜진 것처럼 알아서 총각무 위아래를 왔다 갔다 하고 있었다. 그의 판매 전략은 잘 다듬어진 총각무를 같은 가격에 주겠다고 손님을 휘어잡은 것이다. 집에서 다듬으면 쓰레기가 나올뿐더러 주부들의 시간을 줄여주는 장점으로 아주머니들의 귀를 현혹시켰다. 그리고 사람이 한두 사람 모이다 보면 군중심리로 사람들이 호기심에 모여들게 마련이고, 결국 그의 장담대로 깔끔하게 다듬어진 총각무는 주문이 쏟아졌다. 물론 그녀는 옆에서 열심히 총각무를 다듬어야 했다. 총각무를 가져가려고 대기하는 사람이 늘어나는 만큼 그녀는 칼이 보이지 않을 정도로 스피드를 올려 무를 다듬어야 했다.

"자, 이게 마지막! 끝!"

동시에 그녀가 칼을 놓으며 숙이고 있던 고개를 들었다. 얼마나 고개를 숙이고 무를 다듬었는지 그녀의 얼굴은 피가 몰려 불그스레했다. 어쨌든 그 많은 양이 팔리니 후련했다. 일어나는 것도 제 마음대로 안 되자 그녀는 허리를 움켜잡으며 일어났다. 꼼짝 안 하고 총각무를 두 시간 동안 다듬었더니 칼을 쥔 손도 저려왔다. 어쨌든 그의 도움이 없었다면 이렇게 빨리 끝내지 못했을 것이다.

그래도 조금 억울한 생각이 드는 건 왜일까?

"고생하셨으니 밥 사드릴게요. 우리 일당은 그것으로 치자고요."

"그러던지. 게다가 나보다 그쪽이 고생은 많이 했으니."

그가 주위를 둘러보자 수희 또한 같이 주위를 둘러보았다.

"왜요? 뭐 찾아요?"

"물 없나?"

목마를 만도 했다. 총각무 팔려고 한참을 떠들어댔으니 말이다. 특히 단돈 백 원이라도 깎으려는 아주머니와 힘겨루기에서 밀리지 않으려고 그는 진땀 좀 뺐을 것이다.

"괜찮아요? 이거 요 앞 가게에서 받은 물인데······."

"내가 꽤 까다로운 사람처럼 보였나 보군."

사실 탄산수나 미네랄워터 아니면 손에 안 댈 사람처럼 보이긴 했다. 그리고 그럴 만한 능력도 있지 않은가. 그녀는 점심시간에 플라스틱 병에 받은 물을 그에게 주었다.

그러나 마실 거라는 생각과 달리 진혁은 손수건에 물을 적셔 그녀에게 내밀었다.

"······?"

"당신, 흙장난 실컷 한 아이 얼굴이야."

평소의 그녀라면 손으로 얼굴을 털며 '이따 씻으면 돼요'라고 가볍게 어깨를 으쓱였을 것이다. 그러나 왠지 모르게 부끄러웠다.

"아, 어디 묻었는지 모르겠군."

그가 그녀의 이마며 뺨을 닦아주자 그녀는 시선을 어디 둘지 몰라 잠시 눈을 이리저리 굴려야 했다. 이 쭈뼛거림과 어색함을 어떻게 해야 할지 잘 몰랐다. 설마 내가 아까 칼 들고 구시렁거리는 거 들었나?

"꽤 당황스럽나 보네?"

그가 짓궂게 놀렸다.

"누가 얼굴 씻겨주는 게 참으로 오래간만이라 감개무량해서요. 제가 고마워해야 하나요?"

"그래야 할 거야."

전에도 생각한 거지만 저 입은 겸손과는 담을 쌓은 듯했다. 감사한 마음이 솟아나기도 전에 구멍을 틀어막는 저 능력은 선천성일까, 후천성일까?

그가 그녀의 손을 잡자 주희가 놀라 눈이 동그래졌다. 그냥 잡은 것도 아니고 그가 한 손으로는 그녀의 손에 물을 붓고 다른 한 손으로는 그녀의 손을 문질러 손을 씻겨주었다.

"내 조카 손도 이렇게는 안 씻겨주니까 고마워하긴 해야지."

"제, 제가 해도 돼요. 왜 오버를 하시고……."

잘 놀라거나 당황하지 않는 그녀지만 이런 일은 처음이라 말까지 더듬고 말았다.

"서진혁 씨, 괜찮다구요. 손 놓아주세요."

그녀는 목을 가다듬고 똑 부러지게 자신의 의사를 밝혔다. 그러나 그는 그녀의 의견을 가뿐히 묵살했다. 말로 안 되면 행동으로 보여주겠다는 그녀의 의지는 자신의 손을 비틀어 그에게 벗어나려고 했다.

"팔 빠지고 싶나 보지?"

"안 하던 짓 하면 빨리 죽는다던데……."

"벽에 똥칠할 때까지 살고 싶은 마음은 없는데 잘됐군."

그의 완력에 그녀는 반항을 포기한 채 어서 빨리 이 시간이 흘러가길 바랄 뿐이었다. 그녀가 하지 말란다고 그가 말을 들을 사람이 아니라는 걸 잠시 잊었다.

"하는 김에 뽀독뽀독 소리 나게 씻겨주세요."

주희는 아무렇지 않은 듯 아예 두 손을 그에게 쭉 내밀었다. 그러나 그녀는 그가 그녀의 손을 부드럽게 문지를 때마다 민망함에 발가락까지 간지러운 것 같았다. 대학교 때 첫 남자친구가 그녀의 땀에 절어 있는 운동화 끈을 묶어주는 것보다 더 민망했다.

다 씻은 그녀의 두 손바닥을 검사라도 하듯 본 진혁은 그때서야 그녀의 손을 놓아주었다. 검지 마디에 붉은 자국이 보이나 다행히 물집은 안 잡힌 모양이다.

"좀 미안하긴 하죠?"

진혁이 고개를 들어 주희를 바라보았다.

"전혀."

"에이, 그럼 사람도 아니지."

그녀의 뻔뻔스러운 말에 진혁은 피식 웃을 뿐이다. 그러다 그의 표정이 심각해지자 그녀 또한 표정이 걱정스레 변했다.

"왜요? 머리 아파요?"

진혁은 잠시 고민해야 했다. 두통은 아니지만 그녀가 굳이 도움의 손길을 준다고 한다면 거절할 필요가 없을 것 같았다.

"조금 아플 때나 많이 아플 때나 얘기를 해요. 어차피 그것 때문에 의뢰하셨잖아요."

"그렇긴 하지."

그가 고개를 끄덕이자 주희가 한 손으로 하다 마뜩찮은지 결국 두 손으로 그의 목덜미를 눌렀다. 자세가 그의 목을 껴안는 모습으로 보일 수 있겠지만 어디까지나 이건 일이다. 그러나 그의 큰 키 때문에 그녀는 팔을 있는 힘껏 뻗어야 했다. 결국 그가 그녀를 위해 고개를 숙여주자 주희가 한결 편해졌다. 그러나 문제는 너무 가까이 있다 보니 그의 코와 그녀의 코가 맞닿을 지경이라는 거다. 이러다 입술까지 닿는 거 아니겠지? 숨소리까지 섞일까 그녀는 일부러 숨을 낮게, 그리고 천천히 내쉬어야 했다. 그녀의 시선 높이에 그의 입술이 있다. 여기서 고개만 들면 정말 딱 키스 자센데? 그의 표정이 궁금했다. 혹시 그녀의 마사지를 받으면서 느끼는 건 아니겠지? 괜히 이상한 생각에 그녀는 마른기침을 했다.

그러나 한 번 솟구쳐 오른 호기심은 그녀를 놓아주지 않았다. 결국 주희는 살짝 고개를 들어 그를 보았다.

주희는 순간 숨을 헉 하고 삼켰다. 그의 묘한 미소와 함께 내리깐 눈이 위험스레 빛났다.

'설마 내 생각을 읽었어?'

"저기요, 잠시만요. 제가 영화를 너무 많이 봐서……."

그녀의 다급한 변명이 채 끝나기도 전에 그가 그녀의 머리를 끌어당겼다.

그와 입술이 맞닿자 놀란 주희의 눈이 동그래졌다.

시작은 장난스러웠다. 그녀의 입술에 맞닿은 그의 입술이 부드럽게 추켜올라 갔다. 말 그대로 유치원 아이도 하는 가벼운 입맞춤 정도였다. 그런데 그녀의 입술을 깨물고 그녀의 놀란 한숨을 삼키자 순식간에 본능이 이성의 주도권을 빼앗았다. 그는 그녀의 목덜미를 움켜잡으며 그녀의 혀를 낚아챘다. 타액이 섞이고 그와 그녀의 혀가 얽히며 낮은 신음이 목 안으로 삼켜졌다. 맞대어진 몸이 흥분으로 떨릴 지경이었다.

주위의 웅성거림에 먼저 정신이 든 그가 숨을 고르며 그녀에게 떨어졌다.

주희는 이 상황이 당황스럽고 화가 났지만 나중에는 자신 또한 그의 키스에 응했기에 뭐라 할 말이 없었다. 의뢰인과 키스라니. 거기다 시장 길바닥에서. 미치지 않고서야! 신음 소리가 절로 터져 나오려 했다. 술이라도 먹었으면 핑계라도 댈 텐데 맨 정신으로 이게 뭐 하는 짓인지.

"저기…… 실수였어요. 쌍방 과실. 그러니 잊자고요."

웬만한 일에 얼굴이 붉어지는 일이 없는 그녀의 얼굴이 새빨개져 있었다.

"쌍방 합의라고 해두지."

"아무튼 없던 일로 하자고요."

주희는 주변을 후다닥 정리하며 먼저 자리를 떴다. 같이 그와 계속 있다가는 자신의 바보 같은 면만 보여줄 것 같았다. 무엇보다 엉망이 된 머릿속을 진정시킬 시간이 필요했다.

진혁 또한 이 상황이 난감하긴 마찬가지였다. 평소 스스로가 성적 욕구가 별로 없는 사람이라고 생각했다. 사춘기 때도, 피 끓는 20대에도 그러했다. 좋아하는 여자와 섹스를 하는 건 기분 좋은 일이지만 딱 거기까지였다. 그의 영역을 침범하여 신경을 자극한 여자는 없었다. 물론 꿈속은 말할 나위도 없었다. 그런데 왜 이제야, 그것도 결코 그의 취향이 아닌 여자에게서 이런 일이 벌어지는지 솔직히 그에게는 당혹 그 자체였다. 하지만 그게 뭐가 됐든⋯⋯.

"확실히 서로가 즐겼다는 거지."

진혁은 앞서 가는 그녀의 뒷모습을 보며 낮게 중얼거렸다.

사무실 계단을 오르는 한욱의 입에서 낮은 신음 소리가 터져 나왔다. 최대한 작업을 빨리 하기 위해 무리하게 움직였더니 온몸이 살려달라고 비명을 지르고 있었다. 그래도 주말은 집에서 편히 쉴 수 있어 다행이었다. 한욱은 현상한 사진이 담긴 박스를 들고 사무실 안으로 들어왔다.

"다녀왔습니다. 단골인데 현상 값을 100원도 안 깎아주는⋯⋯?"

한욱은 말을 다 끝마치지 못하고 주희를 바라보았다. 헉! 도대체 그가 없는 사이 사장님에게 무슨 일이 생긴 거지? 한 시간 전만 해도 어떤 낌새도 없었는데⋯⋯.

"사장님?"

불안함이 가득 묻은 목소리로 말한 한욱은 잠시 그 자리에 서서 주희를 바라보았다.

"수고했어."

주희는 한욱을 보지도 않고 식빵 한 개를 손으로 꾹꾹 눌러 환처럼 만들어 책상 위에 놓는 작업에 열중하고 있었다. 그리고 그녀 책상 위에는 손톱만 한 식빵 환이 무려 열다섯 개가 넘게 있었다. 비상이다! 한욱은 잽싸게 박스를 내려놓고 그녀에게 다가갔다.

"왜…… 그러세요? 무슨 일이세요?"

"별로……. 슈퍼에 갔는데 식빵이 눈에 띄기에 사왔어. 잼도 사왔어. 배고프면 발라 먹어."

그녀는 환을 만들면서 낮게 중얼거렸다.

"그러니까 왜요?"

자신의 사장님은 원래 목메는 음식을 싫어한다. 그래서 운동하면서도 닭 가슴살은 죽어라 안 먹고 뻑뻑한 비스킷도 먹지 않는다. 그런 사장님이 유일하게 목이 막힐 듯 뻑뻑한 것을 먹을 때가 있는데 바로 일이 잘 풀리지 않을 때였다.

"보물찾기가 잘 안 돼서 그래요? 원래 많은 기대를 하지 않고 시작한 일이잖아요."

가끔, 아주 가끔 사장님이 초긍정 마인드에서 자학 모드 스위치로 갈아탈 때가 있는데 안 그러던 사람이 그러면 얼마나 불안하고 그 모습이 괴괴한지 몰랐다.

"많이도 만드셨네. 이걸 다 먹게요?"

"그럼 먹는 걸로 장난하겠니?"

"그냥 잼 발라 드세요. 제가 커피 타드릴게요."

한욱은 최대한 그녀의 기분을 맞추려 노력했다. 최근 딱 한 번 이런 모습을 본 적이 있는데 친구가 교통사고로 죽었다는 소식을 들은 날이었을 것이다. 그래도 오늘만큼 환을 많이 만들진 않았다.

주희는 책상 위에 있는 식빵 환을 모아 한꺼번에 입안으로 털어 넣었다. 엄청 뻑뻑할 텐데도 그녀는 마치 콩 하나를 씹어 삼킨 것처럼 표정 변화가 없었다.

그러나 주희의 속마음은 발악과 고뇌의 현장 그 자체였다. 의뢰인에게 키스를 하는 건, 그래, 백 번 양보해서 실수였다고 치자. 그런데 쪽팔리면서도 아쉬워하고 있는 자신에 화들짝 놀라고 있었다. 키스를 잘해서? 잘 만들어진 근육이 꽤 매력적이라서? 그를 어떻게 보지? 프로답지 못하다고 생각하지 않을까? 그가 또 키스해 오면 그녀는 거절할 수 있을까?

'나야 그렇다 치지만 그 남자는 무슨 생각으로? 치마만 두르면 달려드는 사람으로는 안 보이던데.'

그때 그녀의 휴대폰이 요란하게 울리자 주희는 그때서야 현실 세계로 돌아온 표정이다. 그와 동시에 자신이 얼마나 많은 빵을 입안에 넣었는지 자각되었는지 목을 움켜쥐었다.

그녀는 콜록거리며 한욱에게 휴대폰을 넘겨주는 대신 생수를 벌컥벌컥 들이마셨다.

"지금 사장님이 전화를 받을 수 없습니다. 오시면 다시 전화 드리라고……."

[옆에 콜록거리는 사람 강주희 씨 아닌가?]

한욱이 난감하게 주희를 바라보자 어느 정도 진정이 된 그녀는 휴대폰을 넘겨받았다. 그러나 목이 갑갑하다는 듯 주희는 목을 부여잡았다. 아무래도 식빵 환이 목구멍 어딘가에서 정체를 일으키고 있는 중인 것 같았다.

[강주희 씨?]

기침을 참아보려 애쓰는 중이라 그녀는 대답할 수 있는 입장이 아니었다. 거기다 숨까지 참느라 그녀의 얼굴은 빨갛게 변해가고 있었다.

"그게…… 콜록콜록…… 사레가……. 이따 전화 드릴게요."

침 한 번 삼키면 진정될 줄 알았던 기침이 계속해서 터져 나왔다. 거친 기침에 목구멍이 따끔거릴 지경이다.

[할 이야기 있으니까 12시까지 회사로 오지. 혹시나 해서 말하는데, 피할 생각 안 하는 게 좋을 거야.]

전화를 끊은 진혁은 지금 그녀의 반응이 자신을 피하기 위한 연기인지 아닌지 골똘히 생각 중이었다. 하지만 연기치고는 꽤 기침 소리가 심각해 보였다. 그가 걱정이 될 정도로.

도대체 뭘 그리 급하게 먹었기에 캑캑거릴 정도인 거야?

'키스 사건'을 잊자고는 했지만 분명 신경이 쓰일 것이다. 긴장을 풀어주기 위해서는 딱딱한 사무실보다 밖에서 업무 이야기를 하는 게 훨씬 도움이 될 것이다. 사실 그는 보물 상자를 찾든 말든 관심 없었다. 주목적은 마사지였으니까. 물론 그녀가 머리를 만져주면 확실히 두통이 완화되긴 했다. 이것도 우연의 일치로 넘겨야 하나? 요즘 그의 머릿속은 그녀 때문에 뒤죽박죽이었다.

그러나 그의 생각은 비서의 인터폰으로 현실로 돌아와야 했다.

[이사님, 점심 예약 11시 40분으로 해놓았습니다.]

'아무래도 실내보다는 정원에서 먹는 게 좋겠지?'

"정원 쪽으로 세팅해 줄 수 있는지 알아봐 줘요."

[네, 이사님.]

진혁은 손을 깍지 낀 채 조용히 미소를 지었다. 마치 애인을 기다리는 남자처럼 그는 그녀와의 점심 식사를 기대하고 있었다. 물론 그녀야 생각이 다르겠지만.

한욱은 눈치를 보며 선생님한테 혼나는 학생 기분으로 진혁과 마주 앉아 있었다. 요즘 그의 시력이 급격하게 떨어지지 않았다면 분명 서진혁 씨는 지금 그를 아주 못마땅하게 노려보고 있었다. 그것도 대놓고. 물론 그의 능력이 사장님보다 못하지만 모든 상황을 공유하고 있고 내용 정리 면에서는 오히려 그가 낫다고 볼 수 있었다. 그걸 피력하고 싶을 만큼 이 의뢰인은 불만스러운 표정으로 그를 보고 있는 것이다. 혹시 일개 직원이 왔다고 기분이 상한 것은 아닐 테고.

아니, 맞다. 그녀 대신 일개 직원이 떡 와서 앉아 있는 것이 그의 심기를 건드렸다. 분명 그가 보자고 한 사람은 그녀였다. 분명 피하지 않는다고 그녀 입으로 이야기했다. 그런데 왜?

진혁은 일단 자초지종을 들어보기로 했다.

"강주희 씨는?"

"몸이 아프셔서 제가 대신 왔습니다. 하실 말씀 있으시면 저에게 하시면 됩니다."

'나를 피하겠다?'

진혁의 인상이 곧바로 굳어졌다.

"아까까지 그런 말이 없었는데? 어디가?"

팔팔하고 쌩쌩하던 이 여자가 왜 하필 그와 전화를 받은 후부터 아픈 것인가? 꾀병이면 그녀는 그만한 대가를 치를 것이다.

"아까 빵을 좀 드셨는데 급체하신 것 같습니다."

한욱은 무릎 위에 노트를 펴고 진혁의 말에 경청할 자세를 취했다. 그러나 진혁은 자신의 궁금증을 짚고 넘어가야 했다.

"아까 전화 받았을 때 그때 말인가?"

"네, 얼굴이 하얗게 질려서 일어나지도 못하십니다."

차마 미련스럽게 식빵 한 봉지를 한입에 털어 넣으려다 그렇게 됐다는 말은 하지 못했다. 사레가 멈추자 사장님은 큰 숨을 몇 번 들이쉬어야 했다. 그러고는 주먹으로 가슴을 콩콩 치더니 그것만으로 안 되었는지 고개를 갸우뚱거리며 물을 마셔도 가슴이 답답하다고 호소했다. 안색이 창백해지고 급기야 3인용 소파에 끙끙 앓아누운 것이다. 그러면서 아직도 식빵이 목구멍에 걸린 듯한 느낌이 남아 있다면서 어디서 구해왔는지 밥 한 덩어리를 삼켰다. 그때 말렸어야 했다. 그 후로는 아예 사장님은 벌러덩 누워 일어나는 것도 힘들다면서 결국은 그를 대신 보낸 것이다.

"약 먹었으니 조금 있으면 괜찮아질 겁니다."

"……"

서진혁의 침묵이 길어지자 한욱은 괜히 큼큼거리며 목을 가다듬었다.

"그럼 시작하도록 하겠습니다. 주말에 의뢰인님의 주택을 작업하기로 한 건 들으셨지요?"

"아침 9시로 하지."

한욱은 메모를 하면서 좀 더 중요한 이야기가 있을 거라 여기며 서진혁의 다음 말을 기다렸다. 그러나 돌아오는 건 침묵뿐이었다. 한욱이 고개를 들어 진혁을 바라보았다. '설마 이게 끝은 아니겠지요?' 하는 정중한 눈빛과 함께.

"그리고 또 하실 말씀은?"

"그게 답니다."

한욱은 순간 표정 관리를 하지 못한 채 진혁을 어이없다는 듯 바라볼 뻔했다. 그가 고작 이 한마디를 들으려고 여기까지 왔단 말이야?

"하실 말씀 더 없으면 그럼 가보겠습니다."

한욱은 진혁을 쳐다보지도 않은 채 일어났다.

"강주희 씨……."

진혁이 뭔가 말을 하려다 입을 다물자 한욱은 나가려다 그를 바라보았다.

"병원 안 가봐도 됩니까?"

"그 정도는 아닙니다."

설마 우리 사장님을? 저 걱정스러운 표정을 보니 확실했다. 지난번에도 사장님을 보는 눈빛이 꽤 의뭉스러웠던 것을 생각하면 분명 우리 사장님에게 마음이 있는 거다.

'어쩌다가……'

한욱은 속으로 낮게 혀를 찼다.

'참 취향 특이한 양반일세. 지금 그녀가 왜 체했는지만 얘기해 줘도 우리 사장님을 다시 생각해 볼 텐데.'

이걸로 안 된다면 무궁무진한 에피소드를 가지고 있으니 하나 골라잡으라고 해도 괜찮았다. 한편으로는 그의 마음을 조금은 이해할 수 있을 것 같았다. 신기하면 본능적으로 호기심이 가는 게 당연한 일이니 어쩌겠는가. 그 또한 처음에는 이성의 눈으로 사장님을 잠시, 아주 잠시 생각한 적이 있었다. 그러나 어디까지나 지금은 전우애의 정신으로 같이 생활할 뿐이었다.

"만약 오늘 저녁까지도 아프면 내일 작업 취소하도록 하지."

한욱은 확신에 찬 표정으로 고개를 끄덕였다. 이 정도면 우리 사장님한테 마음 있는 게 확실했다. 하지만 걱정 없다. 서진혁 씨가 24시간만 우리 사장님과 함께 있어보면 곧바로 답이 나올 것이다. 우리 사장님을 겪어보면 심 봉사가 눈이 번쩍 뜨이는 것처럼 현실을 자각하게 될 테니까 말이다. 환상은 어차피 깨지게 마련이지만 그래도 충격은 먹지 말아야 할 텐데.

"이번 주 작업할 때 옆에 계실 거지요?"

한욱은 남자 대 남자로 정말 돕고 싶었다. 나중에 벽 보고 자신의 머리를 찧는 이 남자의 모습을 보고 싶지 않았다.

"급한 일 없으면."

"잘됐네요."

우리 사장님이 조금은 예쁘고 귀염성 있다고 하지만 환상은 빨리 깨면 깰수록 좋답니다. 내일 꼭 우리 사장님의 본모습을 놓치지 말고 확인하시기 바랍니다. 볼일을 마친 한욱은 정중히 인사를 하고 사무실을 나왔다.

당연히 이날 레스토랑의 점심은 취소되었다.

약을 먹고 어느 정도 속이 진정되자 주희는 아까 한욱이 가져온 사진을 꺼내 보기 시작했다. 한눈에 다 알아보기 위해서 벽과 바닥의 붙일 수 있는 모든 곳에 다 붙여놓았다. 그가 준 단서 하나 더. 둥치가 꽈배기 모양으로 되어 있다고 했다. 그러나 20년도 넘는 일이라 그 모양이 틀어질 수도 있고 훼손될 수도 있어 자세히 봐야 했다. 비슷한 사진을 몇 시간씩 들여다보고 있자니 눈이 뱅글뱅글 돌다 못해 다시 속이 메슥거리는 것 같았다.

"똑똑."

민재가 입으로 똑똑 소리를 내자 그때서야 주희는 손님이 온 것을 알아차렸다. 그녀는 깡충깡충 뛰며 사진을 이리저리 피해 민재에게 다가갔다.

"여긴 어쩐 일이세요?"

"지나가는 길에 들렀다면, 안 믿어주겠죠?"

"아무렴 어때요. 이쪽으로 앉으세요. 사무실이 좀 어수선하죠?"

"소나무 사진 콘테스트에 내려는 건 아닐 테고……."

주위를 찬찬히 둘러보는 민재는 낮게 휘파람을 불었다. 소나무

무늬 벽지로 온 벽을 도배한 듯한 느낌이다. 그는 바닥에 널브러진 사진을 밟지 않기 위해 조심조심 발걸음을 옮겼다.

그녀가 커피가 담긴 머그컵을 가지고 오자 민재가 재빨리 그녀에게 다가갔다.

"아, 시럽 안 넣죠?"

그녀는 커피를 달달함 때문에 마시는 여자였다. 무의식적으로 두 머그컵에 시럽을 잔뜩 투하해 아마 보통 미각을 가진 사람들이 마신다면 조금은 달다고 혀를 내밀지 몰랐다. 그녀는 커피를 다시 만들기 위해 다시 간이 싱크대 쪽으로 향했다.

"괜찮아요. 피로할 때 가끔 이렇게 마시기도 해요."

"그래도……."

주희는 갈등했다. 그녀와 몇 번 커피를 마신 적 있는 그는 시럽이나 각설탕을 넣은 적이 없었다.

"이리 줘요. 저 요즘 밀려드는 일 때문에 달달한 커피가 꽤 필요하다고요."

가뜩이나 하달된 업무로 정신이 없는데 요즘 사촌 형 진혁의 저기압으로 사내 분위기는 말 그대로 바짝 긴장한 상태였다. 민재가 머그컵을 하나 받으며 커피를 한 모금 마셨다. 달달함이 혀끝에서 짜릿하다 못 해 뇌를 흔들어놓았다. 이건 거의 설탕 잼 수준이었다.

참는 표정이 역력한 민재를 본 주희가 풋 하고 웃음을 터뜨렸다. 그리고 재빨리 물을 따라 그에게 건네주었다. 민재 역시 그녀와 마주 보며 웃었다. 자신의 행동이 참 바보같이 보였지만 그녀가 즐겁다면 그걸로 족했다.

"좀 달죠? 커피만 이렇게 마시지 음식은 싱겁게 먹어요."

"커피보다 뭐 다른 걸 먹으러 가죠?"

"저녁 안 먹었어요?"

"이제 먹으려고요, 주희 씨와."

사랑 고백을 안 들었으면 모를까, 그 상태에서 저런 말을 들으면 마음이 말랑말랑해지게 마련이다. 지금의 그라면 아마 3개월은 그녀를 기다려 줄 것도 같았다. 그놈의 계약이 뭔지. 이건 마치 '임금님 귀는 당나귀 귀'라고 말 못 하는 두건장이 심정이었다. 정말 답답하면 어느 대나무 숲에 가서 '강주희는 슈퍼 갑과 3개월 애인 만들기 없음 계약을 했다!'고 소리칠지도 몰랐다. 그런데 갑자기 서진혁의 얼굴이 떠오르자 주희는 고개를 세차게 흔들었다. 아무래도 어제의 키스 충격 여파가 아직도 남아 있는 모양이다.

'워, 워, 물럿거라.'

"뭐 좋아해요?"

"저야……."

"체해서 아무것도 못 먹을 거야."

주희의 말을 가로챈 진혁은 문가에 기대 민재와 주희를 바라보고 있었다. 그의 깜짝 등장은 이제 놀랄 일도 아니지만 그렇다고 적응이 된 것도 아니었다. 민재와 주희는 자리에서 일어나 그를 맞이했다. 주희는 의뢰인을 맞이하는 자세로, 민재는 사촌 형이자 다가가기 어려운 직장 상사를 대하는 자세로.

"오셨어요?"

저 사람은 검찰도 아니면서 왜 항상 연락도 하지 않고 부지불식간에 들이닥칠까? 아마도 저 집요한 성격과 삐딱한 표정을 보면 검찰청에서 일해도 실력을 십분 발휘했을 것이다.

"급체로 드러누웠다더니 살 만한가 보네?"

그녀는 어색한 미소로 답했다.

'한욱이 얼마나 오버하며 설명했는지 모르지만 병이 나은 것도 죈가요?'

"넌 여기 어쩐 일이야?"

마치 우연히 만나 대화를 건네는 듯한 분위기지만 그녀가 보기엔 그의 기분은 그다지 좋아 보이지 않았다. 하긴, 그의 기분이 좋을 때가 몇 번 있다고.

"금요일 밤이고 해서 그녀와 데이트 좀 하려고."

주희는 깜짝 놀라 민재와 진혁을 보았다.

"에이, 민재 씨, 농담도……."

어색하게 웃는 그녀는 기쁘면서도 왠지 두려운 이중적 마음이 같이 공존했다. 바로 서진혁 씨의 반응 때문이었다. 안 그래도 자기 의뢰에 시간을 100% 다 쏟아 부으라고 계약 종용까지 한 사람인데 저런 말을 들으면 심기가 거슬릴 게 분명했다.

"사실인데. 오늘 외로운 저와 데이트하실래요?"

"데이트가 있으셨군?"

진혁은 마치 그녀가 무슨 말을 할지 기대가 된다는 듯 삐딱한 미소로 그녀를 바라보고 있었다. 주희는 억울했다. 그녀는 최대한 호의적인 미소를 띤 채 자신의 어딘가 잠재되어 있는 초능력이 그의 머리에 전달되길 바라며 마음속으로 소리쳤다.

'아니에요! 전 계약을 어긴 적이 없다고요!'

"그렇게 서 있지 말고 앉자고."

그는 마치 자신이 이곳 사무실 사장인 것처럼 상석에 앉았다. 사장인 그녀도 잘 안 앉는 자리인데……

"병원은 가본 건가?"

그렇다. 그는 이 사실을 확인하기 위해 직접 와야 했다.

"그 정도는 아니라서 약 먹었어요. 많이 좋아졌고요."

'저 말은 민재랑 데이트를 하러 나가겠다는 얘기?'

진혁은 그녀의 의중을 읽으려는 듯 눈을 가늘게 떠 그녀를 바라보았다.

"그 말은 아직 체증이 있단 소린데, 저녁은 굶지?"

물론 그녀도 밥 먹을 생각이 그다지 없었지만, 그래도 죽은 조금 먹고 싶은데 저리 대놓고 밥 먹지 말라고 하니 청개구리처럼 밥을 먹고 싶은 마음이 생겼다. 그녀는 점심도 굶었다.

"밥 먹어도 괜찮아요. 그러니까 우리 같이……"

그의 한쪽 눈썹이 살짝 올라갔다.

'그러니까 기어이 데이트를 하겠다?'

"굶어."

그녀가 노려보자 진혁 또한 그녀를 똑바로 응시했다.

"한 끼 굶는다고 안 죽어."

아까는 그녀의 말을 낚아채더니 이번에는 단칼에 그녀의 말을 묵살하자 주희는 오기로라도 저녁을 먹으러 나갈 생각이었다. 여봐란 듯이. 그러고 보니 이 남자는 그녀의 밥시간만 되면 그녀를 굶기려고 작심한 남자 같았다. 삼겹살, 해물탕, 이번에는 저녁까지. 마가 낀 거야. 그렇지 않고서야 매번 그녀의 밥때를 그가 걷어찰 리가 없었다.

"어쩌다 체했어요? 약은 먹었어요?"

민재가 걱정스레 주희를 바라보자 진혁은 조용히 둘을 지켜보았다. 정확히는 주희의 반응을 지켜보고 있었다.

보지 않아도 뜨거운 진혁의 시선을 느낀 그녀는 민재와 다정하게 말을 건네는 것이 눈치 보였다.

"걱정할 정도는 아니에요. 다 나았어요."

"그러고 보니 아까 얼굴이 안 좋아 보였는데 아파서였구나."

그건 고개를 숙이며 하도 사진을 많이 봐서 어지러워 그런 것이고, 체기는 정말 배고픔을 느낄 정도로 소화가 다 된 상태였다.

진혁은 손등으로 그녀의 이마를 만져 보았다. 그의 표정은 무덤덤했지만 민재와 주희에게는 놀람 그 자체였다. 그의 돌출 행동은 충분히 오해를 만들고도 남았다.

"얼굴이 창백해서 열까지 있는 줄 알았는데 그건 아니군."

더욱이 그가 그녀의 귀를 만져 보자 그 당황함은 최고 수치를 찍었다. 왜 남의 성감대를 함부로! 그녀는 귀를 박박 문지르며 그를 노려보았다.

"말했잖아요. 좋아졌다고요."

"말대꾸하는 거 보니 그런 것 같군. 그래도 체했으니까 굶는 것도 나쁘지 않아."

민재는 이 상황이 껄끄러웠다. 마치 사적인 대화가 오고 가는 그런 느낌을 지울 수가 없었다. 아무리 친한 사이라고 해도 살갑게 누군가의 이마를 만진다는 건 서진혁에게 있어서 상상할 수도 없는 행동이었다. 그가 지금껏 아는 형은 그랬다.

"저는 배가 고파요. 아침에 미숫가루 타 먹고 나온 게 다란 말이에요."

"그럼 죽 먹으러 가죠."

민재가 끼어들었다.

"형도 저녁 안 먹었으면 같이 가고."

주희는 코를 찡긋거리며 진혁을 바라보았다. 흥, 저 사람이 잘도 같이 가겠다.

"약속이 있으니 그건 다음으로 미루지."

사실 그는 지금 울산 공장으로 내려가야 했다. 마지막 비행기 시간에 맞추려면 빠듯했다. 그럼에도 그가 여기 와야만 하는 이유는 그녀 성격에 가벼운 체기로 자신의 직원을 내보내는 행동은 하지 않기 때문이다. 그렇다면 꽤 아팠다는 것이고, 자신의 두 눈으로 직접 그녀의 상태를 확인해야 안심이 될 것 같아서였다.

"몸도 안 좋은데 일찍 퇴근하지?"

"하지만 아직 해야 할 일이……."

"퇴근해. 무리해서 좋을 거 없잖아?"

'퇴근 안 하고 민재랑 밥 먹게 내버려 둘 것 같아?'

그녀는 그를 설득하려고 입을 열었다가 다시 닫았다. 설득의 씨알도 안 먹히는 표정이다.

"태워줄 테니 나가자고."

그녀도 한 오지랖 하지만 그 또한 만만치 않아 보였다. 아픈 사람 걱정하는 건 당연하지만 그렇다고 차 태워주는 건 제가 봐도 오버 같거든요?

"제가 알아서 갈게요. 해도 안 떨어졌는데."

"그러지 말고 주희 씨는 내가 데려다 줄게. 걱정하지 마."

민재가 나서자 진혁의 입가에 차가운 미소가 지어졌다.

"고맙지만 내 사람은 내가 챙기는 주의라……."

주희와 민재 동시에 놀랐지만 정신은 주희가 먼저 들었다.

"내 사람이라뇨? 결혼도 안 한 처자 혼삿길 막으려고."

그녀가 웃으면서 민재를 슬쩍 보니 역시 그의 표정도 굳어 있었다.

"내가 챙겨야 할 사람을 내 사람이라 부르는 게 잘못됐나? 오늘도 아파서 하루 날려먹었지, 보고도 못 했고, 내가 여기까지 와서 확인해야 하고."

뭔가 억울하지만 저렇게 말하니 할 말이 없다.

시간이 촉박한 진혁이 먼저 사무실을 빠져나가자 주희와 민재는 반강제적으로 사무실을 나와야 했다. 물론 그는 그들에게 '내 사람'이라는 정의를 토의할 시간도 주지 않았다.

자신의 기사에게 주희를 집까지 태워다 주라고 하고 그 혼자 택시를 타고 공항으로 향하는 진혁을 민재는 혼란스러운 눈으로 바라보아야 했다. 확연한 관심 표명이다. 그러나 그는 차마 형에게 그녀에게 관심이 있느냐고 물어볼 수가 없었다. 그보다 더 최악의 답이 나올까 두려웠다.

그리고 여기 또 한 사람, 진혁의 차를 타고 가는 주희도 아무리 생각해도 서진혁 씨가 그녀를 좋아하는 게 아닌가 하는 생각이 마구 들기 시작한 것이다. 이 사람이 워낙 외국에서 오래 살다 보니 몸에 밴 친절을 자신이 오해하고 있을 수도 있었다. 그의 손이 그녀의 이마를 짚었을 때는 가슴이 철렁하기도 했다. 그의 예고도 없는 스킨십은 그녀를 당황하게 만들었다. 거기다 그가 저번에 그녀의 손도 씻겨주지 않았는가.

갑자기 차 안이 더워지는 느낌이다. 그러나 곧 그녀는 그의 과도한 친절에 의미를 깊게 두지 않기로 했다. 키스도 분위기에 휩쓸려 한 것이니까. 기억은 어차피 끼워 맞추기 나름이다. 행동 하나하나에 의미를 부여하면 이 남자는 지금 그녀에게 풍덩 빠져 허우적거리고 있는 거나 다름없다는 결론도 도출해 낼 수 있었다. 생각할수록 말이 안 됐다. 주희는 상상만 해도 웃긴지 피식 웃다 곧 그에게 온 문자를 보고 미소가 싹 사라졌다.

—계약서가 허술했나 보군. 아님 내가 만만했거나.

그에게 그녀를 좋아하냐고 물어보지 않아서 천만다행이었다.

말했으면 망신도 그런 망신이 없었을 것이다. 그런데 이 남자, 오늘 그녀의 사무실에는 왜 왔지? 갑자기 그 이유가 무척 궁금해진 그녀였다.

5장

어린아이가 손으로 흙을 팔 수 있는 깊이 최대 2~30㎝. 삽으로 10분 정도 파면 나오는 깊이이니 생각보다 힘든 작업은 아니었다. 문제는 이 비싼 잔디를 헤집으면서 아무런 성과가 없는 게 조금 미안할 뿐이었다. 솔직히 한욱이 말한 것처럼 그녀 또한 이 집에 보물 상자를 묻었을 가능성이 거의 없다고 생각하지만 어디까지나 확인 작업은 필요했다.

"앞으로 두 군데 더 파면 끝이니까 해 지기 전에 끝나겠는데요?"

"그러게. 그래도 의뢰인 얼굴은 보고 가야지?"

그가 어제 출장 간 후 스케줄이 변경되었는지 지금 올라오는 중이라고 했다. 회장님은 부산에서 열린 경제 컨퍼런스에 참석해 주인 없는 집에서 그녀와 한욱은 삽질을 하고 있는 것이다. 물론 멀찍이 떨어진 곳에서 경호원들이 감시 아닌 감시를 하고 있지만 말이다.

"저기, 점심시간인데 들어와서 식사하고 하세요."

그 말과 동시에 한욱이 들고 있던 삽을 내려놓고 들어가려 하자 주희는 도우미 아주머니에게 사양하는 손사래를 치며 거절했다.

"몸에 흙도 많이 묻었고 편하게 여기서 시켜 먹겠습니다."

"괜찮습니다. 그렇잖아도 불편함 없게 챙겨주라고 이사님이 당부하셨어요. 어서 들어오세요."

그녀는 먼지투성이의 작업복과 흙이 잔뜩 묻은 운동화를 바라보았다. 그녀가 아무리 얼굴에 철판을 깔았다지만 주인 없는 집에서 객이 식사하는 것도 그다지 편한 일은 아니었다.

"그럼 여기서 먹을게요. 저기 앉아서 쉬는 곳도 있는데 반찬 몇 개와 고추장 하나만 주시면 안 될까요? 아, 양푼 하나도요."

도우미 아주머니는 그래도 이사님이 친히 전화까지 해 챙기라고 한 손님인데 이렇게 대접해도 되는지 확신이 서지 않았다.

"안 되나요? 그럼 저희가 알아서 먹을게요."

"아니에요. 그렇게 가져올게요. 조금만 기다리세요."

"제 취향은 왜 무시하세요?"

도우미 아주머니가 들어가자 한욱이 낮게 투덜거렸다.

"너 비빔밥 좋아하잖아. 그리고 내가 강호동 다음으로 밥을 제일 잘 비빈다고 한 사람도 너고. 왜, 싫어? 그럼 너 자장면 먹을 거야?"

한욱은 입을 쭉 내민 채 고개를 저었다. 가끔, 아주 가끔 사장님이 점심 메뉴를 독단적으로 결정하는 것이 너무 싫었다. 하지만 지금 그가 불만스러워 하는 이유는 비빔밥이 싫어서도 아니고 맛있는 반찬을 먹을 기회를 놓쳐서도 아니었다. 양푼에 밥을 비비면 한 그릇에 밥숟가락이 두 개 꽂히는 게 싫었을 뿐이다. 그리고 먹다 흘리는 밥알이 누구 입으로 들어가는지도 모르는 걸 왜 같이 먹어야 하냔 말이다. 그것도 거지새끼처럼 서로 머리를 맞대고 양푼을 붙잡으면서 말이다. 밥그릇에 덜어 먹으면 될 거 아니냐고 물으신다면 사장님이 양푼비빔밥을 모독하는 행위라면서 온갖 눈총과 구박을 주기 때문이다. 저번에는 '남자가 말이야!' 라는 말까지 나오자 밥 먹다 싸울 뻔 한 일도 있었다.

한욱은 조용히 한숨을 내쉬었다. 할 수 없다. 밥을 비비는 즉시 금을 그어놓고 사장님의 숟가락이 넘어오지 않게 그의 밥을 사수하는 수밖에 없었다. 그는 의외로 이런 면에서 까다로웠다.

부잣집은 나물 종류도 많았다. 무나물, 숙주나물, 버섯나물, 박나물까지 정월 대보름도 아닌데 마치 비빔밥을 위해 준비라도 한 듯 도우미 아주머니가 풍성하게 내왔다. 그녀는 고추장을 넣고 양손에 밥숟가락을 들고 최대한 밥알이 뭉개지지 않도록 밥을 비비기 시작했다.

수공으로 만든 너른 나무 테이블 위에는 그것 말고도 삼채아귀찜이며 각종 반찬이 올라와 있었다.

"왜 여기서 먹지?"

진혁은 그녀에게 다가가면서 진심으로 왜 여기서 먹고 있는지 궁금한 표정으로 묻고 있었다. 테이블 위 반찬을 훑어보는 그의 눈빛은 못마땅함, 그 자체였다.

막 울산에서 올라온 그의 모습은 밤샘을 한 모습처럼 조금은 피곤해 보였다. 조금은 그 모습이 불쌍해 보여 어서 작업을 끝내고 편히 쉬게 해줘야지 하는 생각까지 늘 정도였다. 돈 많으면 뭐 하나? 어차피 일에 치여 밥도 못 챙겨 먹는데.

"아주머니에게 얘기해 놨는데 못 들었나?"

"여기가 편해서요. 점심 드셨어요?"

"아니."

이 말에 그녀는 순간 무슨 말을 해야 할지 주저했다. 라면 회사 광고의 한 장면처럼 '한 젓가락 하실래요?' 라고 말할 수도 없고, 그렇다고 당신은 집주인이니 어서 들어가 먹으라고 말할 수도 없었다.

한욱 또한 난감하긴 마찬가지였다. 차라리 자장면을 시켜 먹을 것을. 그래도 예의상 해줘야 하는 말이 있다.

"안 드셨으면 저희와 같이 드세요."

바로 이런 말이 그와 같은 말이라 할 수 있었다.

"옷 갈아입고 나오지."

그가 끄덕이며 들어가자 주희가 한욱을 보며 놀라 물었다.

"저 말, 지금 우리랑 밥을 같이 먹겠다는 거지?"

"그런 것 같네요."

한욱 또한 믿기지 않는 듯 고개를 갸우뚱했다.

"밥 한 공기를 따로 준비하라는 소리인 거야, 아니면 같이 비벼

먹겠다는 소리인 거야?"

"설마 서진혁 씨가 한 양푼에 밥숟가락을 꽂겠어요?"

"나물 싫어하나? 우리 아버지도 별로 안 좋아하긴 하던데. 아, 너 한 숟가락 먹어봐. 많이 매워? 괜히 신경 쓰이네."

사장님, 포인트가 그게 아니지 않습니까!

주희는 잠시 고민하다 아까 추가로 밥 한 공기를 더 내온 도우미 아줌마의 센스에 감사하며 양푼에 밥 한 공기를 더 투하했다.

"이 많은 걸 다 어떻게 먹으려고요?"

한욱은 불어나는 비빔밥 양이 걱정되었다.

"괜찮아. 다 먹게 되어 있어."

그녀의 초긍정 마인드가 발휘되는 순간이다. 안 그래도 나물도 많이 넣어 벌써 3인분은 넘어 보였다. 그리고 서진혁 씨가 비빔밥을 안 먹겠다고 할 경우 남는 건 오로지 그와 그녀의 몫으로 배당될 밥이었다. 음식 남기면 천벌 받는 줄 아는 사장님은 밥알 한 톨까지 닥닥 긁어먹으실 게 분명한데, 어제 급체까지 한 사장님을 위해서 그가 좀 더 많이 먹어줘야 하는 의무감이 밀려왔다.

진혁이 그녀의 앞에 앉자 시원한 샤워코롱 냄새가 그녀에게까지 맡아졌다.

머리 말릴 새도 없이 나왔는지 그의 머리는 촉촉하게 젖어 있었다. 거기다 매번 양복을 입은 그를 보다 간편한 면바지와 청회색의 티셔츠를 입은 그를 보니 한결 가볍고 젊어 보이기도 했다.

"참기름은?"

그가 비빔밥을 슬쩍 보더니 참기름을 찾기 시작했다.

차마 남의 집 비싼 기름까지 달라고 말하지 못한 그녀였는데 주인이 이렇게까지 말하니 아낌없이 윤기 날 때까지 부어주련다. 그녀가 다시 밥을 쓱싹 비비고 있자 그가 툭 한 마디 던졌다.

"성과는 없었나 보군."

파헤친 잔디를 보며 진혁은 실망감도 기대감도 보이지 않았다.

"다른 장소는 다 지방일 텐데 고생하겠군."

"나와 주기만 한다면 그런 고생쯤이야 얼마든지 해도 되죠. 한데 밥 먹으면서 일 얘기하는 스타일이에요?"

"사업상 만나는 사람들하고 약속이 잡혀 있으면 그럴 수밖에 없지."

"얼마 전에 봤는데 밥 먹을 때 일 이야기하는 상사가 재수 없는 상사 베스트 5위 안에 들었대요. 의외죠? 그만큼 밥 먹을 때는 개도 안 건드리는 법인데 맛있는 밥 놓고 일 얘기하면 기분이 안 좋긴 하겠죠. 사업적으로 만난 사람은 어쩔 수 없지만 부하직원하고 밥 먹을 때만이라도 그러지 말아요."

한욱은 콜록거리며 곧바로 물을 들이켰다. 저 말은 의뢰인이 재수 없다는 말하고 뭐가 다르냐고!

그러나 한욱의 예상과 달리 진혁은 그저 피식 웃을 뿐 비빔밥에 들기름과 참기름 중 어느 것을 넣어야 하는지 그녀와 자그락거리는 데 치중하고 있었다. 그들은 진심으로 서로의 취향을 양보할 생각이 없어 보였다.

그녀는 한입 크게 먹어보며 눈을 반짝였다.

"내가 했지만 진짜 잘 비볐어요. 한번 먹어봐요."

주희가 한 숟가락 크게 떠서 진혁에게 내밀었다.

'사장님, 그 숟가락 지금 금방 사장님 입속에 들어갔다 나온 숟가락으로 알고 있습니다만.'

한욱은 눈에 힘을 주며 주희를 바라보았다.

'더럽다고요, 더러워! 아침저녁으로 샤워를 안 하면 찜찜하다며 깨끗한 척은 혼자 다 하면서 정작 더러운 짓은 이렇게 대놓고 해주시고! 사장님, 좀!'

그러나 의뢰인 앞이고 또 사장님의 체면이 있기에 그는 꾹 참았다.

하지만 한욱의 걱정과 달리 진혁이 그녀가 내민 비빔밥을 받아먹자 한욱은 적지 않게 놀랐다. 저 의뢰인은 비위가 정말 좋거나 남이 주는 걸 사양 못 하는 사람임이 틀림없었다.

"맛있네."

그의 칭찬 한마디에 주희가 득의만면한 표정으로 한욱을 쏘아보았다.

한욱은 체념한 채 숟가락을 들었다. 그나마 의뢰인이 생각한 것만큼 덜 까다롭고 소탈한 모습에 감사할 뿐이었다. 밥을 먹으면서 소소한 이야기는 오고 갈 줄 알았으나 서로가 배가 고픈 상태라 간단한 대답을 제외하고는 침묵 속에 빠른 숟가락질이 몇 분간 계속되었다. 한욱은 이렇게 편안한 식사가 쭉 계속될 줄 알았다. 그런데 갑자기 주희가 진혁의 숟가락을 꾹 누르며 밥을 못 뜨게 하자 그가 고개를 들어 주희를 바라보았다. 한욱은 사장님의 돌발 행동에 잠시 숨을 죽였다. 요즘 잠잠해서 방심하고 있었는데 그게 아닌 모양이다.

'의뢰인을 상대로 사장님의 똘끼를 풀어낼 생각은 아니겠죠, 사장님?'

한욱은 일이 거시기 선에 잽싸게 끼어들어 중재하기로 했다.

"세 사람이다 보니 숟가락이 엉키네. 사장님, 여기 숟가락 좀 치워주세요."

그러나 주희는 진혁을 바라본 채 그의 숟가락을 여전히 누르고 있었다.

한욱은 다시 한 번 사장님을 정중히, 그러나 힘주어 불렀다. 마치 실수로 그런 것처럼 무마시켜 보려고 했지만 누가 봐도 숟가락을 쥔 사장님의 주먹은 힘을 잔뜩 들어가 있을 정도로 핏줄이 선명하게 두드러져 있었다.

"사.장.님?"

'제발 간장 졸인 이 마음 타는 냄새를 좀 맡아주시면 안 될까요? 이러다 의뢰 다 물리고 돈 토해내라고 하면 어쩌려고 그래요?'

"왜 나 한 번 먹는데 두 번 먹어요?"

"……?"

어지간한 일에는 막힘없이 대답하는 진혁이지만, 잠시 그녀의 질문에 대답을 찾지 못해 입을 열지 못했다. 잠시 그가 그녀의 말을 잘못 들었나 의심하기도 했다.

'아, 사장님!'

한욱은 신음을 삼키며 눈을 질끈 감았다.

"그쪽이 너무 빨리 먹으니까 나도 빨리 먹어야 하잖아요."

사람 심리라는 게 한쪽이 속도를 내면 그게 좋든 싫든 경쟁의식이 붙게 마련이다. 물론 천천히 자신이 평소 먹던 대로 먹을 수도 있지만 양푼에 밥이 없어지는 속도와 밥숟가락의 빈번한 움직임은 평상심을 흔들게 만들었다. 그리고 그녀는 배가 너무나 고픈 상태였다.

"밥 더 가지고 오면 되는데…… 뭐, 그런 걸 가지고. 그리고 여기, 이렇게 사장님 밥은 손 안 댈게요."

깨진 접시요, 쏟은 물바가지 직전의 상황이지만 한욱은 최대한 수습하기 위해 온갖 노력을 다했다. 제발 서진혁 씨가 그녀의 이상 행동을 업무 능력과 연계시키지 않았으면 하는 바람이다.

"자, 여기, 이쪽 밥은 사장님 밥, 여기는 제 밥."

"복 달아나게 어디다 선을 그어?"

한욱이 숟가락으로 밥을 삼등분으로 나눠놓자 주희가 한욱을 타박했다.

한욱은 진혁을 흘낏 바라보았다. 그러고는 마음속으로 사장님의 본모습의 일부를 보고 뭔가를 깨달았으면 했다.

'봤죠? 우리 사장님 이런 분이에요. 그러니 빨리 정신 차리세요.'

그러나 진혁은 고개를 숙이며 웃음을 참고 있었다. 정신 차리기에는 강도가 그에겐 조금 약한 모양이다. 하는 수 없지. 겪다 보면 어느 날 갑자기 머리에 벼락 맞은 듯 깨달음을 얻는 날이 올 것이다. 그가 그러했으니 말이다.

"미안. 워낙 밥 먹는 속도가 좀 빠른 편이라."

'빠른 게 아니라 그냥 털어 넣는 수준이더구만.'

그러나 곧 주희도 너무나 본능적인 자신의 행동에 무안한지 쭈뼛거리며 슬그머니 다 비벼져 있는 비빔밥을 다시 비비고 있었다.

"배고픈 것 같은데, 강주희 씨 먹어요."

아예 진혁이 숟가락을 놓자 주희는 당황해 그를 바라보았다.

"기분 상했어요? 밥 아직 많이 남았는데……. 제 행동이 기분 나빴다면 미안해요. 제 말은 그냥…… 같이 박자에 맞춰 밥을 먹자, 뭐, 이런 뜻이었어요."

"이게 무슨 음악 시간입니까, 박자에 맞춰 밥을 먹게?"

지금껏 꾹 참고 있던 한욱이 결국 욱해서 소리를 질렀다. 어떻게 사장님 이성은 날만 좋으면 소풍을 가느냐는 말까지 하고 싶었지만 밥숟가락 쥔 주희의 손에 잠시 힘이 들어가자 그 말은 삼키기로 했다. 이성을 잃으면 분명 저 밥숟가락이 흉기가 될지도 몰랐다.

"내가 속도 조절이 안 되는 걸 어떡해?"

"그럼 눈 감고 드시던가요."

진혁은 쿡쿡거리며 이 두 사람의 자그락거림을 재미난 듯 지켜보았다. 그만큼 서로가 편하다는 것이고 잘 알고 있다는 소리다. 그를 대하는 그녀의 모습은 물론 의뢰인의 입장이라 더욱 그러하겠지만 저렇게 언성을 높이거나 입을 쭉 내밀어 감정을 드러내는 일 따위 없을 것이다. 그가 의뢰인으로 있는 한은 불가능했다. 물론 지금 그녀의 모습을 지켜보는 것도 재미있긴 하다. 그러나 그에게 보이지 않던 그녀의 더 많은 표정과 감정을 그는 알아야겠다. 어디로 튈지 알 수 없는 그녀가 궁금했다.

한욱과 주희가 서로 자그락거리는 동안 진혁은 혼자만의 고민에 빠졌다. 단순한 호기심이든 재미든 중요하지 않았다. 확실한 건 이 관계로는 답이 안 나온다는 것이었다.

역시 그의 집은 아무 소득 없는 삽질이었다. 그리고 그 뒤로 쭉 헛삽질이 계속되었다. 매일같이 삽질을 하다 보니 근육은 근육대로 뭉쳤다. 내일은 토요일이라 하루쯤 쉬고 싶었지만 슈퍼 갑 의뢰인과 미팅도 해야 했다. 뜨거운 물에 샤워를 끝냈음에도 아직도 여기저기 근육들이 뭉친 것 같아 주희는 침대에 앉아 팔이며 다리를 주물렀다.

[주희야, 한 번만 도와주라.]

늦은 시각 그것도 평소에는 잘 연락하지 않던 현수 선배의 전화에 주희는 코를 찡긋거렸다.

"무슨 일인데?"

[네 도움이 필요해. 너 말고는 부탁할 사람이 없다. 지금 강남 로얄호텔로 와줄 수 있냐?]

"그러니까 왜?"

간절한 음성을 담아 말하지만 왜 그녀의 귀에는 귀찮은 일에 엮일 것 같은 기분이 드는 걸까?

[무조건 와! 안 오면 다음 달 아동센터 벽지 안 발라준다?]

원래 대학 선배라 가끔 연락하는 사이인데 나중에 그녀가 봉사 활동에 끌어들인 사람이었다. 뭐, 그녀가 이렇게 끌어들인 사람이 한두 사람이겠느냐마는 그래 봬도 벤처기업 임원이라 가끔 통 크게 기부를 했다. 그래서 그녀가 좋아하는 거지만, 가끔 이렇게 치졸한 짓도 하기에 굳이 정의하자면 가깝고도 먼 사이였다.

[내 말 듣고 있어?]

워낙 바빠 급한 일 아니면 연락하기 힘든 사람이 뜬금없이 전화해 SOS를 치는 걸 보니 다급하긴 엄청 다급한 모양이다.

"치사하게 어떻게 그런 걸로 협박해?"

[오죽하면 그러겠냐. 무조건 예쁘게, 여성스럽게. 안 되는 거 알지만 최선을 다해봐.]

그녀가 뭐라 반박하기도 전에 그가 자기 할 말만 하고 전화를 끊었다. 무슨 전화를 이딴 식으로!

주희는 잠시 멍하니 끊긴 휴대폰을 바라봐야 했다. 그래도 어찌됐든 급한 모양이니 무거운 몸을 이끌고 무슨 일인지 가봐야 할 듯했다. 안 가도 이건 찜찜한 상황이었다.

주희는 결국 한숨을 내쉬며 침대에서 일어났다. 패션과는 거리가 조금 먼 그녀는 어떤 장소에서도 어울릴 수 있는 검정색 옷이 많았다. 아무리 그녀라도 호텔인데 티를 입고 가기는 뭣해 옷장을 열었지만 주희에게 '여성스럽게, 예쁘게 입고 오세요'라는 말은 '검정색 드레스를 입고 오세요'라는 말과 일맥상통할 정도로 옷 입는 센스가 없었다. 그래도 조금은 화사한 느낌이 드는 펄이 들어간 미니 드레스에 충동구매로 산 은빛 하이힐까지, 이 정도면 현수 오빠도 만족할 것이다. 마지막으로 그녀는 거울 속에서 빨간 입술이 도드라지게 보이는 자신의 얼굴을 만족스레 바라본 뒤 로 얄호텔로 향했다.

키 165㎝로 나름 대한민국 평균 키라 걸어가면 군중 속에 잘 묻혔는데 힐의 위력은 대단했다. 하이힐의 높이만큼 그녀의 알 수 없는 자신감도 높아진 듯했다. 문제는 여기서 조금이라도 삐끗했다간 그녀의 복숭아뼈가 바닥과 뽀뽀할 수 있는 위험이 있다는 정도다.

택시에서 내리자 입구에서 헐레벌떡 뛰어나오는 현수 선배를 보며 주희는 입가에 미소를 지으며 복화술로 빠르게 말을 뱉었다. 이게 다 어머니에게 배운 내공이 아니겠는가!

"갑자기 이 밤에 불러낸 이유는?"

"이야, 강주희! 너도 변신이 가능하구나?"

급한 상황이라는 것도 잊은 듯 이 망할 선배는 그녀를 한 번 훑어보며 낮게 탄성을 질렀다.

"무슨 일인데?"

대충 짐작이 가긴 하는데 그래도 들어봐야 했다. 설마 저번처럼 스토커 여자를 떼어달라는 그런 황당한 부탁은 아니겠지?

"나랑 술 좀 마시자."

"그게 다야?"

"그래."

그 말과 동시에 주희의 두 손이 현수의 목을 졸랐다.

"내가 선배랑 할 일이 없어 술 마시려고 이 밤에 헐레벌떡 뛰어온 줄 알아? 급한 일이라며? 도와달라며? 요즘 삭신이 쑤셔 파스와 동고동락하고 살고 있구만."

"캑캑, 이 손 좀 놓고……."

주위에서 그녀와 현수를 흘깃거렸지만 누구도 말리는 사람은 없었다. 거친 여자친구를 둔 남자를 불쌍하게 볼 뿐이었다.

주희는 허리에 손을 얹고 삐딱하게 현수를 바라보았다.

"내가 이 밤에 선배랑 술을 마셔야 하는 이유 셋을 대봐. 차였어? 회사에서 잘렸어? 그도 아님 돈 필요해?"

현수는 목을 문지르며 주희를 살짝 노려보았다. 학교 다닐 때는 선배님, 선배님, 하며 강아지처럼 따라다니던 후배가 지금은 같이 늙어간다는 이유로 맞먹고 있었다.

"나도 갑작스러운 지시를 받아서 말이야. 일단 들어와."

도통 무슨 말인지 몰라 주희는 일단 말없이 현수 뒤를 따라갔다.

코로나라타라 칵테일을 바라보며 그녀는 향과 색깔은 예쁘나 칵테일치고는 독하다고 생각했다. 색깔은 노란 연둣빛으로 순해 보여 시켰는데 데킬라가 들어 있을 줄이야. 하지만 공짜 술은 다 마셔줘야 예의지. 물론 마음 한쪽에는 이 선배가 왜 안 하던 짓을 하고 있는지 궁금함이 똬리를 틀고 있었다.

"분위기 좋지? 칵테일로 유명한 바니까 먹고 싶은 거 다 시켜라. 공짜다."

저렇게 말하니 이상하다 못해 수상해 미칠 것 같았다. 의자에 엉덩이는 데워졌을 시간이 지났으니 슬슬 털어놓을 때가 됐는데? 성질 급한 그녀가 먼저 묻기로 했다.

"오늘까지 써야 하는 무슨 쿠폰이라도 받은 거야?"

아니지. 그런 쿠폰을 그녀와 쓸 정도로 이 선배가 여자가 없는 것도 아니고, 설마 여기 조건에 커트 머리 여자에 한해서라든지 아니면 다리 찢기 가능한 여자, 뭐 이런 게 붙었나?

"자, 분명 난 허락까지 받았으니까 마르텔, 꺄뮤…… 오, 레미마틴까지. 이거 한번 마셔볼래? 레미마틴. 모르면 일단 비싼 거 마셔. 언제 이걸 마셔보겠냐."

"내일 일 있어. 한 잔이면 충분해."

"이 좋은 기회를 왜 놓치냐? 여기요, 레미마틴 한 병이요. 남으면 킵 해놓으면 되지."

현수는 물 만난 물고기처럼 신나하며 메뉴판을 덮었다. 그리고 술과 안주가 나오고 시간이 지나가는 만큼 그녀의 인내심도 슬슬 증발하고 있었다. 그때,

"선물이다."

현수가 부드럽게 레미마틴을 목으로 넘기며 그녀 앞으로 납작한 상자를 내밀었다. 주희는 당황해 잠시 자신 앞에 놓인 상자를 바라보았다. 상자 한쪽에는 보석 가게 이름이 황금색 자수로 작게 수놓아져 있다. 갑자기 예쁘게 하고 나오라는 것도 그렇고 보석 선물의 의미를 조합해 보면 하나밖에 답이 나오지 않았다.

"설마 프러포즈는 아니겠죠, 선배?"

프러포즈치고 선배의 표정은 마치 개에게 뼈다귀 하나 던져 주 듯 그녀에게 선물 상자를 내밀고 있었다. 정확히는 먹고 떨어지라 는 쪽이 더 가까웠다. 누가 프러포즈를 하는데 손으로 턱을 괸 채 보석 상자를 상대방에게 밀어 넣어주겠는가.

"미쳤냐?"

"그럼 뭐야? 이 밤에 불러서 공짜 술에, 선물에. 나한테 죄진 거 있어?"

그렇지 않고서야 이런 미친 짓을 할 선배가 아니었다.

"용순 할머니가 이거 너한테 전해주래. 미리 생일 축하한다고. 장소도 할머니가 정한 거야."

주희는 갸우뚱했다. 만약 할머니라면 그녀를 직접 불러 선물을 줬을 것이다. 이렇게 따로 누군가에게 생일 선물을 전하는 건 그 녀답지 않았다. 그리고 아직 그녀의 생일은 보름이나 남아 있었 다.

"그럼 진작 말을 하지."

"몰라. 할머니가 여기서 선물 주라고 했단 말이야. 좀 비싸다고 해서 이거 가지고 오는 동안 가슴이 조마조마했다. 열어봐."

그녀는 조심스레 상자를 열었다. 거기엔 그녀의 탄생석 사파이 어 목걸이가 반짝반짝 빛을 내고 있었다. 심플한 백금 줄에, 펜던 트엔 수국 모양의 클래식한 블루사파이어가 촘촘히 세공되어 있 었다.

"이건……."

딱 봐도 비싸 보였다. 선물이라 하기에는 부담스러울 정도로.

"나한테 얘기하지 마. 난 분명 전달했으니까 네가 알아서 하라고. 나도 갑자기 전화 와서 오늘 중으로 이거 너한테 전해주지 않으면 투자 건 다시 생각해 보겠다고 협박받았다고."

현수가 팔짱을 끼며 투덜거렸다.

"아무튼 미리 생일 축하한다."

"고마워요, 선배."

"내가 사준 거 아니거든. 아무튼 내 임무는 여기까지. 아, 그리고 여기 카드."

그는 지갑을 열어 카드를 꺼냈다.

"이건 또 뭐예요?"

"뭐긴, 스위트룸 카드지. 부대시설도 모두 이용할 수 있으니까 푹 즐기라고. 취소도 안 되니까 꼭 써. 이것 때문에 할머니가 여기로 약속 잡았나 보지. 너 안 나올까 봐."

"호텔방까지 잡았단 말이야?"

"그러게 말이다. 아무리 생각해도 돈 낭비지 싶은데. 정말 궁금해서 묻는 건데, 너 애인은 있냐? 그 비싼 방을 혼자 쓰는 거 처량맞지 않아?"

주희는 현수를 노려보았다.

"노려보는 폼을 보니 아직 없네. 내가 누누이 말했잖아. 연애하고 싶으면 너에겐 내숭이 절대적으로 필요하다고. 결혼하기 전까지 들키지만 마. 결혼했는데 어쩔 거야. 이혼할 만한 특별한 사유가 없으면 참고 인내하고 살아줄 거야. 그게 결혼의 미덕이거든. 여자가 됐든 남자가 됐든 어차피 한쪽은 참아야 해."

선배의 충고 아닌 충고에 주희가 양주잔을 탁 내려놓으며 씩 웃었다. 그러나 눈은 아까보다 더욱 힘이 들어가 있었다.

현수는 비굴한 미소를 보이며 그녀의 잔에 술을 따라주었다.

"내가 너를 잘 알잖냐. 내 친구 하나도 너 때문에 나하고 의절했고."

"그거야……."

주희는 변명을 하려다 입을 꾹 닫았다. 그녀의 연애는 길어야 1년을 넘기지 못했다. 그녀의 개성을 받아들이기에는 남자들이 감당이 되지 않았다. 특히 사회적 시선을 의식하는 남자들은 더 그랬다. 그런데 대부분 그런 남성들이 그녀를 좋아했다.

"네가 성욱이랑 100일 이벤트 한다고 조니 뎁처럼 해적 분장하고 그놈 납치했잖아."

"납치 아니었거든? 그 사람, 난 줄 알고 있었다고."

"그러니까 더 무섭지. 그리고 왜 하필 지하실이냐? 이벤트라며? 그럼 풍선 달고 폭죽 이런 걸로 해야지."

"그래야 현장감이 살아 있지."

"채찍도 휘둘렀다며?"

"그건 바닥에만……."

그녀는 시무룩하게 대답했다. 특별한 이벤트에 그 남자는 기겁했다. 물론 그 후로 그녀의 전화도, 만나는 것도 일절 피했다.

"아무튼 넌 너무 감정에 충실해서 가끔 사람 놀라게 하니까 좀 자제해."

주희는 술잔에 술을 가득 부어 한입에 털어 넣었다. 아주 사람 마음 살살 긁는 건 도가 텄다. 그녀도 어느 정도 연애에 소질이 없는 건 인정하고 있다. 하지만 정말 사랑한다면 이런 그녀를 좋아하는 사람도 있을 거라고 생각하며 살고 있는 중이었다.

"네 주변에 한욱이 빼고 너의 행동에 관용을 베푼 사람이 있냐?"

그녀는 왜 순간 서진혁 씨의 얼굴이 떠오르는지 모르겠다. 그에게 별다른 실수를 한 게 없어서 그런지 모르겠지만, 물론 지극히 개인적인 생각이지만 박장대소는 아니더라도 그는 가끔 그녀를 보고 미소를 보여주곤 했으니까. 그녀는 절레절레 생각을 털어버리고는 홀짝홀짝 술을 마셨다.

"나 좋아해 주는 사람 있으니까 걱정하지 마셔."

민재는 분명 그녀와 데이트하고 싶다고 말했으니 거짓말은 아니다.

"꽉 잡아라. 네 인생에서 그런 대운 쉽게 안 온다."

주희가 진심으로 그의 목을 다시 조르자 현수는 웃으며 술잔을 치켜들었다. 항상 놀리는 거지만 그때마다 이리 신선하게 반응을 해주니 안 놀릴 수가 있나.

"마셔라, 마셔. 진심 어린 선배의 마음도 모르고. 자자, 원샷."

주희는 슬쩍 현수를 흘기다 술을 들이켰다. 그나저나 이 갑작스러운 선물을 어찌한담.

"걸어줘?"

말과 동시에 현수는 그녀의 목에 목걸이를 걸어주었다.

"이렇게 보니까 선머슴아 강주희가 좀 예뻐 보이긴 한다. 정말 여기서 잘 거냐? 아니면 이 스위트룸 나한테 넘겨."

"그건 할머니한테 미안한 일이라서 안 돼."

"넌 그게 잘못된 거야. 스위트룸을 혼자 쓰는 거에 대해 넌 미안함을 가져야 해."

현수의 말에 주희가 웃음을 터뜨렸다. 그러나 그녀의 청아한 웃음소리가 누군가에게는 날카롭게 귀에 박혔다.

자신의 눈을 의심하기라도 하듯 진혁의 눈이 가늘어졌다. 바이어와 간단히 한잔하면서 가벼운 이야기를 하고 있는 중이었다. 무심코 흘러들어 오는 웃음소리에 고개를 돌리다 커트 머리의 여자가 눈에 들어왔다. 밝다 못 해 화사한 모습에 순간 그녀와 비슷한 사람이겠거니 했다. 그런데 그녀가 지금 이 야심한 밤에, 그것도 호텔에서 남자와 같이 술을 마시고 있었다. 그 이후로 진혁은 바이어와 있음에도 시선은 주희에게 머물렀다. 골든 카드는 아무래도 호텔 카드인 것 같은데, 대놓고 들이대는 남자의 모습과 카드를 보며 갈등하는 주희의 모습을 보자 그의 머릿속 이성의 줄이 끊기는 느낌이었다.

그는 이제 앞에 있는 바이어에게 관심도 두지 않았다.

"꽤 잘 어울리는군요."

마이크는 진혁의 시선을 따라가 고개를 끄덕이며 부드러운 미소를 보였다.

그러나 진혁은 바이어에 맞장구쳐 줄 기분이 아니었다. 저 모습은 아무리 봐도 손님을 만나러 온 모습이 아니었다.

'빨간 립스틱에 허벅지가 다 드러난 원피스까지? 지금 저 여자,

저기서 뭐 하고 있는 거지?

웃기게도 그는 뒤통수를 맞은 사람처럼 배신감이 들었다. 그는 탁자 위를 검지로 두드리며 그녀를 어떻게 해야 할지 생각했다. 그러나 결론을 내기도 전에 그녀가 카드를 받으며 옆의 남자에게 미소를 짓자 그는 그녀를 죽일 듯이 노려보았다. 아무래도 그녀가 그를 꽤 만만하게 본 모양이다.

주희는 남의 집 구경하듯 조심스레 내부를 둘러보았다. 응접실에는 전체적으로 엔틱한 가구들과 사무를 볼 수 있도록 한쪽에 사무기기와 테이블도 비치되어 있었다. 창문으로 비쳐진 서울 야경은 반짝이면서도 조용해 이질감이 느껴질 정도였다. 쓸데없이 돈 쓰시는 분이 아닌데 그 이유가 뭘까? 나이 서른인 그녀가 결혼도 못 하고 애인도 없자 불쌍해 보였나? 그래도 그렇지, 차라리 그녀가 좋아하는 만두전골을 사주시지.

"다음부터는 애인 있는지 확인부터 하시고 좀 예약을 해주세요, 할머니."

잘 마시지 않는 술을 마셔서 그런지 힘이 쭉 빠진 팔에서 결국 핸드백이 바닥에 떨어졌다. 한숨을 쉬며 핸드백을 집기 위해 허리를 숙이자 그녀는 잠시 머리가 핑 도는 걸 느꼈다. 그녀는 불편한 하이힐부터 앞발차기를 해 던져 버렸다. 선배가 놀리지만 않았어도 이렇게 술을 많이 마시지는 않았을 텐데…….

"내일 두통으로 고생하겠네."

꽤 독한 술을 마셔서 그런지 아니면 스트레이트로 술잔을 계속

비워서 그런지 취기가 생각보다 빨리 올라왔다. 그래도 이 선물을 만끽할 시간은 줄 생각이었다. 주희는 침대에 몸을 날려 누웠다. 그러고는 팔다리를 휘적거리며 개구리 수영을 해 보였다. 맨살에 닿는 침대 이불의 감촉이 시원해서 좋았다.

"아, 더 이상은 어지러워서 못 하겠네."

그와 동시에 벨이 울리자 주희는 고개를 갸우뚱했다.

"누구지? 현수 선밴가?"

그러다 곧 피식 웃었다. 아직 할머니의 서프라이즈 선물이 끝난 게 아닌 모양이다.

"생일이라면 케이크가 빠지면 안 되지. 암."

주희는 즐거운 마음으로 문을 활짝 열었다.

"미안. 내가 좋아하는 치즈케이크겠지?"

그러나 그녀의 미소는 그 상태로 굳어졌다. 오로지 그녀의 눈앞의 물체가 누구인지 확인하기 위해 눈을 깜빡거려야 했다.

"기대했던 사람이 아니라서 미안하군."

그녀의 머릿속 퓨즈가 잠시 나갔다. 설마 할머니의 마지막 선물이 이 남자라고?

"날 여기까지 오게 하다니, 인정하지."

당신에게 무척 관심이 있다는 걸 말이야. 그러지 않고서야 그가 여기 서 있을 이유가 없었다.

"무슨……."

'내가 당신을 여기까지 오게 만들었다고?'

"그래, 강주희. 당신 때문이라고 말하는 거야."

그때서야 주희는 그의 말을 이해했다. 그리고 취기가 한꺼번에 올라온 듯 얼굴이 화끈거렸다.

'할머니, 무슨 생각이에요? 전 이 남자와 주말을 즐길 생각이 없다고요!'

진혁은 그녀의 붉어진 얼굴과 반가움인지 놀람인지 애매모호한 표정을 잠시 바라보았다. 그러고는 곧 그녀를 지나 안으로 들어갔다.

"서진혁 씨?"

그녀는 재차 그를 확인하며 그의 뒤를 따라 들어갔다.

진혁은 주위를 둘러보았다. 남자는 시간차를 위해 나중에 올라오려는 모양인지 보이지 않았다. 마음대로 이 방에 왔지만 제삼자인 그가 그녀에게 어떠한 말도 할 권리가 없었다. 단순한 호기심으로 시작된 일이 자신도 모르게 커져 버렸다. 그건 불쾌하면서도 화가 나는 일이었다.

"여기 제가 있는 건 어떻게 아셨어요? 아니, 그보다 여긴 왜 오셨어요?"

"놀랐나 보군."

그런 말을 하면서 왜 표정은 바람난 마누라 현장 덮친 남편 같은 얼굴을 하고 있냐고요! 아무리 서울 바닥이 좁다고 해도 길거리도 아니고 호텔방에 찾아온 사람에게 그럼 포옹이라도 하며 반겨야 한단 말이에요?

"제가 여기 있는 거 아무도 모르는데 정말 할머니가 보내셨어요?"

"……?"

용순 할머니가 보냈다고 덥석 올 사람이 아닌데. 돈 때문은 아닌 것 같고, 약점 잡힌 거 있나? 아니면 할머니가 그녀와 서진혁 씨 사이를 오해하고 자리를 만들어준 것일 수도 있었다. 뭐가 됐든 정말 대략 난감이다.

"저 위치 추적 해놓으셨어요?"

"꿈도 야무지군."

"그럼 정말 할머니가?"

그녀가 스위트룸 전용 엘리베이터를 타는 순간 진혁의 감정은 이성을 추월했다. 계약서를 썼다 해도 그녀가 누구와 즐기든 그녀에 대해 아무런 권리가 그에게는 없었다. 그런데 그는 무작정 밀고 들어왔다. 상황 수습 따윈 그의 머릿속에 들어 있지도 않았다.

"저랑 잠깐 애기 좀 하실래요?"

내일 머리가 쪼개지는 한이 있더라도 맨 정신으로는 그와 애기할 수 없을 것 같았다.

"맥주 드려요?"

"……."

"싫으면 냉장고에서 직접 꺼내 드셔도 되고요."

진혁의 눈매가 가늘어졌다. 조금 뒤 애인이 들어올지도 모르는 상황에서 술을 건네는 건 뭔가 이상했다. 그만큼 당당하다는 건가? 분명 그가 알기론 그녀는 애인이 없었다. 그렇다면 마음에 맞는 남자와는 원나잇이라도 상관없다는 건가? 그가 알고 있는 단면적인 그녀의 모습은 실상 자유분방하고 즐길 줄 아는 여자일지도 모른다.

"제 마음대로 골라왔어요. 괜찮죠?"

이 남자가 왜 여기 왔는지 알아야겠다. 무슨 조건으로, 무슨 약점을 잡혔는지 말이다.

그녀는 위스키에 얼음을 넣어 그에게 내밀었다.

진혁은 한 번에 입안에 다 털어 넘기고 탁자 위에 유리잔을 놓았다. 그녀 또한 한 모금 마셨지만 더 이상은 마시고 싶지 않았다. 벌써 기분 좋을 만큼 많이 마신 상태였다.

"더 드려요?"

진혁은 그녀를 빤히 바라보았다. 뭔가 앞뒤가 맞지 않았다. 그는 이마를 긁으며 상황을 정리해 보려 애썼다.

"우리 할머니, 아무래도 병원 한번 모시고 가야겠네."

그녀는 어색하게 웃으며 이 압사당할 것 같은 방에서 나가고 싶다는 생각을 했다. 목에 밧줄을 묶은 채 질질 끌려왔으니 그 또한 기분이 좋을 리 없을 것이다. 그는 앉아 있는 것도 싫은 듯 계속 서 있었다. 용순 할머니 능력이 도대체 어디까지이기에 이 거물급을 조종할 수 있는 거야? 앞으로 이 사람 얼굴을 어떻게 보라고! 키스 사건 이후로 그를 신경 쓰지 않으려고 그녀는 최대한 평정심을 지키려 노력했다. 그런데 혈기 왕성한 남녀 둘이, 그것도 호텔 방에 남겨진 것이다.

"저 혼자서도 잘 놀아요. 신경 쓰지 말고 가셔도 돼요."

"……?"

"생일 선물이 꽤 당황스럽긴 하지만 잊지는 못할 것 같긴 하네요. 저희끼리 여기서 와인 한잔한다고 뭐 달라질 것도 아니고. 우리 내일 미팅도 있잖아요. 어서 가서 편히 쉬세요."

저 말은 그가 생일 선물이라는 말이다. 그럼 그 남자는 뭐지? 진혁은 퍼즐 조각 맞추듯 하나씩 윤곽을 잡아내고 있었다.

"내가 가면 이 스위트룸을 혼자 쓸 생각인가?"

할머니는 도대체 이 남자를 왜 보낸 거야? 저녁 식사 타임이라면 밥이라도 그냥 같이 먹지, 이 시각에 남녀 둘이서 호텔방에서 뭘 하라고! 나가서 즐거운 시간을 보내라는 건가?

"생일 선물치고는 꽤 비싸죠?"

진혁의 입가에 미소가 잡혔다. 대충 이야기가 맞춰지기 시작한 것 같군.

"이 비싼 방에서 혼자 뒹굴겠다고?"

그가 재차 물었다.

'보내주는데 왜 안 가? 이봐요, 인상 박박 쓰는 당신 같은 기쁨조는 나도 받기 싫어요.'

"네, 원나잇은 제 취향이 아니거든요."

"나도 별로 좋아하지는 않지만 당신이 원한다면 생각해 볼 수도 있지."

진혁이 말을 하면서 천천히 그녀에게 다가가자 그녀는 그만큼 뒤로 물러났다. 항상 일적인 이야기로 정확히 의뢰인과 피의뢰인으로서 나누던 대화와는 확실히 동떨어져 있었다. 그게 설령 그의 유머 코드라고 할지라도 이 상황에서는 전혀 웃기지 않았다. 게다가 딱 봐도 그가 유머에 재능이 있어 보이진 않았다. 거기다 성적인 농담이라니. 그것도 호텔에서!

"제가 꾸미면 좀 예쁘긴 하죠."

그러나 주희는 이 상황을 부드럽게 넘어가기 위해서라도 그의 농담에 맞장구쳐 주기로 했다.

진혁이 그녀가 뒷걸음치지 못하게 허리를 감싸자 주희의 눈이 동그래졌다.

"제가 마음에 안 들어서 반품했다고 설명하겠다니까요."

"하자도 아니고, 마음에 안 들어서 반품하는 건 상도에 어긋나는 거 모르나?"

"저기, 서진혁 씨 마음은 충분히 이해하겠는데요, 불편해요. 비켜주세요."

그의 체온까지 느껴지는 거리에서 서로 마주 보자 그녀는 긴장되었다. 그녀의 허리에 올린 그의 손도, 진지한 그의 표정도 모두 그녀를 불편하게 했다.

"장난이라면 여기까지 하죠?"

그런 가벼운 마음이라면 여기까지 쳐들어오지도 않았다. 그가 그녀의 턱을 들어 그와 마주 보게 만들었다.

"서진혁 씨?"

이 남자, 자신의 의무에 최선을 다할 작정인가 보다. 도대체 무슨 약점을 잡혔기에 이리도 최선을 다하느냔 말이야? 당신, 원래 남이 시키는 대로 하는 그런 성격 아니잖아?

"그래도 생일인데 축하 키스는 해줘야지?"

"축하 키스요?"

정말 이 남자, 그녀의 생일 축하를 위해 차출된 사람인가 보다. 그렇지 않고서야 낯간지럽게 생일 축하 키스라니. 차라리 배가 터지더라도 지금 그와 밥을 한 번 더 먹는 게 나을 것 같았다.

"뭐, 그렇게까지……. 이렇게 와주신 것만으로 충분하죠."

당신 성격에. 그 말은 입안으로 조용히 삼켰다. 그런데 정말 이 키스, 보름 뒤에 받으면 안 될까요? 그녀는 그와 눈을 마주치고 있는 자체만으로도 심히 부담스러웠다. 생일 키스에 괜히 그녀가 유별스럽게 구는 것 같지만, 우리는 키스 한 번에 불붙었다는 거 기억하시죠?

당신은 쪽 하고 떨어질 자신이 있는지 모르겠지만, 난 자신이 없단 말이에요!

"이 목걸이, 생일 선물인가?"

주희가 어색하게 웃어 보이며 고개를 끄덕였다.

진혁은 그녀의 동의도 없이 목걸이를 풀어 소파 한쪽으로 휙 던져 버렸다.

"빤짝빤짝한 게 눈에 거슬려서 말이야."

'진짜 저 성격은 어디에서나 빛을 발하는구나.'

주희는 한쪽 뺨을 그에게 내밀었다. 어차피 할 거 빨리 하고 내보내는 게 마음이 편할 것 같았다.

그러나 진혁은 그녀의 턱을 고정시켜 그를 마주 보게 만들었다.

"생일 축.하.해."

진혁이 고개를 숙여 그녀의 입술을 누른 상태로 중얼거렸다. 눈을 감고 있는 그녀는 목 주위에 자신의 맥이 팔딱거리는 게 느껴졌다. 이게 위스키 때문인지 아니면 당황스러워 그러는지 알 순 없지만, 아무튼 그녀는 바보같이 긴장하고 있었다.

'이봐요! 내 입술 위에서 웅얼거리지 말라고요!'

그는 그녀의 표정이 마음에 들지 않았다. 마지못해 서 있는 듯 그녀는 손가락만 꼼지락거릴 뿐 차렷 자세를 고수하고 있었다. 그가 그녀의 아랫입술을 조금 아플 정도로 깨물자 주희의 눈이 번쩍 떠졌다.

진혁은 그녀의 작은 비명을 틈타 그녀의 안으로 침범했다. 그의 혀가 그녀의 안을 훑었다. 치아를 훑고, 그리고 그녀의 혀를 강하게 빨아 당겼다. 장난으로 시작된 키스가 그의 본능을 드러내고 있었다. 진혁은 그녀의 목덜미를 물며 그녀의 몸에 자신의 몸을 밀착시켰다. 정말 그는 축하 키스만 하려고 했다. 그녀가 내키지 않는 표정으로 그의 키스를 기다리고 있는 모습을 보기 전까지.

"저…… 기요."

그러나 그녀가 할 수 있는 말은 그게 다였다. 그는 그녀의 머리를 손으로 받친 채 그녀의 입술에서 떨어지지 않았다. 그녀의 호흡은 그에게 뺏기고 있었다.

어느새 그녀의 등이 벽에 닿았고, 그의 다리가 그녀의 다리 사이와 맞물렸다. 잠시 숨을 고르던 주희는 좀 더 이 남자와 키스하고 싶다는 마음과 정신 차려야 된다는 마음 사이에서 갈등했다. 한 번은 실수지만 두 번은 변명의 여지가 없었다.

'왜 술은 내가 마셨는데 이성은 이 사람이 먼저 잃는 거냐고!'

"잠시만요. 우리……."

그러나 그는 그녀에게 시간을 줄 생각이 없는 듯했다. 그가 키스를 다시 해오자 그녀는 낮게 신음했다. 이성이 조금이라도 남아 있을 때 말해야 했다.

"생일 키스는 충분한 것 같아요. 고마워요."

가쁜 숨을 최대한 누른 채 주희가 그의 가슴을 밀며 자신의 의사를 표시했다. 그러나 그녀의 손바닥 안의 그의 심장 뛰는 소리에 그녀는 마른침을 삼켜야 했다. 온 신경이 민감해져 그의 체취, 그의 목소리, 그의 움직임을 하나하나 읽어내고 있었다. 이 남자의 성적 긴장감이 고스란히 느껴졌다. 그 사실이 그녀를 즐겁게 하고 있었다.

"우리 꽤 잘 맞는 것 같은데……. 이 방 혼자 쓸 셈인가?"

아까와 똑같은 질문, 그러나 다른 의미. 그는 그녀에게 나른한 미소를 지었다.

지금 그가 그녀와 하룻밤을 자고 싶다고 말하는 건가? 그녀가 아무리 감정이 콸콸 폭포수처럼 쏟아진다 해도 의뢰인과 하룻밤이라니. 그건 프로 정신에 위배되는 행위였다. 그러나 마음 한구석에서는 아직 다 못 끝낸 키스를 마저 완벽하게 끝내고 싶기도 했다. 진정되지 않는 두근거림이, 숨 가쁨이 그녀를 충동질했다. 거기다 욕망을 드러낸 남자의 눈빛은 꽤 섹시했다. 알 수 없는 기대감이 그녀의 온몸을 훑고 지나갔다.

다른 건 생각나지 않았다. 그저 처음 사탕 맛을 본 아이처럼 이 달콤함을 놓치고 싶지 않을 뿐이었다. 머리는 계속 그 한 가지만 고집한다. 안 된다는 걸 알면서 다른 이성의 말은 모두 차단시키고 있는 것 같았다. 단단한 이 남자의 몸과 신음을 삼키는 남자의 목소리가 듣고 싶었다. 이 키스를 좀 더 즐기고 싶었다. 어차피 축하 키스인데 아무렴 어떤가. 그녀의 생일인데!

"생일 축하 고마워요."

주희는 그의 머리를 그녀 쪽으로 끌어당겼다. 그의 입술과 맞닿으면서 그의 미소가 느껴졌다. 그가 그녀의 턱을 잡고 그녀의 입을 벌렸다. 혀와 혀가 얽히고 타액과 타액이 섞였다. 원피스는 어느새 끌어 내려져 그 위로 봉긋하게 솟은 가슴이 그의 입에 물려 있었다. 그녀는 그의 목을 끌어안으며 낮게 신음을 삼켰다. 흥분은 온몸을 떨리게 하고 있었다. 그러곤 좀 더 갈구하기 위해 몸이 조급해졌다. 그가 그녀를 안아 올리자 그녀는 본능적으로 그의 허리에 다리를 감았다. 지금껏 자신을 이렇게 안달 나게 하는 키스는 처음이었다.

'이 키스, 내가 멈출 수 있을까?'

그가 다시 그녀에게 키스하는 순간 어느 광고의 한 문구처럼, '또 다른 세상을 만날 땐 잠시 꺼두어도 좋습니다'라는 말이 왜 떠올랐는지 그녀는 알 수가 없었다. 그게 분명 이성은 아닐 텐데 말이다.

주희는 아침부터 정신이 나간 상태로 망부석처럼 앉아 있었다. 한욱은 그런 사장님의 정신상태가 지금까지 본 것 중에 최악이라고 생각했다. 요즘 도대체 왜 이러는지 모르겠다. 얼마 전에는 식빵 환을 먹다 급체를 하지 않나, 오늘은 도대체 뭐냐고요! 거기다

이따 미팅도 있는데 저런 상태로 과연 미팅을 할 수 있을지도 걱정이다. 정 안 되면 사장님을 집으로 보내 버리고 그가 미팅을 진행하는 수밖에 없었다. 신뢰가 떨어진다고 해도 할 수 없었다. 박살 나는 것보다는 나았다.

"내가 미친 게지. 일단은 생각을 정리해야겠어."

주희는 벌떡 일어나 비장하게 말했다.

"왜 그래요? 무슨 일인데요?"

분명 어제 퇴근 시간 전까진 별일 없었는데 밤사이 도대체 무슨 큰 사건이라도 생겼나? 집에 가서 발 닦고 자는 것 말고는 사건이 터질 건더기가 없는데 도대체 이 불안함은 어디서 오는 거지? 그러나 그녀가 누구던가. 없는 사건도 만들어서 몰고 다니는 그의 사장님이 아닌가?

"그 사람 오면 나 아프다고 해. 맹장 터져서 며칠, 아니, 일주일 동안 못 볼 거라고 해."

그녀가 가방을 챙겨 들기 시작하자 한욱이 그녀를 말렸다.

"사장님!"

초긍정 마인드 사장님을 현실 도피하고 싶게 만든 게 도대체 뭐냐고요!

순간 한욱의 눈빛이 번뜩였다. 얼굴은 거의 확신에 찬 표정이었다.

"서진혁 씨에게 실수한 거 있죠? 그렇죠?"

한욱이 추궁하자 주희는 눈을 슬그머니 피했다.

"들이받았어요? 아니면 목이라도 졸랐어요? 뭐예요? 말해보라니까요! 그래야 수습을 할 거 아니에요!"

절대 사장님에게 대들거나 언성을 높이지 않던 한욱의 목소리
가 커졌다.

"저 못 믿어요? 무슨 잘못을 해도 전 사장님 편이에요."

"마음은 고맙지만 별로 도움이 안 돼."

차라리 그런 단순 사고를 쳤으면 그녀가 이리 안절부절못하진
않았을 것이다. 사랑하지도 않는 남자와 하룻밤을, 그것도 격렬하
게 보내다니!

"미쳐도 곱게 미쳐야 하는 건데……."

그녀는 중얼거리며 그를 만나지 않기 위해 차도에라도 뛰어들
어야 하나, 하는 극단적인 생각까지 하고 있었다. 그가 그녀의 슈
퍼 갑 의뢰인이라는 것도, 그녀 취향의 남자가 아니라는 사실도
그 당시에는 레드 썬에 걸려 있었다. 굳이 변명거리를 찾는다면
술이 조금 들어갔다는 거? 아니, 그건 핑계가 되지 않았다. 그저
이성이 본능에게 홀라당 잡혀먹혔을 뿐이다.

"젠장, 완전 홀린 거야."

그러나 눈 질끈 감고 여기까지는 쿨한 여자처럼 넘겨 버릴 수
있다. 서로 황홀, 아니, 그녀는 황홀했으니까. 남녀가 이렇게 스파
크가 일 수도 있다는 것을 알 수 있는 좋은 경험이었으니 말이다.
거기다 불륜도 아니고, 남녀가 하룻밤 좀 잔 게 뭐가 어때서? 그를
만난다면 쿨하게 대해줄 자신도 있었다. 그 또한 공과 사를 확실
히 구분하는 사람이니 별 어려움이 없을 것이다. 그러나 문제는
다른 곳에 있었다.

그녀가 다시 똥 마려운 강아지처럼 신음을 흘리자 한욱의 불안감은 더욱 커졌다.

"말을 해보시라니까요! 뭔데 그래요?"

주희는 한욱을 보다 절대 말할 수 없다는 듯 고개를 세차게 저었다. 그녀 인생 최대의 헛다리를 짚은 그 사건을 누구에게도 발설하고 싶지 않았다. 그러면서 사무실 벽시계를 보는 주희의 얼굴은 초조함을 넘어 불안과 참담으로 향하는 중이었다.

주희는 몸을 뒤척이다 아래쪽의 아릿한 통증에 잠을 깨야 했다. 정신이 들자 몸이 안 쑤신 곳이 없었다. 몸을 조심스럽게 일으키니 가슴 여기저기 붉은 멍이 져 한동안 목욕탕도 못 가게 생겼다. 그녀는 정말 자신이 이 슈퍼 갑과 하룻밤을 보냈다는 것을 믿을 수가 없었다. 조금 전까지 그에게 뜨겁게 안긴 자신이 민망해 두 손에 얼굴을 묻었다. 그러나 곧 자신의 손목에도 멍이 든 사실을 깨닫자 잠자는 그를 살짝 노려보았다.

이건 키스 마크가 아닌 남자 손마디 자국이었다. 그가 그녀의 두 손목을 움켜잡은 채 그녀의 목덜미를 질근질근 씹은 기억이 났다. 그녀의 온몸은 근육통으로 비명을 지르는데 그는 누가 엎어가도 모를 정도로 편안히 자고 있었다.

주희는 그녀의 허리를 감고 있는 그의 팔을 옆으로 치우고 일어났다. 6시가 조금 넘은 걸 보니 겨우 두 시간 정도 잠이 들었다. 그가 잠귀가 밝아 중간에 깨도 어쩔 수 없었다. 그녀는 뜨거운 물에 몸을 담그고 싶었다.

그녀가 목욕을 한 후 욕실에서 나왔지만 그는 여전히 깊은 잠에 빠져 있었다. 순간 고민했다. 그가 눈을 뜨면 어떤 표정으로 그를 대해야 할지 감이 잡히지 않았다. 그렇다고 그냥 없어지자니 그것도 매너는 아닌 것 같았다.

주희는 꼬깃꼬깃해진 자신의 원피스를 보다 피식 웃었다. 그는 공간 활용 능력이 탁월한 선수였다. 처음은 응접실에서 시작하다 침대로, 다시 욕실로. 도대체 용순 할머니는 무슨 의도로 이 남자를 그녀에게 보냈을까? 설마 이런 걸 예상하고? 그녀는 생각난 김에 할머니에게 전화를 걸기로 했다. 지금쯤이면 마당을 산책하고 있을 시각이다. 주희는 가운을 여미며 테라스로 나가 문을 닫았다.

"할머니, 안녕히 주무셨어요?"

[이른 아침부터 웬일이냐?]

"에이, 아시면서 또 시침 떼신다."

[돌려줄 생각이거든 끊어. 이제 네 것이니까 볶아 먹던 삶아 먹던 네 맘대로 해.]

'이건 목걸이를 말하는 걸까, 서진혁을 말하는 걸까?'

둘 중 어떤 것이든 그녀에겐 너무나 부담스러운 존재였다.

"이벤트 감사합니다. 선물도요."

[그것뿐이냐? 아무 일도 없었어?]

주희는 얼굴이 화끈거렸다. 저리 노골적으로 물어보시니 답하기 애매했다. 그래서 그녀는 말을 돌렸다. 아무리 친한 할머니라도 어제 있었던 일을 말한다는 건 쑥스러웠다.

"서진혁 씨와 어떤 사이세요?"

[그 할아버지와 좀 알고 지냈지. 왜? 뭐가 궁금해?]

"그냥 할머니 파워가 얼마나 대단한가 싶어서요."

누구의 말도 듣지 않을 것 같은 그가 비록 그녀를 죽일 듯 노려보긴 했지만 그녀의 호텔방에 들어왔으니 말이다. 도대체 그의 복에 목줄을 맬 만큼 강력한 무기가 뭘까?

[무슨 파워씩이나. 집구석에 박힌 늙은이가 무슨 힘이 있다고 찾아오겠어. 한때 알고 지낸 것도 옛일이고, 그 손자놈 성격이 할아버지를 빼다 박았다는 말은 하더구나.]

이게 무슨 말? 마치 누군가에게 전해 들었을 뿐 한 번도 만나본 적 없는 듯 말하는 이건 무엇? 그녀는 통화를 하면서 고개를 홱 돌려 침대에서 자고 있는 진혁을 바라보았다.

"서진혁 씨를 모르세요?"

그녀는 제발 그녀가 상상하는 그 끔찍한 일이 사실이 아니길 간절히 바라면서 휴대폰을 꽉 움켜잡았다.

[관심 있는 게야? 자고로 여자는 사랑받으면서 사는 게 최고야. 딱 봐도 잔정 없는 얼굴인데 그런 사람보다는 차라리 민재가 낫지.]

갑자기 그녀는 주위가 뱅글뱅글 도는 듯한 착각이 일었다. 이 호텔, 부실 공사 했나? 왜 땅이 기우는 느낌이지?

"서진혁 씨와는 모르는 사이군요?"

혼이 나간 듯 주희가 중얼거렸다. 머리는 어제의 사건을 최대한 신속 정확하게 정리하기 위해 풀가동이 되었다. 어제 서진혁 씨가 그녀의 방까지 어떻게 왔더라? 왜 왔다고 했지? 그러나 숙취에서 깨어나지 못한 뇌는 기억에 버퍼링이 걸린 듯 제 기능을 다하지 못하고 있었다.

[왜? 뭐, 궁금한 거라도 있는 게냐?]

"아니요. 그냥 물어본 거예요."

"참, 거기 탄산욕 할 수 있는 곳도 있으니 한번 가봐. 몸이 풀릴 게야."

용순 할머니는 주희의 목소리가 조금은 이상했지만 아침이라 목이 잠겨 있어 그러려니 하고 넘기는 듯했다.

"아침 식사가 왔나 봐요. 나중에 찾아뵐게요, 할머니."

그녀는 중얼거리며 자신이 무슨 말을 하는지도 모른 채 전화를 끊었다. 갑자기 다리에 힘이 풀리자 그녀는 무너지듯 의자에 주저앉았다.

그럼 저 남자는 어떻게 내 방에 찾아온 거야? 왜? 왜? 왜?

그녀의 머릿속은 오로지 이 생각만으로 가득했다. 저 남자는 무슨 생각으로 그럼 나와 잔 거야? 물론 서로 합의하에 사랑을 나누었지만, 분명 그가 먼저 그녀를 유혹했다. 호텔방에 들어온 것도 그였고, 키스를 한 것도 그였다. 어제 그와 했던 모든 낯 뜨거웠던 일들이 광속 필름 돌아가듯 차르르 지나가자 그녀는 낮게 신음을 흘렸다. 이번에는 사고를 쳐도 큰 것으로 장외 홈런을 때렸다.

"저 남자가 먼저 생일 선물이라면서 키스했단 말이야!"

하지만 정작 그는 그녀의 선물에 포함되어 있지 않았다. 그럼 왜? 그녀의 질문은 뫼비우스의 띠처럼 원점으로 다시 돌아가고 있었다. 그녀는 고뇌하는 예술가처럼 허리를 숙이며 두 손으로 머리를 감싸 쥐었다. 모르겠다. 여기서는 답이 나올 것 같지 않았다. 그의 얼굴을 어떻게 봐야 하는지 겁이 난 그녀는 일단 이 방에서 탈출하기로 했다.

용순은 휴대폰을 주머니에 넣고 다시 천천히 정원을 거닐었다. 사실 그녀는 서진혁이 개인적인 꿍꿍이로 주희에게 접근했는지 아니면 정말 의뢰인으로서 주희에게 접근했는지 확인해 보고 싶었다. 서진혁이 주희에게 여성으로서 호감을 느낀다는 것도 솔직히 의아했지만 의뢰하는 것 자체도 이상해 일단은 짚고 넘어가야 할 것 같았다. 그래서 그가 보는 앞에서 현수를 통해 주희에게 목걸이를 전해주라고 시킨 것이다.

서진혁의 스케줄을 빼내느라 꽤 애먹었다. 정말 그가 주희에게 관심이 없다면, 주희가 호텔방에 들어가는 것을 봐도 아무런 반응이 없다면, 그는 정말 단순한 의뢰인일 뿐일 것이다. 아무리 성적으로 개방적이라 해도 남자들의 속성은 자기 것을 나눠 가지기 싫어하는 종족이다. 하물며 여자 문제는 말할 필요도 없었다. 자신이 좋아하는 여자가 호텔 바에서 다른 남자와 있다는 걸 안다면 보는 즉시 길길이 날뛰어야 정상이지. 암. 아무래도 조만간 주희를 불러 꼬치꼬치 물어봐야겠다.

"사장님답지 않으십니다."

한욱의 이 한마디에 주희는 순간 양심이 따끔거렸다. 그녀는 가

방을 움켜쥔 채 저 문을 뛰쳐나가기 일보 직전의 자세를 취하고 있었다. 자신이 봐도 비겁한 방법 같았다.

"가끔 사장님의 대책 없는 행동에 뒷목이 뻐근할 때도 있지만 같이 일할 수 있었던 건 일에 대해서는 한 번도 사장님한테 실망한 적이 없기 때문입니다. 정말 서진혁 씨에게 맹장이라고 말씀드릴까요?"

한욱은 조용히 그녀의 답을 기다리고 있었다.

주희는 숨을 크게 들이쉬며 눈을 감았다 떴다. 가방을 다시 책상에 내려놓은 그녀는 민망한 듯 한욱에게 어색한 미소를 보였다.

"정신이 번쩍 드네. 맞아. 이건 나답지 않아."

그녀는 물을 쭉 들이켜며 크게 심호흡을 했다. 그러자 적어도 눈빛만큼은 평소의 그녀로 돌아왔다.

"미팅 준비하게 자료 좀 가져다줘."

"알겠습니다."

한욱은 안도의 미소를 지으며 재빨리 서류를 챙기기 시작했다.

주희가 어느 정도 이성을 찾고 미팅 준비를 마침과 동시에 진혁이 사무실 안으로 들어왔다. 그녀는 아무렇지 않은 듯 영업 미소로 그를 맞이했지만 본능적으로 그녀는 그의 표정 하나하나에 신경이 곤두서 있었다. 그러나 그의 표정은 가늠하기 어려웠다.

"시작할까요?"

"……."

그는 대답 없이 그녀를 바라보고 있었다.

"더운데 시원한 음료수라도 드릴까요?"

그녀의 목소리가 딱딱했지만 어쩔 수 없었다. 뛰쳐나가지 않은 것만으로도 그녀는 지금 최선을 다하고 있으니 말이다.

"자리 좀 비켜주지."

한욱에게 말하면서 진혁의 시선은 그녀에게 고정되어 있었다.

한욱은 커피를 타려다 멈추고는 주희의 눈치를 봤다. 분위기가 싸한 게 어찌 조용히 넘어가기는 글러 보였다. 주희가 고개를 끄덕이자 한욱은 조용히 사무실을 나갔다.

'사장님, 무조건 잘못했다고 그래요. 딱 보니 사장님이 엄청 잘못한 것 같아 보이는데.'

한욱은 제발 저 의뢰인이 태평양 같은 넓은 마음으로 사장님과 대화를 이어갔으면 했다. 정말 이번 의뢰인마저 의뢰를 취소한다면 그는 회사를 그만두는 것을 심각하게 고민해야 할 것이다.

"앉으세요."

한욱이 나가자 그녀가 입을 열었다.

"먼저 갔더군. 깨우지 그랬나?"

'정신이 붕괴돼서 당신에게 모닝콜 할 정신이 없었거든요.'

"곤히 자고 있어서요. 자료 준비도 있고 해서."

"휴대폰도 꺼져 있더군."

마치 그녀의 행동 하나하나를 분석하려는 듯 그의 눈매가 가늘어졌다.

"바빠서 확인 못 했어요."

"그걸 나보고 믿으라고?"

"아니면 왜 그랬겠어요? 그것 때문에 화가 난 거라면 죄송해요.

더 이상 할 말 없으면 미팅 다시 시작했으면 하는데요."

그녀가 휴대폰으로 한욱에게 전화를 걸려고 하자 그가 뺏어 소파로 휙 던져 버렸다.

"뭐 하는 짓이에요?"

주희가 버럭 소리를 질렀다. 푹신한 소파 위로 떨어져 그나마 다행이지 바닥이었다면 그녀는 정말 화를 냈을 것이다.

"당신이야말로 지금 나와 뭐 하는 짓이지?"

"보면 몰라요? 미팅하러 온 거 아니었나요?"

기억이 지워지지 않는다면 안면몰수 방법을 택할 수밖에 없었다.

"생일 선물을 놔두고 갔더군."

가까스로 평정을 유지하던 주희의 안색이 살짝 굳어졌다.

'어디서 사기를 치려고. 내가 착각을 했으면 당신이 바로잡아 줘야지! 치매 걸리지 않은 이상 할머니가 사람을 생일 선물로 보낼 리가 없는데! 그래, 내가 술도 좀 마셨고 그 키스에 혹해서 덥석 넘어갔다고. 그래서 어쩌라고!'

"생일 선물도 놔두고 갈 정도로 급한 일이 있었나 보지?"

갑자기 욱하고 솟아오른 감정을 그녀는 다시 꾹꾹 눌러 밟았다. 잠시 이성을 꺼둔 그녀의 잘못이지 누굴 탓하겠어.

"일 얘기 하죠. 원나잇은 어제로 끝났으니 더 이상 언급하지 말고요."

그녀는 프로답게 미소까지 지었다. 잘했어, 강주희. 이보다 더 쿨한 여자 있으면 나와 보라고 해. 그러나 그녀의 속은 전혀 쿨하지 못했다. 지금 그의 모습을 보면서도 어젯밤 그의 모습이 오버랩되고 있는 상황이라 심란하다 못해 얼굴이 화끈거릴 지경이었다. 그리고 그녀를 그런 감정에 빠뜨린 원흉의 목을 댕강댕강 흔들어놓고 싶었다.

"화났군."

진혁은 그녀의 반응이 마음에 들지 않는 듯 턱을 문질렀다.

그걸 말이라고? 그러나 그에게 화가 난 건지 그녀 자신에게 화가 난 건지 구분이 가지 않았다. 아니, 지금은 정확히 자신의 어리숙함에 더 화가 나 있는 상태였다.

"컨디션이 좀 안 좋을 뿐이에요."

말 그대로 주희는 자신의 기분을 뜻한 말이었지만 진혁은 달리 받아들였다. 그가 잠시 침묵을 지키다 입을 열었다.

"몸이 많이 안 좋나?"

그 말에 참아오던 그녀의 감정이 한꺼번에 터졌다. 그녀는 서류를 거칠게 책상에 놓고 팔짱을 낀 채 그를 똑바로 바라보았다.

"일과 관련해서 개인적인 감정 이입되는 거 싫어하죠? 무슨 말이 듣고 싶은 거예요? 어제요? 좋았어요. 좋았다고요. 감상평 제출해요? 원나잇. 영어 몰라요? 하룻밤. 긁어내서 좋은 건 누룽지밖에 없는 거 몰라요? 어제 일은 어제 일로 끝내자고요!"

그래, 가끔 그런 남자가 있다고 했다. 하룻밤 지나면 자신과 지낸 밤이 어떠했는지, 만족스러웠는지 궁금해 하는 남자. 이 남자는 아마 그 과인가 보다.

"보석을 놓고 갈 정도로 정신이 없었다면 이유가 있을 것 같아서 말이지."

그가 말하는 생일 선물이 목걸이였나 보다. 젠장! 그녀는 머리를 거칠게 쓸어 넘겼다.

"저도 제가 엉뚱한 거 잘 아는데, 어제는 정말 제 머리가 정신이 나갔었나 봐요. 생일 키스 한 번 더 받으려다 일이 이 지경까지 돼서 저도 당황스럽다고요. 전 서진혁 씨가 제 생일을 축하해 주기 위해 왔다고 생각했거든요. 그게 변명이 될 수는 없지만 아무튼 그래요."

이왕 말한 김에 속 시원히 알고 가야겠다. 주희는 잠시 숨을 골랐다.

"한 가지, 아니, 몇 가지만 물을게요. 내 방은 어떻게 알고 온 거예요? 왜 왔어요? 생일 축하라며 키스한 이유는 뭐예요?"

그녀는 벌떡 일어나 지금까지 궁금했던 질문을 그에게 속사포처럼 쏟아부었다. 그녀의 머리로는 쥐어짜도 답이 안 나왔다. 당신이 먼저 키스만 안 했어도 이 사달은 안 났을 거라고!

"사실 나도 당신 호텔방을 찾아갈 때까지 이유를 몰랐는데 오늘 확실히 알겠어."

그녀는 씩씩거리면서도 그를 노려보았다. 장담컨대 만족할 만한 답이 아닐 시 그는 오늘 이 방을 빠져나가지 못할 것이다.

"기분이 나쁘더군, 그것도 아주 많이."

이건 기대치에 못 미친 게 아니라 생뚱맞은 답이었다. 그래서 그의 말에 그녀는 곧바로 반응을 보이지 못했다. 질문을 한꺼번에 쏟아내서 이해를 못 했나?

"내 생일이 왜 당신을 기분 나쁘게 했는데요?"

"정확히는 호텔방에 들어가는 당신을 보는 게 기분 나빴지."

"계약 불이행인가 싶어서요?"

이 남자는 충분히 그러고도 남았다. 민재와 단둘이 있는 것도 못마땅했던 사람이니까 말이다.

"나는 내가 당신을 무척 신경 쓰고 있다는 것을 인정하기로 했거든."

순간 침묵이 흘렀다. 이 남자, 그녀의 입을 틀어막게 하려고 쓴 방법이면 성공이었다.

"왜요?"

"다른 남자와 있는 당신을 참을 수 없으니까."

"저기, 그러니까…… 그 말은 저를 좋아한다는 말인가요?"

그의 말을 그녀가 분명 제대로 해석하고 풀이하고 있는 거 맞는 거지?

"그래, 당신에게 무척 관심이 가."

그가 그녀를 좋아한다고? 말도 안 돼!

"이 무슨 신종 보이스 피싱 같은 소리를……."

그녀는 낮게 구시렁거렸지만 그가 들릴 수 있을 만큼 충분한 목소리였다.

"아니면 매일 바지를 입던 당신을 보다 호텔 바에서 미니스커트를 입은 모습이 색달라 보였나 보지."

차라리 이 말이 더 그럴싸해 보였다. 주희는 생각을 정리하려는 듯 손을 들어 그를 멈추게 만들었다.

"잠깐만요. 그러니까 우연히 저를 호텔에서 봤단 말이에요? 스위트룸이 궁금해서 따라오지는 않았을 테고. 뭐 때문에요? 호텔에서 우연히 만난 게 반가웠어요?"

아무리 아는 사람을 우연히 만나서 반갑다곤 하지만 호텔은 예의상 서로 눈빛이 부딪쳐도 고개를 꺾어 피해줘야 하는 게 상식 아닌가? 이놈의 서울 바닥이 이다지도 좁았단 말인가? 어떻게 우연히 그와 호텔에서 만나냔 말이야!

"정말 우연이라고요? 그래도 그렇지, 어떻게 제 호텔방까지 찾아올 생각을 했어요?"

그가 호텔방까지 오지만 않았어도 그녀는 그런 허황된 착각을 하지 않았을 것이다.

"당신이 신경이 쓰였다니까. 정확히는 화가 나 있었지만."

"제가 신경이 쓰였다고요?"

그녀는 믿기지 않는 듯 다시 그에게 되물었다. 멍청하게 남의 말을 따라 할 만큼 그녀는 그의 말을 믿지 못하고 있었다.

진혁은 그녀의 울상도 절망도 아닌 애매모호한 표정을 가만히 지켜보았다. 부정하고 싶겠지. 혼란스럽겠지. 그러나 그만큼은 아닐 것이다. 그는 정말 아침에 일어나 그녀가 침대에 없자 허전했다. 그리고 곧바로 알 수 없는 화가 치솟았다. 샤워를 하고 옷을 입고 호텔을 나오면서 끝없이 자신에게 반문했다. 지금 자신이 이렇게 화가 난 이유가 무엇인지.

그러나 곧 깨달았다. 지금껏 그의 머릿속을 헤집고 다니던 그녀에 대한 자신의 입장 정리를 완전히 끝냈다.

'이 여자, 가져야겠다.'

한욱은 밖에서 담배를 피우며 건물을 올려다보았다. 정확히는 자신이 근무하는 사무실 창문 쪽을. 분위기가 심상치 않은 것으로 봐서는 정말 그가 올라가서 말려야 하는 건 아닌지 갈등했다. 정말 사장님이 미팅을 내팽개치고 싶을 정도로 친 사고가 뭘까?

"서진혁 씨 얼굴은 생각보다 화가 많이 난 표정은 아니었는데……."

한욱은 담배를 피우면서 다시 사무실로 들어가야 하는지 말아야 하는지 고민하고 있었다.

"잠깐만요. 정리 좀 할게요."

주희는 손을 들어 일단 대화를 중단시켰다. 그러니까 이 남자는 우연히 그녀를 본 것이고, 아무 생각 없이 그녀의 방에 찾아온 것이다. 어제의 기억을 다시 떠올려 보면 그녀가 오버하며 주절주절 내뱉는 단어에서 그가 힌트를 얻었고, 그녀의 장단에 맞춰 생일 축하 키스를 해주겠다는 말을 했다?

그녀는 기가 차 웃음도 나오지 않았다. 그녀는 아직도 그의 꿍꿍이가 뭔지 궁금했다. 관심 있다고 따라왔다는 건 아무리 봐도 납득이 되질 않았다. 누구를 좋아하는 표정이 모두 서진혁 씨 같다면 이 세상의 모든 여자는 의심을 품은 채 남자를 사귀어야 할 것이다. 그녀는 다시 한 번 그에게 확인하고 싶어졌다.

"저에게 관심 있다고요? 정말로요?"

"아니면 내가 미쳤거나."

'그런 것 같네요.'

그녀는 속으로 조용히 맞장구쳤다. 이제야 납득이 가네.

"좀 앉지. 목 아프군."

그녀는 풀썩 자리에 앉으며 그를 바라보았다. 어찌 됐든 상황은 정리해야 했다. 한 번 보고 말 사이도 아니니 이 일로 업무에 지장을 줘서는 안 되었다. 그녀는 마른기침을 하며 목을 가다듬었다.

"어제 일은 성인 남녀에게 일어날 수 있는 해프닝이었어요."

그래도 그의 착각을 바로잡아 줘야 할 것 같아서 그녀는 차분하게 설명하기로 했다. 그런데 왜 목이 말라오는지 알 수가 없었다. 뚫어지게 쳐다보는 그의 눈빛에 오늘따라 더욱 불편함을 느끼는 건 그녀만의 착각이겠지?

"아, 해프닝."

그가 빈정거리듯 말하자 그녀는 잠시 그를 노려보았다.

"해프닝이라는 단어가 마음에 안 들면 서로가 그냥 제정신이 아니었던 것으로 하죠."

"현실 회피를 하고 싶은 건가? 아니면 술 핑계?"

그녀는 홧김에 '그래요'라고 말하고 싶었지만 입을 꾹 다물었다. 술을 좀 많이 마시긴 했지만 정신을 잃을 정도로 마신 것도 아니고, 확실히 그녀는 제정신으로 그와 불타는 밤을 보낸 게 맞았다. 그렇다고 저렇게 콕 집어 어제 일을 들쑤시려 하는 그의 저의는 무엇이란 말인가? 지금 그녀의 정신 상태는 거의 세탁기에 탈수된 상태라 해도 과언이 아니기에 그와 말 따먹기 할 정신까지

챙길 여력이 없었다. 그러니 제발 말 같지 않는 말은 이만 끝내자고요!

"어쩌다 보니 그렇게 된 거예요."

"보통 남녀 관계는 그렇게 시작하지."

뭐라? 뭘 시작해? 이 남자는 지금 어젯밤 감정의 잔류에 속아 뭔가 착각하고 있는 게 틀림없었다. 아닌 건 아닌 거라고 말해줘야 했다. 그러나 차마 어떻게 정리를 해야 하는지 그녀도 머리가 뒤죽박죽이었다. 그녀는 단어를 선별하기 위해 잠시 고심해야 했다.

"음, 서로 만족스러운 관계를 했다고 해서 그 감정이 상대를 좋아한다고 단정 지을 수 없는 게, 사람 감정이 하루 만에 재키의 콩나무처럼 쑥쑥 클 수는 없는 거잖아요. 그러니까 서진혁 씨는 순간의 감정에 충실했을 뿐이죠."

차마 당신은 어제 육체적인 본능과 욕망에 눈이 뒤집혀 있었다고 말할 수 없었다. 젠장, 남자 고등학교 성 교육 시간도 아니고 이 무슨 고루한 이론 수업이란 말인가. 그녀는 그의 눈을 피하지 않기 위해 엄청난 의지를 발휘해야 했다.

"남녀 사이에 육체적 매력을 무시할 수는 없지."

지금 나와 이런 시답지 않는 문제로 설전을 벌이자는 건가요? 그래요, 서진혁 씨?

"그렇긴 하지만 그게 전부는 아니잖아요?"

최대한 부드럽게 어린아이 이해시키는 눈높이 교육으로 그녀는 말을 이었다.

"그래도 가장 정확하긴 하지."

"원나잇이었어요."

주희는 힘주어 말했다. 이렇게 말 안 해주면 이 남자, 못 알아먹을 것 같았다

"……그래, 원나잇이었지."

그런데 사람 마음이 참 묘했다. 그녀가 말할 때는 당연한 말이 그가 '원나잇'이라고 하니 왠지 기분이 나쁜데 딱히 이유를 짚을 수가 없었다. 아직까지 그녀의 머리가 정상으로 돌아오지 않은 걸 보면 확실히 어제의 일이 그녀에게 충격이긴 한 모양이었다.

"어제 일은 어제 일로 끝냈으면 좋겠네요."

"나와 생각이 다르니 유감이군."

진혁은 일어나 종이 파쇄기에 계약서를 넣어버렸다.

"지금 뭐 하시는 거예요?"

"3개월간 당신이 연애하지 않겠다는 계약서."

"그걸 왜?"

'설마 환불해 달라는 건 아니죠?'라는 말은 조용히 삼키기로 했다.

"난 지킬 생각이 없거든."

"저는 의뢰인과의 계약은 무슨 일이 있어도 지키는 편이라서요."

주희와 진혁의 눈빛이 순간 부딪치며 서로의 입장을 확인했다.

'아무래도 쉽게 마음이 바뀔 것 같진 같군.'

"무슨 말인지 잘 알겠군. 오늘은 아무래도 미팅할 상황이 아닌

것 같으니 다음으로 미루지. 물론 다음에 당신을 만날 때는 마음이 바뀌어 있으면 더 좋겠고."

진혁은 그녀의 대답도 듣지 않은 채 사무실을 떠났다.

"누구 마음대로? 우린 그저 갑과 을의 계약 종속 의뢰인과 피의뢰인 그 이상도 이하도 아니구만."

주희는 골치 아픈 얼굴로 중얼거렸다. 자신이 이렇게까지 말했는데 설마 그가 다시 어제의 일을 끄집어내지는 않겠지? 저 남자가 뭐가 아쉬워 자신에게 매달리겠어? 그런데 자신은 왜 똥 누고 밑 안 닦은 것처럼 찜찜한 기분인지 알 수가 없었다. 원체 잘난 남자이니 자신을 한 번 찔러본 감일 수도 있었다.

"정말 이걸로 끝난 거겠지?"

뭔가 개운치가 않은 주희는 그가 나간 문을 한참을 바라보고 서 있었다.

그녀의 사무실에서 빠져나온 진혁의 눈빛이 예리하게 빛났다. 그는 분명 서씨 집안이 어떤 집안인지 그녀에게 친절히 설명해 준 적이 있었다. 그녀가 누구에게 관심이 있든 상관하지 않을 것이다. 손에 쥔 떡을 뺏길 그가 아니었다.

그녀와 있으면 즐겁다는 걸 이제는 인정한다. 그리고 이 즐거움을 누군가와 나누고 싶은 생각은 추호도 없었다. 거기다 열정적이기까지 한 그녀가 아닌가. 일을 하며 10년 넘게 많은 사람과 만나고 부딪치고 깨져 다져진 그다. 그녀보다 더 완강한 사람들하고도 힘겨루기를 한 그다. 그리고 협상을 쉽게 끌어내는 아주 고전적인 수법은 연애에서도 일맥상통한다지?

　"흔들어라. 그러면 얻을 것이다."

　진혁은 뒤를 돌아 확신에 찬 미소를 지으며 그녀의 사무실을 바라보았다.

6장

주희는 운동화 끈을 질끈 동여매고 지하철 문이 열리자마자 뛰기 시작했다. 이 남자, 치사하게 이렇게 복수를 하다니! 그가 그녀의 사무실을 다녀간 뒤로 그는 두통을 핑계 삼아 그녀를 시시때때로 부르고 있었다. 처음에는 걱정스러운 마음에 한달음에 달려갔지만 일주일이 지나자 이제는 이 남자의 두통이 심히 의심스러울뿐 아니라 마사지를 하는 그의 머리털을 쥐어뜯고 싶은 충동까지생겼다. 그놈의 무료 쿠폰 때문에 한입으로 두말하지는 못하겠고, 속으로만 부글부글 끓고 있는 중이었다.

그러나 오늘 그녀는 자신을 통개처럼 왔다 갔다 부려먹는 그의변덕스러운 두통에 대해서 확실히 짚고 넘어가기로 했다.

그의 사무실 앞에 도착하자 그녀는 가쁜 숨을 몰아쉬었다.

"늦게까지 수고가 많네요. 들어가 봐도 되죠?"

"그럼요. 기다리고 계십니다."

그의 비서가 이제는 반갑게 맞이해 주는 사이가 될 정도로 이번 주 그녀가 그의 회사로만 출근한 횟수가 열 번이 넘었다. 오늘은 무슨 일이 있어도 할 말을 해야겠다. 그의 사무실 문을 열고 들어간 그녀의 표정에 굳은 각오가 서렸다.

"꽤 빨리 왔군."

진혁은 시계를 보더니 그녀를 향해 싱긋 웃었다.

"저번에 늦는다고 구박을 어찌 그리 대놓고 해주시던지 지하철 타고 내리자마자 뛰었지요."

주희는 그가 앉아 있는 곳까지 다가가 양손으로 책상을 짚으며 그를 바라보았다.

그녀의 도전적인 자세에 그의 눈썹이 살짝 올라갔다.

"서진혁 씨, 짧게 묻겠습니다. 진짜 두통 온 거 맞아요?"

진혁은 턱을 괸 채 그녀를 뚫어지게 바라보았다. 밤이라고 하지만 꽤 더운 여름 날씨였다. 여기까지 달려온 그녀의 이마와 목은 벌써 땀으로 촉촉해져 있었다.

"가까이 와봐."

그녀가 경계 어린 눈빛을 보내자 진혁은 피식 웃으며 일어나 그녀에게 다가갔다.

"아무래도 나 자신도 몰랐던 변태 기질이 있는 모양이야."

진혁이 그녀의 턱에 흐른 땀방울을 손으로 닦아주자 주희가 흠칫 놀랐다.

"뛰어와서 그런가? 당신 체취가 꽤 강하게 나."

'이런 미친!'

주희가 한 발짝 물러나려 하자 진혁이 그녀의 손목을 잡았다.

그 목을 핥아보고 싶다고 하면 기겁할 것 같아 그 말은 그만두기로 했다.

"시답지 않은 말을 하는 거 보니까 두통은 꾀병이었나 보죠?"

"지금도 머리가 아프긴 해."

진혁은 핑계 삼아 그녀의 어깨에 머리를 묻었다. 여기서 그녀의 목에 키스했다가는 그녀는 그의 명치를 걷어차고 나가겠지? 그녀가 넘어오기만 한다면 그 정도의 손해는 기꺼이 감수할 수 있었다.

"두통이 오면 온다고 말할 사람이 있는 것도 나쁘지 않군."

"진짜 아파요?"

주희는 머뭇거리다 그의 뒷목을 주무르기 시작했다. 이 남자는 왜 이렇게 두통을 달고 사는 걸까? 이럴 바에는 산 좋고 물 좋은 곳에서 스트레스 안 받으며 살 일이지.

"두통이 이렇게 자주 오는데 일을 어떻게 해요?"

"참을 만하니까."

"정말 병원에서는 아무 이상 없대요?"

"걱정해 주는 건가?"

그녀의 목에 기대 눈을 감은 진혁의 입가에 작은 미소가 지어졌다. 나쁘지 않은 반응이다.

"그런데 제 마사지가 효과가 있긴 한가요?"

"이러다 중독되면 어쩌나 싶을 정도로 좋다면 믿어지나?"

"연봉 계약서 쓸 때 참고할게요."

이러다 정말 그의 개인 마사지사로 취직하는 건 아닌가 모르겠다.

잠시 후 노크와 동시에 문이 열리자 주희는 그에게서 떨어지려고 했다. 그러나 그가 그녀의 허리를 꽉 잡고 있어 불가능했다. 순수한 의도로 마사지를 해주고 있었지만, 그녀는 꼭 나쁜 짓 한 사람처럼 당혹스러웠다.

주희가 문 쪽을 바라보자 민재가 그녀를 바라보고 있었다. 정확히는 당황함과 충격에 어쩔 줄 몰라 하는 모습으로. 주희가 진혁에게서 떨어지려고 하자 오히려 진혁은 그녀의 허리를 꽉 끌어안고 있었다.

"형, 미안. 아무도 없는 줄 알고."

주희는 최대한 자연스럽게 진혁의 팔을 자신의 허리에서 떼어놓으려 안간힘을 썼다. 이 어색한 상황에 전혀 불편함을 못 느끼는지, 그는 오히려 지금 오해를 불러일으키기 위해 최선을 다하겠다는 듯 그녀를 바짝 끌어당겼다.

"저기…… 서진혁 씨, 손 좀…….."

그녀가 낮게 진혁에게 이를 사리물며 부탁했다.

그 모습 또한 민재에게는 다정스러운 연인처럼 보여 차마 다가가지도 못한 채 그 자리에서 그녀와 진혁을 바라보고만 있었다. 이런 상황에선 당연히 모른 체하며 나가줘야 하는 게 맞다. 그러나 민재는 그렇게 할 수가 없었다. 매일같이 그녀가 형의 사무실로 오는 이유가 단지 의뢰 때문이라 믿고 싶었지만 마음 한구석에서는 스스로도 그게 다는 아닐 것이라는 사실을 확인하고 싶었는지도 모른다. 굳이 지금 결재할 필요가 없는 서류를 가지고 들어온 것을 보면 말이다.

"내가 방해를 했나 봐?"

"보다시피 그런 것 같군."

이 남자가 지금 무슨 말을!

"민재 씨, 그러니까 제가 여기 온 건……."

진혁이 그녀의 한쪽 팔목을 꽉 움켜쥐자 그때서야 주희는 정신을 차렸다. 그녀는 지금 변명을 위해 의뢰인과의 비밀을 털어놓을 뻔했다.

"보고할 게 있나?"

"급한 건 아니야. 내일 해도 돼."

"그럼 아침에 하지. 나도 정리하고 나갈 예정이라서."

그 말의 뉘앙스는 마치 그녀와의 약속이 있는 것처럼 들렸다.

진혁은 애써 원망을 감추는 민재를 조용히 바라보았다. 어차피 한 번은 선을 그어야 했다. 확실하게, 그리고 더 이상의 헛된 싹이 나오지 않도록.

민재가 아무 말 없이 나가자 주희는 그에게 미안한 마음에 표정이 어두워졌다. 딱히 민재와 사귀지는 않았지만 꼭 의도치 않은 상처를 준 기분이었다.

"왜? 민재 뒤를 쫓아가고 싶나 보지?"

"……?"

"딱 그런 얼굴이야. 아닌가?"

진혁은 그녀의 표정 하나라도 놓치지 않으려는 듯 뚫어지게 바라보고 있었다.

"그게…… 꼭 나쁜 짓 하다 걸린 기분이라서요. 미안하기도 하고."

"왜?"

'당신 사촌이 저한테 사귀자고 했거든요' 라고 말한다면 그의 표정이 어떻게 변하려나.

그녀가 대답이 없자 그가 그녀를 돌려 세워 자신을 보게 만들었다.

"뭐가 미안한데? 민재한테 마음 있나?"

그녀는 고민하다 그를 바라보았다.

"질투하는 것도 아니고, 그만하죠?"

"당신의 시선이 민재에게 향하니 화가 나긴 하네."

농담으로 말한 그녀와 달리 그의 표정은 꽤 진지했다. 농담인데 안 웃어주는 것만큼 등에 식은땀 나는 것도 없다더니 그 기분을 조금은 알 것 같았다.

"말했을 텐데, 나 당신과 연애하고 싶다고."

"그건……."

그녀가 찾아야 할 말을 고르고 있자 진혁은 그녀에게 한 발짝 더 다가갔다.

"말도 안 되는 변명 가져다 붙이지 말고 솔직하게 말해보지? 그 날 이후 나를 보면서 아무런 감정이 느껴지지 않을 만큼 무덤덤하다고. 나 혼자만 당신을 끌어안고 싶고 뒹굴고 싶고 가지고 싶나 보지? 그래?"

그렇게 말하면 상상하게 되잖아요! 낯 뜨거운 말을 어떻게 아무렇지 않게 뱉고 있냐고. 얼굴은 멀쩡하게 생겨서.

"하지만……."

"하지만 빼고, 그러나도 빼. 대답해 봐. 이게 나 혼자만의 느낌이라고?"

진혁이 그녀의 목덜미를 쓰다듬으며 그녀의 답을 채근했다. 그의 눈빛은 어느 때보다 진지하게 가라앉아 있었다.

주희는 눈을 감았다 뜨며 그를 똑바로 바라보았다. 감정을 숨기는 건 그녀답지 않았다. 좋아, 원하는 대답을 해주면 될 거 아니야?

그녀의 눈빛이 단호히 변하자 진혁은 그녀의 표정 하나하나 놓치지 않겠다는 듯 뚫어지게 바라보았다.

"느낌이요? 알면서 왜 물어요? 시장 바닥에서 미친 척 키스 되돌린 것도 저였고, 당신과 키스 한 번 더 해볼까 하는 욕심에 원나잇으로 불태운 것도 저였거든요. 가끔 제 전의를 불태워 주는 당신의 모습도 좋아요."

듣고 싶은 말은 다 들었다는 듯 진혁이 그녀에게 다가가자 주희가 손을 들어 제지했다.

"그런데요, 아무리 생각해도 당신하고 연애하면 즐겁지 않을 것 같아요."

"무슨 말이야?"

진혁은 그녀가 하는 말이 이해가 되지 않았다. 사귀어보지도 않았으면서 연애가 즐겁지 않을 것 같다는 말은 뭐란 말인가?

"당신은 주위에 보는 시선도 많고 행동에 제약도 따르고 그렇잖아요. 저는 그 안에 들어가기 싫거든요. 그러니까 그 답답하고 불편한 연애, 하기 싫다고요."

진혁이 뭐라 반박하기도 전에 다시 주희가 말을 이었다.

"그럼 할 일도 다 끝난 것 같으니 저는 먼저 퇴근할게요."

주희는 방긋 미소 지으며 그의 사무실을 나왔다. 그러나 사무실을 나오자마자 그녀는 두근거리는 심장을 진정시키려는 듯 가슴을 지그시 눌렀다.

이렇게 확실히 얘기하는 게 나았다. 아니면 저 남자는 포기를 모르는 남자이기에 그녀가 오케이 할 때까지 그녀의 진을 빼놓을 것이다. 사실 그가 조금만 더 몰아붙였으면, 아니, 조금만 더 감언이설로 그녀를 꼬드겼으면 그녀는 그의 손을 잡은 채 고개를 끄덕이며 연애하자고 했을지도 몰랐다. 그리고 얼마 지나지 않아 그는 그녀를 참을 수 없어 하겠지. 그녀의 전 애인들이 그랬던 것처럼. 그녀는 자신의 선택에 후회하지 않기 위해 두 주먹을 불끈 쥐고 지하철역으로 향했다.

조용한 사무실. 진혁은 유리 창가 쪽에 걸터앉아 그녀의 말을 곱씹어보았다. 그러다 그녀의 허무맹랑한 거절에 다시 실소가 터져 나왔다.

"내가 싫지는 않지만 싫다?"

인정하고 싶지 않다는 말이지? 하지만 그는 듣고 싶은 말을 다 들었으니 오늘은 이것으로 만족하기로 했다. 그와의 연애가 즐겁지 않을 거라고? 아, 먹지 못할 포도를 보고 포기한 여우의 변명인가? 좋아, 그 철조망이 장애물이라면 다 걷어내 주지. 대놓고 잡수라고 포도를 눈앞에 가져다줘도 안 먹나 보자고. 그가 정말 그녀의 의견을 순순히 받아들일 거라 생각하다니, 그녀는 순진해도 너무 순진했다. 아니면 그를 너무 믿고 있든지. 연애? 어차피 서로가 신경을 쓰고 있는 시점부터 연애는 시작되었다. 그걸 언제 인정하느냐가 문제지.

"강주희 씨, 지금 미끼만 야금야금 먹고 있어서 정신이 없나 본데, 당신 벌써 내 낚싯대에 걸렸다고."

창가에 비친 진혁의 미소는 자신만만하다 못해 오만하기까지 해 보였다.

주희는 그의 회사를 빠져나와 자료를 좀 더 살피기 위해 사무실로 갔으나 집중이 되지 않았다. 그가 그렇게 노골적으로 연애하자고 들이대는데 어느 여자가 마음이 안 흔들리겠는가. 앞으로 그의 얼굴을 어떻게 볼지도 걱정이다. 최대한 티를 안 내려고 노력하겠지만 그녀의 안면 근육이 도와줄지 의문이었다. 결국 그녀는 모든 서류를 덮고 집으로 가기로 결정했다. 집에 가서 아이스크림을 퍼먹으면서 지금까지 못 잤던 잠을 자면 심란한 이 마음이 좀 진정이 될 것이다. 내친김에 오이 송송 썰어 넣은 비빔면도 먹어야겠다.

주희는 한가득 장을 보고 들어가던 중 걸음을 멈췄다. 차에서 민재가 내려 그녀를 바라보고 있었다.

"우리 형 매너도 꽝이네. 데이트를 하면 적어도 집까지 데려다 줄 줄 알았는데."

"민재 씨, 여긴 어떻게……?"

"글쎄요. 운전하다 보니 여기네요. 묻고 싶은 것도, 말하고 싶은 것도 많았는데 막상 주희 씨 얼굴 보니 할 말이 생각 안 나네요."

"저기…… 아까 사무실에서 봤던 거요. 물론 충분히 오해를 살 만한 행동인데 민재 씨가 생각하는 그런 거 아니에요."

사촌 형이 누군가의 어깨에 기대, 그것도 남의 시선 아랑곳 않고 있다는 건 오해가 될 수 없었다. 그가 아는 사촌 형은 지기 싫어하는 것만큼 남에게 책잡히거나 약한 모습을 보여주기 싫어하는 사람이다. 그리고 누군가에게 기댈 정도로 접촉도 좋아하지 않는 사람이다.

"그러니까 당신이 매일 우리 형 사무실에 오는 건 일 때문이다?"

그녀는 미소로 답을 대신했다. 차마 '당신의 사촌 형이 마사지를 받기 위해 보물찾기로 나에게 미끼를 던진 거예요'라고는 말할 수가 없었다.

"혹시 형이 두통이 심해 못 데려다 준 거예요?"

"정말 그런 사이 아니에요."

민재가 그녀의 얼굴에서 진실을 찾으려는 듯 빤히 바라보았다.

"무슨 말이에요? 형을 안 좋아한다고요?"

"그게……."

주희는 대답하려던 말이 갑자기 목 언저리에서 턱 하고 막히는 기분이 들었다. 생각해 본 적이 없는 질문이라 당황해서 그럴 것이다. 거기다 오늘 서진혁 씨에게 노골적인 말을 들어서 마음이 싱숭생숭한 것도 조금은 작용했는지도 몰랐다.

"나 때문이라면 굳이 미안해할 필요 없어요. 대답, 얼굴에 다 쓰여 있는데 난처하게 괜한 걸 물어봤나 보네."

주희는 왠지 미안한 마음에 그에게 무슨 말을 해야 할지 알 수가 없었다. 그렇다고 사실을 말할 수도 없는 일이었다. 당신 형을 좋아하는 것 같긴 하지만 그 이상은 아니라는 말? 아니면 어쩌다 보니 그렇게 됐다고?

"나 시작도 하기 전에 차인 건가? 어디 가서 술이나 한잔 마셔야겠네."

강주희, 이 의뢰만 끝나면 당신과 사귈 수 있다. 조금만 기다려 달라고 말하라니까. 그나마 자유로운 영혼처럼 보이는 사람은 서민재였다. 그녀를 누구보다 잘 알고 이해해 줄 수 있는 사람은 그였다, 서진혁이 아니라.

"민재 씨, 나중에 의뢰 끝나면……."

'데이트할까요?' 라는 말이 나오지 않았다. 정확히는 마음이 움직이지 않았다. 이 남자라면 괜찮겠다고 생각했는데 어느새 이 남자는 그녀의 마음 한 부분도 차지하지 못하고 있었다.

"같이 술 한잔할래요?"

"진혁이 형 빼고."

"좋아요. 저도 그 사람 끼는 거 원치 않아요."

주희가 미소를 지으며 답하자 민재가 씁쓸하게 웃었다. 그녀는 지금 자신이 얼마나 진혁이 형을 가깝게 부르고 있는지 알고나 있는 걸까?

"늦었는데 들어가 봐요."

"민재 씨, 저기, 이런 말 묻기 미안하지만 서진혁 씨, 두통 자주 오던데 정말 아무 이상 없나요? 약도 안 듣는 거 보면 심한 것 같기도 하고……."

작은 기대가 여지없이 박살 나자 민재는 허탈한 미소를 지었다.

"두통 빼고는 무식할 정도로 튼튼하니까 걱정 안 해도 됩니다, 아가씨. 검사라는 검사 다 했으니까. 심리적인 요인이 크다고 해서 하다하다 안 돼서 최면술까지 동원했는데 최면이 안 먹혀서 그건 실패했지만. 듣기로는 큰어머님 돌아가신 게 충격이었을 수도 있다고 하고, 또 어릴 적부터 유학 생활을 해서 정신불안으로 두통이 왔다는 사람도 있고……. 아무튼 심리적 요인이 큰 것만은 확실해요. 병명을 알면 벌써 고쳤겠죠."

"어머님이 어떻게 돌아가셨는데 충격을 받아요?"

"큰어머님이 원체 약하셨던 분이었는데 심장도 안 좋았다고 들었어요. 형을 낳은 것도 기적이었다고 하더라고요. 그러다 형 초등학생 때 결국 심장마비로 돌아가셨어요."

주희가 끄덕이자 민재가 한숨을 내쉬었다.

"나 지금 주희 씨한테 차였거든요. 그런데 그런 내 앞에서 형을 걱정하다니, 매정하네요."

"미, 미안해요."

"이제 진짜 갑니다."

민재가 뒤돌아가면서 손을 흔들며 차 안으로 사라졌다.

내가 서신혁 씨를 걱정하고 있다고? 그거야 옆에서 지켜보니까 걱정할 수밖에 없는 거지.

"매일같이 있다 보니 없던 정이라도 생길 지경인데 그 정도는 당연하지."

이 선을 넘으면 정말 스스로 감정 컨트롤이 되지 않을 것이다. 딱 여기까지. 그를 좋아하는 것도, 걱정도 여기서 멈춰야 했다. 그리고 이 정도는 누구나 아프면 걱정할 정도니 금방 감정이 정리될 것이다. 주희는 민재에 대한 미안함보다 진혁의 두통이 걱정되는 자신의 마음을 애써 오지랖으로 치부해 버렸다.

순천 국도로 접어들자 그녀는 창문을 내려 하늘을 올려다보았다. 보조석에 얌전히 앉아 있으려니 몸이 안 쑤시는 데가 없었다. 일정대로라면 그녀와 한욱이 순천으로 내려와야 했다. 가장 유력하고 그가 말한 꽈배기 뭉치 모양의 소나무가 외가 쪽에서 나왔기 때문에 내심 기대도 하고 있었다. 근처 그가 다니던 초등학교도 온 김에 파볼 생각이라 미리 연락까지 다 취해놓고 있었던 상태라 스케줄에 맞게 차질 없이 움직이면 되었다. 그러나 슈퍼 갑의 말 한마디에 모든 게 확 틀어져 버렸다. 그는 자신의 기억력과 일의 효율성을 강조하며 한욱은 외가 쪽을, 그녀와 그는 학교 쪽을 맡기로 혼자 결정해 버렸다. 정확히 말하면 명령이나 다름없었다.

그녀야 일을 빨리 끝내고 오면 좋지만 그의 고백 이후 그의 말투, 행동 하나하나에 신경이 곤두서 있는데 동행이라니, 그건 고문이었다. 거기다 그는 자연스럽게 그녀와 접촉을 시도하는 빈도수를 높여가고 있었다. 바로 지금처럼.

"위험한데 머리 안으로 집어넣지?"

그가 그녀를 잡아당기며 그녀의 행동을 제지했다. 그러나 그녀가 다시 슬쩍 차창 쪽으로 머리를 내밀려 하자 아예 그는 큰 손으로 그녀의 이마를 꾹 눌러 의자에 밀어붙였다.

"좀 가만히 있어."

"날씨 좀 보려고요. 구름이 많이 낀 게 비 올 것 같단 말이에요. 오늘 일기예보에는 비 온다는 말 없었는데."

서울 출발할 때만 해도 날이 좋았는데 남쪽으로 갈수록 비구름이 하늘을 꽤 많이 덮고 있었다. 제발 비가 오지 않아야 할 텐데. 주말에 간신히 허가를 받아 학교로 가는 것이기 때문에 비를 맞고서라도 오늘 작업을 해야 했다. 내일 한욱과 합류해야 하기 때문에 일정대로 움직이려면 날씨의 도움이 절대적으로 필요했다.

"소나기 정도겠지."

"그랬으면 좋겠는데."

주희는 창문을 올리며 그를 힐끗 쳐다보았다. 이 중간중간 어색해지는 분위기는 서울에서 순천까지 내려오면서 몇 번이나 생겼다 사라지기를 반복하고 있었다.

'그 뒤로 아무 말 없는 거 보면 체념한 거겠지?'

"할 말 있으면 하지, 훔쳐보지 말고?"

"아, 그러니까 정문에 들어가자마자 왼쪽에 교목으로 큰 소나무 한 그루가 심어져 있어요. 땅을 파기 위해 교장선생님 허락도 받았고요. 첫사랑 타임캡슐을 묻었다고 하니까 최대한 손상 가지 않는 범위 내에서 수위 아저씨가 지켜보는 자리에서 파기로 했는데, 잘되겠죠?"

아, 급하게 변명거리가 생각나지 않자 그녀는 일 얘기를 숨도 쉬지 않고 풀어놓았다.

"그래도 순순히 허락해 줬다니 다행이네."

"교장선생님이 낭만을 아는 분이시라서요. 그리고 경찰 입회하에 파게 되면 절차가 복잡해지거든요."

"초등학교라……. 20년 만이군."

"여기서 1년만 다녔다면 기억이 안 날 수도 있겠네요. 거기다 오래됐고."

여기 오기 전에도 몇 가지 질문을 해봤지만 20년 전이라 그에게도 흐릿한 기억으로 남아 있어 별 도움이 되지 않았다.

"잠시 다녔던 곳이라서 더 그렇지. 어머니가 그때 요양했을 때라 같이 왔던 것뿐이니까. 아버지는 할아버지 돌아가시고 사업 추스르기 바빴고……."

덤덤하게 말했지만 주희는 그의 어린 시절에 조금은 동정이 갔다. 이 남자 성격에 대놓고 어리광부리지는 않았을 것 같고, 눈치가 빨라 일찍 자립심도 생겼을 것이다.

진혁이 흘끗 주희를 보자 그녀의 표정이 진지해졌다. 아마도 그녀의 머릿속에 그의 어린 시절이 꽤 불쌍하게 그려지고 있는 듯했다.

"내가 사랑도 못 받고 큰 불쌍한 사람처럼 보이나 보지?"

"아니거든요?"

그녀가 즉각 반응하자 진혁은 피식 웃었다. 어머니가 일찍 돌아가셔서 별로 추억거리는 없지만 아버지가 든든한 버팀목이 되어주셨다. 물론 잔정이 있는 분은 아니었지만.

"거의 다 왔군. 그나저나 삽질은 군대 제대 후 처음인데?"

"직접 하게요?"

주희가 놀라 물었다. 물론 대부분 여자가 삽질을 하면 대신 남자들이 해주는 게 분위기상, 또는 사회 통념상 자리 잡고 있지만, 그래도 의뢰인인데 의뢰인을 부려먹는 피의뢰인의 심적 부담감은 어쩌라고. 그것도 슈퍼 갑인데.

"깊이 파지도 않을 건데 내가 팔게요."

"미안하면 나중에 파스나 붙여주던가."

어느새 차가 초등학교에 도착하자 그가 먼저 내렸다. 그녀는 그의 말이 농담인지 진담인지 확인하지 못한 채 내려야만 했다.

파스면 허리나 어깨일 텐데, 저 남자 설마 여기서 웃통 다 벗고 그녀에게 등 내미는 건 아니겠지? 아니, 저 뻔뻔한 남자라면 등목까지 해달라고 그녀에게 덤빌지도 몰랐다. 충분히 가능한 얘기였다. 순간 땀에 젖은 그의 등을 끌어안는 그녀의 모습이 생각나자 그녀는 고개를 저었다. 그와 응접실 바닥에서 서로 부둥켜안고 굴렀더랬지. 그때 일이 떠오르면 아직도 심장이 뛰고 목이 타는 것 같았다.

'안 돼. 실수는 한 번뿐이야. 두 번째는 변명이 안 통한다고!'

그러니까 사회 통념이고 나발이고 삽질은 무조건 그녀가 해야 했다. 가뜩이나 평정심이 유리와 같은 그녀에게 그의 벌거벗은 상체를 보여준다면 그의 손짓 하나에 이성이 마을이 아니라 영영 돌아오지 않는 로켓을 타고 우주로 날아갈 수도 있었다.

시간에 맞춰 수위 아저씨가 나와 있자 주희는 오랜 친구처럼 수위 아저씨와 인사를 하며 수다를 떨기 시작했다. 그 친화력에 진혁은 혀를 내둘렀다. 그녀의 장점은 자신을 드러내 보인다는 것이다. 사람은 묘한 게 한쪽에서 훤히 자신을 내보이면 상대편 또한 어느 정도 내보여야 한다는 의무감을 갖게 된다. 그녀는 그걸 아는지 모르는지 모르겠지만 그 심리를 잘 활용하는 듯했다.

"서울 사람이 그 물건 찾으러 여기까지 오다니 대단하네. 그러니까 그 첫사랑이 저 사람이다 이거지?"

주희는 조금 떨어진 곳에서 소나무를 올려다보는 진혁과 잠시 눈이 마주쳤다.

"네, 저 사람이에요, 아저씨."

"아이고, 인물이 훤하네그려. 내가 다 설레네. 내 첫사랑은 누군지도 생각이 안 나는데……. 젊음이 좋긴 좋네. 하다가 뭐 필요한 거 있으면 말하고."

"감사합니다."

진혁이 다가와 주희의 어깨에 손을 올리자 주희가 작게 움찔했다. 한욱이하고 연기할 때도 이런 포즈는 들어 있지 않았다.

"당신은 여기 앉아 있어. 나 혼자 파도 되니까."

진혁이 미소를 지으며 그녀의 머리를 쓰다듬자 주희는 최대한 자연스럽게 웃어 보이려 애썼다.

"아니야. 나 요즘 운동 부족으로 살이 부쩍 쪘거든. 내가 할게. 이리 내, 자.기.야."

주희는 삽을 움켜잡으며 강한 의지를 드러냈다.

'당신 등짝에 파스 붙여주기 싫다고!'

"넌 그냥 쉬고 있어."

그가 손가락으로 그녀의 이마를 튕기자 주희가 콧등을 찡긋거렸다. 아프다기 보다 그와 어울릴 것 같지 않는 행동에 놀랐다. 이 남자, 이런 장난도 칠 줄 아나?

그녀의 표정이 재밌다는 듯 그가 그녀의 짧은 머리를 헝클어뜨렸다.

"제가 마음이 편할 것 같아요?"

"앉아 있어. 당신이 파스 붙이고 미팅하러 올 때마다 내가 꼭 나쁜 놈 같았으니까."

정말 그랬다. 보물 상자는 사실 별 관심 없다고 다 때려치우자고 할 생각이었다. 그런데 그녀가 지금껏 고생한 것을 그가 너무 쉽게 엎어버린다면, 그게 사실은 그다지 소중한 게 아니란 걸 그녀가 알게 된다면 그녀는 실망할 것이다. 그를 미워할지도.

상상만으로 가슴이 내려앉는 일이었다. 진혁은 그녀를 보며 피식 웃었다. 어쩌다 서진혁이 강주희의 눈치를 보게 되었을까?

'애인 역에 한껏 심취해 있는 그 표정 뭔가요, 서진혁 씨?'

마치 사랑스러운 애인을 바라보듯 보다 삽을 들고 가자 그녀는 혼란 그 자체였다. 사실 그는 단순히 그녀를 바라봤을 뿐인데 그녀가 덧입혀 온갖 하트와 핑크빛 꽃가루를 그 앞에 뿌려놓고 있는지도 몰랐다. 이 정도면 중증이었다.

정신차려, 강주희! 우린, 여기 삽질하러 왔다고.

"그래, 아가씨는 여기 앉아 있어. 나랑 이 총각이랑 할 거니까."

수위 아저씨가 그와 소나무 근처를 함께 파보았지만 못 하나 발견되지 않았다. 역시 이곳도 아닌 모양이다. 그녀는 혹시 보물 상자를 묻은 장소가 소나무 아래가 아니라 참나무나 느티나무가 아니냐고 그에게 묻고 싶었다.

"여기가 아닌가 본데? 어릴 때라 기억이 확실하지 않았나 보네. 학교 뒤에 나무도 많은데 한번 파보려면 파보고. 그래도 여기까지 왔는데 빈손으로 가면 안 되지. 어디 묻었는지 잘 생각해 봐."

"어차피 추억은 저희 가슴에 있으니 괜찮아요. 이것도 하나의 추억 놀이라서."

그는 뭔가 아쉬운 표정을 짓고 있지만, 그렇다고 금속 탐지기도 안 가져온 상태에서 아무 곳이나 파볼 생각은 없었다. 그러다 내일 손가락 하나 까닥할 수 없을 만큼의 근육통에 시달릴 것이다.

"어떻게…… 뒷마당으로 가볼 텐가?"

수위 아저씨가 의욕에 불타 뒷마당 쪽으로 앞장서려 하자 주희는 냉큼 진혁을 붙잡았다. 그가 의아해 보자 주희는 생긋 웃어 보였다.

"진혁 씨, 나 다리도 아프고 배도 고픈데? 우리 나가서 갈비 먹자."

물론 그녀의 연기가 발연기의 진면목을 보여주고 있었지만, 그래도 수위 아저씨의 마음을 계속 거절하기 위해서는 핑계가 필요했다.

그가 피식 웃더니 그녀 앞에 앉아 등을 내밀었다. 연기도 잊을 만큼 그녀의 당황함은 얼굴에 고스란히 드러났다. 서진혁 씨, 지금 영화 찍어요?

"업혀."

'당신 같으면 업히겠냐구요.'

"아이구, 부끄러운가 보네."

"뭐 해, 안 업히고?"

"자기 허리도 안 좋은데 무리하면 안 되잖아."

그러나 열화와 같은 성원에 그녀는 못 이기는 척 그의 등에 업혀야 했다. 다 커서 어부바를 한 느낌은 부끄러워 얼굴을 들 수가 없었다. 왜 시키지도 않는 짓을 해서 못 볼 꼴을 보이게 하는 건지. 얇은 티 사이로 그의 피부의 열기가 고스란히 전해져 오자 주희는 화끈거렸다.

'강주희, 생각하지 마, 네가 옹녀도 아닌데 왜 조건반사처럼 몸이 동하냔 말이냐. 거기다 네가 먼저 찾잖아!'

"발 동당거리지 마. 가뜩이나 무거운데."

생각에 빠진 그녀가 고개를 쳐들고 그의 뒤통수를 노려보았다.

이 남자, 진짜 애인 역할에 제대로 빠져볼 생각인가 보다. 평소

보다 부드러워진 목소리와 옅게 깔린 웃음을 보니 명연기로 열연해 주고 계셨다.

"언제는 솜사탕만큼 가볍다고 해놓고는?"

"어느 놈과 헷갈리는 거야?"

"에이, 우리 애인 삐쳤구나?"

주희는 그의 두 귀를 붙잡고 앞뒤로 흔들어댔다.

"남자가 잘못했네. 딱 보기 좋은데 무겁다고 하다니. 이쪽으로 와."

수위 아저씨가 손짓하자 주희는 그의 귓가에 얼굴을 가져다 댔다.

"이봐요, 갈비 먹으러 가자니까요. 정말 뒷마당까지 팔 생각은 아니죠?"

그녀를 업고 있던 그의 두 손에 잠시 힘이 들어갔다. 그녀의 귓속말은 그의 귀를 간질이다 못 해 가득하고 있었다. 이 여기, 지금 도발하는 건가? 아니면 정말 모르고? 어디까지가 그녀의 계산된 행동인지 감을 잡을 수 없었다.

"대답해요."

"가만히 좀 있어봐!"

그녀가 재촉하자 그가 이를 사리물고 대답했다. 주희는 입을 내민 채 다시 그의 뒤통수를 노려보았다. 그러다 그의 귀가 빨개져 있는 걸 발견하자 미안한 마음이 들었다. 아무래도 아까 그의 귀를 너무 세게 잡아당겨서 그런 것 같았다.

주희는 망설이다 그의 귀를 주물럭거렸다.

"지금 뭐 하는 거야?"

가뜩이나 민감해진 신경에 그녀가 성냥불을 긋고 있었다.

"귀 많이 아파요? 장난이었는데 좀 빨개서……."

사실은 많이 빨갰다. 아무튼 그녀는 힘 조절이 안 돼서 큰일이 었다.

"괜찮으니 손 좀 떼지?"

"그렇다고 그렇게 화낼 것까지야……. 그거 알아요? 칼슘이 부족하면 사람이 화를 잘 내고 초조하고 불안하대요. 좀 챙겨 먹어요. 내가 하나 사줘요?"

이 여자는 확실히 선수다. 그가 그녀에게 낚싯줄을 걸었다고 생각했는데 아니었다. 그가 낚인 게 분명했다.

그때 갑자기 비가 쏟아졌다. 주희와 수위 아저씨는 부산을 떠는 반면 진혁은 속으로 반가워 만세라도 부르고 싶은 심정이었다.

"결국 비 오네. 한욱이 삽질 다 못 했을 텐데."

"몸이 찌뿌드드하더니만 결국은 비가 오네. 수위실 창문을 다 열어놨는데……."

수위 아저씨가 허둥지둥 뛰어가자 주희도 그의 등에서 내려 진혁과 학교 안으로 잠시 피하기로 했다. 본관 문 앞에서 손으로 대충 물기를 털어낸 진혁은 하늘을 올려다보는 주희를 가만히 바라보았다. 조금 전까지만 해도 비 온다고 소리치던 그녀가 지금은 마치 비 구경 처음 하는 아이처럼 눈이 빛나고 있었다.

주희가 손을 뻗어 내리는 비를 가늠해 보았다. 시원스럽게 내리는 소리를 봐도 쉽게 그칠 것 같진 않았다. 그녀가 뭔가 모의를 하는 표정으로 입을 오므리며 하늘을 보자 진혁이 먼저 입을 열었다.

"그 망설이는 표정은 뭐지?"

진혁은 궁금했다. 그녀의 눈짓과 말, 행동 모두가 궁금증을 일으키는 여자인 건 확실했다. 거기다 지금 그녀는 만지면 안 되는 물건을 만지고 싶어 하는 그런 주저함과 갈등이 얼굴에 고스란히 드러나 있었다.

"어차피 오늘 비 와서 일정 다 어그러졌죠?"

"쉽게 그칠 것 같지 않으니까 이대로 철수해야겠지."

그의 대답에 그녀가 배시시 미소를 지었다.

"그럼 더 이상 할 일 없는 거죠?"

"무슨 말이 하고 싶은 거야?"

"우리 여기서 좀 놀다 갈까요?"

진혁이 주위를 둘러보며 도대체 어디서 놀겠다는 건지 그녀에게 묻기도 전에 그녀는 운동장으로 뛰쳐나가고 있었다. 그가 말릴 새도 없었다. 당황함도 잠시, 그는 그녀의 충동적인 행동에 두 손을 들었다는 듯 잠시 눈을 감았다 떴다. 아까부터 비를 보며 즐거워하는 그녀를 볼 때부터 '놀다 가자'는 말이 빗속으로 뛰쳐나가자는 소리인 줄 알았어야 했다. 도대체 눈 와서 날뛰는 강아지 새끼도 아니고, 이제 본격적인 가을비라 감기 들기 십상인 이 날씨에 비를 맞고 있다니! 아무리 지방이지만 산성비를. 제정신이 아니고서야!

"미쳤군."

그러면서도 진혁은 그녀에게 성큼성큼 걸어가고 있었다.

"진혁 씨도 같이 비 맞게요?"

그녀의 질문을 무시한 채 진혁은 그녀의 손목을 잡고 안으로 들어가려고 했다. 그러나 주희는 몸으로 버티며 반항의 눈빛으로 그를 쏘아보았다.

"비 맞은 적 없어요? 얼마나 상쾌한데요. 재미있잖아요."

"퍽도."

이 여자가 재미있어하는 기준이 뭔지 생각하고 싶지 않았다. 빗줄기는 생각보다 강했다.

"프로라면 자기 몸 관리는 알아서 해야 하는 거 아닌가?"

그녀가 좋아하는 그 '프로 의식'을 들먹여 봤지만 그녀는 끄떡도 하지 않았다.

"여러 번 비 맞아봤는데 감기 든 적 없었어요."

"그 말은 어제 밥 먹었으니 오늘은 안 먹어도 배부르겠다는 말하고 똑같군."

그녀가 갸웃거리자 그가 그녀를 단호하게 바라보았다.

"헛소리라는 거지."

그녀가 이렇게 버틴다면 그는 강제로 그녀를 들쳐 업어서라도 데려갈 생각이었다.

주희는 그를 보다 슬쩍 물이 고인 웅덩이를 보곤 개구쟁이 같은 미소를 지어 보였다.

"그러지 말고 이왕 맞은 비, 저랑 오늘 신나게 놀아보실래요?"

그가 그녀의 말을 파악하기도 전에 그녀는 있는 힘껏 발을 굴렀다. 그러자 웅덩이의 물이 그녀와 그의 바지에 사정없이 튕겼다. 그의 표정은 정말 어이없어 말이 안 나오는 딱 그 표정이었다. 그는 자신의 바지를 바라보며 한숨을 내쉬는 반면 그녀는 재미있다는 표정이었다.

"이거 한번 빠지면 은근히 중독되거든요."

어차피 버린 옷이지만 아주 제대로 흙탕물을 튕겨주셨다. 이 여자가 진짜!

주희는 얼굴과 몸 여기저기를 때리는 빗방울에 괜히 웃음이 터져 나왔다.

"좀 웃어 봐요. 웃는다고 누가 뭐라고 하는 것도 아닌데 여기까지 와서 이사 흉내 안 내도 되잖아요?"

주희는 가만히 그의 얼굴을 바라보았다. 그녀는 왠지 그의 딱딱하고 근엄한 회사용 가면이 아닌 시원하게 웃는 모습이 보고 싶었다.

"이건 진심으로 하는 말인데, 혹시 머리에 꽃 달고 싶은 충동을 많이 느끼나?"

심각하게 묻는 걸 보니 그의 질문은 진심인 듯했다.

"오늘 저와 함께 꽃 한번 달아보실래요?"

그녀가 환하게 웃자 그가 따라 피식 웃었다. 그녀의 웃음은 확실히 전염성이 강했다. 그는 얼굴에 떨어지는 빗방울을 손으로 훔치며 그녀를 바라보았다.

"셈은 똑바로 해야겠지?"

그가 그녀를 향해 흙탕물을 튕기자 그녀는 웃음 반, 비명 반을 터뜨리며 도망쳤다.

붓으로 그의 폐를 누군가 간지럽 태우는 것 같았다. 그는 자신도 모르게 새어 나오는 미소가 싫지 않았다. 비 맞는 게 이렇게 신나는 일이라는 걸 어릴 적에도 몰랐다. 마치 빗속에 웃음 터지는 약물이라도 들어 있는지 가만있어도 웃음이 터져 나왔다.

그녀가 도망치는 척하다 물웅덩이를 발견하자 획 돌아 발을 굴러 그에게 물을 튕겼다. 그가 피했다고는 하나 늦었다. 그녀의 짓궂은 웃음이 터져 나오는 걸 보니 그가 당하는 모습이 꽤 즐거운 모양이다.

"나보다 달리기 빠르나?"

"음…… 아닐걸요?"

그와 한 번 대련한 그녀로서는 자신이 없었다. 그리고 저 남자는 자기가 확신이 없는 한 내뱉지 않는 남자였다.

"왜 또 그러실까?"

그러면서 그녀는 슬슬 뒷걸음질을 쳤다.

"지금부터 있는 힘껏 도망쳐야 할 거야. 잡아서 백 컨트롤 드립에서 스카프 홀드 포지션으로 마무리할 생각이니까."

그녀는 웃음이 터지면서도 그의 말이 떨어지자마자 정말 젖 먹던 힘까지 짜내서 달렸다. 결국 저 남자는 그녀 뒤에서 어깨를 압박한 다음 그녀의 목을 감은 상태로 바닥에 패대기를 쳐볼 생각이라는 것이다. 10초도 못 가 그녀가 그에게 붙잡히자 그녀는 두 손은 번쩍 들어 항복했다. 그러나 그가 팔로 그녀의 목을 옥죄자 그녀가 버럭 소리를 질렀다.

"이건 비겁해요!"

"싸움에 비겁이 어디 있나? 이기고 보는 거지."

그래, 이 남자는 여자라고 봐주는 게 없었지. 잠시 잊고 있었다.

"항복했잖아요. 설마 진흙탕에서 구를 생각은 아니겠죠?"

운동장은 비로 인해 많이 질척거렸다. 힘으로 보면 분명 그녀를 쓰러뜨릴 게 분명해 보였다.

"아, 미처 생각 못했는데, 그것도 좋은 생각이네."

"우린 돼지새끼들이 아니잖아요!"

비를 맞는 거랑 진흙탕에 구르는 거랑은 또 달랐다. 물론 여벌 옷을 챙겨오긴 했지만 그와 진흙탕을 구르는 건 평범한 애들과 한두 번 흙탕물 튀기는 수준이 아닐 게 분명했다. 흙탕물 놀이라 쓰고 혈투라고 읽어야 할지 몰랐다.

그는 빠져나오기 위해 발버둥 치는 그녀를 느긋하게 바라보았다.

"대신 머리에 꽃 달기로 하지 않았나?"

어차피 비로 젖은 옷인데 진흙탕에 들어간다고 특별히 달라질 건 없었다. 그는 초등학교 때도 안 해본 장난을 그녀에게 걸고 있었다. 그녀가 쿡쿡거리자 그 또한 따라 미소 지었다. 그를 비 맞게 만들고, 그를 어린아이처럼 만드는 그녀에게서 눈을 뗄 수가 없었다. 솔직히 비 때문에 젖은 머리와 입술은 더할 나위 없이 매력적이었다. 미친 척 쓰러뜨리고 싶을 만큼.

"설마 지금 와서 몸을 사릴 생각은 아니겠지?"

"설마요. 소녀, 삼천궁녀의 심정으로 이 한 몸 희생해 보이겠나이다."

이 말과 함께 그녀는 그의 허리를 덥석 껴안은 채 그와 함께 넘어졌다. 그가 옆으로 휘청거리면서 그녀와 같이 넘어지자 그와 그녀의 옷 모두가 엉망이 되었다. 그뿐 아니라 얼굴까지 흙탕물이 튕겨서 피란민도 이런 피란민이 없어 보였다.

그가 낮게 웃음을 흘리다 어깨가 들썩이더니 크게 웃음을 터뜨렸다.

"서진혁 씨는 입이 커서 비 많이 들어가겠는데요?"

그의 웃는 모습에 그녀의 가슴 한쪽이 설레었다. 그가 기분 좋으면 그녀도 기분이 좋아졌다. 그가 그녀를 휘저을수록 그녀는 그에게 휩쓸려 가게 된다.

"당신 주위는 항상 조용한 날이 없었을 것 같군."

"가끔은 조용했어요. 사고치고 수습 안 될 때요. 그때는 바짝 엎드려 있는 게 상책이거든요."

"가령?"

진혁은 그가 모르는 그녀의 학교생활 이야기가 듣고 싶어졌다. 그는 먼저 일어나 그녀에게 손을 내밀어 일으켜 세웠다.

"야자 땡땡이치려고 2층에서 창문으로 뛰어내렸을 때요. 물론 착륙 지점에 매트를 깔아놓았죠. 이래 봬도 안전을 중요시 여기는 사람이라."

다른 것도 아니고 야자 땡땡이를 위해 창문으로 뛰어내리다니. 그건 남학생도 잘 안 하는 짓이다. 그는 고개를 절레절레 흔들었다. 그녀의 말썽 많은 학창 시절이 눈에 그려지는 듯했다. 이제 그의 입은 그녀의 얘기만으로도 느슨히 올라간다.

"착지도 잘했어요. 10점 만점에 10점."

그녀는 아이처럼 손가락 열 개를 쫙 다 펴서 그에게 보여주었다.

그는 순간 그녀의 손에 깍지를 끼고 싶은 충동을 느꼈다. 여자에게서 키스도 섹스도 아닌 깍지를 끼고 싶은 충동이라니, 확실히 그가 정신이 나간 모양이었다.

"그런데 딱 하나 간과한 게, 저희 교실 바로 아래층이 교무실이었거든요. 당직 서시던 여선생님이 기절하셔서 병원에 실려갔어요. 학생이 자살하려고 뛰어내린 줄 알았나 봐요."

학교가 발칵 뒤집어진 건 기본이고, 그녀는 한 달 내내 반성문과 화단 청소를 해야 했다.

"고삐 풀린 망아지였군. 빗줄기가 거세지는데 샤워할 생각 아니면 들어가지."

"고마워요."

생뚱맞은 그녀의 대답에 그가 의아해 그녀를 보았다.

"역시 혼자보다는 둘이 훨씬 신나네요."

가끔 비가 올 때 애인과 거리를 걷다 비를 맞아보자고 부탁하면 그들은 그녀를 이상하게 바라보았다. 그녀의 머리가 이상하다든가 정신이 우주에 표류하고 있는 사람도 아니었다. 단지 그녀는 비를 맞고 싶을 뿐이었다. 그녀는 서진혁 씨도 다른 남자와 비슷할 거라 생각했다. 사실 그녀와 함께 비를 맞았다는 자체가 놀라웠다. 전혀 예상하지 못한 그와 비를 맞고 같이 웃음을 터뜨리고 있었다. 사귀었던 애인보다 거리감 있는 이 껄끄러운 의뢰인과 말이다.

"나중에 비가 오면 서진혁 씨가 생각날 것 같아요."

주희가 그를 향해 진심 어린 미소를 지었다.

진혁은 물기로 인해 내려온 그녀의 앞머리를 쓸어 넘겨주었다. 그러고는 그녀의 눈썹과 턱에 흐리는 빗물도 닦아주었다. 그가 부드럽게 그녀의 입술에 닿았다 떨어졌다.

그녀가 깜짝 놀라 그를 보자 그는 씩 웃었다.

"감사 인사. 이렇게 웃으며 뛰어본 적이 너무 오랜만이라."

이 남자가 정말, 한국에 살면 한국식으로 감사 인사를 할 것이지…… 가슴이 순간 철렁 내려앉는 줄 알았다. 살짝 닿았다 떨어진 입술이 순간 뜨거워진 느낌이다.

"오해하기 딱 좋은 눈빛이군."

"뭘요?"

당황함을 감추기 위해 말이 투박하게 나오고 말았다. 그녀는 순간 이 남자가 키스할지도 모른다는 생각까지 하고 있었다. 그녀 자신이 원나잇이라고 해놓고 기대감에 심장이 떨리는 이율배반적인 감정은 뭔란 말인가. 하긴, 그녀의 이성과 감정이 의견 일치를 본 적이 거의 없긴 했다.

"당신이 이렇게 올려다볼 때면 말이지,…… 착각을 하게 돼."

처음에는 그가 잘못 본 것이라 여겼다. 그러나 이렇게 그녀가 물끄러미 그를 바라볼 때면 마치 그가 소중한 사람이라도 된 듯한 착각이 든다. 그리고 그렇게 되고 싶어진다.

"제가 사람을 빤히 바라보는 습관이 있어서……."

그녀는 그가 하는 말이 무슨 말인지 잘 이해가 안 간다는 표정
이었다. 그녀가 의도적으로 이런 표정을 지을 수 있다면 그녀는
정말 연기대상 감이었다.

"이런 말을 해주는 사람이 없었나 보지?"

"……?"

그의 의미심장한 말에 그녀는 미간을 찡그렸다. 그나마 예쁜 구
석이 눈이라며 칭찬은 들어봤어도 눈 때문에 오해를 산 적은 없
다. 버릇없어 보이나? 한국에서 나이 많은 사람들이 볼 때에는 그
렇게 느낄 수 있을 것도 같았다. 하지만 서진혁 씨, 당신하고 나하
고 딱 네 살 차이거든요?

"무슨 오해요?"

"사람을 설레게 만들거든, 당신 눈빛.……그것도 꽤."

빗소리에 그녀가 잘못 들은 줄 알았다. 아니, 순간 빗소리는 흡
입기에 빨려 버리고 그의 낮은 목소리만 그녀의 귀에 들려와 그녀
는 멍하니 그를 바라만 보고 있었다.

"내가 당신의 소중한 무언가가 된 듯한 착각."

그녀가 잘못 본 게 아니라면 그의 눈빛은 진지하면서도 섹시했
다. 마치 사냥을 하기 위해 납작 엎드리다 곧바로 뛰어나가기 위
한 준비 자세를 취하는 긴장감이 그에게서 흘렀다.

"저기, 서진혁 씨, 우리는……."

이 남자는 필시 여자 홀리는 선수임이 틀림없었다. 그녀는 무슨
말을 내뱉어야 할지 잠시 난감했다. 칭찬 같기는 한데 묘한 칭찬

이라 마냥 기뻐할 수만도 없었다.

"꽤 잘 어울리지."

진혁은 다시 가볍게 그녀의 입술에 닿았다 떨어졌다. 그러고는 그녀의 손에 깍지를 끼고 비를 피하기 위해 걸음을 재촉했다.

"그 말이 아니라……."

그녀의 신체기관 중 입만 따로 노는 줄 알았는데 심장도 이제는 따로 놀겠다고 선언한 것 같았다. 이보다 격하게 그와 몸을 맞댄 적도 있는데 이놈의 심장이 갑자기 상황 파악 못 하고 두근거리고 있는 것이다.

"원나잇이라고?"

그는 그녀와 걸으면서 그녀의 말을 가로챘다.

그가 걸음을 멈춰 그녀를 바라보았다. 그의 미소는 확실히 예전과 달리 확신에 차 있으면서도 부드러웠다.

"강주희 씨, 원래 남녀 관계란 원나잇이 투 나이트가 되고 투 나이트가 아라비안나이트가 되는 거 아닌가?"

"그게 무슨 말이에요?"

이 남자, 비 맞더니 정말 머리에 꽃 달려고 작정한 모양이다. 무슨 말인지 전혀 알아들을 수가 없었다. 그녀는 콧등을 찡그리며 그에게 좀 더 부연 설명을 듣기를 원했지만 그는 다시 그녀의 손을 잡은 채 앞서 걸었다.

"아라비안나이트 안 읽어봤나?"

"읽어봤어요."

"그럼 잘 알겠군."

그걸로 끝이었다. 그녀가 도통 모르겠다는 표정을 짓자 그는 피식 웃을 뿐이다.

'그 세헤라자드 공주가 왕이랑 옛날이야기하며 아이 낳고 잘 먹고 잘살았다는 건 누구나 다 알고 있는 사실 아닌가?

그가 피식 웃었다.

"안 알려줘도 돼요. 그런다고 모를 줄 아나?"

요즘은 인터넷 치면 다 나오네요. 아니지, 한욱이한테 물어보는 게 빠를 수 있겠다. 분명 남자끼리 통하는 무슨 다른 속뜻이 있는 게 분명했다. 그렇지 않고서야 그가 저런 의뭉스러운 미소를 지을 리 없었다.

혹 그녀가 감기라도 걸릴까 걱정이 된 진혁은 곧바로 그녀와 호텔로 돌아왔다. 어차피 비는 계속 내릴 것 같고, 더 이상 결과가 나오지 않으니 그만 접는 게 나았다

주희가 목욕을 하고 저녁을 먹기 위해 그의 방으로 건너왔다. 분명 그가 관심을 표명했음에도 불구하고 그녀는 전혀 신경 쓰지 않겠다는 무언의 시위인지 양반다리를 한 채 스파게티를 먹자 진혁의 시선이 그녀의 다리에서 맨발로 옮겨졌다. 스스럼없는 행동 때문인지 아니면 그녀의 옷차림 때문인지 그녀는 마치 자신의 집에서 밥 먹는 것만큼 편안해 보였다.

'이걸 어떻게 해석해야 하나?'

진혁은 턱을 긁적이며 그녀의 행동 하나하나를 분석하고 있었다. 그걸 아는지 모르는지 그녀는 미소를 지으며 창밖을 보고 있

었다.

"꼭 여행 온 기분이네? 호텔방에서 식사도 하고 운치 있게 비도 내리고."

"와인 더할 건가?"

스파클링 와인 한 잔을 다 마신 그녀가 빈 글라스를 아쉬운 듯 바라보자 그가 물었다.

"아니요. 달달해도 알코올 3%가 들어 있는 거 아까 확인했어요."

저번 호텔에서 술 마신 후 잠시 본능이 이성을 깔아뭉갠 것은 한 번이면 족했다. 그녀는 두 번 다시 의뢰인 앞에서 실수하고 싶은 생각이 없었다. 아무리 그녀가 쿨한 척 원나잇이라고 선을 그었지만 그 앞에서는 긴장이 되는 게 사실이었다.

'원나잇이 투 나이트가 되고 투 나이트가 아라비안나이트?'

주희는 샐러드를 씹다 뭔가 깨달은 표정으로 그를 바라봤다. 그의 한쪽 눈썹이 부드럽게 올라갔다. 그러나 곧 이내 그녀가 파스타를 다시 먹자 그가 입을 열었다.

"그냥 말하지?"

"뭐, 그다지 중요한 건 아니었어요. 아까 아라비안나이트라는 말이 무슨 뜻인지 번뜩 떠올랐을 뿐이에요."

뭔가 마음에 안 든다는 듯 그녀가 입을 쭉 내밀며 대답했다. 그가 그녀의 표정 하나까지 잡아낸다는 게 마음에 들지 않았다.

"아, 그 뜻을 안다고?"

그는 와인 한 모금을 넘기며 그녀의 대답을 기다리고 있었다.

그는 피식 웃으며 그녀의 말을 경청할 자세를 취했다.

"아라비안나이트가 천일야화잖아요."

"그래서?"

"하루가 이틀 되고 이틀이 천 일 된다는 말 아니에요? 천 일 동안 주야상천 불타는 밤이라⋯⋯."

비아그라 한 주먹을 먹어봐라. 천 일 내내 할 수 있나. 남자들의 허세란. 쯧쯧.

"뭐, 비슷하긴 하지."

그러다 보면 애 낳는 거니까.

"다 드셨어요?"

그가 접시 오른쪽으로 포크와 스푼을 놓자 주희가 물었다.

"레몬차 드릴 테니까 꼭 드세요. 아까 편의점에 살 거 있어 갔는데 레몬을 팔더라고요. 꿀도 샀어요."

그녀가 자리에서 일어나 봉지에서 레몬을 꺼내 부산스럽게 움직였다.

"난 됐으니⋯⋯."

"드세요. 나도 먹어야 한다고요."

그녀는 포트에 물을 끓이면서 레몬을 썰고 있었다.

"남자들이 레몬차 안 좋아하는 거 알지만 감기 들면 제가 많이 미안할 것 같으니까 꼭 드세요."

그녀는 컵에 레몬차를 가득 부어 그에게 내밀며 앉았다.

그녀도 두 손으로 잔을 꼭 쥔 채 레몬차를 천천히 마셨다. 자동반사로 머리를 흔들 정도로 진저리나게 신맛이었다. 그래도 몸에 좋은 거니 꾹 참고 마셔야 했다.

"민재가 당신에게 호감 있어 하는 것 같은데?"

주희는 조심스레 잔을 내리고 그를 바라보았다.

'이 남자가 무슨 말을 하려고 또 이렇게 간을 보실까?'

"그렇죠."

주희는 최대한 답을 짧게 했다. 설마 민재 씨가 그녀에게 고백한 일을 알고 있나?

"사귈 건가?"

"아니요. 그리고 그런 건 제 개인적인 일이니 다음부터는 대답 안 할 거예요."

주희는 힘주어 말했다. 밥 잘 먹고 잘 시간에 왜 체할 것 같은 대화를 이어가야 하냔 말이야?

"내 일이기도 해서 말이지. 두 형제가 여자 하나를 공유하는 일이 벌어지는 건 원치 않으니까."

"……!"

그녀의 놀란 눈은 그가 언제부터 알고 있었냐고 말하고 있었다.

진혁은 찻잔을 내려놓고 그녀를 바라보았다.

"당신이 생각해도 그건 아니다 싶은 모양이지?"

주희는 너무 어이가 없어 헛웃음밖에 나오지 않았다.

"민재와 사귈 생각은 꿈에서라도 하지 않는 게 좋을 거야."

그는 마치 조언을 해주는 사람처럼 부드럽게 말하고 있었다. 그러나 빗자루로 싹싹 저 말 껍질을 치워보면 협박에 가까운 놀부 심보가 들어 있었다.

"서진혁 씨, 우리 일은 잘 마무리되지 않았나요?"

"아, 그 뒤로 당신이 애써 담담한 척 나를 대하는 것? 아니면 나와 조금만 스쳐도 잔뜩 긴장한다는 것? 그도 아니면 마치 기억상실증 환자처럼 그날 일을 잊은 척한다는 것?"

그는 작심하고 그녀를 공격하고 있었다. 왜 이래요, 진짜? 밥잘 먹고!

"그럼 제가 어떻게 행동해야 하죠? 마주칠 때마다 입술을 내밀고 다리를 꼬고 유혹이라도 해야 한다는 말이에요?"

"그것도 괜찮네. 면바지는 이제 슬슬 질려서 말이지."

그는 고개를 끄덕이며 진심으로 흡족한 미소를 지었다.

"지금 말장난하는 거라면 번지수 잘못 찾으셨어요."

그녀는 이를 사리물며 최대한 빠져나가려는 이성을 붙잡았다.

그녀는 성(性)적으로 Welcome To Everybody의 마인드도 아니지만 그렇다고 꽉 막힌 사람도 아니었다. 그러나 이 남자와 엮이면 본능적으로 위험하다는 것을 알기에 더욱 몸을 사리는 것일지도 몰랐다. 그는 가벼운 마음으로 그녀에게 접근한지 몰라도 그녀는 마음 한 번 주면 분명 그 감정에서 헤어 나오는 데 오랜 시간이 걸렸다. 그리고 그는 전 애인들과 너무나 유사한 케이스였다. 그러니까 사귀는 사람으로는 최악의 케이스였다.

"단지 섹스가 끝내줘서 누군가와 사귀고 싶은 마음은 없다고요."

"이해할 수 없군."

그는 정말 이해하지 못한 표정인지 미간을 살짝 찡그렸다.

주희는 다시 그에게 알아먹기 쉽게 얘기해 줘야겠다고 생각했다.

"누구나 옷 입는 방법은 달라요. 바지부터 입는 사람, 윗옷부터 입는 사람, 아니면 양말부터 신는 사람. 그러나 겉옷을 입은 후 속옷을 입는 사람은 없어요. 슈퍼맨을 빼고는. 무슨 말인지 아셨죠?"

"아니."

너무 당당한 그의 대답에 그녀는 버럭 화라도 내고 싶었다. 똑똑한 양반이 왜 말귀를 못 알아들어? 성교육은 포르노 비디오로밖에 안 했어요? 그러나 그녀는 인내하며 초등학생 가르치는 선생님 심정으로 천천히 부가 설명을 했다.

"내 말은 사귀려면 적어도 감정적 교류가 선행되어야 한다는 거예요. 그 뒤 진도가 어떻게 나가든 그건 다음 문제죠. 첫눈에 뿅 가서 하룻밤 만에 불타는 밤을 만들 수는 있죠. 하지만 불타는 밤을 보내기 위해 누군가를 사귀고 싶진 않아요. 답이 되었나요?"

"그러면 간단한 일이군. 적어도 난 당신을 무척 좋아하고 있으니까 말이야."

이 남자, 그녀의 말은 아예 들을 생각이 없는 것 같다.

"그러니까 난 내 마음대로 하겠어. 당신은 당신 마음대로 해. 물론 언제든지 당신이 나에게 다가온다면 대환영이고. 오늘 밤이라도 당장 이 문을 열고 들어와 줬으면 더할 나위 없이 좋겠지만, 표정을 보니 그럴 것 같지는 않군."

주희가 벌떡 자리에서 일어났다. 더 이상 그와 대화를 하다가는 그녀의 머리가 빙빙 돌 것만 같았다. 사람 마음이 간사한 게 마음 한쪽에서 그의 고백을 받는 기분이 나쁘지 않다는 것이다. 그녀는 마른세수를 하며 두근거리는 마음을 진정시켰다. 저 눈치 빠른 남자가 그녀의 반응을 눈치채기 전에 이 방을 나가야 했다. 기분이 좋아 제 마음대로 입가가 씰룩거리기 전에 말이다.

"머리 젖은 상태로 돌아다니지 마. 섹시하게 보이기 위해 일부러 그렇게 돌아다닌다 생각할지도 모르니까."

주희가 문을 열고 나가다 확 뒤돌아봤다. 이 남자, 오늘 그녀에게 작업 걸기 위해 최선, 아니, 사활을 걸고 있는 게 확실했다.

"거슬렸다면 미안하네요. 짧은 머리라 금방 말라요. 다음부터는 드라이로 바짝 말리고 나타날게요. 정전기 일으킬 정도로."

그녀는 그의 수작질을 가뿐히 걷어차 버렸다.

그 몇 마디에 내가 넘어갈 정도로 쉬워 보여? 그래, 딱 한 번, 그때는 그랬지. 그러나 두 번은 없다! 하지만 주희가 이 다짐을 오늘 몇 번을 했는지 하늘만 알고 있을 것이다.

"그 정도 수고는 내가 해줄 수도 있는데?"

그녀의 눈동자가 커졌다. 다시 묻기에 낯간지러운 대사를 정녕 그녀가 제대로 들었단 말인가? 동시에 그녀는 영화 '아웃 오브 아프리카'에서 남자가 여자의 머리를 감겨주는 장면이 그로 교체되어 상상하고 있는 자신을 발견했다.

"말했는데? 당신에게 아주 관심이 많다고."

그녀의 젖은 머리도, 조금은 깊게 파인 상의 때문에 그녀의 쇄골 뼈가 유난히 두드러진 점도, 간간이 웃음을 터뜨리며 그에게 짓궂은 미소를 보내는 것도 그에게는 모두 유혹으로 보였다. 그녀가 움직일 때마다 바디워시 냄새가 맡아졌다. 그 묘한 느낌에 그는 그녀를 유혹해 볼까 하는 생각을 머릿속에서 몇 번 뒤집었는지 모른다. 무방비 상태로 그의 앞에 나타난 건 확실히 그녀의 잘못이었다. 그리고 의뢰인으로 그녀에게 다가간 건 그의 잘못이었다.

서로 마주 본 상황에서 주희는 시선을 피하지 않기 위해 애를 썼다.

"다시 말해줘? 당신에게 들어가고 싶다고."

그가 그녀의 양 손목을 잡은 채 살살 문지르기 시작했다.

그녀가 대답하기도 전에 진혁은 그녀의 입술을 간질이듯 키스하기 시작했다.

미친 듯이 뛰기 시작한 그녀의 심장은 온몸을 돌아다니면서 목구멍에서, 머릿속에서 쿵쾅거리기 시작했다. 몸과 몸을 부딪친 채서로의 흥분을 느끼면서 천천히 애타는 키스가 그녀를 미치게 만들었다. 돌려받을수록 갈증만 일으키는 키스였다.

"굿나잇 키스. 잘 자라고."

귓속말로 한 그의 말을 믿을 수 없다는 듯 그녀의 눈이 동그랗게 커졌다.

지금 굿나잇 키스를 한 거라고?

……장난해, 서진혁? 정말 이 말이 튀어 나갈 뻔한 그녀였다. 그러나 지금까지 그녀가 뱉은 말이 있는데 여기서 '하던 김에 침대로 가시죠?'라고 말할 수는 없지 않은가.

"……안녕히 주무세요. 내일 아침 9시에 로비에서 보도록 하죠."

"잠이 안 오면 이따 술 한잔하러 건너오던지."

그녀는 최대한 아무렇지 않은 듯 그를 노려보며 홱 돌아섰다.

그녀가 문을 닫고 나가자 진혁의 표정이 차분히 가라앉았다. 절대 분위기 탓으로, 술 핑계로 상황을 빠져나가지 못하게 할 것이다. 이번에는 그녀가 그에게 한 걸음 다가올 차례였다.

그녀는 그의 방에서 나오자마자 크게 숨을 내쉬어야 했다. 주희는 자신의 볼이 화끈거리는 건 아닌지 양손을 얼굴에 가져다 대봤다. 이놈의 심장은 아직까지 온몸을 놀이터 삼아 뛰어다니고 있는 것 같았다.

"정신 차려, 강주희. 저 남자 지금 작심하고 덤비고 있는 중이라고. 뭐? 잠이 안 오면 술 한잔하러 건너오라고?"

지금 이 상태에서 잠이 오면 그게 사람인가? 지금 그녀는 화가 나기도 하고 그와 키스하고 싶기도 하고 그를 때려주고 싶기도 했다. 마치 그녀의 마음에 다중 인격들이 존재하는 것처럼 온갖 감정이 섞여 있었다. 하지만 하나는 확실했다. 절대, 네버, 오늘 밤 그의 유혹에 넘어가는 일은 없을 것이다!

진혁은 스카치 한 잔을 따르며 창턱에 걸터앉았다. 아마도 그녀는 그가 던진 말로 자신의 방에서 꽤나 고민할 것이다. 침대에서 데굴거리며 고민하면 더 좋고. 그녀가 고민할수록 그를 의식하게 될 것이다. 얼마나 지났을까, 벨이 울리자 진혁은 고개를 돌려 문쪽을 바라보았다. 직원이면 무슨 말이나 노크를 했을 것이다.

"주무세요?"

그의 미간이 살짝 모아졌다. 그녀가 돌아간 지 한 시간도 지나지 않았다. 설마 하는 기대감이 그의 눈빛에 어렸다. 그가 문을 열자 그녀가 어색한 미소를 지으며 서 있었다. 그리고 분명 그녀의 눈에는 긴장감이 잔뜩 서려 있었다. 자신의 행동을 의식 못 한 듯 주희가 그의 두 팔을 잡고 그를 올려다보았다.

"깨웠다면 미안해요. 기다릴 수가 없어서요."

그의 눈빛이 반짝였다. 그녀가 무엇 때문에 마음이 변했는지 몰라도 어찌 됐든 그녀가 여기까지 와준 게 중요했다. 진혁은 그녀가 마음을 바꾸기 전에 안으로 그녀를 냉큼 들였다. 그리고 확실히 나가지 못하도록 그녀를 품에 가두었다.

"최근 듣던 말 중 가장 기분 좋은 말이군."

그가 미소를 지으며 주희의 목에 키스하자 주희는 흠칫하며 물러나려 했다. 그러나 진혁이 빨랐다.

"왜 나는 당신 목을 매일같이 물어뜯고 싶은 충동을 느낄까?"

"잠시만요. 말할 게 있어요."

"내일 해."

그가 그녀의 목덜미를 물자 그녀는 낮게 신음을 삼켰다.

진혁이 고개를 들어 그녀의 입술을 점령하려 하자 그녀가 눈을 감으며 현관문 쪽으로 기대는 자세가 되어버렸다. 그가 그녀의 입안으로 침범하면서 좀 더 그녀의 안을 헤집기 위해 본능적으로 그녀의 턱을 움켜쥐었다.

그녀의 티셔츠 안으로 들어온 그의 손은 거침없이 그녀의 가슴을 움켜쥐었다. 그때서야 정신이 번쩍 든 주희가 그의 손을 잡았다. 그녀의 작은 반항을 무시한 진혁은 그녀의 호흡까지 모두 마셔 버릴 듯 그녀의 혀를 움켜잡았다. 그녀가 여기 들어온 순간 그는 그녀를 내보내 줄 생각이 없었다.

주희가 거친 호흡을 내쉬는 동안 그의 입술은 이제 그녀의 가슴 쪽으로 이동하고 있었다.

"잠시만요, 정말 할 말이 ……."

그녀의 가슴을 한입 베어 문 진혁은 하는 수 없이 그녀를 바라보아야 했다. 침대로 가자, 이 말 말고는 모두 묵살해 버릴 참이었다.

"한욱이가…… 경찰서에 있어요."

주희가 가쁜 호흡을 내뱉으며 말을 마쳤다. 그가 반응이 없자 주희가 다시 알려줬다.

"한욱이가 경찰서에 있다고요. 보물 상자를…… 찾았대요. 듣고 있어요?"

그의 머릿속 어딘가 처박아두었던, 실제로 있는지조차 확신이 서지 않던 보물 상자가 진짜로 있었던 모양이다. 진혁은 그녀의 어깨 위에 머리를 떨어트리고 한동안 가만히 있었다. 그리고는 곧 아쉬움인지 못마땅함인지 모를 한숨을 내쉬었다. 아마 둘 다일 것이다.

"안 기쁘세요?"

"기뻐."

그러나 고저 없는 그의 목소리는 정반대라고 말하고 있었다. 하긴 이 상황에서 뭔들 기쁘겠는가? 거기다 절실히 찾던 물건을 찾은 것도 아니고 못 찾아도 전혀 상관없는 그런 물건을 말이다.

"한데 경찰서라니, 무슨 말이야?"

"검문소 지나다 의심 살 행동을 했는지 한욱이가 경찰서로 연행됐나 봐요."

그러니까 '기다릴 수 없다'는 말은 직원이 긴급한 일이 생겨 보고하는 걸 기다릴 수 없다는 말이었군. 진혁은 또다시 한숨을 내쉬었다.

지나가는 사람 백 명을 잡고 물어보시라. 남자 혼자 묵는 호텔방에, 그것도 늦은 밤에 문을 열고 말하는 '기다릴 수 없어요'가 무슨 의미로 받아들여지는지 말이다. 그는 그녀를 한껏 노려보았다.

"기쁘다는 표정이 왜 그래요?"

'그걸 몰라서 물어, 이 여자야?'

혼자만의 설렘과 낙담을 몇 분 사이에 휘몰아치듯 경험한 그의 표정이 좋을 리 없었다. 그래도 일단 경찰서까지 끌려갔으니 무슨 일인지는 들어봐야 했다.

"도대체 무슨 이유로 잡혀간 거지?"

"한욱이 늦게까지 작업해서 온몸에는 흙이 묻어 있었고, 거기다 철제 보물 상자에서는……."

그녀는 잠시 그를 바라보았다.

"위험한 물건이라도 나왔나 보지?"

그렇지 않고서야 경찰에 연행될 리가 없지 않은가.

"각종 보석과 여성 관련 액세서리가 나왔대요. 딱 봐도 비싸 보이는 보석이요. 한욱이 경찰서로 끌려간 이유예요. 그러니까 서진혁 씨가 같이 가졌으면 해요."

"진짜 보석이 나왔다고?"

"네. ……진짜 보물 상자였어요."

그녀 또한 믿기지 않아 재차 한욱에게 물었다. 그런데 정말로 각종 보석이 들어 있다는 말에 순간 할 말을 잃었다. 혹시 한욱이 다른 사람의 '보물 상자'를 찾은 건 아닌지 물어봤지만, 이름이 새겨져 있는 나무십자가를 보면 틀림없이 서진혁 씨 것이 맞는다는 것이다.

"10분 뒤 로비에서 보지."

그녀는 고개를 끄덕이며 그의 방에서 조용히 빠져나왔다. 정말 부자는 묻어놓는 것도 급이 다른 모양이다. 하긴 몇십 억도 마늘밭에 묻어놓는 세상이니. 정말 대한민국 땅을 파보면 한 재산 움켜쥘 것 같은 느낌이 들었다.

주희는 뛰는 심장을 진정시키려는 듯 가슴을 지그시 눌렀다. 이제는 서진혁이라는 남자가 가까이만 와도 이놈의 심장이 제멋대로 날뛰고 있었다. 아주 잠깐 저 남자와 사귈까 하는 생각을 했지만 말 그대로 잠깐이었다. 그녀는 저런 유형의 남자와는 전혀 맞지 않는다. 계속 스스로 세뇌를 시켜도 문제는 갈수록 이 남자가 그녀를 흔들어놓고 있다는 거였다. 그리고 저 남자는 그걸 전혀 숨길 생각이 없다는 것이다.

경찰서 문을 열자 한욱은 생각보다 담담한 얼굴로 한쪽 구석에 자리 잡고 앉아 있었다. 딱 봐도 신분증 보여달라는 말이 절로 나올 정도로 한욱의 모습은 운동화부터 옷까지 진흙 범벅이었다. 거기다 검은 점퍼에 검은 모자를 푹 눌러쓴 모습은 사건 25시에서 많이 본 모습이었다. 그것도 피의자 모습으로.

'좀 씻고 나오지 그랬니.'

"조사는 끝난 거야? 어떻게 된 거야?"

주희가 한욱 옆에 앉아 걱정스레 물었다.

"보석들이 유명한 브랜드라서 추적하면 언제 샀는지 다 나온대요. 서진혁 씨 외갓집에서 거기서 판 물건이라는 건 확인해 주고 돌아갔습니다."

"외삼촌이 왔다 갔다면 더 잡아놓을 이유는 없을 텐데?"

진혁의 미간이 살짝 좁혀졌다. 급하다 해서 왔더니 오히려 당사자는 왜 왔냐는 표정이었다.

"추가로 몇 가지 더 알아보실 게 있다면서. 제가 경찰서라고 해서 많이 당황하셨나 봐요? 일단은 보고를 해야겠기에 말씀드린 것뿐인데……."

물론 사장님의 성격상 한달음에 올 것은 어느 정도 예상했지만, 의뢰인 서진혁까지 달고 올 줄은 몰랐다.

진혁의 시선이 주희에게 박혔다, 그것도 날카롭게.

"경찰서라는데 어떻게 그냥 방에 있어요."

그녀가 곧 변명을 했지만 진혁은 전혀 들어줄 생각이 없었다. 그보다 직원이 더 소중하다, 이 말을 대놓고 하는 그녀가 예뻐 보일리 없었다. 진혁은 곧바로 경찰에게 다가갔다.

"제가 의뢰인 서진혁입니다. 이한욱 씨가 소지하고 있던 물품을 볼 수 있겠습니까?"

그가 명함을 내밀자 경찰은 다시 진혁과 명함을 번갈아 쳐다보았다.

"잠시만 계세요."

경찰이 한쪽에 놓인 녹슨 철제 상자를 가져와 열었다. 오랜 부식으로 잘 열리지 않는 보물 상자를 열자 보석과 여성이 쓰던 물건이 한가득 들어 있었다. 막연히 그가 어릴 때 가지고 놀던 장난감이나 책이 들어 있을 줄 알았는데 보석이 들어 있다니 조금 의외였다. 그의 기억이 틀리지 않는다면 이 물건은 모두 자신의 어머니가 쓰던 물건이었다.

"여기 여자 화장품, 그리고 귀고리, 반지, 나무로 만든 십자가 모형, 이런 것들입니다."

"……."

진혁은 손대기도 조심스러운 듯 한참을 들여다보고 있었다. 애써 어머니에 대한 기억을 떠올리려 한 적이 없는데 물건들을 보자 스냅 사진처럼 어머니의 모습이 함께 스쳐 지나갔다.

엄마 병을 빨리 낫게 해달라며 어느 날 산 십자가 목걸이. 가끔 어머니와 외출을 나갈 때 했던 액세서리……. 들뜬 자신의 모습과 조용히 웃던 어머니의 모습이 포개어졌다. 잊고 살았던 저 깊숙이 쌓여 있던 기억. 같이 놀아주지 못했지만 항상 뒤를 돌아보면 앉아 그를 지켜보고 있던 어머니. 그때는 그게 불만이고 화가 났다.

그러나 지금은 그것이 어머니가 할 수 있었던 최선의 사랑이었다는 것을 안다. 너무 어려서 알 수 없었던 사랑…….

주희는 그런 진혁을 옆에서 조용히 지켜보았다. 추억은, 특히 돌아가신 분과의 추억은 그리움이 대부분이지만 그의 눈빛은 좀 더 슬픔이 많이 배어 있는 듯했다. 물론 그가 어릴 적 어머니가 돌아가셔서 더욱 그렇겠지만.

처음으로 그의 슬픈 표정을 본 주희는 아린 무를 먹은 듯 가슴이 쓰렸다. 먹먹했다. 할 수만 있다면 그의 얼굴에 내린 슬픔을 지워주고 싶었다. 그리고 가슴은 여전히 그를 위해 뛰고 있었다.

언제 비가 왔냐는 듯 날이 개자 그녀와 진혁은 다시 경찰서에 가서 진술 확인을 마치고 보물 상자를 찾아왔다. 늦은 오후가 되어서야 서울로 올라가는 진혁의 차 안은 조용했다. 그는 어제 보물 상자를 찾은 뒤로 혼자만의 생각에 빠져 있는 듯했다. 주희는 그가 이번에도 휴게소를 지나치자 아쉬운 표정으로 입맛을 다셨다. 고속도로 여행 시 각 휴게소마다 팔고 있는 분식을 죄다 섭렵해 주는 게 예의건만 지금은 그의 기분을 십분 고려해 그에게 방해가 되지 않도록 되도록 조용히 앉아 있기로 했다.

밤 10시가 넘어서야 도착한 주희는 온 삭신이 쑤시는 듯했다. 차에서 내림과 동시에 그녀는 스트레칭을 하며 운전석에 앉아 있는 진혁을 바라보았다.

"안 피곤하면 저랑 커피 한잔할래요?"

"타지. 시간이 늦었지만 근처 둘러보면 어디 있겠지."

"내리세요. 제가 좋은 곳으로 안내할 테니까. 어서요."

진혁은 군말 없이 차에서 내려 그녀를 따라갔다.

잠시 후 그네를 타며 아이스커피를 마시는 주희와 달리 그네에 가만히 앉아 있는 진혁을 그녀가 바라보았다. 그 또한 그녀를 바라보고 있었다.

"왜요? 장소가 마음에 안 들어요? 조용하고 가로등 있어서 운치 있고, 거기다 골라 먹는 재미까지. 아, 보름달도 있고."

그녀는 한쪽의 슈퍼에서 사온 각종 과자와 음료수가 든 봉지를 만족스레 보았다.

그는 놀이터에 와서도 별다른 말을 꺼내지 않았다. 원래 말이 없긴 했지만 더욱 입을 닫아버린 그가 그녀는 신경 쓰여 죽을 지경이었다. 이대로 보내면 왠지 혼자 청승맞게 술 마시면서 아픈 위를 부여잡으며 내일 아침에 일어날 것만 같았다.

그녀는 그네에서 폴짝 뛰어 착지 후 시계를 봤다.

"10시 20분이네요."

"……?"

"오늘은 일요일이잖아요. 아직 서진혁 이사로 돌아가려면 한 시간 40분이나 남았다고요. 그렇게 인상 찡그리고 딱딱한 표정은 내일 실컷 직원들에게 보이라고요. 오늘 하루 종일 서진혁 씨 눈치 보며 올라온 거 알아요?"

투덜거리는 것 같지만 그녀의 음색에 걱정이 묻어나 있었다.

"미안. 생각 좀 하느라고. 내가 보물 상자를 언제 묻었는지 기억이 안 나서 말이지. 왜 하필 어머니 보석들이었을까 하는 의문도 들고."

주희가 모랫바닥에 앉으며 그를 올려다보았다.

"괜찮아요?"

말은 안 하지만 그의 마음 한구석은 아직 젖어 있을 것이다.

"어머니는 어릴 적에 돌아가셨어. 원래 심장이 안 좋으셨지. 같이 함께한 추억은 별로 없었던 것 같은데 그래도 오랜만의 어머니 유품이라 그런지 생각이 나긴 하네."

덤덤하게 말하지만 주희는 그런 그가 조금은 안쓰러워 보였다.

"무슨 상상을 하는지 모르겠지만, 나 잘 먹고 잘 컸거든? 사실 어머니 돌아가실 때조차 옆에 없어서 돌아가셨다는 슬픔이 지금도 확 와 닿지 않아. 그러니까 그 안쓰러워 죽겠다는 표정 좀 치워주지?"

분위기를 바꾸기 위해 그가 일부러 힘주어 말했다. 하지만 정말 그랬다. 그저 왜 보물 상자에 어머니의 보석이 들어 있는지 궁금할 따름이었다.

"옆에 없었다고요?"

"사촌과 싸우다 울면서 달려 나가다 자동차 사고가 났거든. 내가 정신이 들었을 때에는 이미 어머니 장례식이 끝나 있어서 꼭 어머니가 해외 어디 멀리 나가신 기분이었지."

"이쪽으로 와 앉아보실래요?"

그녀가 자신의 옆자리를 톡톡 치자 진혁의 눈썹이 살짝 올라갔다.

"별로 그러고 싶지 않은데?"

"내기해요. 모래 뺏는 놀이해서 이기는 사람이 진 사람 소원 들어주기. 현실 가능한 것으로. 오늘 안에 할 수 있는 것으로."

그의 의향은 중요하지 않은 듯 그녀는 주변 모래를 모아 중앙에 빨대를 꽂았다. 내기에 초연할 수 있는 남자는 그리 흔하지 않았다. 거기다 승부 기질이 강한 저 남자는 분명 그녀의 내기를 받아들일 것이다. 사실 충동적으로 꺼낸 말이다. 과거 이야기로 우울해하는 그를 벗어나게 할 수 있다면 그게 무엇이든 상관없었다. 역시 그가 눈을 빛내며 자리에서 일어났다.

"단판승. 물리자거나 변명 일절 없음."

"콜."

그가 그녀와 마주 보며 앉았다. 사력을 다할 생각인지 그는 팔까지 걷어붙여 자신의 의지를 확실히 보여주고 있었다.

"제가 어릴 때 이거랑 비석치기로 동네 주름 좀 잡았어요."

주희가 으스대며 턱을 치켜세웠다.

"이런 건 우리 어렸을 때도 잘 안 했는데?"

"지고 후회하지나 마세요. 무조건 들어주기."

"패는 까기 전까지는 아무도 모르는 법이거든?"

가위바위보를 해 그녀가 이기자 그녀는 두 손으로 모래를 한껏 긁어 자신 앞으로 가져왔다. 곧바로 그가 한 움큼을 빼내자 주희가 콧방귀를 뀌었다.

"서진혁 씨, 팍팍 좀 가져가요."

"그쪽이야말로 빨리 하지?"

서너 번 모래를 가져가다 보니 슬슬 빨대의 밑 부분이 드러나기 시작했다. 주희는 아예 엎드린 자세로 손가락으로 모래를 살살 긁어내고 있었다. 집중력을 끌어올리기 위해 그녀의 표정은 비장하기까지 했다.

"강주희 씨?"

"말 시키지 말아요."

한쪽으로 벌써 45도 기울어진 빨대에 조금이라도 잘못 긁었다가는 모래가 쓰러질 것 같았다.

"당신이 지금 꼭 알아야 할 일인데……."

"방해 공작 펴지 말아요, 치사하게."

"당신 가슴이 훤히 보이는데 좀 일어나는 게 좋지 않을까? 나야 불만은 없지만."

주희가 멈칫하다 곧 벌떡 일어나자 그와 동시에 빨대가 쓰러졌다. 그녀는 소리 없는 비명을 내질렀다. 빨대가 쓰러진 것에 대한 아쉬움과 자신의 민망함 둘 중 어느 감정이 먼저 튀어 나왔는지는 그녀도 알 수 없었다. 하지만 하나는 분명했다. 이 감정의 원천은 바로 서진혁이라는 사실이었다.

"서진혁 씨, 당신 일부러 그랬죠?"

얼굴이 빨개진 그녀가 씩씩거리며 물었다.

"설마. 보이는 걸 보인다고 했을 뿐인데. 어쨌든 내가 이겼잖아?"

"무효예요!"

"아까 분명 물리거나 변명은 없다고 했는데?"

그녀는 팔짱을 낀 채 그를 바라보았다. 그야 엿장수 마음이지. 그리고 이건 그의 고의성이 다분히 들어간 행동 아닌가.

"이긴 사람 소원 들어주기로 했던 것으로 기억하는데?"

"가슴에 손을 얹고 정정당당하게 이겼다고 말할 수 있어요?"

"강주희 씨야말로 정정당당하게 패배를 인정하지?"

잊고 있었다. 그가 여자든 남자든 이겨 먹어야 직성이 풀리는 스타일이라는 것을. 그녀를 가차 없이 매트에 내리꽂아 놓고 득의양양해하던 그의 모습이 아직도 생생한데 말이다.

그녀는 그를 불퉁하게 쳐다보았다.

"말해 봐요. 엉덩이로 이름 쓰기? 음악 없이 디스코 추기? 코끼리 자세로 열 바퀴 돌고……."

"나랑 연애합시다, 강주희 씨."

그녀가 놀라 말하는 것도 까먹은 채 그를 바라보았다. 아까의 짓궂은 표정은 어디에도 없었다. 편안하게 모랫바닥에 앉아 있는 그는 마치 그녀에게 '밥 먹자'고 말하는 사람처럼 자연스러워 보였다.

그녀가 잠시 대답이 없자 그는 그녀의 당황스러움을 잘 알겠다는 듯 미소를 지었다.

심장은 좋아서 뛰는데 '좋아요'라는 말이 쉽게 나오지 않았다. 그녀의 어떤 점이 좋으냐고 물어보고 싶었다. 특이해서? 이상해서? 귀찮게 안 할 것 같아서? 주희의 눈동자에는 갈등이 고스란히 드러나 있었다. 남자들에게 여러 번 차이다 보면 아무리 그녀라도 자신감이 현저히 떨어지게 마련이다. 그것도 비슷한 부류라면.

"저 좋아해요? 어디가요?"

결국 그녀는 물어보았다.

"당신과 있는 내가 행복하니까."

행복하다는 말에 주희의 마음이 흔들렸다. 그녀와 있으면 행복하다고? 주희는 그의 말을 곱씹으며 그 안의 의미를 찾아내려 애썼다.

그녀도 그와 있는 게 즐거웠다. 딱딱하고 격식에 얽매여 불편할 것만 같던 그가 그녀와 시장에서 총각무도 팔아주었다. 장대같이 내린 비도 같이 맞아준 그다. 싫다고 화를 내긴 했지만, 그래도 문신 스티커를 붙이며 도와줬지. 한 번만 더 믿어볼까? 그는 다를 것이다. 마음 가는 대로 그와 함께 있고 싶었다.

"저도 서진혁 씨와 있는 게 좋아요."

저 말은 그가 원하는 답이 아니었다. 진혁은 그녀의 다음 말을 참을성 있게 기다렸다. 연애하는 게 업체 수주 받는 것보다 더 긴장될 줄 누가 알았겠는가.

주희는 턱을 괸 채 진혁을 바라보았다.

"……우리 연애할까요, 서진혁 씨?"

마음속 눌러두던 감정을 풀어버리자 그녀의 마음은 날아갈 듯 가벼워졌다. 팔딱거리는 심장은 앞으로 그와의 연애를 한껏 기대하고 있었다. 간만에 심장과 입이 의견 일치를 본 모양이다. 극적 타결이 아닐 수 없었다.

"기다리다 숨넘어갈 뻔했어."

그렇게 둘은 한동안 서로를 바라보며 미소 짓고 있었다.

진혁은 주희를 끌어안아 진하게 입을 맞추었다. 기분 좋은 심장 소리가 바람과 함께 스쳐 지나가고 있었다.

7장

진혁은 차 문을 신경질적으로 닫으며 차에서 내렸다. 주위를 둘러보는 그의 눈빛이 사뭇 날카롭다 못해 화가 나 있는 상태로 보였다. 클럽이 즐비한 강남 일대 거리는 불나방처럼 밤거리를 휘청대는 사람들로 붐볐다. 그런 사람들을 헤치며 그는 빠르게 목적지를 향해 걸었다.

걸어가면서 그의 생각은 오직 하나였다.

'강주희, 찾기만 해봐라. 기필코 오늘은 이 문제를 짚고 넘어가리라.'

누가 연애를 하면 세상이 달라 보인다고 했던가. 지금 그의 심정을 대변하는 가장 좋은 말은 '참을 인이 세 개면 화병 난다'가 적격일 것이다. 그녀의 직업을, 생각을 최대한 존중해 줄 생각이었다. 하지만 우선순위에서 밀리고 싶은 생각은 추호도 없었다. 그것도 나열하면 그는 아마 맨 꼴찌에 줄을 서야 할 것이다. 그녀와 연애를 한다고 세상이 무지갯빛으로 도배되지도 않거니와 인생이 충만함으로 가득 차지도 않았다. 다만 달라진 게 있다면 그는 그녀를 찾기 위해 오늘도 퇴근 후 이 거리를 헤매야 한다는 것이었다. 그리고 오늘 밤, 드디어 꼬리가 밟혔다.

'바빠? 나보다 더 바쁠 수는 없을 텐데? 시간이 없다? 의뢰도 없는데 그 남은 시간은 뭐 하고?'

도대체 무슨 비밀 의뢰이기에 그를 방치하다 못 해 내팽개치고 밤마다 이 거리를 활보하고 다니는지 그는 꼭 알아야 했다.

'로맨틱 가든?'

그는 한욱에게 받은 가게 이름과 주소를 다시 확인하며 차가운 미소를 지었다. 이 여자, 지금 호스트바에서 뭔 짓을 하고 있을지 상상만으로도 충분히 혈압 오르는 일이었다.

"누님, 오래 기다렸지?"

문을 열고 들어오면서 환하게 웃는 수환의 얼굴이 급속도로 굳어졌다. 그리고 본능적으로 다시 문을 열고 나가려 했으나 주희가 빨랐다.

"우리 얘기 좀 할까? 참고로 여기서 나가 다시 마주치면 넌 나한테 죽어."

잠시 주희와 수환이 눈싸움을 했으나 이내 수환이 꼬리를 내렸다.

"앉아. 내가 여기 얼마를 내고 들어왔는데? 이 물 한 병에 5천 원이란다. 기본 안주만 시켰는데 얼만지 아니?"

수환은 주희의 눈치를 보며 멀찌감치 떨어져 얌전히 앉았다.

정말 이놈을 찾기 위해 그녀는 이 근처의 호스트바를 다 뒤져야 했다. 주희는 술잔에 위스키를 따라 마시며 수환을 노려보았다.

"하다하다 이제 호스트바까지 진출하셨어요? 얼마나 늙어 보였으면 취직을 시켜줘?"

"가세요, 영업 방해하지 말고."

'이 말하는 싹수 보소? 이런 놈이 뭐가 예뻐 매번 찾아오라는 건지.'

"우리 아버지가 열일곱 살 먹은 길 잃은 양 걱정된다고 찾아오란다."

"누가 검정고시 본대? 내가 호스트바에서 일하든 멸치잡이를 하든 무슨 상관이야?"

설득해서 잘 데리고 오라던 아버지의 말을 장외 홈런으로 날려 버리고 주희는 수환의 머리통을 힘껏 내려친 후 멱살을 잡았다. 곧바로 온 힘을 실어 수환을 누르자 수환은 캑캑거리며 소파에 누워 발버둥 쳤다.

"아가야, 나 돈 냈거든. 손님한테 그러면 팁 받겠니?"

이놈은 몇 번이나 그녀에게 맞는데도 정신 못 차리고 또 방황하고 있었다. 한동안 마음잡고 잘산다고 생각했는데, 이제는 잡으러 다니는 것도 지쳤다.

"이런다고 나 공부 안 해! 돈 벌 거라고. 영업 방해하지 말고

가요. 예?"

주희가 다시 자리에 앉아 술을 홀짝이자 수환이 그녀의 잔에 술을 따라주기 위해 술병을 들었다.

"술맛 비리게 어디서. 손목 부러뜨리기 전에 놔."

"그럼 뭐 하러 왔어요? 저 안 가요. 공부 관심 없으니까 다시는 오지 마요."

"나도 네 말에 전적으로 동의하거든? 너 공부 체질 아니야. 네가 지금 공무원 준비해? 중학교 검정고시 지금 몇 년째야?"

아예 말 섞기 싫다는 듯 수환은 고개를 돌렸다.

다시 머리를 쥐어박으려던 주희는 팔을 내리며 술을 따라 마셨다.

"그래서 말인데, 나도 이제 너 보기 싫다. 그러니까 정리할 건 하고 헤어져야지?"

이런 말까지 들을 줄 몰랐는지 수환의 표정이 잠시 굳어졌다. 자신이 아무리 반항해도 마음 한구석에는 그녀를 의지하고 있었던 모양이다.

"네 엄마 수술비 갚아. 우리 아빠가 이번에 이것 때문에 집에서 쫓겨날 뻔했어. 건물 담보로 대출받았거든."

"엄마가 수술하신다고요?"

"어. 오늘 아버지가 수술 날짜 잡으러 네 어머니랑 같이 병원 가셨다."

감정을 추스르려는 듯 수환은 얼굴을 문지르며 한동안 말이 없었다. 안도와 기쁨에 두 손이 떨리고 있었다. 심장판막 수술 비용 마련이 암담했는데, 염치가 없어 더 이상 말을 못 했는데 어떻게 알고…….

"할 말 없어?"

"고, 고맙습니다. 몇 년에 걸쳐서라도 꼭 갚을게요."

"그러니까 꼭 내가 사채쟁이 같잖아. 그런데, 여기서 일해? 어쩌나, 여기서 나가는 즉시 미성년자 고용했다고 신고할 건데?"

"그만둘게요. 다른 일 알아볼게요. 정말 고맙습니다."

"그러니까 집에 들어가야 소식을 알 거 아니냐."

"오늘 일만 끝내고 집에 꼭 들어갈게요."

수환이 일어나자 주희가 의아해하며 수환을 바라보았다.

"잠시만 기다리세요. 누나들에게 말해서 맛있는 안주랑 애들 불러올게요."

"야, 괜찮아. 이 술만 다 마시면 그냥 갈 거야."

정말 노래 한 곡조 뽑고 그냥 갈 생각이었다. 돈이 아까워서. 그러나 수환이 동료들을 데려오고, 폭탄주를 만들어주고, 클레오파트라 부럽지 않게 젊은 동생들과 춤을 추는 동안 그녀의 기분은 붕붕 떠다녀 본전 생각을 넘어 뽕을 뽑고 있었다.

"남자들이 왜 룸살롱을 가는지 이제야 알 것 같아!"

주희가 킥킥 웃으며 소리쳤다. 여기선 그녀가 여왕이었다. 뽕짝을 틀어놓고 버스 춤을 춰도 여기 동생들은 지금 그것이 최신 유행하고 있는 댄스처럼 웃으며 같이 그녀와 신나게 어깨춤을 춰주고 있었다.

탬버린 좋고! 코러스 좋고!

"그래? 나도 당신이 왜 여기 왔는지 잘 알 것 같긴 하군."

찬물이 쏟아진 것처럼 방 안의 분위기가 순간 조용해졌다. 주인 없이 흘러나오는 반주만 방 안을 떠돌아다니고 있었다. 목이 꺾이도록 뒤를 돌아본 주희의 눈이 동그랗게 커졌다. 서진혁, 그가 문 앞에 서 있었다. 눈을 깜빡여 봤지만 역시 착각이 아니다. 그가 어떻게?

"누나 아시는 분이에요?"

"다들 나가."

낮지만 단호한 그의 목소리에 수환과 일행들은 쭈뼛거리며 나갔다. 문을 쾅 닫으며 그녀에게 다가온 진혁은 화가 있는 대로 났다는 걸 대놓고 보여주고 있었다. 자신이 뭘 잘못했는지 잘 아는 그녀는 그의 눈치를 보면서 고개를 숙였다.

진혁은 자신의 눈으로 보고도 믿지 못할 광경에 기가 차 말도 나오지 않았다.

"설마 술 마시고 노래하는 것도 의뢰에 포함되어 있는 건가? 아니면 기분 전환으로 틈틈이 들르는 곳?"

확실히 그의 심기는 많이 뒤틀려 있었다. 노래 한 곡조만 뽑고 나갔어야 하는데, 때늦은 후회가 밀려왔다.

"아버지가 찾아달라고 한 제자였어요. 한데 온 김에 돈이 아까워서 그만……."

"즐기셨다?"

진혁은 테이블을 훑어보더니 싸늘하게 미소 지었다. 폭탄주를 만들어 마시고 난 양주와 맥주잔들. 거기다 천장에 붙은 휴지. 어떻게 놀았는지 견적이 나왔다.

"바쁘다는 게 이런 거였으면 진작 말하지. 이런 쪽으로 나도 일가견이 있는데 말이야."

그가 다가와 폭탄주를 만들더니 단숨에 들이켰다.

'차라리 네가 이런 여자일 줄 몰랐다면서 화를 내라고. 왜 공포 분위기를 조성해서!'

"우리 나가서 얘기할까요?"

그러나 그는 테이블을 다시 세팅하라는 지시와 함께 안주와 각종 술을 주문했다. 이 남자, 오늘 완전히 삐딱선을 타셨다. 하긴, 어떤 애인이 자신의 여자가 호스트바에서 신나게 노는 것을 너그럽게 넘어가 주겠는가. 하지만 그녀의 순수 목적은 아버지 제자를 찾아 데려가는 것이었다. 물론 그 목적이 다소 변질되었지만 그녀는 나쁜 짓은 손톱만큼도 하지 않았다. 그저 흥에 겨워 좀 노래와 춤을 과하게 즐겼을 뿐이다.

"미안해요. 딱 한 번이었어요. 믿어줘요. 진짜라니까요?"

"……."

그러나 그의 굳은 얼굴은 도무지 풀릴 줄을 몰랐다. 빌어야 하나? 아니면 애교로 넘겨야 하나? 애교는 정말 자신 없는데. 난처한 그녀는 입술을 깨물며 그의 눈치를 슬쩍 봤다. 그래도 이 냉기 흐르는 방이 제 온도로 돌아만 올 수 있다면 뭔들 못하랴.

"오빠?"

떨어지지 않는 입을 억지로 벌려 쥐어짠 말. 오.빠. 이 말이면 전 세계 남성들이 좋아한다는 만국 공통어 오.빠. 그래서 그녀는 쉽게 가자는 취지로 일단 부르고 봤다. 그러나 진혁이 싸늘하게 노려보자 주희는 금방 자신이 불난 집에 부채질했다는 것을 깨달았다. 타이밍을 잘못 잡아도 한참 잘못 잡았다.

"당신 같은 동생 둔 적 없어."

그가 폭탄주를 만들어 그녀 앞에 탁 놓았다.

"신나게 놀아 목이 탈 텐데 마시지 그래?"

왜 이러시나, 무섭게. 그녀는 어색하게 웃으며 그를 바라보았다. 그런데 본격적으로 마셔볼 생각인지 그가 아예 양복 상의와 넥타이까지 벗으려 하자 그녀는 정말 난감해졌다. 뭘 어떻게 더 이상 사과하라는 거야. 그래도 다시 한 번.

"미안해요."

"내가 뭣 때문에 화났는지도 모를 텐데?"

이런 말까지 하는 자신이 치사해 보였다. 어쩌다가 서진혁이 이런 말까지. 그러나 그녀는 알아야 했다, 그가 이렇게 화가 난 이유를.

"다는 모르지만 얼마만큼 화났는지는 정확히 알고 있어요."

그가 그녀를 삐딱하게 바라보자 그녀가 그의 눈치를 보며 팔을 최대한 크게 벌려 원을 그렸다.

"이만큼. 맞죠?"

그가 어이없어 웃자 주희 또한 배시시 따라 웃었다.

사실 그는 그녀가 여기 왔다는 자체보다 그 없이도 혼자 즐거울 수 있다는 자체가 화가 났다. 그는 그녀가 있어야 하는데 그녀는 아니라는 사실을 깨닫는 건 기분 좋은 일이 아니었다. 그리고 어이없게도 그녀에게 배신감까지 들었다.

"어디 가면 간다고 말을 해야 걱정을 안 할 거 아니야."

"의뢰라고 했는데……."

그녀는 살짝 기죽어 대답했다.

"밤중에 짧은 미니스커트 입은 채 강남 바닥 휘젓고 다닌다는 말은 안 했는데?"

한욱이 아니었으면 그것도 몰랐을 뻔했다.

"아무리 애인이라도 의뢰 들어온 걸 당신에게 다 말할 수는 없어요. 하나씩 털어놓다 보면 나중에 모두 말하게 될 테니까요. 그건 의뢰인과의 약속을 어기는 일도 되고."

"그럼 전화라도 받아야지. 연락은 안 되지, 어디 있는지도 모르지."

만나주지도 않지! 그러나 이 말은 삼키기로 했다. 그는 결혼하면 자신이 의처증에 걸리지 않을까 심각하게 고민까지 해야 했다. 그녀와 연락이 안 된다는 이유로 그녀를 찾아 헤매는 건 그가 봐도 정상처럼 보이지 않았다.

"걱정했어요?"

'그걸 말이라고.'

진혁은 노려보는 것으로 답을 대신했다.

그가 의뢰인일 때는 몰랐는데 막상 애인이 되니 어떤 의뢰가 들어올지 걱정되었다. 아무리 그녀가 가려서 의뢰를 받는다고 하지만 세상에 미친놈은 많았다. 오늘은 호스트바, 내일은 어디일지 아무도 모른다. 그가 그녀를 찾아 밤길을 헤맨 이유이기도 했다.

"한 가지만 약속해."

그녀가 고개를 끄덕이자 진혁은 그녀의 손에 깍지를 꼈다.

"언제 어디서든 내 전화, 문자, 무조건 받아."

오지랖이 넓은 그녀가 어떤 사건에 휘말려 있을지 예측 불가능함으로 꼭 알아야 하는 일이었다.

주희는 그를 빤히 보다 고개를 끄덕거렸다. 이건 대부분 여자 쪽에서 요구하는 말인데…….

"늦게라도 봤으면 확인 문자 꼭 하고."

"어제는 문자를 너무 늦게 봐서…….."

정말 딱 한 번 어제 들어온 문자만 그녀가 답장을 안 했지 꼬박 꼬박 문자를 보냈다.

"무조건. 예외 없이."

차마 왜 매번 그가 밥 먹었는지 전화하고 안부 문자 하고 모닝 콜을 해야 하는지 따지지 못했다. 그는 업무 중에도 문득 그녀가 떠오르는데 그녀는 그게 아닌 모양이다. 일과 사랑을 완벽하게 분리하다니, 그보다 더 이성적일 수가 없었다. 정말 웃어야 할지 울어야 할지 모르겠다.

"나도 부탁이 있는데요."

"……?"

뭐기에 이리 주저하지? 그녀가 뭔가를 주저한다는 건 사고를 쳤거나 아니면 뭔가 크게 잘못한 일일 것이다. 그녀에게 중간은 없었다.

"룸살롱 안 가면 안 돼요? 나도 호스트바 안 올 테니까. 물론 우리나라 영업상 어쩔 수 없이 룸살롱을 가긴 하지만 와보니까 알겠더라고요."

"뭘 알았는데?"

그가 미간을 찡그리며 그녀를 바라보았다.

"영계를 옆에 끼고 노래 부르는 것만으로 신나고 팔짝팔짝 뛰는데 하물면 거기에 예쁘고 애교까지 있어봐. 안 봐도 뻔하지."

아무래도 무리한 부탁인가? 업무상 손님들과 술자리가 많다는 건 잘 알지만 그가 그런 곳에 가면 기분이 많이 나쁠 것 같다.

"갈 일도 별로 없지만 굳이 간다면 당신한테 보고하고 갈게. 됐지?"

주희가 그의 목을 감싸며 씩 웃었다. 그러나 말은 어마어마한 협박을 담고 있었다.

"걸리면 죽어요."

진혁이 쿡쿡 웃으며 그녀의 어깨에 머리를 묻었다. 그녀의 귀여운 소유욕이 어떤 여자보다 예뻐 보이다니, 서진혁이 그녀에게 빠져도 단단히 빠진 모양이었다.

주희는 연필 꼭지를 씹으며 보석 사진을 들여다보고 있었다. 그의 보물 상자를 찾은 뒤 그가 마무리까지 해달라는 부탁에 그녀는 지금 보석 업체에서 보낸 사진과 자료를 보고 있는 중이었다. 그의 보물 상자에는 그의 어머니 유품만이 아니라 외숙모 반지와 브로치까지 들어 있었다. 다시 주인에게 돌려주자니 깨진 부분이나 녹슨 부분이 있어 보석 업체에 같은 모양으로 제작이 가능한지 물어보았고, 그 답을 지금 받았다.

"오늘은 못 만나니까 내일 만나 얘기해야겠네."

혼잣말을 한 그녀의 말에 옆의 한욱이 끼어들었다.

"오늘 서진혁 씨 안 만나세요?"

"천안으로 외근 간다고 아침에 전화 왔어. 늦게 올라올 거라고 문자 왔어."

그와 사귀기 시작한 다음날 곧바로 한욱이 눈치채 버렸다. 그녀가 나사 빠진 얼굴로 히쭉히쭉 웃고 다니는 모습에 그는 아무것도 묻지 않고 '축하합니다'라는 말을 할 정도로 한욱은 촉이 좋았다.

"참, 오늘 휴가라고 하지 않았어? 사실 보물 상자 찾고 고생도 해서 휴가 줄 생각이었거든."

그전까지 사무실에서 늘어지게 놀아 그런 휴가 안 주셔도 된다고 말하고 싶었지만 한욱은 미소로 대신 답을 때웠다.

"잠깐 뭐 가지러 왔습니다. 이제 나가봐야죠."

한욱은 책상을 정리하며 일어났다.

"평일 날 휴가라……. 어디 가? 혹시 데이트?"

"애인 없는 거 알면서 그런 말 하는 저의가 뭡니까?"

"소개팅 할 수도 있는 거잖아."

"그런 거 아닙니다. 키즈카페 오픈 행사를 해야 하는데 친구 놈이 아버지 회갑잔치와 겹쳐서 내려간다고 해서 제가 대신 해주겠다고 했어요. 애들 솜사탕 나눠주는 거라 별로 어렵진 않아요."

주희는 그 주인이 정말 절박했음을 알 수 있었다. 한욱과 키즈카페가 어울린단 말이야? 애들이 네가 주는 솜사탕 받으려 하겠니? 기겁 안 하면 다행일 텐데. 물론 찬찬히 뜯어보면 한욱도 귀여운 얼굴이지만, 그건 어디까지 오래도록 친숙해진 그녀의 지극히 주관적인 입장에서의 느낌이다.

"너한테 부탁했다고? 친구가?"

"처음에는 괜찮다고 거절했는데 사람을 못 구했는지 부탁하더라고요."

"그거 내가 갈게. 나 아이 좋아하잖아. 풍선으로 강아지도 만들줄 알고."

어차피 의뢰도 없고 사무실에 앉아 있느니 나가서 애들하고 노는 게 더 좋았다.

"그래도 이건 제 친구 일이고……."

"누가 하든 상관없잖아. 난 애들과 즐겁게 놀고 넌 휴가를 즐기고."

곰곰이 생각해 보니 사장님을 보내도 될 것 같긴 했다. 아이들과 워낙 잘 놀아주니까 사고 칠 일도 없었다. 오히려 아이들이 그녀를 너무 좋아해서 탈이었다. 놀다 헤어질 때면 울며 같이 살자고 할 정도이니까.

"주소 문자로 보낼게요."

"그럼 우린 내일 보자고."

아이들이 그렇게 좋을까? 소풍 나가는 아이처럼 사무실을 나가는 그녀의 모습에 한욱은 고개를 절레절레 흔들었다. 계단 내려가는 그녀의 발자국 소리가 요란하게 들렸다.

"뭐라고요? 한 시간이면 본사에 도착한다고요?"

아이들이 뛰어노는 소리에 소리가 잘 들리지 않아 그녀는 한쪽 귀를 막으며 목소리를 높여야 했다.

[미팅이 생각보다 빨리 끝났어. 당신이 우리 회사로 오면 시간이 절약될 것 같은데?]

"머리 아파요?"

혹시 두통일지 몰라 그녀가 물었다. 그가 지금껏 그녀를 회사로 부른 이유는 딱 하나, 두통 때문이었으니까. 그가 일찍 끝난다는 말만, 아니, 문자라도 보냈으면 한욱 대신 알바를 뛰고 있지 않을 것인데……

[아니. 시끄러운 것 같은데 밖인가 보지?]

"네, 약속이 있어서요. 그게 시간이 애매한데…… 우리 내일 볼까요?"

[……그러던지.]

그가 잠시 침묵을 지키다 대답하자 그녀는 마음이 불편했다. 왜 그 대답이 그녀의 귀에는 '싫다'라고 들릴까? 화난 거 아니죠, 서진혁 씨?

하지만 이 상태로 그를 만나러 갈 수는 없었다. 아이와 뛰어놀면서 머리는 산발이고 땀에 절어 있는 모습으로 어떻게 간단 말인가. 거기다 키즈카페 문을 닫으려면 적어도 한 시간은 더 있어야 했다. 시간이 부족했다.

그가 다른 말 없이 전화를 끊자 그녀는 시무룩해졌다. 그가 화난 게 틀림없었다. 솜사탕도 다 떨어졌는데 좀 일찍 가겠다고 하면 안 될까? 아이들도 대부분 저녁 시간이라 집으로 돌아가고 없었다. 아니야. 도와준다고 해놓고 책임감 없이 그러면 안 되지. 그녀는 다시 힘을 내 아이들 곁으로 달려갔다.

의자에 한껏 기댄 그가 눈을 감았다. 일찍 올라오기 위해 쉬는 시간도 없이 공장을 둘러본 자신이 한심했다. 물론 그가 밀어붙여서 연애를 하긴 했다. 처음부터 그녀는 완강했으니까. 하지만 사귀어도 왠지 그 거리가 아직 남아 있는 느낌이었다. 특히 그 혼자만 그녀가 보고 싶다고 생각할 때는 더욱 그랬다. 기사가 1층 로비에서 대기하고 있다고 비서가 말하자 그는 퇴근하기 위해 사무실 불을 끄고 나왔다.

진혁이 로비에서 나오자 사람들이 어딘가를 흘낏거리면서 지나가고 있었다. 무슨 일인가 싶어 보니 어디서 행사를 하는 모양인지 은색 풍선을 한 손에 든 악어 인형이 길 건너편에서 왔다 갔다 하고 있었다.

악어와 진혁의 눈이 마주쳤다. 악어가 잠시 주춤하더니 갑자기 무슨 약이라도 먹었는지 진혁을 향해 손가락 하트를 만들어 오른쪽 왼쪽 번갈아가며 엉덩이를 실룩거렸다. 그러고는 팔로 큰 하트를 만들어 허리를 옆으로 구부리고 있었다.

지나가는 한두 사람이 이제는 진혁을 바라보고 있었다.

"설마……."

진혁의 눈매가 가늘어졌다. 그는 대기하고 있는 차를 지나 천천히 횡단보도 쪽으로 걸어갔다. 그러자 놀란 악어가 흠칫하며 뒷걸음질을 치기 시작했다. 진혁의 발걸음이 빨라지자 악어는 그대로 줄행랑을 쳤다. 이제 설마는 확신으로 바뀌었다. 악어를 쫓아가려 했지만 4차선이라 무단횡단을 할 수 없는 거리였다. 그는 조급한 마음으로 악어가 도망가는 모습을 눈으로 쫓았다. 그리고 신호등이 바뀌자 그는 악어가 달린 쪽으로 힘껏 달렸다.

아, 젠장, 그가 알아봤어. 투시 능력 있는 초능력자도 아닌데 어떻게 그녀를 알아봤을까? 그녀는 뛰면서도 그가 쫓아올 것 같은 불안감에 젖 먹던 힘까지 쥐어짜 달려야 했다. 뒤뚱뒤뚱 뛰는 악어의 모습에 지나가는 사람들이 웃으며 쳐다봤지만 그걸 신경 쓸 정도로 그녀는 여유롭지 못했다. 사실 무거운 인형 옷 때문에 여기 오기 전부터 그녀는 거의 탈진 상태였다. 가뜩이나 더운 날씨에 사우나 안에 들어온 느낌인데 그 모습으로 달리려니 정말 딱 죽기 일보 직전이었다.

근처 공원으로 피해야겠다고 생각한 주희는 일단 도착하면 화장실로 도망갈 생각이었다. 씻어야 하기도 했고, 이 악어 인형탈도 벗어야 했다. 50미터 앞에 공중화장실이 보이자 그녀는 더욱 조급해졌다. 그러나 누군가 뒤에서 악어 꼬리를 밟자 그녀는 바동거리다 간신히 중심을 잡았다.

"강주희?"

순간 흠칫한 주희는 뒤를 돌아 진혁을 바라보았다. 어떻게 여기까지 따라왔지?

절대 말하지 않으리라. 도대체 이 남자는 왜 쫓아와서는. 조금만 더 가면 화장실이었는데…….

"아니라고?"

악어가 고개를 절레절레 흔들자 더욱 의심이 든 진혁이다. 진혁이 악어 얼굴을 벗기려 하자 그녀는 벗지 않으려고 안간힘을 써야했다. 고개까지 땅바닥에 처박으며 저항을 해보았지만 그는 포기할 생각이 없는 듯했다.

'괜히 왔어, 괜히 왔어. 그냥 내일 보는 건데. 아니, 하트만 뿅뿅날리지만 않았어도…….'

바둥대는 그녀가 그에게 발길질을 시도했지만 다리 짧은 악어가 올릴 수 있는 발의 각도는 45도를 넘지 못했다. 결국 그가 힘으로 악어 머리를 벗기자 땀에 샤워를 한 그녀가 울상으로 그를 노려보았다.

그녀가 부끄러워할 거라는 건 알았지만 울먹이는 것까지는 예상하지 못했기에 진혁은 조금 당황스러웠다. 도대체 얼마나 이 인형을 뒤집어쓰고 있었는지 얼굴은 아예 익어 있고 머리는 비에 젖은 듯 쫄딱 젖어 있었다. 이 더운 날에 정말 대책 없는 애인이었다.

'결국 그가 알고 말았다.'

시원한 바람이 숨통을 틔워줬지만 그걸 느낄 새도 없이 그녀는 땅바닥에 철퍼덕 앉아 고개를 숙였다. 덥기도 하고 더 이상 체력적으로 일어설 힘도 없었다. 그러나 그보다 더 그녀를 힘없이 만든 것은 악어 인형을 뒤집어쓴 채 돌아다니는 그녀를 그가 알았다는 것이다.

놀려줘야지 하는 마음도 잠깐, 그녀의 눈에 그렁그렁한 눈물이 맺히자 진혁은 한쪽 무릎을 꿇고 주희를 바라보았다.

"도망은 왜 가나? 이렇게 금방 잡힐 거면서?"

"⋯⋯."

"나랑 말 안 할 거야?"

"⋯⋯."

"이벤튼데 내가 너무 빨리 알아채서 그래?"

그녀의 입은 정말로 속이 상한 듯 꾹 다물려 있었다. 그녀의 성격상 이런 사소한 일로 풀죽어 하지 않을 거라 생각했는데⋯⋯.

"난 좋았는데?"

"이벤트 아니거든요?"

그때서야 주희가 고개를 들며 그를 노려보았다. 결국 서러운 눈물 한 방울이 흘러내리자 진혁은 피식 웃었다. 그는 이 상황이 너무나도 웃긴데 아무래도 그녀를 위해서 꾹 참아야 할 듯싶었다. 진혁은 그녀의 머리를 넘겨주며 손수건으로 눈물을 닦아주었다.

"언제부터 거기 있었던 거야?"

"⋯⋯."

또다시 그녀가 입을 닫았다.

"이것 때문에 일부러 못 만난다고 거짓말한 건가? 깜짝 놀래주려고?"

"아니에요. 이 상태로 하루 종일 솜사탕 알바했다고요."

한욱이 친구가 한욱을 키즈카페 알바를 쓴 이유가 따로 있었다. 얼굴 드러낼 일이 없으니 주저할 일이 뭐가 있겠는가.

"이걸 입고?"

"샤워할 데도 없고 만나러 갈 시간은 촉박하고……. 아직도 회사에 있다고 해서 혹시나 싶어 와봤는데……."

그와 전화를 끊으며 들려오는 그의 나직한 한숨 소리가 그녀의 마음에 내내 걸렸다. 그녀 또한 그가 보고 싶기도 했다. 그래서 충동적으로 일을 저지르고 말았다. 대충 세수만 하고 악어 옷을 입은 채 그의 회사로 차를 몬 것이다. 그를 볼 수 있을지 없을지도 모르고 말이다. 막상 그가 로비에서 나오자 기쁜 마음에 그녀는 그에게 하트를 마구 날렸다. 어차피 악어 인형 옷을 입고 있는데 그가 알 리 없다고 생각하자 대범해진 것이다.

"이렇게 땀 냄새 나는 모습으로 만나기 싫었는데……."

아무리 털털하고 무신경해도 그녀도 여자다. 막상 그가 보고 싶어 왔지만 악어 인형 옷을 입고 돌아다니는 그녀를 이상한 여자 취급 할까 싶어 그 모르게 잠깐 보고 가려고 했다. 그에게 잡혔을 때는 정말 그의 얼굴 보기가 겁이 났다. 황당하고 어이없어하는 그의 모습과 마주칠까 봐.

"난 악어한테 고백 받아서 엄청 설레었는데. 파충류 별로 안 좋아하는데 앞으로 악어는 좋아할 것 같은데?"

주희는 즐거워하는 그의 얼굴을 빤히 바라보았다.

"악어 아가씨, 언제까지 바닥에 앉아 있을 거야? 안 더워?"

"설레었다고요?"

'부끄럽거나 이상한 여자처럼 보인 게 아니고?'

"그 자리에서 나 기다린 거 아니었어? 그래도 문자라도 보내지.

내가 기사 없이 혼자 퇴근했으면 못 만날 뻔했잖아?"

그녀의 무모함을 힐책하듯 그가 그녀의 코를 살짝 비틀었다.

그의 예상 밖의 반응에 그녀는 그가 진심인지 확인하려는 듯 아픈 코를 두 손으로 잡으면서도 그를 계속 바라보았다.

"나 서진혁 씨 많이 좋아하나 봐요."

그녀의 뜬금없는 말에 그가 미소 지었다. 그녀는 기습 공격을 제대로 할 줄 아는 여자였다. 그 혼자만의 감정인 것 같아서, 분위기에 휩쓸려 마지못해 그와 연애하는 건 아닌지 마음 한편으론 불안했는데 그녀가 그를 많이 좋아한다고 고백하고 있었다.

"나만큼 할까? 이러다 나 당신 스토커 되겠어."

"나 두려웠거든요. 진혁 씨가 이런 모습 참을 수 없어 할까 봐."

'그리고 그런 진혁 씨의 모습을 보고 내가 상처받을까 봐 겁이 많이 났어요.'

그녀와 연애했던 남자들의 반응은 그녀를 상처 주기에 충분했다. 아무리 씩씩하고 쿨한 척하는 그녀라지만 한 번 데인 데 또 데이다 보면 겁이 나게 마련이다.

"회사 앞 분수에 들어가서 기다리고 있었다면 그랬을지도."

주희가 쿡 하고 웃으며 그를 바라보았다.

"진심인데. 그랬으면 정말 심각하게 고민했을 거야."

"그런데 난 줄 어떻게 알았어요?"

"느낌이 딱 오던데? 하트 춤출 때 엄청 설레었거든."

진혁은 웃으며 땀을 삐질삐질 흘리는 그녀를 일으켜 세웠다. 정말 악어 인형 안의 사람이 그녀가 아니라면 그는 정신과 상담을 받아볼 작정이었다. 아무리 사랑에 빠져도 그렇지, 이 정도까지 미칠 수 있는지 말이다.

"그나저나 어디 가서 좀 씻고 옷을 갈아입어야 할 것 같은데?"

"옷 쥐어짜면 물 한 바가지는 나올 것 같아요. 솔직히 이제 걸을 힘도 없어요."

마음이 놓이자 이제야 주희는 그에게 투정을 부리기 시작했다.

"탈수로 안 쓰러진 게 다행이군."

그가 한숨을 쉬며 악어 앞발을 잡으며 그녀와 걸어갔다.

주희는 자신의 손을 잡은 그의 손을 물끄러미 바라보았다. 앞으로 그가 많이 좋아질 것 같았다. 어쩌면 이미 자신이 생각하는 것보다 많이 더 좋아하고 있는지도 모르겠다.

그러다 곧 주희는 그의 옆얼굴을 보며 이해가 안 간다는 듯 인상을 찡그렸다. 멀쩡하게 잘생기고 능력 있는 남자와 악어 인형 옷을 입은 여자라…… 전혀 어울리지 않았다. 어쩌면 사귀는 것 자체가 '세상에 이럴 수가?' 일 수도 있겠다.

"무슨 복으로 이런 애인을 뒀지? 전생에 나라를 구하는 데 일조했나?"

"내가 전생에 죄를 많이 지었다는 생각은 안 해봤나 보지?"

진혁이 피식 웃으며 그녀를 약 올렸다.

"뭐라고요?"

"악어 인형을 입은 여자에게 침을 흘린다면 말 다했지."

"하긴, 것도 그러네. 그러면 현생에선 착한 일 좀 많이 해서 다음 생에 예쁜 여자 만나시던가요."

"하트 날려주는 악어도 매력적이야."

주희가 입을 삐쭉이자 진혁은 또다시 웃음이 터져 나왔다. 그렇게 그는 악어 앞발을 잡은 채 그녀와 주거니 받거니 농담을 하며 공원을 빠져나왔다. 이런 귀여운 악어와 데이트하는 남자는 대한민국에 그밖에 없을 것이다.

주희는 진혁의 외숙모 소유의 반지를 다시 주문하기 위해 그녀와 약속을 잡아야 했다. 일단 그녀에게 상황 설명도 해야 했고, 손가락 사이즈도 알아야 했다. 처음 그는 다른 보석으로 대체해 선물해 주고 끝내기를 원했지만 물건에 대한 추억과 가치가 다르기 때문에 꼭 만나서 전해줘야 한다고 그를 설득했다. 그러나 그의 갑작스러운 중국 출장으로 그녀가 그의 외숙모를 먼저 만나보기로 했다.

차가 밀리는지 진혁의 외숙모는 주희가 아이스커피를 다 마신 한참 후에야 나타났다.

"요 앞 사거리에서 사고가 났는지 많이 밀렸네요. 나정혜라고 해요."

검은 롱스커트에 하늘색 시폰 블라우스에 맞는 세련된 화장은 목소리만큼 그녀의 인상이 차갑게 보였다.

"강주희입니다. 서진혁 씨에게 들어서 아시겠지만 그의 보물 상자에 나정혜 씨의 물건이 일부 포함되어 있어서요."

주희는 보물 상자에서 발견된 브로치와 사파이어 반지 하나를 그녀에게 내밀었지만 그녀는 별 반응을 보이지 않았다.

"원하신다면 같은 물건으로 다시 맞춰 드릴 수 있습니다."

"진혁이가 그래요? 같은 것으로 맞춰주겠다고?"

"더 좋은 것으로 해드리겠다고 했지만 의향을 물어보려면 만나 뵙는 게 먼저일 것 같아서요."

정말 당사자가 쏙 빠지니 그녀가 해줄 말이 별로 없었다.

"아가씨, 서진혁 씨 비서는 아닌 것 같은데?"

"서진혁 씨가 제 의뢰인입니다."

주희를 평가하듯 훑어보던 그녀는 대답이 마음에 들지 않는다는 듯 그녀를 쳐다보았다.

"그 애가 갑자기 전화를 줘서 조금 놀라 한번 만나보기로 한 건데 갑작스러운 출장이라니, 아쉽네요."

차갑지만 뭔가 묘한 감정이 실린 한마디였다.

"하긴 나와 단둘이 만나는 걸 그 애가 좋아할 리 없지만."

주희는 그 이유를 묻고 싶어지만 자신에게는 그걸 캔니가 없나는 걸 잘 알고 있었다.

"궁금하다는 눈빛이네. 나도 부탁할 게 있으니 얘기해 줘야겠지? 아가씨가 몸이 약해 요양하러 진혁이와 집에 내려와 쉰 적이 있었죠. 내 아들과 두 살 차이 나는데 옥상에서 슈퍼맨 놀이를 하며 놀았지. 현우는 치기 어린 마음에 거기서 뛰어내릴 수 있다고 했고, 진혁은 할 수 있으면 해보라고 하고."

그다음이 어찌 됐을지는 충분히 상상이 가는 일이다. 아마 그는 친척 동생이 못 뛰어내릴 거라고 비웃었을 것이고, 친척 동생은 무섭지만 홧김에 뛰어내렸을 것이다.

"서로 말다툼하다 내 아들이 오기로 뛰어내렸죠."

"……."

"그리고 내가 진혁이 휘청거릴 정도로 뺨을 때렸지. 내 아들 다리가 부러졌거든요. 나중에는 성장판까지 다친 걸 알게 됐고, 그 애는 결국 한쪽 다리를 절게 됐어."

정혜는 팔짱을 끼며 주희를 유심히 보았다.

"왜 저에게 이런 말을……."

이런 가족사는 남에게 쉽게 얘기할 수 없는 부분이다. 더욱이 처음 보는 사람에게는. 도대체 그녀의 의도가 뭔지 궁금했다.

"진혁이가 그 후로, 정확히는 아가씨가 돌아가신 후로는 외가 쪽이랑은 연락을 잘 안 하고 살았거든. 일 년에 한 번 모임에 나오는 정도? 그것도 얼굴만 비추고 가는. 그런데 갑자기 연락해 내 물건을 돌려주겠다지 않나, 당신과 약속을 잡아놓았으니 만나보라는 걸 어떻게 받아들여야 할지 몰라서 말이지."

혹시 그의 두통이 죄책감 때문인가? 하지만 그것치고는 강도가 약했다. 그래도 누군가 나 때문에 평생 다리를 전다면 마음이 무거울 것이다. 아무리 강한 사람이라도.

"아가씨, 서진혁과 무슨 사이지?"

아까와 똑같은 질문을 하자 주희는 주저하다 사실대로 털어놓기로 했다.

"애인이에요."

정혜가 그럴 줄 알았다는 듯 고개를 끄덕였다.

"그 애보고 언제 밥 한번 먹으러 들르라 전해줘요."

그녀는 할 말을 끝낸 듯 일어나며 말했다.

"무슨 말씀이신지……?"

갑자기 이야기가 다른 곳으로 튀자 주희는 이해가 되지 않았다.

"내가 왜 처음 보는 사람한테 내 가정사를 주절거렸다 생각해요? 그 애를 움직이는 여자가 누구인지 궁금했거든. 이야기 값으로 그 정도는 충분히 해줄 수 있죠?"

"직접 진혁 씨에게 말씀하시는 게 낫지 않을까요? 그편이 진혁 씨도 기뻐할 것 같고요."

"내가 말하면 빈말처럼 들리니까. 다음에 또 보죠."

그녀가 나가자 주희는 혼란스러웠다. 아무리 그가 그녀에게 빠져 있다고 해도 그가 그녀의 말을 들을 리 없었다. 그는 그녀만큼이나 자기주장이나 의지가 확고한 사람이었다. 그래도 하나의 수확은 건졌다. 혹시 그의 두통이 만약 어릴 적 일 때문이라면 알아보는 것도 나쁘지 않을 것 같았다.

주희는 친구의 도움을 받아 완벽 변신을 꾀했다. 악어 인형 기억은 저 멀리 은하계로 던져 버리고 그의 머리에 새로운 기억을 심어놔야 했다. 좀 더 예쁘고 아름답게! 어깨가 드러나는 하얀 시폰 드레스에 연녹색 비즈가 달린 샌들을 신은 그녀는 지금 그를 마중하기 위해 인천공항까지 나와 있었다. 물론 그에게는 비밀이지만 비서에게 마중 나가겠다고 언질을 주었으니 그녀가 기다리는 이쪽으로 소몰이하듯 그를 몰고 그녀 앞으로 데리고 올 것이다.

풀 메이크업에 선글라스를 낀 주희는 유리창에 비친 자신의 모습이 낯설면서도 예뻐 보였다. 귀밑까지 볼륨감 있는 머리 스타일은 발랄하면서도 두드러진 하얀 목선 때문에 여성스럽게 보였다. 이 정도면 부모도 못 알아볼 만큼 완벽한 변장이었다. 감탄과 함께 자신에게 이런 여성스러움을 끌어내 준 친구 소희에게 무한한 감사를 느꼈다.

그때 진혁과 비서실장이 다가오는 모습이 보였다. 비서실장은 뭔가 보고를 하는지 진혁 옆에서 진땀을 흘리며 설명하고 있고, 그는 조금은 짜증스러운 표정이었다.

그다지 굿 타이밍이 아니었다. 그래도 그녀는 어깨를 펴고 사뿐사뿐하게 그에게 다가갔다. 그런데 그는 몸을 살짝 틀어 그녀를 비켜갔다. 비서실장도 마찬가지였다.

빠른 걸음으로 가는 두 사람을 그녀는 잠시 지켜보면서 별별 생각을 다 해야 했다. 보고받느라 그녀를 못 봤나? 아니면 급한 일이 있어서 지금은 눈에 뵈지도 않나? 그도 아니면 여기 혹시 기자가 왔나? 스캔들이라도 터지면 안 되니까? 그러나 그는 연예인처럼 신문에 오르고 내리는 사람도 아니다. 그런데 왜?

주희는 곧 뒤돌아 진혁을 따라갔다. 아무리 급한 일이 터져도 그녀가 얼마나 공들여 치장했는지 봐주고는 가야 할 것이 아닌가.

"진혁 씨?"

그가 뒤돌아 그녀를 보더니 미간을 찡그렸다. 그의 반응은 짜증과 귀찮음 그 이상도 이하도 아니었다. 주희는 이걸 어떻게 받아들여야 하는지 잠시 갈등했다. 그를 기다리면서 무수히 많은 그의 반응을 생각했지만 이런 반응은 들어 있지 않았다.

"이사님, 차가 10분 뒤면 도착한다고 합니다."

진혁이 고개를 끄덕이며 그녀에게 어떠한 말도 없이 다시 가려 하자 그녀는 이 상황에 유일한 말도 안 되는 이유가 떠올랐다.

'이 남자, 나를 몰라봐? 아무리 몰라보게 꽃단장을 해도 자기 애인을 몰라봐? 악어 인형을 뒤집어쓴 나를 단박에 알아본 사람이? 이거 기뻐해야 하는 건가?

그녀가 불러 세우기도 전에 그가 몇 걸음 가다 멈춰 뒤돌아 그녀를 보았다. 그의 표정은 아직도 확신이 서지 않는 듯 그녀를 빤히 보고 있었다.

그때서야 주희는 선글라스를 올려 그를 노려보았다. 의구심이 가득한 그의 얼굴이 서서히 놀라는 표정으로 바뀌는 걸 그녀는 지켜봐야 했다.

그녀를 알아본 진혁은 반가움보다 웃음이 먼저 터져 나왔다. 언제 어디서건 그녀는 그를 놀라게 하는 능력이 탁월했다. 그가 미소를 지으며 다가와 그녀를 꽉 안아주었다.

"온다는 말 없었잖아?"

"비서실장님한테는 말했어요."

그녀가 불퉁하니 말했다. 그런데 놀라는 모습을 보니 비서실장까지 그녀를 못 알아본 모양이었다.

"지하주차장으로 곧바로 가지 않아 이상하다 싶었는데……."

비서실장은 미안하다는 표정으로 진혁을 바라보았다. 눈치 빠른 상사를 속이는 건 여간 어려운 게 아니었다. 대충 차가 도착 안

했다며 커피숍에서라도 기다리는 게 어떻겠냐고 해서 그녀가 있는 장소로 오긴 왔는데 정작 자신도 그녀를 못 알아봤으니.

"토요일인데 회사로 들어가 봐야 해요?"

"그렇잖아도 당신 사무실로 갈 생각이었어."

"그럼 우리 날도 좋은데 데이트나 할까요?"

워낙 바쁜 그라서 데이트라 해봤자 서울 인근을 벗어나 보지 못했다. 그래서 오늘 알찬 데이트를 위해 그녀가 만반의 준비를 해 놓았다.

"가고 싶은 데라도?"

"저에게 맡겨만 주시죠."

주희는 해맑게 웃으며 그의 손을 잡았다. 사람 많은 곳을 싫어하는 그를 위해 경기도 인근 수목원으로 갈 생각이다. 거기서 잠시 산책하다 근처 맛집에 들러주고 마무리로 호숫가에서 배를 타는 것까지. 그게 싫으면 근처 도자기 마을로 빠져 찰흙 덩어리를 만지며 돌림판 앞에서 '사랑과 영혼'을 찍어도 되었다. 그는 몸만 오면 된다. 하지만 그전에,

"뭔가 잊은 거 없어요?"

"……?"

그녀가 손가락으로 치마를 살짝 양옆으로 들어 보이며 힌트를 줬다. 자, 이제부터 얼굴에 위장 크림 바른 듯한 화장을 참아가며 예쁘게 보이기 위한 보상의 시간이다.

"아!"

"아?"

그의 반응이 못마땅한 주희는 그를 노려보았다. 고작 아? 이 뜻을 어떻게 해석해야 하지? 글을 만든 세종대왕님도 그 의미를 몰라 갸우뚱하실 것이다. 수목원에서 이 높은 샌들을 신고 몇 시간을 걸어야 하는 발을 생각해서라도 그녀는 더 나은 칭찬을 받을 권리가 있었다.

"그게 다예요?"

그녀가 걸어가면서 채근했다.

"예쁘군."

결국 주희는 입을 삐쭉거렸다. 옆구리 찔러 절 받기도 아니고, 고작 그녀가 공들인 화장과 노고를 '예쁘군' 이 한마디로 정리한다고? 인심 거하게 쓰시는구려.

진혁은 뭔가 더 말을 해주어야 하는 건 알겠는데 뭘 더 칭찬해줘야 할지 감이 잡히지 않아 난감했다.

"진짜야."

진심이라는 듯 진혁이 힘주어 말했다.

"그럼요. 제가 봐도 제가 예뻐 보이는데."

그가 그녀의 의중을 알아보려는 듯 잠시 바라보았다. 그러나 이게 비꼬는 건지 아니면 그냥 사실을 말하는 건지 구분하기가 어려웠다. 그녀가 이런 것으로 삐칠 것 같진 않지만 그가 많이 잘못한 것 같은 느낌이 드는 건 왜인지 모르겠다.

"설마 삐친 건 아니지?"

절대 이런 걸로 그녀가 삐칠 리 없지만, 그래도 확인 사살하는 의미로 그가 툭 던졌다.

"글쎄요."

물론 그녀는 삐치지 않았다. 그래도 한 번쯤 손발 오그라들게 이런 걸 해보고 싶은 마음도 들었다. 좋아하는 사람에게 잘 보이고 싶어 하는 건 누구나 다 똑같지 않은가.

'삐쳤군.'

"보고 싶었다는 말로도 마음이 안 풀어지려나?"

"얼마나요?"

금세 표정이 환해진 주희가 눈을 빛내며 그를 바라보았다.

"비서실장이 울고 싶어 할 만큼?"

"……?"

"스케줄 잘못 짜서 나한테 조금 쪼임을 당했지?"

무슨 말인지 몰라 주희가 인상을 찡그리자 그가 말을 덧붙였다.

"당신과 주말에 수상스키를 타러 내려갈 생각이었거든. 다 준비도 해놨다고."

주희가 킥킥거리자 그 또한 피식 웃음을 흘렸다. 이틀 전 마무리됐어야 할 일을 상해 지사장 미팅 시간을 잘못 잡는 바람에 그는 오늘 아침 비행기로 들어와야 했다. 그 덕에 비서실장은 그의 눈치를 보며 진땀을 흘려야 했다.

"그건 그렇고, 어디로 갈 거지? 어차피 운전은 내가 할 텐데?"

"제가 운전대를 잡으면……."

"장소도 안 가르쳐 주고 납치할 생각인가 보지?"

일부러 놀란 표정을 지으며 그가 그녀의 말을 이어받았다.

"참고로 난 호텔이 좋아."

그의 당당한 말에 그녀가 살짝 눈을 흘겼다.

"피곤할 테니까 제가 운전한다고요. 나 운전 잘하는 거 알죠?"

"이 정도로 무슨. 나중에 납치할 때 실력 발휘하시죠, 아가씨."

"정말요? 전 한다면 해요."

그녀가 턱을 치켜들며 도전적으로 그를 바라보았다.

"나도 분명 호텔이 좋다고 했어. 고객의 소리는 좀 적극 수렴해 줘."

어이가 없어 그녀가 웃고 말자 진혁 또한 따라 미소 지었다.

사랑하는 사람이 옆에 있는 것만으로도 좋다는 말이 무슨 말인지 알 것 같았다. 있는 그대로의 나를 사랑해 주는 것도 사랑이지만 상대방을 위해 맞춰주고 싶은 것도 사랑이라는 것을 이제야 알아가고 있었다. 아무리 발이 아파도 그가 원한다면 높은 샌들이 문제겠는가. 지금의 심정으로는 하이힐을 신고 마라톤도 할 수 있을 것 같았다.

무더운 더위가 끝을 치달아 가는지 아주 발악을 하고 있었다. 남쪽이라 더 더운 건가? 얼음물을 머리에 부어봤지만 소용없었다. 그녀는 사람을 찾기 위해 순천까지 내려왔지만 찾는 집이 달동네에다 너무 좁은 골목길이라 차는 큰 대로에 주차시킨 채 다리품을 팔아 올라가야 했다. 더욱이 골목길이 나뭇가지 뻗듯 미로처럼 만들어져 도통 전화 설명으로는 길을 찾지 못하고 헤맨 지가 20분이 넘었다.

불볕더위에 지나가는 사람도 없어 길을 물어볼 수조차 없었다.

휴대폰에서 길 찾기는 도시에서만 적용되는 일인 듯했다. 한참 올라가다 구멍가게가 나오자 그때서야 주희는 물어물어 그녀가 찾는 집에 도착할 수 있었다.

"안녕하세요. 아까 전화 드린 강주희라고 합니다."

"찾아오느라 힘들었죠? 안 와서 나와 봤어요. 일단 들어와 땀 좀 식혀요."

도착하자 주희는 육십이 넘은 여인이 대문 앞 그늘진 곳에서 그녀를 기다리고 있자 미안한 마음이 들었다.

"방보다 마루가 시원하니 여기 앉아요."

주희는 앉으며 집 안을 둘러보았다. 오래된 주택이라 그런지 수도와 화장실이 마당에 있고 마루를 사이에 두고 양옆으로 방을 낸 집이었다.

주희가 사가지고 온 음료수를 건네자 순덕은 주희를 향해 선풍기 방향을 돌려주었다.

"우리도 한때는 먹고살 만은 했는데 우리 양반이 뇌출혈로 쓰러져 3년간 병원 신세를 지다 죽으니 남는 건 빚밖에 없습디다. 아들 장가보내고 이리로 들어왔는데 처음에는 불편해도 익숙해지니 그런대로 살 만하네."

"네……."

주희는 천천히 이야기를 꺼내기로 했다. 어차피 내일까지 묵고 올라갈 생각이라 밤새 아주머니의 사연을 들어줄 시간도 있었다.

"그런데 서울 아가씨가 나에게 뭔 볼일이 있어 여기까지 왔어?"

"백영주 씨, 그러니까 백승환 씨 댁에서 가사도우미 한 적 있으시죠? 오래 하셨다던데."

"꽤 했지. 월급이 괜찮았으니까. 한 8년? 남편 쓰러지기 전까지 했으니까 그 정도 되겠네."

"그때 요양차 백승환 씨의 딸 백영주 씨와 외손자 서진혁 씨가 내려와서 한 1년 정도 살았다고 알고 있어요."

워낙 오래전 일이라 주희는 하나하나 짚어가며 설명해 줘야 했다. 20년 전 일이면 가물가물하다 못 해 기억하지 못할 수도 있으니 말이다.

"그랬지. 워낙 그쪽 아가씨가 몸이 약해서. 아가씨 남편은 사업이다 출장이다 하며 바쁘다는 핑계로 거의 안 내려온 것 같았어."

순덕은 음료수를 하나 따 주희에게 내밀고 자신도 하나 따 쭉 들이켰다.

"그럼 손자 백진호가 옥상에서 뛰어내려 다리 부러진 거 기억하세요?"

"아이고, 말도 마. 그걸 어떻게 잊어. 그날 완전히 사장님 집안 발칵 뒤집어진 날인데. 진호 도련님이 자지러지게 울자 작은사모님이 놀라 달려 나갔잖아."

"작은사모님이라면, 나정혜 씨 말이죠?"

"그렇지. 아들 다리가 부러졌으니 얼마나 놀랐겠어. 아들이 뭐라고 고자질을 했는지 그대로 달려가서 진혁 도련님의 뺨을 때리는데, 거실에서 있는 나한테까지 그 소리가 들렸다니까."

"집안이 발칵 뒤집어졌다고 했는데, 또 다른 일이 있었나요?"

보통 아이 다리 부러지는 것으로 집안이 발칵 뒤집어지지는 않는다.

"말도 마. 기사 불러서 작은사모님과 진호 도련님은 병원으로 갔고 진혁 도련님은 방으로 가서 아가씨한테 막 소리치더니 밖으로 뛰쳐나가더라고. 어린것이 제 딴엔 억울했겠지. 그러다 뛰쳐나가서 차 사고 난 거잖아. 아가씨도 그날 돌아가셨고."

"서진혁 씨 어머님이 그날 돌아가셨다고요?"

뜻밖의 말에 주희의 목소리가 살짝 올라갔다.

"도련님이 울며 나가니까 걱정돼 따라 나갔다가 도련님이 사고 나는 걸 봤거든. 평소 얌전하고 애어른 같은 애가 울며 소리치고 나가는데 걱정 안 됐겠어."

"그걸 보고 어머님이 쓰러지신 거고요?"

"그렇지. 워낙 심장이 안 좋아서 대문까지 나간 것도 조마조마했다니까. 그때 같이 나가봤어야 했는데, 저녁 시간이라 나도 바빴거든. 한참 동안 안 들어오기에 나가봤더니 애는 차 사고로 피 흘리고 있고, 그 옆엔 아가씨가 가슴을 부여잡고 쓰러져 있는데…… 뺑소니였거든."

진혁은 그런 말이 없었다. 기억을 못 하는 것일까? 그가 어머니 얘기를 했을 때 숨기는 것 같진 않았다. 그는 정말로 덤덤했다.

"같은 병원에서 아들은 차 사고로, 엄마는 장례를 치르고……."

순덕은 혀를 차며 다시 생각해도 짠한지 고개를 절레절레 흔들었다.

그의 두통이 혹시 정신적인 문제라면, 그래서 나을 수 있는 실마리라도 발견될 수 있다면 그것으로 좋을 것 같은 마음으로 시작했다. 그녀가 기대했던 대답은 사촌에 대한 이야기였다. 진혁 씨가 사촌이 다리를 저는 것에 대한 심적 부담감이 작용하지 않았을까 하는 마음. 그래서 좀 더 객관적으로 그때의 일을 말해줄 수 있는 사람을 찾았던 것이다. 그런데 진혁의 사고를 어머니가 목격했다고? 그녀는 흙탕물을 헤집어놓은 듯 마음이 착잡했다.

그녀의 기우일 수도 있었다. 원인 모를 두통을 앓고 있는 사람은 많았다. 그녀는 순덕에게 고맙다는 말을 남기고 자리를 떴다. 정리가 필요했다. 어쩌면 그녀는 지금 그의 두통을 낫게 해주고 싶은 마음으로 이야기를 끼워 맞추고 있는 것일지도 몰랐다. 골목길을 내려가는 그녀의 표정은 무거웠다. 오늘따라 그가 너무나 보고 싶었다.

11시가 넘은 시각, 그녀가 집 앞에 와 있다는 말에 진혁은 간편한 차림으로 빠르게 대문을 열고 나왔다. 그녀가 이 시각에 그를 만나러 왔다는 건 분명 좋은 일은 아닐 것이다. 그러나 걱정과 달리 그녀는 그를 보자 환하게 미소를 지으며 다가왔다.

"오늘 나 없이 뭐 하고 지냈어요?"

그와의 데이트를 뒤로하고 그녀는 오늘 순천에 내려갔다 왔다. 물론 비밀로.

"밀린 일도 하고 운동도 하고. 무슨 일 있었어?"

"갑자기 진혁 씨가 보고 싶더라고요. 참아볼까 생각했는데 이 시각이면 아직 안 잘 것 같아서요."

진혁은 그녀의 말을 확인하려는 듯 그녀를 살펴보았다.

"의뢰 때문에 지방 내려간다고 하지 않았나?"

사람 찾는 의뢰라면서 오늘 안으로 못 올라올지도 모른다고 했다. 같이 가주겠다고 해도 그녀는 극구 거절했다.

"생각보다 수월해서 빨리 갔다 왔죠."

아무렇지 않은 척하지만 미묘하게 그녀의 목소리는 가라앉아 있었다. 진혁이 그녀를 말없이 안아주자 주희는 그의 허리에 팔을 둘렀다.

'도대체 무슨 일이 있었던 거지?'

워낙 감정 이입을 잘하는 그녀라 만나고 온 사람과 뭔가 사연이 있었을 수도 있겠다 싶었다.

"역시 애인 있는 게 좋구나."

"악어 아가씨, 진짜 말 안 할 거야?"

"사람이 말을 하면 그냥 믿어요. 진짜로 보고 싶어서 왔다고요. 진혁 씨는 그럴 때 없어요? 나만 그런가? 나 좋아한다는 거 다 뻥이구만? 잡은 물고기라 이거지?"

주희가 구시렁대자 그는 그녀의 두 볼을 잡아당겼다.

"강주희, 아주 매를 못 벌어 안달이지?"

"보고 싶은 걸 보고 싶다고 말하지 뭐라고 말해. 아무튼 의심쟁이라니까. 나는 밥도 안 먹고 달려왔는데."

"지금까지 뭐 하느라 밥도 안 먹어?"

별로 먹고 싶은 생각이 들지 않았다. 더위 때문인지 아니면 복잡한 머릿속 때문인지 그녀는 오직 그가 보고 싶다는 생각밖에 없었다.

"가자. 어디 문 연 곳이 있어야 할 텐데."

그 말이 떨어지기가 무섭게 그녀가 바닥에 쭈그리고 앉자 진혁의 눈썹이 살짝 올라갔다.

'설마 이 더운 날씨에 업고 가라는 건 아니겠지?'

그가 일으켜 세우려 하자 그녀는 꼿꼿하게 앉아 그를 올려다보았다.

"배고파서 움직일 힘이 없어요."

"기다려. 차 가지고 올 테니까."

"그냥 사거리까지 걸으며 데이트하죠."

"그럼 천천히 걸어가면 되겠네."

그가 절대 업어주지 않겠다는 의지를 피력하자 주희가 벌떡 일어났다. 지극히 보통 연애를 하기 위해 그녀는 연애기술 책까지 사다 보았다. 그녀의 연애와 보통의 연애의 간극을 줄여보자는 그녀의 노력이었다. 분명 책에는 수많은 애교 중에 이런 애교 방법이 기술되어 있었다. 물론 조건이 몸무게가 적게 나가고 두 번 이상 사용하면 역효과가 날 거라는 조건이 붙었지만. 그런데 이 남자한테는 왜 안 먹히는 거야?

"아니, 자기 애인이 좀 힘들다는데 업어주면 어디가 덧나나?"

"내 애인은 씩씩하거든?"

그가 고개만 돌려 그녀를 쓱 바라보며 계속 걸어갔다.

"그럼요. 자기 일은 알아서 스스로 하는 애인인걸요."

'안 업어준다면 스스로 업히면 되지, 뭐.'

"강주희 선수 갑니다!"

그녀는 체조 경기에 나가는 선수처럼 팔 한쪽을 쭉 올린 뒤 곧바로 달려가 그의 등에 뛰어올랐다. 그가 잠시 휘청했지만 그녀는 무사히 그의 등에 안착했다.

"앞으로 넘어졌으면 어쩌려고, 이 아가씨가!"

"그래서 알려줬잖아요, 업힌다고. 그보다 근처 냉면집 없어요? 나 시원한 물냉면도 먹고 싶고 비빔냉면도 먹고 싶고 또 만두도 먹을래요."

"알아 모시지요."

그가 체념한 채 그녀를 업고 길을 내려갔다.

그의 등에 업힌 그녀는 뭔가를 주저하는 표정이었다. 사실 그녀가 이렇게 업힌 데는 다 이유가 있었다. 그의 얼굴을 보고 말하기 쑥스러우니까 이렇게 등 뒤에서 고백하면 좀 괜찮을 것 같아 택했는데, 하필 하고많은 날 중 푹푹 찌는 날을 고른 게 걱정이었다. 아니, 오늘 꼭 해야겠다. 오늘만큼 그가 보고 싶은 적이 없는 것 같았다.

'혹시 나 업는 게 힘들어서 고백은 귀에 들어오지도 않는 거 아냐?'

"진혁 씨?"

"말 시키지 마. 더워 죽겠으니까."

주희가 고개를 빼 그의 옆모습을 보니 지친 기색은 아니었다. 오히려 그녀가 바라보고 있는 걸 아는지 피식 웃고 있다.

"더운 거 잘 못 참는구나?"

"누구처럼 에너지가 남아도는 사람이 아니라서 말이지."

"그거 알아요? 강주희가 서진혁을 많이 좋아하는 거? 어때요? 들으니까 힘나죠? 요 앞 사거리가 아니라 광화문까지 걸어갈 수 있겠죠?"

진혁은 피식 웃었다. 이 아가씨의 뜬금 고백은 언제 들어도 설렌다.

"이렇게 밤에 애인 얼굴이 보고 싶어 뛰어올 만큼 사랑하는 것도 알죠?"

그가 걸음을 멈추자 이번에는 그녀가 미소 지었다.

"어? 몰랐다는 표정이네? 눈치 빠른 양반이 그것도 모르고 지금까지 뭐 하고 있었어요? 잘 들어요. 강주희가 서진혁을 사랑한대요."

그녀가 마치 남의 얘기 하듯 속삭였다.

그가 곧바로 그녀를 내려 마주 보게 했다. 그러고는 진지하게 그녀를 바라보았다. 그에 반해 고백한 그녀는 조금은 쑥스러워 그의 시선을 슬쩍 피했다.

"내가 뭐라고 말해야 되는 거지?"

그는 그녀의 고백에 미소 지으며 정말 어떻게 말해야 되는지 알 수 없었다. 감동시킬 어떤 미사여구도 떠오르지 않았다. 그저 머릿속은 온통 이 여자를 꽉 끌어안아 주고 싶다는 생각밖에 없었다. 결국 그는 그녀를 꽉 끌어안았다. 가슴이 벅차오르면 말이 쉽게 나오지 않는다는 말이 사실이었나 보다.

"이렇게 은근슬쩍 넘어가려는 건 아니죠?"

"난 욕심이 많아."

"그렇게 보여요."

"누구에게도 안 뺏겨. 이제 강주희 없는 일상은 상상만 해도 끔찍하니까."

몰랐으면 모를까 이미 맛봐 버린 달콤함이다. 한 번 각인되면 지워지지 않는 주술처럼 중독되어 버렸다.

"뜨거운 여름날 밤거리에서 아무런 준비도 없이 고백하게 만들다니."

그는 이 상황이 마음에 안 든다는 듯 나직이 한숨을 내쉬었다.

"아쉬우면 꽃과 샴페인은 따로 보내주시든지요."

그가 살짝 노려보자 그녀가 배시시 웃었다.

진혁은 조용히 그녀의 손을 깍지 끼며 걸었다. 그녀의 고백에 그의 가슴이 아직도 뛰고 있다는 걸 그녀는 알고나 있는지 모르겠다. 이 무턱대고 터뜨리고 보는 악어 아가씨가 말이다.

"여행 가자."

좀 더 그녀와 있고 싶었다. 하루 종일, 떨어지지 않고. 그녀의 숨소리를 맡고 향기를 맡고 싶었다.

"어디든?"

"멀리는 못 가지만 여름 끝나기 전에 우리도 갔다 와야지. 어디가 좋아?"

"사실 진혁 씨와 꼭 가고 싶은 곳이 있긴 한데 워낙 그쪽 스케줄이 바빠서 포기하고 있었는데. 정말 갈 수 있는 거죠?"

그녀가 눈을 빛내며 묻자 그가 끄덕였다.

"능력자 애인은 이래서 좋구나. 그럼 좋은 일도 할 겸……."

"안 돼."

그녀가 말하기도 전에 그가 말을 끊었다. 이 여자는 지금 여행의 목적을 착각하고 있는 것 같았다. 이건 둘만의 오붓한 여행이지 봉사활동을 하러 가는 게 아니었다. 일주일 휴가를 빼기 위해 얼마나 스케줄을 조정해야 하는데, 그걸 지금 누굴 위해 쓰겠다고?

"절대 안 돼. 물론 당신 혼자도 절대 안 보내."

그가 다시 힘주어 말했다.

"골라. 산, 바다, 계곡."

그녀에게 선택권을 작게 줘야 딴 곳으로 뛸 가능성이 적어진다. 정말 만에 하나 이상한 스케줄을 가지고 와서 거기로 가자고 하면 더 골치 아파질 테니까.

"바다로 갈까요?"

"오케이. 나머지는 내가 다 준비하지."

악어 아가씨는 몸만 오시라. 그는 그녀와 여행 간다는 생각만으로도 벌써 미소가 지어졌다. 물론 그전에 스케줄 조정을 위해 비서실장의 능력을 쥐어짜는 게 선행되어야 할 것이다.

역시나 다음날 이 소식을 들은 비서실장이 얼굴이 하얘져 수첩을 들고 진혁의 사무실로 들어섰다. 몇 달 전부터 휴가 계획은 없으셔서 겨울로 빼놨는데 갑자기 여름휴가를 가신다니 비상사태였다. 이런 무책임한 분이 아니셨는데 왜? 그는 오늘 이 말을 마음속으로 수차례 묻고 또 물어야 했다.

일단 최대한 하루 종일 전화통 붙잡고 이사님 스케줄을 조정해

보려 애를 썼지만 조정 불가능한 미팅은 다시 상사의 의견을 물어본 뒤 조율해야 했다.

"이렇게 합시다. 15일 조찬 세미나는 임석진 이사가 대체 가능한지 알아보고, 유성그룹 이현수 미팅은 그다음 주로 넘깁시다. 어차피 중요한 얘기는 메일로 왔다 갔다 할 테니 급한 건 없을 겁니다. 회장님 주관 회의는 약식 보고 올리도록 조치할 테니 패스. 내부 미팅은 부장 선에서 진행하는 것으로 마무리하지."

수첩에 받아 적는 비서실장의 필기 속도는 가히 LTE 급이었다.

"아코 록페롤 사장은…… 이게 문제군."

진혁은 손가락으로 탁자를 두드리며 생각을 정리하고 있었다.

그러나 비서실장이 보기에는 이렇게 되면 아마 이사님의 한 달 스케줄이 총체적 난국으로 번질 게 뻔했다. 결국 그는 자신의 상관이 일주일씩이나 휴가를 내야 하는 이유를 조심스럽게 물어보는 수밖에 없었다.

"이사님, 혹시 어디 많이 안 좋으십니까?"

그렇지 않고서야 그의 상관이 이런 무리한 스케줄을 감행할 리 없었다. 비서실장은 상관의 안색을 조심스레 살폈다. 평소와 달리 나빠 보이진 않아 보였다. 아니, 오히려 표정이 많이 부드러워지셨다. 설마 강주희 씨와 휴가를 가기 위해? 비서실장은 곧바로 고개를 저었다. 아니다. 절대 그의 상관은 그럴 분이 아니었다.

"다급히 휴가를 쓰시는 이유가 있는지 궁금해서 하는 말입니다."

"남들 다 가는 휴가, 나도 좀 가겠다는데 안 됩니까? 그것도 몇 년 만의 휴간데?"

저리 말하니 할 말은 없다. 정말 말 그대로 휴가를 떠나기 위해서라고요?

"조정은 해보겠습니다만, 아마도 몇몇 미팅 건은 변경이 어려울 것 같습니다."

상관도 어쩌지 못하는 아코 미팅 스케줄을 비서실장이 무슨 힘이 있어서 구슬려 바꾸겠냐고.

"능력은 이럴 때 발휘하는 겁니다. 더 이상 보고할 거 없으면 전퇴근하겠습니다."

진혁은 정신적으로 원자폭탄을 맞은 비서실장을 놔둔 채 유유히 퇴근했다.

8장

언제나 그렇지만 연락도 없이 그녀의 사무실에 도착한 진혁은 주위를 두리번거렸다. 사무실 문은 열려 있는데 아무도 없었다. 그는 스스로 커피를 내려 마시며 10분이 지나도 오지 않는 그녀가 궁금해지기 시작했다.

"휴대폰은 여기 놔두고 간 것 같은데."

책상 위에 그녀의 휴대폰이 있는 걸 보면 멀리 안 나갔을 것 같은데 돌아오지 않자 걱정이 되었다. 한욱 또한 휴대폰을 받지 않았다.

"도대체 다들 어디 간 거야?"

별의별 생각이 다 들 때쯤 한욱이 쟁반을 들고 사무실로 들어왔다.

"어? 오셨습니까? 이웃들에게 수박화채 좀 돌리고 있었습니다. 슈퍼에서 경품이 당첨됐는데 수박 두 개가 걸려서요."

"강주희 씨 어디 갔습니까?"

"아, 그게……."

한욱의 당황한 표정에 진혁의 한쪽 눈썹이 살짝 올라갔다.

"말 만드는 건 안 좋아합니다."

차마 옥상에 얼음물 동동 받아놓고 놀고 있다고는 말을 못 하겠다. 도대체 이런 사장님이 뭐가 예쁘다고 사귀는지, 정말 자신의 머리로는 이해가 되지 않았다. 뭐가 아쉬워서 말이다.

뭐, 극과 극은 통한다고 하지만…….

"옥상에 있습니다. 더운 여름을 피해 시원한 화채를 드시고 있을 겁니다. 여기 계시면 제가 모시고 오겠습니다."

그래도 우리 사장님인데 그가 챙기지 않으면 누가 챙기랴.

"내가 올라가 보죠."

진혁은 그녀의 휴대폰과 핸드백을 챙겼다. 그녀에게 문자를 남겼는데 답이 없어 불안했는데 역시나 휴대폰 혼자 책상에 놓여 있었다. 아무래도 연극 시간에 맞추려면 빠듯할 것 같았다.

"저기, 어차피 여기 내려와 다 정리하고 내려가야 할 거예요."

쫄딱 젖은 몸으로 갈 수는 없을 거니까요. 정말 전화 좀 하고 오시지.

"곧바로 갈 테니 마무리 좀 부탁합니다."

사무실을 나가려다 멈춘 진혁은 순간 요즘 그녀가 무슨 의뢰 때문에 이리 바쁜지 호기심이 일었다.

"요즘 그녀가 지방으로 많이 가던데 무슨 의뢰인지 알려줄 수 있습니까? 위험한 일인지 아닌지만이라도. 가끔 무턱대고 돌진만 하는 성격이라서."

잘 알죠. 천지분간 모르고 날뛴 적이 어디 한두 번이어야죠. 그쪽도 참 피곤한 스타일입니다그려. 잠깐. 의뢰?

한욱은 고개를 갸우뚱했다.

"그런 거 없는데요? 마지막 의뢰가 바로 서진혁 이사님 의뢰였으니까요."

없어? 진혁의 미간이 살짝 모아졌다. 이주 전에 의뢰 때문에 지방에 내려가기도 했고 의뢰 때문에 주말에 만나지도 못한 그녀였다. 물론 일일이 모든 일을 그녀가 그에게 말할 의무는 없지만, 그날 그녀는 밤늦게 그를 만나려고 왔었다. 의뢰가 아니라 개인적인 일이었나? 가끔 아버지 일이나 시장 사람들이 도와달라고 하면 땅끝마을까지도 내려갈 그녀니까 말이다.

"내가 착각했나 보네. 그녀가 지방에 내려간다고 하기에 당연 의뢰라고 생각해서……."

"아, 순천 간 거요? 보물 상자 일 마무리할 거 있다면서 내려갔는데 잘 안 됐나 봐요. 그 가사도우미 주소 아느라고 얼마나 힘들었는데요."

순간 자신이 말실수한 건 아닌가 싶어 한욱은 긴장한 채 진혁을 쳐다보았지만 별다른 이상한 점은 없어 보였다.

'어차피 보물 상자 의뢰인이 저분이니까 이런 건 말해도 상관없겠지?'

한욱은 애써 찜찜한 마음을 누르고 몇 달간 끊은 부업 일을 하기 위해 다시 봉투를 책상 위에 척 올려놓았다. 곧 풀칠과 접기의 능수능란함을 보이며 그의 현란한 손놀림이 이어졌다. 해가 저무는 어느 따뜻한 금요일 오후 시간이었다.

"이곳이 천국이로세!"

너무나 더워 그녀는 오후 4시쯤 옥상으로 올라가 튜브에 물을 가득 받아놓고 풍덩 뛰어들었다. 사실 옥상에 물을 뿌리러 올라간 그녀는 마음을 바꿔 본격적으로 물놀이를 해볼 심산으로 파라솔까지 근처 반찬가게 아주머니에게서 얻어왔다. 거기다 조금 전 한욱이 가져온 화채를 먹으며 첨벙거리고 누워 있으니 기쁨의 환호성이 절로 터져 나오고 있었다. 그래서 그런지 해가 지고 있음에도 그녀는 튜브에서 나갈 생각조차 안 하고 있었다.

"이게 바로 사장의 특권이지, 암."

혼자서 잘도 노는 그녀를 어이없다는 듯 바라보고 있는 진혁은 웃음이 터져 나왔다. 한욱이 왜 그의 질문에 대답을 못하고 얼버무렸는지 알만 했다.

"혼자서 잘 노는 건 타고난 것 같군."

"벌써 퇴근했어요?"

그녀는 이제 그가 불쑥 나타나도 놀라지 않았다. 오히려 그녀는 장난기 많은 표정으로 턱을 치켜들었다. 그러고는 최대한 등을 기댄 채 다리를 꼬고 그를 바라보았다.

"어때요? 섹시해 보이지 않아요?"

짧은 반바지와 티셔츠 대신 눈 돌아가는 비키니 수영복이 아닌 게 매우 아쉬웠다.

"섹시가 다 얼어 죽었나 보군."

진혁이 그녀의 머리를 꾹 누르자 주희는 미끄러지며 물에 잠기면서 입으로 물이 들어갔다. 생각보다 심했다고 생각한 그가 곧바로 그녀를 일으켜 세워주자 주희가 노려보았다.

"해보자는 건가요, 서진혁 씨?"

"사양하겠어. 빨리 나와야 할 걸. 안 그러면 연극 못 볼 수도 있어."

얼굴에 물이 뚝뚝 떨어지는 것도 잊고 주희는 턱을 괸 채 그를 빤히 바라보았다.

'이봐요, 서진혁 씨. 내가 한 주 동안 얼마나 머리가 아팠는지 알고 있어요?'

"그렇게 쳐다봐도 여기서 놀아줄 시간 없으니까 일어나지?"

'말할까요, 말까요? 그게 당신의 두통과 연관이 있을지도 모르는데 괜히 잘살고 있는 당신한테 상처가 되면 어쩌죠?'

"나 물어보고 싶은 게 있는데, 아직도 두통이 심해요?"

"예전보다는 그래도 좋아진 것 같은데……. 정말 당신 손이 약손인가?"

그녀가 일어날 생각이 없자 결국 그가 그녀를 강제로 일으켜 세웠다.

"언제든지 아프면 말해요. 사비 털어서라도 달려갈 테니까."

주희는 일부러 더 씩씩하게 두 손을 불끈 쥐며 대답했다.

덮자. 그녀의 의구심만으로 그가 몰라도 될 상처까지 받길 원하지 않는다. 비록 그게 사실일지라도 그녀는 그에게 사실을 털어놓을 용기가 없었다.

"감동적인데?"

"당신이 아픈 건 내가 싫으니까."

'괴로워하는 당신을 내가 볼 수 없을 것 같으니까.'

"추워? 도대체 물놀이를 몇 시간 한 거야?"

그녀가 조용하자 그가 파라솔 테이블 위에 놓인 타월을 집어 그녀의 머리를 닦아주었다.

"내가 할게요. 연극 보러 가려면 빨리 옷 갈아입어야 하는데 어서 먼저 가서 시동 켜놓고 있어요. 5분 안에 내려갈 테니까."

그가 혹시 의심을 할까 주희는 수다스럽게 말을 쏟아냈다.

"아무튼 감기 걸렸단 소리 하기만 해봐."

진혁은 그녀의 이마를 콩 때린 후 먼저 내려갔다.

'오늘로 그 일은 머릿속에서 완전히 삭제시키는 거야. 두통도 좋아지고 있다고 하잖아?'

그러면서도 마음이 무거운 건 어쩔 수가 없었다.

불타는 금요일 저녁 시간. 도로는 정체 상황. 결국 그들은 연극을 놓치고 말았다. 그리고 그녀는 역대 죄인 모습과 같은 표정으로 고개를 숙인 채 그의 눈치를 보고 있었다.

"미안해요. 비싼 표일 텐데."

"미리 말 안 한 내 잘못이지. 거기다 금요일 저녁에 차 가지고 나온 책임이고."

모두 공연장에 들어간 터라 세종문화예술회관 앞은 조용하기 그지없었다.

"우리 그럼 영화나 보러 갈까요?"

"그보다 궁금한 게 있는데."

보통 때와 같이 낮은 목소리였지만 갑자기 궁금한 게 있다고 하자 주희는 살짝 긴장되었다.

"모른 척 넘어갈까 생각했는데, 아까 내가 옥상에 올라갈 때 말이야. 당신한테 휴대폰을 가져다주면서 전화를 하나 받았거든. 계속 울리기에 받았는데 그분이 예전 순천에서 일했던 도우미 아주머니더군."

"⋯⋯!"

진혁은 잠시 그녀를 바라보았다.

"택배 잘 받았다며, 고기 잘 먹겠다고 전해달라고 하더군."

"그건⋯⋯."

당황한 그녀는 사실 무슨 말을 해야 할지 아무런 말도 찾지 못하고 있었다. 그녀가 말을 둘러댄다고 해서 그가 곧이곧대로 듣지도 않을 것이다.

"나에게 순천 갔다 온 것을 숨기는 이유가 뭐지? 무엇을 알고 싶어서 그 도우미 아주머니를 만난 건지 궁금한데?"

"그건 내 오지랖으로⋯⋯ 내가 말했죠? 외숙모님이 당신 뺨을 때린 거 이야기해 주셨다고. 그리고 밥 한 번 꼭 먹으러 오라는 말도요."

그때 그는 생각해 보겠다고만 했지 정확히 간다는 말은 없었다.

"내가 또 궁금한 것은 못 참잖아요. 갑자기 급호기심이 일어서 그 일을 잘 알고 있는 분이 없나 그런 마음에 시작했는데……."

그녀는 말을 할수록 목소리가 작아졌다. 누군가 몰래 자신의 과거를 캐냈다면 좋아할 사람은 없었다. 그녀는 차마 그의 화난 모습을 보기 두려워 그의 눈을 바라보지 못했다.

"그때의 일을 잘 알고 있는 사람이 도우미 아주머니겠더라고요. 오래되어서 처음엔 잘 기억을 못 하시다가 그런 일이 있었다는 정도는 아시더라고요. 진혁 씨도 다쳤고, 사촌도 떨어져 다리 부러지고……. 미안해요."

그가 더 다그쳐도 그녀는 이제 더 할 말이 없었다. 그에게는 최소한의 진실만 알려줄 생각이었다. 그것이면 충분했다.

"그래서 지금 내 뒷조사를 했다고?"

그의 표정과 목소리에서 어떠한 감정도 읽을 수 없었다. 그가 그녀 때문에 화났는지 아니면 그저 정말 궁금해서 물어보는 건지. 하지만 그녀의 심장은 미친 듯이 뛰고 있었다.

"충동적이었어요. 다시는 안 그럴게요."

"별로 믿음은 안 가는군."

그녀는 지금 그에게 다 털어놓을 생각이 없었다. 그녀의 절박하고도 두려운 표정이 그걸 말해주고 있었다. 도대체 그에 대해 무슨 조사를 했기에?

"다 털어놓을 생각이 없나 보군. 정 그렇다면 도우미 아주머니한테 직접 물어보지."

주희가 당황해 진혁을 보자 그의 표정은 냉정함 그 자체였다. 그녀가 입을 다문다 해도 어차피 하루 이틀이면 그는 모든 걸 알게 될 것이다. 그녀가 너무 심각하게 생각하고 있는지도 모른다. 어쩌면 그녀가 생각하는 것보다 그가 덜 상처받을지도 몰랐다. 오래된 일이고 그 또한 어렴풋이 알고 있는 일이니 말이다. 그녀의 머릿속은 빙글거리다 못 해 터질 지경이었다. 어차피 알게 될 거, 다른 사람을 통하는 것보다 그녀가 말해주는 게 나을지도 몰랐다.

"기분 나쁜 거 알아요. 난 진혁 씨 두통이 혹시 정신적인 고통인가 싶어 사촌 일로 상처받았는지 알고 싶었어요. 그러면 혹시 치료 방법이라도 알지 모르니까."

그녀는 긴장감에 목소리가 살짝 떨렸다.

"무슨 말을 들은 거지?"

"당신 초등학생 때 사고 난 적 있죠? 그때의 일을 들었어요."

이야기를 계속하면서 그녀의 목소리는 차분해졌다.

"그날 외숙모님에게 뺨 맞고 서럽고 분했는지 당신이 어머니한테 고함치고 나오더래요. 그리고 걱정된 당신 어머니가 당신 뒤를 따라 나가시다가 사고 난 당신 모습을 보셨대요."

"……!"

진혁은 순간 심장에 날카로운 칼날이 긋고 지나간 기분이었다. 기억은 나지 않지만 심장은 기억하고 있는 것 같았다. 분명 그가 쓰러진 모습을 보고 심장에 충격이 왔을 것이다. 그리고 도와달라고 외치다 쓰러졌을 것이고. 머리는 암흑 속인데 가슴은 욱신거림으로 아프고 있었다. 감정의 덩어리가 목에 꽉 막힌 것처럼 어떠한 말도 할 수 없었다.

주희가 두 손으로 그의 손을 잡았다. 그는 지금 자신의 감정을 누르기 위해 주먹을 새하얗게 움켜쥐고 있는지도 몰랐다.

"당신 잘못이 아니에요. 어머님은 원래 심장이 약해서 순천으로 내려가셨나고……. 마지막은 부모님과 보내고 싶다고 하셔서……."

두려운 마음만큼 말 또한 두서없이 내뱉어지고 있었다. 좀 더 부드럽게, 그가 상처받지 않게 말할 수 있는 여유가 그녀에게는 없었다.

"그만!"

그가 그녀의 손을 뿌리쳤다. 지금은 어느 누구도 곁을 두지 않겠다는 듯 그는 방어적이었다. 결국 모든 걸 그가 알고 말았다. 그리고 상처받았다. 사리문 턱이 얼마나 그가 감정을 참고 있는지 보여주고 있었다.

"그러니까 2주 전부터 당신은 알고 있었겠군. 밤늦게 우리 집 찾아온 것도 그때지?"

"그렇긴 하지만 그건……."

"내가 만약 몰랐다면 말하지 않을 생각이었나?"

그녀는 지금 그를 동정하고 있었다. 어쩐지 2주 동안 그녀가 너무도 고분고분하게 그의 말에 다 따른다 했다. 화가 났다. 자신의 어머니가 자기 때문에 돌아가셨다는 걸 부정하고 싶지만 그게 정말로 사실일 것 같아서, 그녀가 사랑보다 동정으로 그를 바라보는 것 같아서 이 모든 게 화가 났다.

"주제넘은 건 알지만 당신은 이 일을 기억 못 하고 있어서……."

"확실히 주제넘었어!"

그는 더 이상 그녀와 같은 공간에 서 있는 자체만으로도 참을 수 없는지 말없이 자리를 떴다. 그때서야 감정을 누르고 있던 그녀의 눈에 눈물이 고였다. 그녀를 바라보는 그의 눈빛은 어떠한 감정도 담고 있지 않았다. 그게 더욱 가슴 아픈 그녀였다. 그의 상처와 아픔에 그녀가 다가갈 수 있도록 그는 어떠한 틈도 주지 않았다. 혼자서 아파할 것이다. 어쩌면 평생 몰라도 될 일을 그녀 때문에 알게 되어 스스로 생채기 내며 자책감에 시달릴 것이다. 그를 위해서 한 일이 결국은 그에게 상처밖에 주지 못한 것이다.

주희는 그 자리에서 그의 뒷모습이 사라질 때까지 바라보고 있었다.

어쩌면, 어쩌면 그는 그녀의 옛 애인처럼 연락 없이 이별을 고할지도 몰랐다.

주희는 타고 있는 삼겹살을 앞에 두고 다시 복받친 듯 서럽게 울었다. 한 달이다. 그날 그렇게 헤어지고 그와 연락이 끊긴 시간. 일부러 피하는가 싶어 그의 회사로 찾아갔더니 해외 출장 중이라 언제 돌아올지 모른다는 답변만 들었다. 그는 그녀에게 돌아올 생각이 없는 것이다. 그렇지 않고서야 문자 하나 해주지 않을 리 없다.

"그사이 언제 또 연애를 해서……."

현수는 주희의 빈 잔에 소주를 따라주며 자신의 잔에도 따라 마셨다. 갑자기 전화 와서는 술 사달라고 울먹이기에 처음에는 연기하는 줄 알았다. 이 애가 울면서 전화하는 날은 딱 하나, 남자에게 차인 날. 남자의 심리를 모르겠다면서 울분을 토하며 술을 마실 남자가 필요하기 때문이었다. 그런데 얼마 전 호텔에서 만날 때만 해도 그녀는 분명 애인이 없었다. 아니, 없는 척한 건가?

"옛날 남자랑 똑같을 것 같아서 안 사귀려고 했는데…… 결국은 봐봐. 똑같잖아!"

괜히 현수에게 그 화풀이가 돌아갔다. 좋아한다는 그 말, 다 입에 발린 말이었나 보다. 그는 감정을 단칼에 끊어낼 만큼 냉정했다.

"이번에는 또 뭐 때문에 헤어졌는데?"

"……"

주희는 대답하기 싫다는 듯 대신 소주를 마셨다. 현수 또한 굳이 꼬치꼬치 캐묻지 않았다. 오늘 그가 할 일은 그저 그녀의 빈 술잔에 술을 채워주다가 그녀가 그 못된 놈을 욕하면 같이 맞장구쳐 주기만 하면 되는 것이다.

"그런 놈한텐 눈물도 아까워. 힘 빼지 말고 어서 고기나 먹어. 얘들 탄다, 타."

현수는 고기를 주희의 앞접시에 놓아주며 무조건 그녀의 장단에 맞춰주고 있었다. 이러다 며칠 지나면 또 언제 그랬냐는 듯 훌훌 털어낼 것이다.

"이 오라버니가 진짜 괜찮은 사람 소개시켜 줄 테니까 그만 울어."

신중에 신중을 기해서 그녀와 정신적 세계가 비슷한 사람을 알아봐야겠다. 가급적 빨리 친구의 사돈의 팔촌까지 뒤져서. 안 그러면 이 자식, 조만간 사고 친다.

"됐어. 필요 없어! 오라버니 아는 사람 부류야 뻔하지. 나 그런 남자 다시는 안 만나."

"그런 부류가 뭔데?"

"젠체하는 양복쟁이들!"

그는 다를 줄 알았다. 그녀와 함께 모든 걸 즐겼기에 더욱 상처가 되었다. 그렇게 가고 연락이 안 되자 혹시 사고라도 난 건가 싶어 다음날 잠 한숨을 못 잤다. 문자도 휴대폰도 되지 않자 걱정이 되다 나중에는 화가 났다. 그녀의 전화를 일부러 피하고 있는 것 같은 느낌이었다. 혼자 생각할 시간이 필요하다는 걸 알기에 기다리기로 했다. 그러나 결국 그는 해외 출장으로 그녀를 피해 버린 것이다. 그녀를 밀어낸 것이다. 그의 인생에서. 그런 줄도 모르고 그녀는 기다리고 있었다. 바보같이, 등신같이!

"사귄 지 얼마 안 됐을 거 아니야. 금방 괜찮아질 거야."

"그걸 선배가 어떻게 알아? 나도 모르는 걸 선배가 어떻게 아냐고!"

그러면서 그녀의 머리가 테이블로 수직 낙하했다.

"야, 정신 차려! 강주희, 일어나 봐. 나 너 못 업어."

"진혁 씨는 잘도 업어줬는데 왜 못 업어?"

그녀는 눈을 감으며 중얼거렸다.

"내가 소주 들입다 부을 때부터 알아봤어야 하는데……. 그나저나 그 나쁜 새끼 이름이 진혁이란 말이지?"

현수는 그녀를 이렇게 만든 그놈 낯판이 궁금해졌다. 단기간에
그녀의 마음을 가져가기 쉽지 않았을 텐데 도대체 얼마나 얼굴이
반반하면 이 아가씨가 서럽게 우냔 말이다. 거기다 그녀는 울분을
토하면서도 그녀의 애인에 대해서는 일언반구도 없었기 때문에
혹시 그가 아는 사람인지 의심까지 했다. 현수는 자고 있는 주희
의 어깨를 토닥거리며 계산하기 위해 일어났다. 이별한 연인의 모
습은 남자든 여자든, 잘났건 못났건 비슷한 행동을 보이게 마련이
다.

내일 속이 많이 쓰릴 것이다. 하지만,

"이 또한 지나가리니."

그는 경험에서 우러나오는 말 한마디를 남기며 계산대로 향했
다.

한 달 동안 무슨 일이 있었는지 진혁의 얼굴이 조금 야위어 있
었다. 그렇게 장기간 잠적했다가 어젯밤 언제 집에 들어왔는지 아
침에 아들이 출근해 있었다. 서 회장은 걱정스럽게 아들을 보며
입을 열기를 기다리고 있었다.

한 달 전 갑작스럽게 병가를 내겠다며 자신이 돌아올 때까지 모
든 업무를 부탁한다는 아들의 전화 한 통에 그는 아무것도 묻지
않았다. 그리고 다음날 대외적으로는 서진혁 이사가 무기한 중동
플랜트 해외 출장을 갔다며 공지가 되었다.

아들의 이런 모습을 한 번도 본 적이 없어 내심 불안했던 서 회

장은 근 몇 달 사이 아들의 이름으로 예약된 병원이 있었는지 확인해 보라고 조사까지 시켰다. 그런 아들이 한 달 만에 돌아왔음에도 아직도 입을 떼기를 많이 주저하고 있다는 걸 서 회장은 느낄 수 있었다.

"그래, 그동안 어디를 갔다 온 거냐?"

"여기저기…… 그리고 어머니 산소에도 들렀습니다."

그러는 동안 그는 외할아버지 집에서 일했던 도우미 아주머니를 만나 그날의 얘기를 들었다. 확실히 자신의 기억과 맞지 않는 부분이 있었다. 교통사고를 당해서라고 생각했지만, 기억을 찾고 싶었다. 그날 무슨 일이 있었는지 정확히 알고 싶었다.

"무슨 일이 있었던 게냐?"

"……어머니가 워낙 심장이 약했지만 그날 제가 피를 흘리고 쓰러지는 모습을 보고 충격받아 돌아가신 게 기억이 났습니다."

물어물어 그때의 사건을 끼워 맞추는 것은 한계가 있었다. 결국 예전에 실패했던 최면술을 다시 해보기로 했다. 그리고 그는 보았다. 어머니가 그를 끌어안으며 지혈하기 위해 안간힘을 쓰는 모습을. 그리고 도와달라고 울부짖는 모습을. 그리고 충격으로 그보다 어머니가 먼저 쓰러졌던 모습이 기억났다. 만약 그가 사고가 나지 않았다면, 만약 누군가 빨리 어머니를 발견했다면 어머니는 살 수 있었을지도 몰랐다.

서 회장이 아들의 손을 꽉 잡아주었다. 충격으로 잃어버린 기억, 뭘 건질 것이 있다고 다시 헤집고 다녔나. 아들 속이, 속이 아닐 거라는 생각에 서 회장의 마음은 무거웠다.

"너 때문이 아니야. 워낙 네 엄마 심장이 약했다. 더 이상 손쓸 수가 없어서 네 엄마의 마지막 부탁이고 해서 순천으로 내려간 거였다. 그때 나 또한 사업 확장으로 정신이 없어서 신경을 못 썼고."

오히려 아픈 아내가 내려가 요양한다는 말에 그는 한편으로 안도하기까지 했다. 그는 그 당시 사업으로 몸이 열두 개라도 부족했으며, 그녀에게 신경 써줄 여력이 없었다. 따뜻하게 아내를 챙기지 못한 그때의 마음은 아직까지도 마음의 짐으로 남아 있었다.

"사고와 사고가 겹쳐진 것뿐이다. 네 잘못이 아니야."

"……"

"그저 어쩔 수 없이 일어난 사고란 말이다. 네 엄마도 그리 말하지 않던?"

진혁이 고개를 들어 서 회장을 바라보았다.

"산소에 갔다면서? 그럼 오랜만에 네 엄마랑 많은 얘길 했을 거 아니냐. 네 엄마도 같은 소리를 했을 것 같은데?"

서 회장은 다시 한 번 아들의 손을 꽉 움켜잡아 주었다.

진혁은 자신의 동요하는 감정을 누르기 위해 두 손을 꽉 움켜쥐어야 했다.

그는 병원에 실려가 몇 시간 뒤 의식을 찾았다. 그리고 간호사들의 얘기를 들었다.

"이 애 엄마 죽었다면서? 세상에, 피 범벅이라 TA(교통사고) 환자인 줄 알았는데 심장 쇼크라더라."

"원래 심장이 안 좋았다고 하던데? 애는 교통사고에, 엄마는 죽고…… 불쌍하네."

의식이 조금씩 돌아오고 있는 진혁은 간호사들이 하는 말을 믿을 수가 없었다.

나 때문에 엄마가 돌아가신 거야? 진심이 아니었는데…… 그건 화가 나서 한 말인데.

그리고 진혁은 엄마 방을 뛰쳐나오기 전 자신이 엄마에게 퍼부은 말이 모두 기억났다.

"아픈 엄마 따윈 필요 없어! 아무것도 못 해주잖아! 내가 뛰어내리라고 민 것도 아닌데 왜 내가 맞아야 하는데? 왜 엄마는 외숙모에게 내가 잘못한 게 아니라고 말을 못 해? 엄마가 누워 있는 것밖에 못 해서 그렇잖아! 목욕도 시켜준 적 없고, 학교 데리러 온 적도 없고, 갔다 와도 반겨주지도 않잖아! 엄마가 진짜로 싫어! 필요 없다고!"

그리고 그는 다시 의식이 없어져 3일 뒤에 깨어났다. 어쩌면 그 기억을 도려내고 싶어 무의식적으로 기억을 잘라내 버렸는지도 몰랐다. 그의 말이 주술이 되어 정말 그날 어머니가 죽었으니 말이다.

진혁은 떠오르는 기억과 감정에 휘청거려야 했다. 원망을 쏟아낸 어린 그의 말이 어머니에게 상처가 됐을 거라는 생각에 자책하기도 했다. 그러나 아직까지도 마음속은 시끄럽고 날 선 감정이 날뛰고 있었지만 그의 머릿속은 냉정했다.

그의 주도하에 진행된 6개월 동안 공들인 한스와의 원유 공동 개발권 미팅이 이틀 뒤에 잡혀 있는 걸 기억한 그는 새벽녘에 올라가는 자신에게 자조 섞인 미소를 지어야 했다.

"그런데 그걸 어떻게 안 거냐. 갑자기 떠오르기라도 한 거냐?"

"말하자면 깁니다. 하지만 그녀가 아니라면 모르고 살았을 겁니다."

"그녀라니?"

진혁의 입가에 희미하게 미소가 잡히자 서 회장의 미간이 좁아졌다.

"사귀는 사람이 있습니다. 결혼까지 생각하고 있습니다."

서 회장은 잠시 아무 말도 않은 채 고개만 끄덕거렸다. 아무래도 소문의 그 여자 같은데, 얼굴은 보지 않았지만 아들에게 도움을 줬다고 하니 거부감은 들지 않았다.

"……어느 집 여식이냐?"

"평범한 가정의 밝고 건강한 아가씨입니다."

"그래? 언제 자리 한번 마련해 봐."

"알겠습니다."

진혁은 그러면서도 제발 그녀가 그의 회사 앞에서 오디오를 틀고 약간의 소동을 피운 것을 아버지가 기억하지 못했으면 했다. 그때의 아버지가 그녀를 바라보는 표정은 딱 머리에 꽃 단 여자 보듯 했으니 말이다.

처음에는 그녀에게 화가 났다. 아니, 그는 화낼 대상이 필요했다. 그녀가 나쁜 마음으로 그의 뒷조사를 하진 않았을 것이다. 알고 있으면서도 그때는 내 상처가 커 그녀가 얼마나 그의 상처에 같이 아파했는지 보이지 않았다.

한 달 동안 전화를 꺼두었으니 분명 화가 많이 나 있을 것이다. 어쩌면 용서해 주는 데 시간이 꽤 걸릴지도 몰랐다. 하지만 그녀의 전화를 받을 정도의 여유도 없었다면 변명이 될까?

어찌 되었든 그녀를 만나러 가기가 조금은 두려워지는 게 사실이었다. 방법은 없다. 그저 잘못했다고, 용서해 달라고 빌고 또 비는 수밖에. 진혁은 그녀를 만나러 가는 생각만으로 마음에 온기가 돌았다.

주희는 무릎을 꿇은 채 용순 할머니의 따끔한 말을 듣고 있는 중이었다. 한마디 한마디 틀린 말이 없기에 그녀는 조용히 고개를 숙이며 대답만 해야 했다.

"그 젊은 한욱이를 언제까지 붙잡아놓을 거야? 의뢰가 없어서 한욱이가 사무실에서 부업을 한다며? 모자란 것 같으니. 그놈의 정 때문에 사표 쓴다고 말만 하지 나가지도 못하고. 알고 있기는 해?"

"네."

"도대체 너는 사무실을 차린 이유가 뭐냐? 남을 돕겠다는 번드르르한 말 다 때려치우고 탁 까놓고 말해봐. 회사는 다니기 싫고 하고 싶은 일 하자는 핑계로 네 기분만 내고 있는 건 아니냐? 돈을 벌면서 좋은 일을 하겠다고? 계획도 없이 어느 천 년에? 이런저런

의뢰 다 거절하고 의뢰가 있어도 기분에 따라 공짠데 잘도 돈이
모이겠다."

오늘 아주 작정하고 혼내실 모양이다. 평소에도 한두 마디씩 던
졌지만 이렇게 역정까지 내시진 않았는데…….

"1년 치 의뢰를 주마."

주희가 고개를 번쩍 들었다.

"내가 사채하면서 많은 사람 피눈물 나게 하기도 하고 모질게
대하기도 했지. 그중엔 자살한 사람도 있고 나락으로 떨어진 사람
도 있다. 그 관련 가족들 찾아서 어떻게 사는지 알아보거라. 단."

용순이 힘을 주어 조건을 붙였다.

"어떻게 도울 수 있을지도 계획을 세워가지고 와. 어차피 나중
에 네가 하고 싶어 하던 일이지 않느냐. 미리 연습해서 나쁠 거 없
지."

"할머니……."

"너 좋으라고 주는 의뢰 아니야. 똑바로 못 하면 톡톡히 값을 다
받아낼 거니까 정신 바짝 차리고 일 해."

"네, 할머니. 감사합니다, 감사합니다."

주희가 고마움에 고개를 여러 번 조아렸다. 사실 그녀는 사무실
을 접을까 생각 중에 있었다. 그리고 봉사활동 단체에 들어가 경
력을 쌓아볼 생각이었다. 굳이 한국이 아니어도 좋았다. 그녀는
눈물이 나자 얼른 손등으로 눈물을 훔쳤다. 요즘 그녀의 마음이
많이 약해져 있어 조그마한 일에도 이렇게 눈물이 났다.

"요즘 밥은 먹고 다니는 거냐?"

"입맛이 없어서요. 덥기도 하고."

"이제 가을이 코앞인데 덥기는. 남자한테 차인 주제에 입맛 핑
계는……. 한동안 정신없을 테니 당분간 푹 쉬어둬. 사방 팔도를
돌아다니며 사람을 찾는 게 쉬운 일은 아니니."

"우리 할머니는 가만히 집에 앉아만 있는데 모르는 것이 없다
니까."

"와서 심심찮게 떠벌려 주고 가는 놈이 많거든."

현수 선배, 또 언제 할머니에게 미주알고주알 떠벌리고 다니셨
나. 그래도 부쩍 그녀를 신경 써주는 그의 노력이 가상하니 넘어
가 줘야지. 그는 정말 자신의 인맥을 동원해 그녀의 실연 극복을
위해 힘써줬으니 말이다. 물론 그게 약속한 대로 소개팅은 아니었
지만.

비서실장은 휴가에서 돌아온 진혁을 보자 반가움과 놀라움이
교차했다. 정말 회사 다니면서 상사 얼굴 보고 반가워 눈물 나는
건 처음 있는 일이었다. 갑작스럽게 여름휴가를 가겠다 해서 빼낸
이사님 스케줄이 다음날 무기한 병가로 알고 있으라는 회장님 말
씀에 그는 정말 얼굴이 노래지는 줄 알았다.

그 뒤로 비서실장은 주인 없는 사무실을 지키기 위해 머리 터지
도록 각 부서를 뛰어다니면서 스케줄을 조정해야 했다. 한데 역시
무슨 일이 있었던 모양인지 이사님 얼굴이 어째 마음고생 진탕 하
다 온 사람의 얼굴이었다.

"이번 주 스케줄입니다, 이사님."

비서실장은 표를 내밀며 다시 흘낏 진혁을 바라보았다. 시선을 느낀 진혁이 결재를 하며 물었다.

"하실 말씀이라도 있습니까?"

"아닙니다. 좀 혈색이 안 좋아 보여서 말입니다."

진혁은 손으로 얼굴을 쓸어내리더니 피식 웃었다.

"강주희 씨한테 동정표 좀 받을 것 같습니까?"

"네?"

자존심 강한 사람이라 속으로 앓을지언정 가는 사람 안 붙잡는 성격인 것 같았는데, 사랑 앞에선 어쩔 수가 없나 보다. 역시 강주희 씨랑 헤어진 게 맞았구나. 그렇다고 한 달 동안 잠적하실 이사님은 아니신데…….

"저라면 이사님을 다시 받아주겠습니다. 솔직히 이사님 정도의 능력에 외모를 어디 가서 다시 찾겠습니까? 그리고 연인들은 싸웠다 화해하고 찢어졌다 붙고 다 그러는 거 아니겠습니까?"

"지금 무슨 말 하는 겁니까?"

진혁이 미간을 찡그리자 비서실장은 순간 당황했다. 너무 솔직하게 말했나?

"헤어진 거…… 아닙니까?"

"아닙니다."

그 무슨 재수 없는 소리를.

"분명 헤어졌는데……. 온 국민이 다 알고 있을걸요?"

진혁의 표정이 굳어졌다. 도대체 무슨 말을 하고 있는 거지? 온 국민이 다 안다는 게 무슨 말이야? 그녀가 인터넷에 뭔가를 올렸나? 그래서 실시간 1위라도 한 거야?

상관의 심상치 않는 표정을 보자 비서실장은 뭔가 잘못 돌아가고 있다는 느낌을 지울 수 없었다.

"잠시만 기다리십시오."

비서실장은 태블릿 PC를 가지고 와 진혁에게 동영상 하나를 보여주었다.

"혹시 '사랑하기 좋은 날'이란 프로그램 아세요? 평소 마음에 드는 사람 찾아가서 서로 마음이 맞으면 스튜디오에 나와 커플이 되는 방송이거든요. 거기에 강주희 씨가 출연했더라구요."

'이 여자가 지금 어디를 나갔다고?'

"스튜디오에 강주희 씨가 나와서 이사님과는 헤어진 줄 알았죠."

동영상을 보는 진혁의 표정이 점차 험악해지자 비서실장은 조용히 사무실을 빠져나갔다. 아무래도 이사님이 혈압이 높아지실 듯하니 내리는 소낙비는 일단 피하고 봐야 했다.

"그사이를 못 참고 다른 남자를 만나려 해?"

이 여자가 진짜! 거기다 처음에는 누군가 싶을 정도로 가발까지 착용하고 나왔다. 더 이상 볼 것도 없이 그는 동영상을 확 꺼버렸다. 한 달 동안 연락 두절로 그녀에 대한 미안함이 많기에 오늘 그는 미안하다, 사랑한다, 이 자세로 그녀를 만나러 가려 했다. 그런데 바꿔야 할 것 같았다. 오늘 그녀와의 만남 제목은 '네 죄를 네가 알렷다!'가 될 것이다. 그의 표정은 어느 때보다 단호했다.

휴대폰 문자음이 연달아 울리자 주희는 귀찮은 듯 휴대폰을 노려보았다. 얼마 전 현수 선배의 사기놀음의 피해를 그녀가 지금 톡톡히 치르고 있는 중이었다. 의뢰비를 주면서 갑자기 사람이 펑크가 났다며 잠시 자전거 타고 밥 한 번 먹으면 된다는 얘기에 선 땜빵으로 나가는 줄 알았다. 의뢰비도 짭짤했고, 한 시간이면 충분하다 싶어 아무 생각 없이 오케이했는데, 방송 카메라와 작가, PD가 들어닥치자 뭔가 잘못 흘러가고 있다는 걸 알았다. 거기다 생판 모르는, 나를 좋아한다고 찾아온 남자도 그녀를 한 번도 본 적이 없는 남자라는 사실이 기막혔다. 완전 짜고 치는 고스톱이었다. 더 웃긴 건 그녀가 사심을 가지고 스튜디오에 나가자, 남자는 정말로 그녀와 잘해볼 생각이라도 있는지 아침저녁으로 문자를 날리고 있었다.

"도대체 문자하지 말라고 하는데도 왜 자꾸 하는 거야."

도대체 무슨 말을 해야 이 남자가 전화를 안 할까? 신기하고 특이하니까 일단 찔러나 보고 싶은 호기심인가? 다시 전화벨이 울리자 주희는 보지도 않고 아예 휴대폰을 꺼버렸다. 이런 일로 신경 쓰고 싶지 않았다.

"김호석 씨 가족 거주지 파악됐니? 아내와 이혼해서 아이들도 찢어진 것 같던데?"

용순 할머니 의뢰에 집중하면 조금은 덜 힘들 것 같아 초반부터 일을 몰아붙이고 있었다. 그 덕에 한욱이 죽어 나가게 생긴 것은 전혀 신경 쓰지 못하고 있었지만.

"조금 미심쩍은 게 있어서 확인 중입니다. 서류상 분명 이혼이 되어 있긴 한데 주소지가 큰아버지 쪽으로 옮겨졌더라고요."

주희가 갑자기 서류를 날카롭게 넘기자 한욱이 잠시 그녀를 쳐다보았다.

"아들 이름이 진혁? 하필 이름이 같을 게 뭐야?"

그가 다니는 회사가 TV 광고에 나오는 것도 짜증이 나고, 그가 바쁠 때 즐겨 먹는 샌드위치 가게를 봐도 화가 치밀었다. 그런데 서류에 그와 같은 이름을 보이자 순간 속이 뒤집어졌다. 아직까지 감정 조절이 그녀 마음대로 되지 않고 있었다. 처음에는 미안했다. 걱정이 되었다. 눈물도 났다. 그가 아무런 연락이 없자 이 의미를 어떻게 받아들여야 할지 몰라 혼란스럽고 당황스러웠다. 그런데 이제는 짜증이 나고 화가 난다. 자신의 의지와 무관하게 그를 떠올리는 자신에게, 그리고 그가 분명 다시 전화할 거라는 미련스런 기대감을 가지고 있는 멍청한 자신에게.

"나쁜 자식……."

볼펜을 꽉 움켜쥔 주희는 낮게 중얼거렸다.

"……더운데 아이스크림 먹고 하실래요? 제가 사올게요."

자신에게 한 말인 줄 알고 흠칫 놀란 한욱은 요즘 사장님의 비위를 맞추려 최대한 노력하고 있었다. 서진혁 이사와 헤어진 후, 정확히 말하면 역시나 차였으니 한동안 이렇게라도 자신만의 방법으로 사장님을 위로해 드려야겠다고 생각한 그다. 처음부터 서진혁 이사와는 안 어울린다 싶었다. 생각보다 오래갔지. 하지만 팔은 안으로 굽는다고, 자신의 사장님에게 상처 준 서진혁 이사가 곱게 보이진 않았다. 그것도 제일 치사하게 전화를 안 받는 방법으로. 사람 그렇게 안 봤는데…….

사장님이 얼마나 휴대폰을 바라봤는지, 휴대폰이 울릴 때마다 얼마나 다급히 받는지 그리고 실망감으로 울지 않으려고 입술을 꽉 깨무는지, 그런 사장님의 모습을 그 나쁜 놈은 모를 것이다.

"그럼 아이스크림 시러 갔다 오겠습니다."

한욱이 일어나는 것과 동시에 사무실 문이 열리고 진혁이 들어왔다.

"서진혁 씨?"

너무 놀라 한욱은 생각보다 말이 먼저 튀어나가고 말았다.

도대체 그가 왜 온 거지? 표정이 안 좋아 보이는데? 혹시 사장님, 서진혁 이사에게 뭔 짓 한 거 아니죠?

걱정이 된 한욱은 슬그머니 주희를 보았지만, 그녀 또한 예상치 못한 진혁의 등장으로 충분히 놀라고 있었다.

'뭐지, 이 상황?'

"도대체 전화는 왜 꺼놔?"

'저 말은 내가 해야 하는 말 아니었던가?'

마치 어제 만난 사람처럼 그가 말을 꺼내자 주희는 갑자기 눌러둔 화가 치밀어 올라오려 했다. 그러나 그에게 화내는 것도 아까웠다. 그를 위한 감정 소모는 더 이상 하지 않을 생각이다. 그게 무엇이 되었든.

"무슨 일이시죠?"

그녀는 최대한 감정을 눌러 대화를 시도했으나 한욱은 안다. 지금 사장님 표정은 침착함을 가정했지만 사실은 이성적인 판단은 그녀의 발밑에서 지근지근 밟혀 나가고 있다는 사실을 말이다.

"일단 앉으세요. 한욱이 넌 아이스크림 사온다며 거기 서서 뭐해?"

"네, 갔다 오겠습니다."

한욱은 이 불안한 두 사람을 두고 가야 한다는 게 조금 걱정되었지만 어쩌랴. 이건 남녀 애정 문제인걸. 그는 되도록 멀리 있는 슈퍼마켓에서 아이스크림을 사오기로 했다. 아무래도 저 두 사람은 꽤 많은 대화가 필요할 테니까. 사장님, 그래도 감정보다는 이성입니다. 이성이라는 샅바를 꽉 붙들어 잡고 있으십시오.

주희와 진혁은 서부의 무법자처럼 총싸움을 하듯 누가 먼저 방아쇠를 당길지 서로가 긴장한 모습처럼 보였다. 배경도 해가 뉘엿뉘엿 져가는 옥상이니 이보다 더 좋은 장소는 없어 보였다. 아무래도 그의 표정으로 보건대 그녀와 조곤조곤 이야기할 생각은 없는 듯했다. 그래서 그녀는 그와 옥상으로 올라가기로 했다. 온 김에 그녀도 할 말은 해야 할 것 같았다. 물론 조곤조곤으로 끝날지는 그녀 또한 장담할 수 없는 일이었다.

"할 말 있어서 온 것 같으니까 말씀하시죠, 서진혁 씨."

"서진혁 씨?"

그의 눈이 가늘어졌다. 물론 그가 그녀의 전화를 안 받은 건 잘못했지만 지금 누가 화를 내야 하는지 이 여자는 잠시 망각한 모양이다.

"그럼 제가 뭐라 불러야 하죠?"

한 달 동안 아무런 소식도 없이 제 마음대로 출장 가고 그녀의 연락도 피한 사람은 그녀가 아니라 그였다. 아무리 혼자 아파할 시간이 필요했다곤 하지만, 한 달이다. 그리고 그는 여전히 화가 나 있었다. 그래서 그녀는 그가 온 이유를 갈피 잡을 수가 없었다. 먼저 괜찮냐고, 많이 힘들지 않았냐고 말할 수 없었다.

"한 달 동안 연락 없다고 내가 괴로워 몸부림이라도 치고 있었을까 봐요?"

마음은 그의 걱정으로 새까맣게 타들어간 한 달이었지만 그에게 알려주고 싶지 않았다. 그녀는 정말 쿨한 여자처럼 여유를 부리며 미소까지 지었다. 자존심 때문이라도 절대 저 남자 때문에 밤마다 각 티슈 한 통을 다 썼다는 말은 할 수 없었다.

그녀가 충분히 오해할 만하다고 생각하면서도 그럼에도 아무렇지 않게 잘 먹고 잘살고 있다고 하니 그의 속이 살짝 뒤틀리려 하고 있었다. 가뜩이나 그녀의 동영상 때문에 화가 나는데 아낌없이 휘발유를 부어주니 그리고 좋은 말이 나갈 리 없었다.

"오히려 내가 묻고 싶군. 나 없는 사이에 딴 남자를 만나?"

'오호라, 그러니까 자기는 먹기 싫고 남 주긴 아까운, 딱 그 짝이라는 거지? 내가 당신과 헤어지면 밥숟가락 놓고 식음이라도 전폐해 주길 바랐던 모양이지? 그런데 그게 아니니 화가 나서 온 거고?'

그녀는 정말 누르고 눌렀던 그에 대한 원망이 터져 나왔다.

"고작 그 말 하러 왔어요? 한 달 동안 문자 하나 답도 없던 당신이 할 말은 아니죠!"

진혁은 잠시 감정을 누르는 듯 길게 한숨을 내쉬었다.

"우리 몇 개월 만났지?"

"3개월 좀 넘었죠?"

우습게도 내일모레가 딱 100일이었다. 예전에 사귀었던 남자들과 비슷한 기간인데 이번 이별은 유독 가슴이 아팠다. 그러나 절대 그에게 그런 내색을 할 순 없었다.

"믿고 기다려 줄 수 있는 신뢰를 쌓기에는 역부족이었나 보지?"

"제가 전화를 몇 번 했는지 알아요? 문자는요? 그걸 다 씹은 사람은 당신이에요. 지나가는 사람 아무나에게 물어봐요. 이렇게 나오는 남자가 무슨 이유 때문인지. 백의 백은 끝, 디 엔드(The end)의 표시라고 할 거라고요. 아니면 제가 집까지 찾아가 구차하게 우리 이별이 맞나요, 확인이라도 하고 끝내야 했어요?"

정말 그러고 싶었다. 왜 헤어져야 하는지, 그녀가 그렇게 잘못했는지.

"나라면 그랬겠어."

그녀는 기막혀 산소 호흡이 잘 되지 않는지 콧구멍이 자동적으로 넓어졌다. 지금 누가 잘못을 했는데 누구에게 덤터기를 씌우려고 해!

"전 아니거든요!"

"그래서 기다렸다는 듯이 방송에 나가 온갖 관심을 다 끌었나 보지?"

슬슬 서로의 언성이 높아졌다. 애인이 있음에도 없는 척 몰래 프로그램에 출현했다는 양심의 가책조차 찾아볼 수 없을 정도로 그녀는 너무나 당당했다.

"사귀려면 적어도 감정적 교류가 선행되어야 한다는 그 말, 당신이 했지? 그런데 당신의 감정적 교류는 '그때그때 달라요'인가 보지? 아니면 부침개 뒤집듯 변덕스럽거나?"

이 남자, 예전에 그녀가 그에게 한 말을 기억하고 있다.

"그래서 그거 따지러 여기까지 왔어요?"

"아니."

"그럼 왜 왔어요? 왜 와서 사람 속을 뒤집어요!"

희망고문도 아니고, 꼭꼭 누르고 있던 설움이 눈물이 되어 비어져 나왔다.

"그 방송 끝까지 보기나 하고 화를 내는 거예요?"

"봐야 하나?"

"네. 나는 내 욕심으로 방송 나갔거든요. 아무리 전화를 하고 문자를 해도 답이 없잖아요. 혹시 방송 나가면 지나가다 나를 볼 거 아니에요. 그래서…… 해줄 말이 있어서…… 그래서 나갔어요."

그런데 그가 문을 열고 들어오는 순간 그녀가 기다리던 모습이 아니었다. 그래서 어떤 말을 꺼내야 할지 몰랐다.

"지나가다 정말 우연히라도 내가 한 말을 들었으면 하는 마음으로 나갔다고요……. 당신, 그렇게 사라졌는데 내 마음이라고 편했겠어요? 별의별 생각을 다 했다고요. 술 마시다 차에 치이지는 않았나. 자책감에 나쁜 마음먹은 건 아닌가. 그런데 해외 출장? 나쁜 놈!"

눈물이 뚝 하고 떨어져 내리자 주희가 눈물을 거칠게 닦으며 그

를 노려보았다. 그 혼자 마음고생을 한 게 아니었다. 떨어져 있는
만큼 그녀도 불안했고 아팠고 미안했다.

"거기다 내가 방송 나가니까 지금껏 안 나타나다 나타나요? 그
래요. 나갔어요! 혼자 아프게 만들어서 미안하다고 했어요. 내가
많이 미안하다고…… 그래도 밥은 꼭 먹으라고…… 그 말 하고 싶
어서 나갔어요……."

이제는 이런 남자를 걱정하고 마음 아파하는 거 모두 그만둘 테
다. 그녀 혼자 그런 바보짓 하지 않을 테다.

"당신이 해외로 도망간 줄도 모르고 그런 멍청한 짓을 했다고
요."

"……대외적으로는 출장 처리가 되어 있었어. 갑자기 내가 사라
지면 말들이 많을 테니까. 하지만 과거의 기억을 되찾고 있었어."

"……!!"

"걱정시켜서 미안해. 누구하고도 연락할 상황이 아니었어."

정말 그 앞에서 울기 싫은데, 그에게 물어보고 싶은 말이 많은
데 눈물이 또다시 비어져 나오려 했다. 목이 메어 말이 나오지 않
자 주희는 고개를 숙인 채 그의 두 손만 꼭 잡았다.

"내가 얼마나 걱정했는데…… 얼마나 미안해했는데……. 아직
도 많이 힘들죠?"

진혁은 조용히 그녀를 안아주었다. 그녀가 방송에 나간 것이 화
가 나기도 했고 이렇게 변심할 수 있는가에 대해서 서운하기도 했
다. 한데 그게 아니었단다. 자신의 치졸한 감정에 진혁은 잠시 눈
을 감았다 떴다.

"뒤늦게 문자를 보낼 생각도 했지만 만나서 할 이야기라고 생각했어. 당신하고 헤어질 생각은 단 한 번도 해본 적 없어."

젖은 눈으로 그녀는 그의 진심을 확인하려는 듯 빤히 바라보았다.

"다시는 나를 안 볼지도 모른다고 생각했어요. 내가 미울지도 모르니까⋯⋯."

그녀의 머릿속 기억은 그가 그녀의 손을 냉정하게 뿌리치고 돌아서는 모습이 마지막이었으니까 말이다.

"그럴 리가 없잖아."

"⋯⋯괜찮아요?"

그녀는 그제야 아까부터 묻고 싶었던 말을 그에게 물었다.

"견딜 만해. 그래도 나중을 위해서라도 상담 치료는 받아봐야겠지."

주희는 아직까지 그의 눈동자에 고통의 흔적이 남아 있는 걸 보았다. 그녀가 왜 그에게 사실을 알리고 싶지 않았는데? 그가 상처받길 원하지 않아서였다. 아파하는 모습을 그녀가 지켜볼 수 없을 것 같아서 그랬다. 그런데 그는 그 모든 사실을 받아들이기 위해 고통에 몸부림치다 돌아온 것이다. 그 혼자서.

"어디 외진 곳 방구석에 처박혀 머리 쥐어뜯으며 괴로워하니까 뭐가 나아요?"

그녀는 일부러 눈에 힘을 주며 그를 노려보았다. 그 혼자 괴로워하고 아파했을 시간을 상상하는 것만으로도 가슴이 미어진다.

"악어 아가씨가 많이 보고 싶긴 하더군."

모두 자신의 탓인 것만 같아 숨이 쉬어지지 않을 때는 그녀의 얼굴만이라도 보면 숨을 쉴 수 있을 것 같았다. 그러나 그 혼자 해결해야 되는 문제라고 생각했다. 하지만 지금 생각해 보면 그녀가 옆에서 있었으면 그는 덜 힘들었을 것 같기도 했다.

"그런 말 한다고 내가 쉽게 용서할 것 같아요? 내가 메리, 좋이에요? 기다리면 기다리고 오라면 오는?"

그의 모습이 속상해 눈물이 나오는 건지 그가 그녀를 떠난 게 아니라는 사실에 안도되어 눈물이 나오는 건지 알 수가 없었다. 눈물이 한 방울 떨어지자 다시 또 떨어졌다. 주희는 손으로 눈물을 훔치다 아예 손바닥에 얼굴을 묻고 엉엉 소리를 내어 울었다.

진혁이 그녀에게 다가가 꽉 안아주었다. 그러자 그녀는 더 서럽게 울었다.

"다시는 안 그럴게. 그러니까 그만 울고. 그래도 당신 덕분에 몰랐던 기억을 찾았잖아?"

"나 원망 많이 했죠?"

"원망이라니. 그럴 리가 없잖아. 아마 당신이 없었다면 난 더 휘청거렸을 거야. 한 달이 아니라 더 걸릴 수도 있었고. 그래도 돌아가야 한다. 그녀가 기다리고 있으니까. 강한 척하지만 그녀가 많이 걱정하고 있을 거다. 그런 말을 계속 되뇌다 보니 정신이 차려지더군."

그의 목소리가 낮지만 미세하게 떨리고 있었다.

주희는 감정을 추스른 후 그를 보며 애써 미소를 지었다.

"진혁 씨, 나는요, 진혁 씨가 옆에 있고 웃고 즐거운 모습도 좋지만 힘들 때도 옆에서 지키고 싶어요. 내가 대신 아파해 줄 수는 없지만 그래도 손은 잡아줄 수 있잖아요. 난 당신한테 그런 사람이 되고 싶어요."

"나도 분명히 말했는데, 욕심이 아주 많다고. 좋을 때나 슬플 때나 외로울 때나 잘 때나 깨어 있을 때나 언제든지 당신 옆에 있을 거라고."

진혁이 그녀를 다시 품 안에 가두었다.

"잘 들어, 강주희. 당신을 많이 사랑해. 그러니까 이상한 프로에 나가 나 기함하는 일 만들지 말고 내 옆에만 있어. 당신만 옆에 있으면 돼."

주희는 다시 눈물이 나오려 했다. 대답해 줘야 하는데, 그녀도 많이많이 사랑한다고 말을 해줘야 하는데 목이 메어 말이 나오지 않았다. 대신 그녀는 그를 꽉 안아주었다. 분명 그는 그녀가 하는 대답을 들었을 것이다.

"서진혁 씨, 내일모레가 우리 100일인 거 알아요?"

"모를 리가. 반지까지 다 주문해 놨는데."

두 달 전, 영국 출장을 갔다가 우연히 시간이 나 거리를 걷다 눈에 띈 레드 다이아몬드로 세공한 목걸이. 그래서 충동적으로 주문했다. 혹시 그녀가 부담스러울까 100일 날 건네주면 될 거라는 생각으로 말이다. 사실은 지난번 호텔에서 그녀가 다른 사내에게 받은 목걸이를 하고 다닐 생각만 해도 불쾌할 것 같은 이유가 더 컸다.

"특별히 가고 싶은 곳이라도?"

"아라비안나이트도 전 좋아요."

그녀의 전의가 불타는 대답에 진혁의 얼굴에 미소가 번졌다.

"알아 모시지요."

주희는 쿡쿡거리며 그를 다시 한 번 꽉 껴안았다. 그의 체취를 들이마시며 하루 종일 뒹굴고 싶었다. 그가 옆에 있다는 것을 확인하고 또 확인하면서 말이다.

"깡소주의 부작용으로 아직 체력이 회복 안 된지라 며칠 시간을 주면 소인 최선을 다해보겠나이다."

주희가 작게 웃음을 터뜨리자 그때서야 진혁의 입가에도 미소가 지어졌다.

해가 저물어가고 있었다. 포옹하고 있는 두 남녀의 형체가 노을빛으로 부드럽게 감싸이고 있었다. 이 뜨거운 여름도 어느덧 가을 준비를 하려는 듯 시원한 바람이 주희와 진혁의 머리카락을 흩어놓고 지나갔다. 그들만의 여름이 그렇게 지나가고 있었다.

에필로그

외가 쪽에서 운영하고 있는 '한줌' 사단법인 행사는 자신의 예
상과 어떻게 하 치이 어긋났도 없이 시투하고 고루해 진혁은 하품
이 나올 지경이었다. 그러고 보면 그녀를 맨 처음 여기서 만났지.
그게 벌써 1년 전이라니. 너무 많은 일이 있어서 정신없이 흘러간
한 해였다.

시끄러운 건 딱 질색인 진혁은 눈치를 봐서 테라스에서 시간을
보내다 조용히 사라질 참이었다.

사실 그의 계획은 가족이 한자리에 모이는 게 흔치 않은 이 기
회에 그녀를 가족에게 정식으로 소개할 참이었다. 그런데 그보다
더 바쁜 그녀의 지방 출장으로 결국 그만 이렇게 혼자 파트너 없
이 이 시간을 견디고 있어야 했다. 하루만 시간을 빼달라고 그녀

를 어르고 달래고 엄포도 놔봤지만 언제나 그렇듯 끄떡도 하지 않는 그녀였다. 회사에는 먹히는 그의 협박도 그녀에게는 콧방귀로 돌아왔다.

"얼굴도장은 찍었으니 그만 빠져 줘도 되겠군."

진혁은 자기들끼리 담소를 나누느라 정신없는 친척들을 훑어보며 테라스 쪽으로 조용히 발길을 옮겼다.

[오늘 조금 특별한 방식으로 기부 이벤트를 해볼까 합니다. 여기 아리따운 아가씨와의 저녁식사권 지불 가격을 불러주십시오. 물론 모든 금액은 최종 금액가를 부른 기부자 이름으로 기부됩니다.]

무대 체질은 아니지만 주희는 단상에 올라가 최대한 예쁜 미소를 지으며 주위를 둘러보았다. 저쪽에 진혁 씨 아버님, 민재 씨, 거기다 진혁 씨 외숙모까지 모두 그녀에게 시선을 집중하고 있었다. 이 이벤트를 하게 해달라고 진혁의 외숙모에게 부탁한 그녀는 무조건 그한테서 기부금을 왕창 뜯어내겠다는 조건하에 이 자리에 설 수 있었다. 그런데……

'진혁 씨가 안 보인다고!'

조금 전 단상에 오르기 전까지만 해도 분명 그가 있는 것을 봤는데 도대체 어디로 갔느냐고! 어깨를 드러낸 살굿빛 시폰 이브닝 드레스를 입은 그녀의 표정이 불안으로 살짝 흔들렸다.

[그럼 50만 원부터 시작해 볼까요?]

민재가 짓궂게 웃으며 오른손을 들었다.

[단발머리를 한 상큼발랄한 아가씨입니다. 아, 역시 젊은 분이 먼저 손을 드는군요. 훤칠한 키에 미소가 매력적인 젊은 남자분입니다.]

100만 원…… 150만 원……. 그녀의 눈이 난감함으로 시선을 맞추지 못하고 있었다. 모두 서씨 집안 가족들이 손을 들어주고 있었다. 이건 뭐, '우리가 남이가' 도 아니고 눈물겨웠다. 진혁과 함께 얼마 전 창립기념일에 가서 대부분 인사를 해서 그나마 서로 손을 들어주고 있는 것이지, 그것도 아니었다면 정말 50만 원에서 끝날 뻔했다. 주희는 다시 한 번 홀을 훑어보았다. 그가 여기서 나가지 않았다면 어딘가 숨어 있을 것이다. 주희는 아랫입술을 깨물며 생각에 잠겼다. 그가 못 온다면 찾아오게 해야지.

주희는 눈을 빛내며 사회자를 쳐다보았다.

[자, 150만 원! 더 없으십니까?]

장내가 조용하자 주희는 사회자 쪽으로 다가갔다.

"마이크 좀 빌려주시면 안 될까요?"

[자, 뭔가 비장의 무기를 보여주실 것 같습니다.]

당황했을 법한데 사회자는 재치 있게 그녀에게 마이크를 넘겼다.

이 노래를 들으면 그는 아마 화장실에서 똥을 끊고라도 달려올 것이다. 암, 그에게 연말 이벤트로 '땡벌' 이란 이 노래를 불러주며 외롭다고 호텔로 납치한 그녀가 아니던가. 이 잊지 못할 노래를 그가 제발 귀를 쫑긋 세우고 들어주고 있길 바랐다. 그만큼 그녀의 눈빛은 비장했다. 그럴 수밖에 없는 게, 기부를 많이 해주겠다고 큰소리쳤는데 상황은 망하기 일보 직전이었다.

그녀는 트로트 가수 못지않은 꺾은 음 처리와 포즈를 취해가며 열창했다. 처음에는 지켜보던 사람도 피식피식 웃더니 그녀의 열창에 중독이라도 된 듯 박자에 맞춰 '땡벌'을 소리 높여 함께 불러주고 있었다. 그런데 1절이 다 끝나가는데 아직까지 그가 나타나지 않자 그녀는 등에서 식은땀이 흘러내렸다. 설마, 가버린 거야? 당신?

테라스에서 야경을 바라보고 있던 진혁은 안의 분위기가 시끄러운 듯하자 고개를 돌려 홀 쪽을 바라보았다. 그리고 그가 판단하기도 전에 다리가 움직여 곧바로 안으로 뛰어갔다.

'맙소사! 정말 그녀다. 출장 갔다는 여자가 왜 저기서 땡벌을 부르고 있는 거지?'

노래가 끝나자 앙코르가 터져 나왔다. 그러나 그녀는 정중히 인사하고 다시 홀을 훑어보았다. 그녀가 찾던 사람이 충격에 헤어나오지 못한 채 그녀를 바라보고 있었다.

'도대체 어디 갔다 이제 왔어요?'

'당신, 여기서 뭐 하는 거야?'

이제는 서로가 보는 것만으로도 상대방의 질문을 짐작할 수 있었다.

[자, 열기가 후끈한데요. 아까 150만 원까지 나왔죠? 더 없습니까?]

조금 전과는 비교가 안 될 정도로 이곳저곳에서 손을 들어 올렸다.

그러나 아직까지 사태 파악이 되지 않고 있는 진혁은 민재에게 무슨 일이 일어나고 있는지 먼저 물어봐야 했다.

"지금 뭐 하는 거지? 단상에 그녀가 왜 올라가 있고?"

"주희 씨와의 서녁식사권 기부 이벤트야. 아무래도 나이 드신 분들에게 인기가 많은 것 같은데? 저기 한정식품 회장님까지 손 드셨네."

[자, 2천만 원 나왔습니다. 한정식품 회장님이라 역시 통이 크십니다. 5백에서 곧바로 2천으로 넘어갑니다!]

민재가 휘파람을 불자 진혁은 백발에 풍채가 좋은 한정식품 회장을 노려보았다.

"형이 안 도와줘도 되겠는걸."

진혁은 한동안 괜찮던 두통이 다시 몰려오는 것만 같았다. 아무튼 사건을 크게 만드는 것도 능력이었다. 진혁은 한숨을 내쉬며 한 손을 들어 올렸다. 그리고 자신의 소임을 다하기 시작했다.

"4천!"

그러면서 그는 주희를 쳐다보았다. 그가 부른 액수가 만족스러운지, 아니면 그냥 이 상황이 마냥 좋은지 그녀의 얼굴에 웃음꽃이 만발했다.

'일단 내려와서 보자고.'

그의 눈빛은 그렇게 말하고 있었다.

[두 배가 뛰었습니다. 저기 또 누가 손을 들었습니다. 아, 젊은

남자분이 도전하네요.]

이제 사회자가 흥분해 침을 튀기고 있었다. 민재가 진혁을 보며 씩 웃자 진혁은 대놓고 협박했다.

"잘 생각하는 게 좋을 거야. 장담컨대 그 손 안 내리면 과로사로 죽게 해주지."

진혁은 이 이벤트가 끝나면 그녀에게 물어볼 것이 참 많을 것 같았다.

"여기 5천."

나이 지긋한 목소리로 액수가 또 높아지자 진혁의 입에서 결국 거친 말이 터져 나왔다.

"도대체 어떤 놈……."

확인을 한 진혁은 입을 다물었다. 그의 아버지까지 합세를 하고 있었다. 액수가 커지자 사람들은 도박판에 온 것처럼 흥분하고 있었다. 그녀와의 식사권은 이제 중요하지 않았다. 누가 높은 액수를 부르는지에 관심을 가질 뿐이었다. 쉽게 끝날 것 같지 않던 기부 이벤트는 결국 1억 2천만 원으로 서 회장의 승리로 끝났다.

"한 번쯤 단둘이 식사를 해보고 싶었는데 네놈이 기회를 안 만들어주니까 이렇게라도 만들어야지. 넌 빠져."

이 한마디에 진혁은 저녁식사권을 두고 한정식품 회장님과 경쟁하는 아버지를 지켜봐야 했다.

주희는 주희대로 이상하게 돌아가는 이 상황에 대해 불만이었다. 갑자기 서진혁이 빠지더니 아버님이 결국 그녀와의 저녁식사권을 가져가 버린 것이다. 그러고는 성격 급한 서씨 집안 사람답게 서 회장은 바로 그녀와의 식사권을 쓰기 위해 퇴장했다.

행사 시작 전에 가볍게 저녁을 먹었지만 아까 모든 에너지를 소모했는지 음식이 나오자마자 그녀는 군침이 돌았다. 그러나 최대한 조신하게 행동하며 스테이크를 썰었다. 잘 보여야 한다. 미래의 시아버지가 될지도 모르는 분이 아닌가.

거의 식사가 끝날 때였다. 몇 분 전까지만 해도 소소한 일상이나 가벼운 이야깃거리로 주거니 받거니 했다면 지금부터는 지극히 개인적인 질문으로 돌입하려는 기류가 서서히 보이기 시작했다. 그녀는 자세를 바로 세우며 서 회장을 바라보았다. 정신 바짝 차리지 않으면 모두 털리는 수가 있었다. 그것도 수습 불가능한 것으로. 무릎 위에 올린 주희의 두 손에 힘이 들어갔다.

"우리 진혁이가 잘해주나?"

"네, 회장님."

"결혼하고 싶을 정도로?"

주희는 순간 사실을 말해야 하나 아니면 슬쩍 질문을 받아넘겨야 하나 고민했다.

"그런 얘기까지는 안 꺼냈나 보지? 솔직히 난 아가씨가 처음에 마음에 안 들었거든."

'표정을 보니 그러신 것 같네요.'

설마 이쯤에서 돈 봉투가 나와야 하는 타이밍인가?

"진혁이가 나 닮아서 살가운 성격이 아니라 며느리는 좀 부드럽고 살뜰히 챙겨주는 사람으로 봤으면 했거든. 알다시피 어릴 때 엄마를 잃어서 알게 모르게 정이 부족했을 거야."

그녀는 여기서 무슨 말을 해야 할지 몰라 가만히 먹다 남은 스테이크만 쳐다보고 있었다.

"그런데 요즘 그놈 웃는 걸 보니까 밥 안 먹어도 배가 불러. 두통도 많이 나아진 것 같고. 그러니까 강주희 씨가 우리 진혁이에게 복덩이일 수도 있겠다 생각하니 조금씩 예뻐 보이더군."

적어도 이 자리가 '난 이 결혼 반댈세'의 분위기는 아닌 것 같았다. 그녀는 서 회장의 칭찬에 슬그머니 미소를 지었다. 사실 그가 과거의 기억을 찾은 뒤 확실히 두통의 빈도가 줄어들긴 했지만 그게 정말 기억을 찾아서인지, 아니면 우연의 일치인지, 그것도 아니면 요즘 심신이 편해 신경 쓸 일이 별로 없어서인지는 알 수 없었다. 아무튼 그에게는 다행한 일이었다.

"정말 내 아들이 결혼 얘기를 안 꺼냈나?"

"네. 아직 그런 얘기는 없었습니다."

물론 지나가면서 그가 '딸이 둘이면 좋겠네, 노산이면 아이 낳을 때 위험하다고 하던데'라는 말을 흘리긴 했다.

"모자란 놈."

서 회장이 잠시 고민하더니 결심을 굳힌 얼굴로 반지 케이스를 그녀 앞에 내밀었다. 순간 당황한 그녀는 이게 무슨 상황인지 싶어 서 회장과 반지 케이스를 번갈아 바라보아야 했다.

"연애 그만하고 날 잡자꾸나."

반지 케이스만으로도 당황했는데 서 회장의 말에 주희는 눈이 동그래졌다. 서 회장님이 기껏 마신 술이라고는 와인 한 잔이 전부인데, 치매도 아닐 테고…….

"이게 뭔가요, 회장님?"

"보면 모르나? 결혼반지 아니냐. 아니, 그놈은 사업할 때는 잘도 밀어붙이더니 어떻게 제 문제 하나 처리 못 해 세월아 네월아 하는 거야?"

그러니까 그녀는 지금 아들 대신 청혼하는 미래의 시아버지와 마주 앉아 있었다.

"왜 대답을 못 해? 어차피 내 결재 나야 결혼할 거 아니냐. 내가 오케이 했으니까 이제 아가씨 대답만 들으면 될 것 같구만."

"지금요?"

결혼 당사자인 진혁 씨의 의견은 완전히 묵살해 버리고 여기서요?

"누가 주는 게 중요한가? 결혼반지를 받았다는 게 중요하지."

몇 달 전 서 회장은 우연히 아들 방에 갔다가 책상 위에 놓인 반지를 봤다. 딱 봐도 결혼반지였다. 그런데 며칠 전에 그 반지를 아들 방에서 또 본 것이다. 서 회장은 못난 아들놈을 욕하면서 오늘 반지 케이스를 가지고 나왔다. 아들놈은 아마 없어진 줄도 모를 것이다. 혹시나 물어보니 역시 청혼 받은 적이 없다는 말에 서 회장은 열통이 터졌다. 도대체 반지는 그럼 취미로 사다 놓고 국 끓여 먹으려고 했단 말인가? 생각할수록 모자란 놈 같으니라고.

"그럴 거 없이 진혁이한테 문자 보내, 결혼할 거라고."

그녀는 지금 자신의 강력한 적수를 만난 느낌이었다. 그녀도 이 정도로 막 나가진 않았는데 말이다. 일단 그녀는 서 회장이 시키는 대로 진혁에게 문자를 보냈다. 그러자 놀랍게도 잠시 후 레스토랑 안으로 진혁이 성큼성큼 들어왔다.

"아니, 어떻게 여기에······?"

오늘 어찌 됐든 여기저기 숨어 다니느라 애를 쓰던 남자였다.

"무슨 말이야, 결혼하겠다는 말이?"

그녀의 질문을 무시한 채 그가 물었다. 아까 그녀와 아버지 단둘이 나가는 게 안심이 되지 않아 진혁이 그 뒤를 따라왔다. 그리고 저녁을 다 먹은 후 아버지한테 그녀를 넘겨받을 생각이었다. 그는 그녀의 이 깜짝 쇼에 대해 들어야 할 말도 있었다. 그런데 난데없이 결혼하겠다는 문자를 보내다니!

"아버님이 프러포즈하셨어요. 박력 있고 멋있죠?"

진혁은 의자에 주저앉으며 그녀 앞의 반지 케이스를 바라봤다. 아들이 피식 웃자 서 회장의 눈썹이 더욱 꿈틀거렸다.

"뭘 잘했다고 웃어?"

"이 반지 주인, 외숙모입니다. 정확히는 외숙모 것이었죠. 제가 어릴 적 보물 상자에 외숙모 반지를 하나 숨겨놨는데 세정하고 복구를 시키는 것보다 차라리 새 것을 하나 사드리자 싶어서 맞췄습니다. 그런데 안 받겠다고 하셔서 서랍에 넣어두고 잊어버리고 있었던 겁니다."

서 회장은 자신의 실수가 겸연쩍은 듯 버럭 화를 냈다.

"한데 왜 하필 다이아야?"

"외숙모가 다이아를 좋아하시나 보죠."

진혁은 이 상황이 재미난 듯 어깨를 으쓱였다.

"너, 오늘 일 내일 아침에 상황 보고해. 간다."

서 회장은 둘을 보더니 기침을 한 후 서둘러 레스토랑을 떠났다.

주희는 서 회장이 보이지 않자 참아왔던 웃음을 터뜨렸다.

"지금 생각해 보니까 당신보다는 아버님이 훨씬 멋지다. 아까 프러포즈 받는데 그 카리스마에 순간 가슴이 콩닥콩닥하던데요?"

"당신이 오늘 시간만 내줬으면 수월하게 결혼반지 받았을 거야. 여자가 말이야, 눈치가 있어야지. 내가 같이 가자고 사정까지 했으면 뭔가 이유가 있을 거라는 생각은 한 번도 안 해봤어?"

"제가 그렇게 거절했다면 그만한 이유가 있다고는 생각 안 해봤어요? 우리가 처음 만난 자리잖아요. 짜잔, 나타나서 당신과 근사한 저녁도 먹고 확 납치할 생각까지 세웠는데 아무튼 다 꼬였어요."

그녀는 잠시 멈칫하다 그를 바라보았다. 그녀 말만 쏟아내느라 그의 말을 흘려들었는데 분명 오늘 그녀만 시간을 내줬어도 결혼반지를 받았을 거라 말한 것 같았는데?

"오늘 청혼할 생각이었어요?"

모임에 참석하기 전에 반지를 끼워줄 생각이었다.

주희가 그의 옆에 가서 앉아 기대에 가득 찬 눈빛으로 그를 올려다보았다. 진혁은 고민하다 턱시도 안쪽 주머니에서 반지 케이스를 꺼냈다. 혹시 오늘 밤이라도 그녀를 만나면 줄 생각으로 가지고 있었던 것이다.

진혁은 반지 케이스를 열어 백금에 다이아몬드가 박힌 반지를 그녀의 네 번째 손가락에 끼워주며 말했다.

"악어 아가씨, 나랑 결혼해 줄 거지?"

진혁이 그녀의 손가락에 가볍게 입 맞추며 미소를 지었다.

그녀는 그가 말을 다 끝나기도 전에 벌써 기쁨으로 벌어지는 입을 제어할 수가 없었다.

"아, 한 번쯤은 튕겨야 하는데……. 몰라, 난 무조건 예스할래요."

그녀가 그의 목을 감으며 그의 입술에 가볍게 키스를 하자 그가 고개를 숙여 키스를 되돌렸다. 그의 귓가에 그녀가 웃음을 삼키는 소리가 들렸다.

"진짜진짜 행복하면 무슨 느낌일까 궁금했거든요."

"그런데?"

"웃음이 새어 나오면서 멀미약 먹은 것처럼 속이 울렁거려요."

그녀는 얼굴이 상기된 채 그를 보며 환하게 웃고 있었다.

"잘 알지, 그 증상. 내가 항상 겪고 있는 증상이거든."

주희는 좋으면서도 입을 삐쭉였다.

그러나 사실이었다. 그녀를 바라보는 것만으로도 설레 미소가 지어지고 심장이 뻐근했다. 그의 인생에 걸어 들어와 줘서 얼마나 고마워하는지 이 여자는 모를 것이다. 처음 그가 그녀의 손목을 잡은 그날부터 그는 이 여자에게 정신없이 빠져든 것 같았다. 아마 평생 헤어 나오지 못하겠지. 그래서 행복할 것이다. 강주희, 그의 악어 아가씨이기에.

〈The End〉

작가 후기

　게으름쟁이 작가 이승연입니다. 하지만! 이번부터는 똥꼬에 힘주고 눈에 레이저를 발사해 가며 글을 쓰려고 다짐만 끝내놓은 상태입니다. 환절기인 가을, 이 불치병인 비염을 무사히 넘길 수 있다면 그리 할 수 있으리라 장담(?)해 봅니다. 이렇게 활자화로 찍혔는데 설마 직무유기하며 나비나 쫓는 꽃순이가 되겠습니까?

　〈살짝궁 손잡아 드립니다〉에 나오는 여자 캐릭터 강주희는 처음 구상 시 훨씬 상또라이(?)로 만들고 싶은 마음이 강했습니다. 그러나 그랬다가는 서진혁과 로미오와 줄리엣을 찍어야 될 것 같아 많이 꾹꾹 눌렀습니다. 아마 그랬다면 제목도 〈님은 먼 곳에〉라고 바꿔야 했을지도…….
　언제나 그렇듯 저의 주인공들은 항상 잘 먹고 잘살고 있는 특혜를 타고났습니다. 그 흔한 나쁜 연놈도 등장하지 않아 팔자가 쫙쫙 폈습니다. 그 복을 누가 어디서 끊어먹을지는 모르겠지만 〈레몬과 오렌지 사이〉까지는 아닙니다. ^^

　이 험한 세상, 누군가의 손을 살짝 잡아주는 사람만 있어도 좀 더 따뜻한 세상이 되지 않을까요? 그런 여주라면 사랑받을 만한 사람이라고 생각해 거기서 시작된 이야기입니다.

무의식 속 죄책감에 못 이겨 20년 넘게 두통을 앓아온 서진혁도 어쩌면 우리의 단면일 수도 있겠다 싶어 만든 캐릭터입니다. 우리는 알게 모르게 남에게 상처를 주기도, 받기도 하니까요.

이 글을 읽으시는 동안만이라도 여러분들에게 작은 미소를 전해 드렸으면 하는 바람입니다.

로맨스를 사랑하는 모든 분들, 건강하시고 추석 명절 잘 보내시기 바랍니다.

또한 항상 행복하시길…….

마지막으로 이 책을 내주시기까지 수고한 청어람 관계자분께 감사의 말씀을 드립니다.

이승연 드림.